DE EX

Ook verschenen van Alafair Burke bij Xander Uitgevers

De echtgenote (2018)

ALAFAIR BURKE

De ex

XANDER

Uitgegeven door Xander Uitgevers BV
Hamerstraat 3, 1021 JT Amsterdam
www.xanderuitgevers.nl

Oorspronkelijke titel: *The Ex*
Oorspronkelijke uitgever: HarperCollins Publishers
Vertaling: Nellie Keukelaar-van Rijsbergen
Omslagontwerp: Studio Marlies Visser
Omslagbeeld: Getty Images
Auteursfoto: Sean Simpson
Zetwerk: Michiel Niesen, ZetProducties

Eerste druk 2019

ISBN 978 94 0161 078 0 | NUR 332

Voor Lish Whitson en Joel Summerlin

17 JUNI 2015

Transcriptie van opgenomen ondervraging van Jackson Harris

10.27 uur: start opname
Rechercheur Jimmy Boyle van de New Yorkse politie

Boyle: 'Meneer Harris, ik heb de recorder aangezet. Even voor alle duidelijkheid, bent u vrijwillig hier op het politiebureau van het First Precinct?'

Harris: 'Ja.'

Boyle: 'En bent u uit eigen beweging bereid met mij te praten?'

Harris: 'Jazeker.'

Boyle: 'Mooi. Zoals u weet zoeken we mensen die vanochtend bij de waterkant waren. We hebben elkaar al gesproken, maar het zou fijn zijn als we uw verklaring even snel kunnen opnemen omdat we heel veel mensen spreken. Kunt u in uw eigen woorden vertellen wanneer en waarom u daar was?'

Harris: 'Jazeker. Rond zeven uur. Ik had daar afgesproken met een vrouw die Madeline heet.'

Boyle: 'Madelines achternaam en telefoonnummer weet u niet?'

Harris: 'Nee, alleen haar e-mailadres.'

Boyle: 'U vertelde dat u haar maar één keer had gezien,

zaterdag twee weken geleden bij de Christopher Street Pier. Mooie vrouw, of niet?'

Harris: 'Jazeker.'

Boyle: 'Maar u zei dat het meer was dan dat. Ik meen dat u het woord "surrealistisch" gebruikte.'

Harris: 'Moet dit gedeelte echt?'

Boyle: 'Hoe meer details, hoe groter de kans dat we haar identiteit kunnen achterhalen. Aangezien ze daar met u had afgesproken, was ze wellicht in de buurt.'

Harris: 'Oké dan. Ik was aan het hardlopen en toen zag ik die vrouw in een avondjurk, een lichtroze strapless avondjurk. Ze zat op het natte gras. De zon kwam net op. Ze had blote voeten en dronk champagne, zo uit de fles. Ja, het had iets surrealistisch.'

Boyle: 'En u had het over een mand?'

Harris: 'Er stond een of ander pakketje naast haar op de grond. Toen ik dichterbij kwam, zag ik dat het een picknickmand was. Ik denk dat ze doorhad dat ik naar haar keek, want toen ik langs rende stak ze haar fles op alsof ze proostte. O, en ze zat te lezen.'

Boyle: 'En u zei dat het boek u intrigeerde.'

Harris: 'Tja, ik ben schrijver. Een mooie vrouw in een jurk van de avond ervoor die met een boek in de hand champagne zit te drinken. Wat wil je nog meer?'

Boyle: 'Maar u hebt haar niet gesproken?'

Harris: 'Nee, zeg, maar toen vertelde ik een vriendin over deze vrouw.'

Boyle: 'Charlotte Caperton?'

Harris: 'Ja. Ik had kunnen weten dat ze er werk van zou maken. Charlotte bemoeit zich graag met mijn leven. Maar goed, ze heeft een website, een soort onlinetijdschrift over de stad, *The Room*.'

Boyle: 'Die website ken ik. Je kunt jezelf geen New Yorker noemen als je *The Room* niet kent.'

Harris: 'Voor ik het wist had Charlotte een oproep op haar website geplaatst in de rubriek Gemiste kans.'

Boyle: 'Moet ik me daarbij zoiets voorstellen als "ik zag je in metrolijn 6"?'

Harris: 'Of in mijn geval: "Ik was die hijgende jogger van middelbare leeftijd en ik zag je bij de pier." Alleen liet Charlotte het minder sneu klinken.'

Boyle: 'En is dat normaal? Plaatst uw vriendin elke keer dat u een mooie vrouw ziet een oproep voor u?'

Harris: 'In mijn geval is er geen sprake van elke keer. Mijn vrouw... is overleden en er is geen ander geweest. Ik heb een tienerdochter. Ik ben geen versierder, dus Charlotte stond ervan te kijken toen ik haar over deze vrouw vertelde. Dacht dat ik er misschien eindelijk aan toe was, wat dat ook mag betekenen. Maar goed, kennelijk lezen veel mensen die berichtjes op *The Room*, want een paar dagen later reageerde Madeline op de oproep. Het bleek dat ze een van mijn lievelingsboeken zat te lezen. We begonnen elkaar te mailen en gisteravond stelde ze voor elkaar te ontmoeten. Ik voel me schuldig dat ik uw tijd verspil, gezien waar het om gaat.'

Boyle: 'Ik ben gewoon nieuwsgierig. Ik ben zelf single. Dat hele gedoe met online daten. En zeg nou zelf, dit is...'

Harris: 'Ongelooflwaardig. Ik weet het.'

Boyle: 'En u vertelde dat u vanochtend bij de waterkant ook een picknickmand bij u had?'

Harris: 'Ik snap niet waarom we het daarover moeten hebben. Het is nogal gênant.'

Boyle: 'Moet u horen, dit gesprek is een klein deel van het onderzoek om vast te stellen wie zich op welk moment waar bevond. Dus als een andere getuige meldt dat die een man met een picknickmand heeft gezien, dan weten we dat dat Jack Harris was. Ga door.'

Harris: 'Oké dan. Madeline had in haar e-mail gezet: jij zorgt voor een picknickmand, ik voor de champagne. Vandaar.'

Boyle: 'En leg nog eens uit waarom u bij het voetbalveld had afgesproken. Het lijkt mij logischer om af te spreken bij de Christopher Street Pier, waar u haar die eerste keer op het gras zag zitten. Dat is maar een paar straten verder.'

Harris: 'Het voetbalveld was haar idee. In dat boek waar ik het over had, is een scène die zich daar afspeelt. Het is een soort raadsel: we zien elkaar bij hoofdstuk 12.'

Boyle: 'Klinkt ingewikkeld. En toen kwam ze niet opdagen?'

Harris: 'Ik heb haar niet gezien. Toen ik daar aankwam, liepen er wat mensen, maar niemand leek me te zoeken. Opeens begon het te stortregenen en toen ben ik weggegaan.'

Boyle: 'Hebt u haar een e-mail gestuurd om te vragen waar ze was?'

Harris: 'Nee, nog niet.'

Boyle: 'Ik zou een verklaring willen na zo'n dramatische introductie.'

Harris: 'Door de regen leek de realiteit opeens tot me door te dringen. Het sloeg eigenlijk nergens op.'

Boyle: 'Wat hebt u met de picknickmand gedaan?'

Harris: 'Die heb ik bij de rand van het veld neergezet, met een briefje erin.'

Boyle: 'Aha. Waar precies?'

Harris: 'Op een bankje bij het pad naar de straat. Dan zou ze het wel vinden, mocht ze later toch nog komen.'

Boyle: 'Wat zat er allemaal in die picknickmand?'

Harris: 'Tjonge, u wilt echt alles weten. Eh, een paar croissantjes en wat druiven. En het briefje.'

Boyle: 'Hoe kwam u aan papier voor dat briefje?'

Harris: 'Ik heb altijd een notitieblokje bij me. Beroepsafwijking.'

Boyle: 'Wanneer hoorde u schoten?'

Harris: 'Ik kwam er later pas achter dat het schoten waren, toen ik thuiskwam en het nieuws hoorde. Andere mensen om me heen... We vroegen ons allemaal af wat voor geluiden dat waren. Het klonk als rotjes. Het leek ver weg, dus het was moeilijk te zeggen.'

Boyle: 'Oké, maar waar was u toen u die geluiden hoorde?'

Harris: 'In Charles Street, aan de andere kant van West Side Highway. Het verbaast me dat het geluid zo ver draagt.'

Boyle: 'Geloof het of niet, er bestaan akoestische sensoren die schoten op een afstand van drie kilometer kunnen registreren. Samengevat: de enige reden dat u naar het voetbalveld kwam, was omdat u daar had afgesproken met die Madeline?'

Harris: 'Ja.'

Boyle: 'U kent geen andere mensen die vanochtend bij het voetbalveld geweest zouden zijn?'

Harris: 'Nee, alleen Madeline. Ik kan u haar e-mailadres geven.'

Boyle: 'Oké, dus het is puur toeval dat Malcolm Neeley een van de slachtoffers van de schietpartij was?'

Harris: 'Het spijt me. Wat...'

Boyle: 'Die naam kent u toch wel? Natuurlijk. Malcolm Neeley was een van de drie mensen die vanochtend bij het voetbalveld is neergeschoten, op slechts een paar meter afstand van u en uw picknickmand. Wat hebt u daarop te zeggen, meneer Harris?'

Harris: 'Wacht, dit slaat nergens op.'

Boyle: 'U zei het zelf al: het had iets surrealistisch. Op een bepaald moment gebruikte u zelfs het woord "ongeloofwaardig".'

Harris: 'U... U denkt toch niet dat ik het heb gedaan?'

[Geen antwoord]

Harris: 'Ik moet even nadenken.'

[10.36 uur: opname gestopt]

1

Witte ruis is magisch, net als aluminiumfolie en bluetooth en Nespresso-capsules. Witte ruis laat de geluiden van de stad verdwijnen. Het getoeter, de vuilniswagens, sirenes, alles verdwijnt als ik een app op mijn iPhone start. Als de witte ruis mijn kamer vult, kan ik overal zijn, wat betekent dat ik nergens ben, en dat is de enige manier dat het me lukt om te slapen.

En dan gaat de telefoon.

Op de automatische piloot slaagde ik erin om zonder mijn ogen open te doen op te nemen, want ik wist dat het licht in de kamer zou zijn en dat kon ik nog niet aan. 'Met Olivia Randall.'

'Hoi.'

Ik herkende de stem van Einer, onze assistent-onderzoeker. Een zware stem achter me vroeg mompelend hoe laat het was en ik voelde dat er een zware onderarm over mijn heup werd gelegd. Ik draaide me om, zodat ik met mijn gezicht naar het nachtkastje kwam te liggen, weg van de stem in mijn bed. 'Hoi,' antwoordde ik.

'Don denkt dat je vanochtend vrij hebt gepakt in verband met Mindy,' zei Einer. 'Hij zegt dat je op je lauweren rust, maar volgens mij is hij jaloers vanwege alle aandacht.'

Ik dwong mezelf mijn ogen open te doen. Op de wekker zag ik dat het 11.17 uur was, wat betekende dat de werkdag van een normaal mens er ongeveer voor de helft op zat.

Naast de wekker stond een halflege fles grappa. Grappa? De merkwaardige vorm van de fles bracht herinneringen naar boven: een cliënt – die bij mij terecht was gekomen via een vriend van me die ook rechten had gestudeerd en, in tegenstelling tot mij, wél partner bij Preston & Cartwright was geworden – die me een fles gaf die om een of andere onverklaarbare reden de vorm van de Eiffeltoren had, om me te bedanken dat ik ervoor had gezorgd dat een dashboardkastje vol parkeerbonnen pats-boem niet-ontvankelijk werd verklaard. Ik had gezegd dat een fooi niet nodig was, maar hij had de hint niet begrepen dat een fooi beledigend was. Ik had de fles in het keukenkastje gezet. Weer een herinnering: de onderarm die nu over mijn heup ligt en gisteravond in het keukenkastje werd gestoken. 'Grappa! Ik ben dol op grappa.'

Ik dwong mezelf om me op Einers woorden te concentreren. Een ochtend vrij vanwege Mindy. O ja, Mindy, het vierentwintigjarige voormalige kindsterretje dat ik gisteren uit de gevangenis had weten te houden door de cocaïne achterover te drukken die in haar in beslag genomen Porsche was gevonden toen ze de tienduizend dollar ging ophalen die ze had verdiend met het promoten van een nachtclub in het Meatpacking District.

Mijn honorarium bedroeg meer.

'Zeg maar tegen Don dat ik geen lauweren heb om op te rusten,' zei ik, terwijl ik achteroverleunde tegen het gevoerde hoofdeinde van mijn bed. Don is mijn partner. Hij is ook mijn mentor en surrogaatvader of oom of zo. En het belangrijkste, hij vroeg zich nu waarschijnlijk af waar ik was. Ik hoorde de witte ruis nog, ook al had ik de app afgesloten, en ik pijnigde mijn hersens voor een geloofwaardig verhaal dat ik niet onlangs al had gebruikt. 'Een cliënt van me van een paar jaar geleden belde me vanochtend vroeg. Zijn zoon was na een feestje in Brooklyn aangehouden voor rijden onder invloed. Hij dacht dat hij het er inmiddels wel uitgeslapen had, maar hij was nog dronken van de avond ervoor.' De stem naast me mompelde dat hij niet de enige was. 'Het duurde wat langer dan ik dacht om te voorkomen dat hij in staat van beschuldiging werd gesteld.'

'Mooi. Don zal het fijn vinden om te horen dat je niet in de buurt bent. Hij zal het niet toegeven, maar die oude softie maakt zich vreselijke zorgen om je.'

Ik snapte het verband niet tussen die twee zinnen, maar dat is het hele punt als je een leugenaar bent: je ontwikkelt een instinct voor momenten dat je een stap gemist hebt en moet doen alsof. 'Er is geen reden tot bezorgdheid,' zei ik. 'Je belde toch niet om me te controleren, of wel soms?'

'Nee, er is een kind dat telkens belt. Weigert een naam te noemen. Hij of zij dreigt naar kantoor te komen als je niet terugbelt. Bij kinderen is dat in mijn optiek een ernstig dreigement.'

'Goed om te weten dat er iemand met een ijzeren ruggengraat bij ons bij de receptie zit, Einer. Geef het telefoonnummer maar. En zeg tegen Don dat hij zich geen zorgen hoeft te maken. Gewoon een gevalletje van rijden onder invloed.'

Ik deed mijn nachtkastje open en haalde er een pen uit en een van de vele notitieblokjes die ik altijd onder handbereik heb liggen.

Ik had het telefoonnummer al voor de helft op mijn telefoon ingetoetst toen ik merkte dat de hand aan het eind van de onderarm die over mijn heup lag, begon te frunniken. Niet te geloven.

Ik gooide de dekens van me af, rolde uit bed en raapte kleren van de vloer. 'Het is al laat. Het vliegtuig waar je vrouw in zit, landt binnen een uur.'

De telefoon ging maar één keer over.

'Hallo?' De stem klonk gretig. Helder, maar zacht. Ik snapte waarom Einer aan het geslacht van de beller had getwijfeld. Geen klein kind, geen vrouw.

'U spreekt met Olivia Randall. Hebt u naar mijn kantoor gebeld?'

'Ja. Ik maak me zorgen om mijn vader. Hij neemt zijn telefoon niet op en reageert niet op berichten.'

Geweldig. Hadden we het punt bereikt waarop kinderen advocaten gaan bellen zodra hun overbezorgde ouders niet reageerden? Ik kwam in de verleiding om op te hangen, maar met een beetje pech bleek haar vader een belangrijk persoon te zijn.

'Je vader is vast gewoon even niet bereikbaar. Oké?'

'Nee, u snapt het niet. De politie was hier. Ze hebben hem meegenomen. Hij zei dat alles in orde was, maar even later kwam de politie terug.' Ik dacht weer aan de opmerking van Einer dat Don opgelucht zou zijn te horen dat ik niet in de buurt van kantoor was. 'De politiecommissaris was er ook bij. Ze klopten op de deur en zeiden dat ik het appartement uit moest.'

'Hebben ze gezegd waarom?' vroeg ik, terwijl ik met mijn vrije hand de lakens begon af te halen.

'Nee, maar ik vroeg of ik werd gearresteerd. Ze zeiden van niet en daarna deden ze overdreven aardig tegen me, noemden me lieverd en zo, vroegen of ze familie konden bellen om te vragen of ik bij hen kon logeren. Op dat moment ben ik opgehouden met vragen stellen en heb ik gezegd dat ik met de debatclub moest gaan oefenen en dat ik vanavond bij mijn tante zou logeren.'

'Dus je bent nu bij je tante?' Ik kreeg hoofdpijn van dit gesprek. Ik kreeg overal hoofdpijn van.

'Nee, ik heb niet eens een tante. Maar ik bedacht dat ik meer zou kunnen doen als ik in mijn eentje was dan wanneer ze me bij een pleeggezin of zo zouden onderbrengen.'

'Dus je bent bij een pleeggezin?' Ik gooide het bovenste laken op de vloer van mijn kast.

Het meisje aan de andere kant van de lijn gromde. 'O mijn god. De politie was hier om met mijn vader te praten. Nu is hij weg. Er zijn agenten in ons appartement die me zo'n beetje het huis uit hebben gezet. Ik weet bijna zeker dat ze mijn vader niet zomaar hebben meegenomen. In dat geval kan ik nergens heen en bestaat de kans dat ik naar een pleeggezin moet. En dus heb ik die tante verzonnen en heb ik u gebeld.'

Ik gokte dat de vader van het meisje waarschijnlijk gearresteerd was en dat ze mijn naam in de euforische tweets van mijn laatste beroemde cliënt, Mindy Monaghan, had zien staan. Ik begon aan mijn gebruikelijke riedeltje om de opdracht af te wimpelen door te zeggen dat ik geen nieuwe cliënten aannam, enzovoorts. Daarop eiste ze dat ik naar het First Precinct zou gaan om haar vader te helpen.

'Hoe weet je dat hij bij het First Precinct is?'

'Dat weet ik niet zeker, maar de politieauto's die voor ons appartementencomplex stonden, hadden op de zijkant een één.'

'Bingo, het First Precinct dus. Ik kan je een lijst met gewaardeerde collega's mailen zodat je...'

'Nee, u móét hem helpen. Dat is wel het minste wat u kunt doen na hoe u hem hebt behandeld.'

'Wil je zeggen dat ik je vader ken?' Te veel cliënten denken dat als je ze één keer hebt bijgestaan, je voor de rest van hun leven hun advocaat bent.

'Mijn naam is Buckley Harris. Mijn vader is Jack Harris.'

Jack Harris. De naam kwam zo hard aan dat ik de grappa van gisteravond achter in mijn keel proefde.

Haar stem verdrong, net als witte ruis, alle andere gedachten – beelden uit het verleden – die mijn bewustzijn probeerden binnen te dringen. 'Ik hoorde ze over schoten praten, dus ik nam aan dat het over mijn moeder ging. Maar toen zag ik het nieuws online en nu ben ik compleet paranoïde en ik denk dus dat het daar iets mee te maken heeft.'

Na wat er met haar moeder was gebeurd, snapte ik dat het meisje paranoïde was. Maar opnieuw zag ik het verband niet tussen die twee zinnen. Welk nieuws?

'Ik zal naar het First Precinct gaan om uit te zoeken wat er aan de hand is. Kun je ergens naartoe?' Het was juni. Hadden kinderen dan al zomervakantie? Ik had geen idee.

'Ik ga naar Charlotte.'

Het was heel lang geleden dat ik die naam voor het laatst had gehoord.

Zodra ik had opgehangen liep ik naar de woonkamer. Mijn aktetas lag op de bank, precies op dezelfde plek waar ik die de vorige avond had laten vallen toen Ryan mijn colbertje uittrok.

Ik haalde mijn laptop eruit, klapte hem open en googelde op 'geweerschoten New York'. Iemand had vanochtend het vuur geopend bij het Hudson River Park. Het aantal doden en gewonden was onduidelijk. En mijn ex-verloofde, Jack Harris, zat waarschijnlijk op het politiebureau van het First Precinct omdat hij daar wellicht iets mee te maken had.

Toen ik in het politiebureau van het First Precinct naar de balie toe liep, stootte een agent in uniform zijn collega aan, waarna er kort werd gefluisterd. Wie weet herkenden ze me als vrij succesvolle advocaat of van roddels die op het politiebureau rondgingen. (Hoewel ze zeker niet konden zeggen dat ik op mannen in uniform viel, kun je als alleenstaande vrouw niet tien jaar bij het gerechtshof rondlopen zonder dat er ooit iets gebeurt.)

Het kon ook zijn, en dat was aannemelijker, dat ik eruitzag als iemand die niet op een politiebureau thuishoort. Een beetje agent zou aan mijn maatpak en dure schoenen zien dat ik een openbaar aanklager of advocaat of verslaggever of slachtoffer met geld was, wat hoe dan ook problemen zou opleveren.

Op mijn drieënveertigste wist ik inmiddels dat de meeste mensen zich geïntimideerd voelden door mijn standaard gelaatsuitdrukking als ik nadacht: ingespannen blik, denkrimpels op mijn voorhoofd, op elkaar geperste lippen. Op internet werd het een *resting bitch face* genoemd, zo'n gezicht waar het chagrijn vanaf druipt. Zo'n gezicht had ik inderdaad, maar gelukkig weet ik ook hoe ik dat moet corrigeren. Mijn moeder heeft me altijd voorgehouden dat ik een goede eerste indruk moet maken.

'Hallo.' Toen ik de verzamelde agenten mijn mooiste glimlach schonk, voelde ik dat het vochtgehalte in mijn huid nodig op peil gebracht moest worden. Ik vertelde dat ik voor Jack Harris kwam.

Ik hoopte op wezenloze blikken, maar in plaats daarvan vroeg de baliemedewerker of ik de advocaat van Harris was. Ik glimlachte nog steeds.

'Dat ben ik,' zei ik onaangedaan. 'Meneer Harris is een goede bekende van me. Hij is een belangrijk man in New York. Als hij hier is, neem ik aan dat u daar een verklaring voor hebt.'

De politie beweert graag onpartijdig te zijn, heeft de mond vol over rechtvaardigheid, rassengelijkheid, eerlijkheid en evenwichtige beeldvorming, blablabla. Maar de werkelijkheid is dat ze gewend zijn dat slachtoffers en daders arm en machteloos zijn. Als het rechtssysteem te maken krijgt met iemand die rijk en machtig is, is dat een groot probleem. Het kan dan ook geen kwaad om meteen al met al je veren te pronken.

De baliemedewerker liet zich echter niet uit het veld slaan. 'U zegt dat u Jack Harris kent? Tja, eerlijk gezegd dacht ik hem ook te kennen. Het is vreselijk wat hij heeft doorgemaakt. Gisteren zou ik de rode loper nog voor hem hebben uitgelegd, maar nu?' Hij maakte een afkeurend geluid.

Opnieuw lag ik een stap achter, maar ik wist dat ik van een omhooggevallen receptionist niets wijzer zou worden.

Hij pakte de handset van de dichtstbijzijnde telefoon.

'Brigadier, u weet vast wel dat u, vanwege het in New York geldende recht op een advocaat, Jack Harris direct moet laten weten dat zijn advocaat er is.'

Hij zwaaide heen en weer met de handset. 'Wie denkt u dat ik bel dan? De *ghostbusters*?'

De man die een paar minuten later uit het trappenhuis kwam, was direct herkenbaar als een multigenerationele agent. Jong, maar zelfverzekerd. De bleke huid, het rode haar en de sproeten van een Ier uit de stad. Toen hij zich voorstelde, werd die eerste indruk bevestigd. Hij heette Jimmy Boyle.

'Tjonge, heet u echt zo of is dat een schuilnaam die u bij een promotie van de politie hebt gekregen?'

'Honderd procent authentiek. Niet James. Niet Jim. Jimmy Boyle staat er op mijn geboorteakte.'

Ik zei tegen hem dat ik mijn cliënt moest spreken en hij vertelde dat hij dat al had gehoord. Ik volgde mijn gevoel en vroeg of Jack hier was in verband met de schietpartij bij de Hudson.

Jimmy Boyle knikte. Puur zakelijk. 'Waarschijnlijk wordt hij driemaal aangeklaagd.'

Voor moord, veronderstelde ik. Drie aanklachten wegens moord tegen een man van wie ik me alleen kon voorstellen dat hij werd aangehouden als hij per ongeluk zonder te betalen met een mueslireep een biologische supermarkt uit liep. Buckley Harris' grootste angst over haar vaders situatie bleek al snel te kloppen.

Ik vroeg aan Jimmy Boyle of we het over dezelfde Jack Harris hadden. 'De Jack Harris die ik ken zou nooit...'

'Leuk geprobeerd, mevrouw. U krijgt later de details te horen. Maar Harris? In een oogwenk van goedzak naar slechterik.'

2

Terwijl ik achter rechercheur Boyle de twee trappen op ging, door een briefingkamer kwam en door een smalle gang met aan weerszijden verhoorkamers en cellen, probeerde ik mezelf mentaal voor te bereiden.

Ik had Jack al bijna twintig jaar niet gezien, alleen op foto's. De huwelijksaankondiging in het Sunday Styles-katern van *The New York Times* toen hij met Molly, meisjesnaam Buckley, trouwde. (*Mevrouw Harris, 25, is vervangend leerkracht op een middelbare school. Ze is afgestudeerd aan het Boston College. Ze is de dochter van Pamela en Daniel Buckley uit Buffalo, in de staat New York.*) De auteursfoto's op drie verschillende romans, het standaardplaatje van mannelijke literaire auteurs: geen glimlach, indringende blik. Het tegenovergestelde van Jack. De foto op de jaarlijkse kerstkaart die bij onze gemeenschappelijke vriendin Melissa op de koelkast prijkte, foto's die uiteindelijk zouden opduiken in al die gedenk-de-slachtoffers-terugblikken nadat Molly was overleden.

Uit al die foto's wist ik dat Jack, net als wij allemaal, ouder was geworden. Wat extra gewicht verzachtte de hoeken van zijn magere gezicht en een paar rimpels maakten zijn groene ogen nog sprekender. Enkele grijze haren hadden zijn volle, warrige haardos met bruin, golvend haar wat lichter gemaakt. Maar ondanks de subtiele veranderingen leek hij op die foto's nog altijd op de jongen die ik had leren kennen toen we beiden achttien waren. Hij was zo iemand die er in de loop der jaren aantrekkelijker op was geworden.

De man van wie ik een glimp opving door de doorkijkspiegel toen Boyle bij een verhoorkamer bleef staan, zag er niet uit zoals ik op grond van al die foto's had verwacht. Denk aan alle schoonheidstips om er op je voordeligst uit te zien: goed slapen, veel water drinken, geen stress. Als je gearresteerd wordt, krijg je het tegenovergestelde. Jack zag er moe en onverzorgd uit. Zweetplekken bij de oksels van zijn effen witte T-shirt. Don noemde dat 'het verval van hechtenis': angst, uitputting, slechte tl-verlichting. Het was geen fraai gezicht.

Jack kromp ineen toen de deur van de verhoorkamer openging. Zijn ogen lichtten op toen hij me herkende.

Ik probeerde hem direct met een glimlach gerust te stellen en wendde me tot Boyle. 'We hebben een kamer met privacy nodig.'

'Als ik de deur hier dichtdoe, hebt u alle privacy die u wilt, mevrouw. De opnameapparatuur staat uit.'

'Moet u horen, rechercheur, als uw harde werken en schrandere onderzoeksvaardigheden iets opleveren wat u opgepikt zou kunnen hebben tijdens het gesprek dat ik straks met mijn cliënt ga voeren, wilt u dan echt dat ik ga zeggen dat er sprake is van schending van het Zesde Amendement? Rechters weten hoe gemakkelijk het is om met één druk op een knop alles te volgen wat er zich in deze ruimtes afspeelt. En laten we wel wezen, veel rechters kunnen tegenwoordig toch al niet veel hebben van de politie hier in New York.'

Ik zag aan Boyle dat hij een rechtszitting in de verre toekomst voor zich zag. 'Geen punt. Een ogenblikje alstublieft.'

Jack deed zijn mond open zodra Boyle uit het zicht verdwenen was, maar ik legde mijn wijsvinger tegen mijn lippen. Hij keek me aan alsof hij betwijfelde of ik echt was en zijn ogen zochten de mijne voor… Voor wat? Troost, uitleg, een verontschuldiging? De kamer, die toch al klein was, leek met elke seconde die in stilte verstreek kleiner te worden. Uiteindelijk moest ik wel een andere kant op kijken. Twee minuten later was Boyle terug. Hij zei tegen Jack dat die moest gaan staan en zijn handen voor zich moest houden, waarna hij hem handboeien omdeed.

'Moet dat nou, rechercheur?'

'U wilt hem zelf zo graag uit deze comfortabele kamer met een groot stevig slot weg hebben. Het is het een of het ander, mevrouw Randall. Of bent u vergeten dat uw cliënt van drievoudige moord wordt verdacht?'

In de vergaderkamer waar Boyle ons naartoe bracht, was nergens een doorkijkspiegel of opnameapparatuur te zien. Ik bedankte hem vlak voordat hij de deur dichtdeed. Hij wierp een vertwijfelde blik op het plafond.

Jack keek me nog steeds vol ongeloof aan. 'Hoe wist je…'

'Je dochter belde me.'

'Maar hoe wist zij…'

'Ze had conclusies getrokken uit wat er was gebeurd en maakte zich zorgen. Het lijkt me een slimme meid.'

Er viel een ongemakkelijke stilte en hij keek naar de deur die rechercheur Boyle zojuist had dichtgedaan. 'Worden gesprekken echt afgeluisterd?'

'Hij moet weten dat je een advocaat hebt die zijn werk er niet gemakkelijker op zal maken.' Boyle kon elk moment terugkomen om te zeggen dat het tijd was om Jack naar de gevangenis over te plaatsen. Na het standaardpraatje over geheimhoudingsplicht kwam ik direct ter zake. 'Ze schijnen te denken dat ze belastend bewijsmateriaal tegen je hebben. Wat kan dat zijn?'

Hij mompelde zo zacht dat ik hem amper verstond. 'Howard Johnson.'

'Het hotel?' vroeg ik.

'Nee. Je eerste oefengesprek met een cliënt toen we rechten studeerden. De professor gaf je een nepdossier, een beroving. De cliënt heette Howard Johnson en je oefende met mij. We zaten op die bobbelige futon in de woonkamer, weet je nog? En je werd heel boos op me omdat ik steeds moest lachen als ik zei dat ik Howard Johnson heette. We begonnen telkens opnieuw, tot je zei dat ik dan maar een andere naam moest noemen, zodat je tenminste de vragen kon stellen die je van tevoren had opgeschreven.' Jack keek naar de tafel, zag een tafereel voor zich dat twintig jaar geleden had plaatsgevonden. 'En dus noemde ik andere namen: Mel Content, Jerry Atric, Drew Blood. Je zag er de humor niet van in tot ik zei dat ik Seymour Butts heette. Je klinkt nu niet meer als een gestreste eerstejaars rechtenstudent.'

Jack leed niet alleen fysiek maar ook geestelijk onder zijn hechtenis. Sommige mensen raakten er bijna van in shock. Er was geen tijd om herinneringen op te halen. Ik moest hem weer in het heden zien te krijgen.

'Jack, je staat onder arrest, kennelijk voor moord. Er is vandaag geschoten bij het voetbalveld bij pier 40 van het Hudson River Park. Daarbij zijn mensen omgekomen. Hebben ze je dat verteld?' Ik had vlug het nieuws bijgelezen op mijn telefoon tijdens de taxirit naar het politiebureau en daaruit had ik opgemaakt dat de slachtoffers nog niet geïdentificeerd waren en dat er nergens had gestaan dat er een verdachte was gearresteerd. 'Denk goed na over de volgende vraag: waarom zou de politie denken dat jij dit hebt gedaan?'

Dat zorgvuldig formuleren had ik van Don geleerd. De manier waarop de vraag was verwoord creëerde afstand, bood de cliënt de gelegenheid me te vertellen wat voor bewijsmateriaal de politie kon hebben, maar gaf mij ethisch gezien toch de ruimte om de cliënt in de rechtbank een heel ander verhaal te laten vertellen.

‘Ik... Ik hoorde schoten toen ik bij West Side Highway was. Ik wist niet eens dat het schoten waren. Eenmaal thuis hoorde ik het nieuws. Ik was uiteraard aangeslagen, ik bedoel, na Molly. Dat ik zo dicht bij een schietpartij was geweest...’

Toen Molly was vermoord, had ik overwogen iets van me te laten horen. Maar hoe? Bellen? Heeft Hallmark een speciale categorie kaarten met ‘sorry, dat ik geen contact meer met je heb opgenomen sinds ik je leven heb verwoest en ik vind het vreselijk voor je dat je de vrouw hebt verloren die je leven weer zin had gegeven’? Waarschijnlijk niet.

Toen Jack beschreef hoe hij in een bezweet T-shirt in een verhoorkamer terecht was gekomen, zag ik elke stap voor me. Het begon met Jimmy Boyle die op de deur van Jacks appartement klopte. Boyle vertelde hem dat ze op zoek waren naar getuigen, alsof het een standaard buurtonderzoek was. De politie zocht mensen die wellicht iets hadden gezien. Het zou fijn zijn als hij mee kon komen naar het politiebureau. En Jack was nu eenmaal heel behulpzaam.

Ik onderbrak hem om te vragen of de politie hem de mogelijkheid had geboden hen vanuit het comfort van zijn eigen appartement ‘te helpen’.

‘Eh, ja, volgens mij wel. Maar Buckley was thuis en ik merkte dat ze meeluisterde. Je weet hoe kinderen zijn.’ Dat wist ik niet. ‘En Buckley is... In veel opzichten is ze een taaie, dappere meid, maar bepaalde zaken liggen gevoelig. Hoe ze haar moeder heeft verloren... Dat heeft haar beschadigd. Het idee dat de politie bij haar thuis vragen over wapens kwam stellen... Je kunt je voorstellen dat ze dan overstuur raakt. Dus toen de rechercheur voorstelde om het gesprek op het politiebureau te voeren, dacht ik dat dat was omdat hij zag dat ik werd afgeleid door Buckley.’

‘En dus stemde je in om mee te gaan?’

‘In feite wel, maar ik heb zeker al een half uur geleden

gezegd dat ik naar huis moet en hij zegt steeds dat ze nog wat meer tijd nodig hebben.'

Ik sloot mijn ogen. Jack was niets veranderd: aardig, maar goedgelovig. De politie had hem bespeeld. 'Je dochter maakte zich niet voor niets zorgen, Jack. Je bent geen getuige, je bent een verdachte. En die rechercheur lijkt er vrij zeker van dat ze een zaak tegen je hebben. Wat heb je tegen hen gezegd?'

'Vanochtend... O mijn god, Olivia, dat ik dit nu uitgerekend aan jou moet vertellen. O, wat gênant.'

'Tja, ik ben momenteel de enige die je hebt en Boyle zal snel terugkomen om het verder af te handelen.' In staat van beschuldiging stellen. Transport. Een cel. Hij kon het zich nu niet veroorloven om verlegen te zijn. 'Als jij niet praat, kan ik je niet helpen, dus ik zal de vraag nogmaals stellen: waarom zou de politie denken dat jij dit gedaan hebt?'

Toen hij eindelijk klaar was met zijn antwoord op mijn zorgvuldig geformuleerde vraag, leunde hij achterover in zijn stoel en hij keek omhoog naar het akoestische systeemplafond. 'Ze zullen me nooit geloven.'

Ik slaagde erin mijn antwoord weg te slikken. Nee, natuurlijk geloven ze dit niet.

Ik dwong Jack om me precies te zeggen hoeveel van die informatie hij aan de politie had verteld.

'Alles,' zei hij.

'Dat meen je niet! De avondjurk en de mand en het boek?'

'De rechercheur zei dat hij nieuwsgierig was. Dat hij zelf ook single was. Telkens als ik vroeg waarom hij al die details wilde weten, leek hij daar een verklaring voor te hebben.'

Boyle had naar details gevraagd en nu hadden ze dus – op tape – een complexe verklaring van Jack waarom hij in de buurt van de schietpartij was geweest. En ingewikkelde verhalen klinken ongeloofwaardiger dan eenvoudige verhalen.

Jack zei dat hij nooit tegen Charlotte over die vrouw had moeten beginnen. 'Ze heeft een website, *The Room*. En ze is dol op romantische berichten. Jezus, ik heb zelfs gezegd dat die vrouw me aan Molly deed denken, dat ik voor het eerst openstond voor een tweede kans op geluk.'

Geen tweede kans, een derde. Molly was de tweede, want ik was de eerste. Twintig jaar later en nog steeds zo veel schuldgevoelens.

'Ik had kunnen weten dat Charlotte mijn woorden letterlijk zou opvatten en zou proberen die vrouw te vinden,' zei Jack. 'En als Charlotte eenmaal iets in haar hoofd heeft... Voor ik het wist, stond het bericht op de homepage van *The Room*. Ik schaamde me dood. Mijn naam werd niet genoemd, maar dat had ze net zo goed wel kunnen doen, want het bericht stond vol biografische details. Ik dacht er verder niet meer aan tot Charlotte een paar dagen later zei dat er een reactie was geplaatst. We begonnen te e-mailen en ik zou haar vandaag ontmoeten. Ik zweer het je, dat is alles wat ik weet.'

En hij had alle details aan de politie verteld en die zou de informatie zo verdraaien dat die precies in hun straatje paste.

'Die vrouw, die Madeline, had die bepaald dat jullie elkaar bij het voetbalveld zouden zien? Staat dat in de e-mails?'

'Jazeker, als je bepaalde zaken met elkaar in verband brengt. Nadat ze op dat bericht op de website had gereageerd, vroeg ik haar welk boek ze had zitten lezen. Dat was *Eight Days to Die*, een van mijn lievelingsboeken.' Ik kende dat hele boek niet, maar ik ben ook niet zo'n groot lezer meer. 'Toen ze gisteravond voorstelde om af te spreken, zei ze dat we elkaar bij hoofdstuk 12 zouden zien. In dat hoofdstuk zit een scène die zich bij het voetbalveld afspeelt.'

Zijn bizarre, ingewikkelde verhaal over Madeline had nog een absurde extra laag gekregen, maar zolang de vrouw zijn verhaal bevestigde, konden we aantonen dat het niet Jacks idee was geweest om die ochtend naar het voetbalveld te gaan.

Ik vroeg hem wat er precies gebeurd was toen hij daar aankwam.

'Niets. Geen groots, dramatisch moment. Ik zag wat mensen aan de andere kant van het veld, maar nergens was een vrouw die op me leek te wachten. Even vroeg ik me af of er opnamen gemaakt werden voor dat tv-programma met een verborgen camera. Probeerde iemand een gemene grap met me uit te halen? Ik voelde me behoorlijk dom. Toen begon het opeens heel hard te regenen en dat vatte ik op als een teken. Het was genoeg geweest, terug naar het echte leven.'

Ik wees hem erop dat hij het niet helemaal had opgegeven. Hij had de mand en het briefje daar achtergelaten.

'Ergens wilde ik geloven dat ze toch zou komen, maar ik snap niet wat dat met de schietpartij te maken heeft. Ik weet niet waarom Malcolm Neeley daar was. Ik zweer het je, toen de rechercheur zijn naam noemde, was het of ik een klap kreeg. Een aambeeld dat uit de lucht komt vallen, zoals in een stripverhaal, en zo op mijn hoofd belandt. Het voelt nog steeds onwerkelijk.'

Toch had hij niet om een advocaat gevraagd.

Iedereen denkt de politie van zijn of haar onschuld te kunnen overtuigen zolang er geen advocaat bij het gesprek aanwezig is. Stom, stom, stom. Ik vroeg Jack waar zijn overhemd was, al dacht ik het antwoord al te weten.

'Toen we bij het politiebureau aankwamen, zei hij dat ze alle mensen die bij de waterkant waren geweest gingen testen. Hij zei dat het zo gebeurd zou zijn. Ze namen monsters van mijn handen.'

'Vond je het niet raar dat ze om je kleding vroegen?'

'Praat niet tegen me alsof ik een idioot ben, Olivia.'

Een van onze eerste ruzies was precies zo begonnen: hij

vond dat ik niet moest doen alsof hij een idioot was. 'Ik behandel je niet alsof je een idioot bent,' had ik gezegd, 'dat ben je namelijk.' In plaats van zich te verdedigen, had hij gezegd dat ik hem zijn mannelijkheid ontnam, waarop ik iets zei wat nog gemener was.

Nu zei ik alleen: 'Jack, je overhemd.'

'Dat met dat overhemd was later. Nadat ik tegen hem gezegd had dat ik naar huis moest, zei hij dat bepaalde zaken opgehelderd konden worden als hij mijn overhemd ook kon krijgen om te testen. Ik zal alles doen om mijn onschuld te bewijzen. Hoe lang duren zulke tests?'

Ik hield mijn mond.

Schotresten. Een schotrestenonderzoek was een eenrichtingsweg. Bij een positieve uitslag leek de verdachte schuldig. Een negatieve uitslag kon aan water en zeep worden toegeschreven.

'Ik wilde dat je tegen me zou zeggen dat het er niet zo slecht voor staat,' zei hij. 'Ik neem aan dat de oproep over die gemiste kans nog op internet staat. De politie mag mijn e-mails lezen, ze doen maar. Het klinkt inderdaad gestoord, maar dat betekent nog niet dat ik iemand heb neergeschoten. Hoe kunnen ze dat nou denken?'

'Jack, het gaat om Malcolm Neeley. Het is toch logisch dat ze dat denken?'

Even dacht ik dat hij zou gaan huilen, maar hij vermande zich. 'Weet je wat het ironische is? Toen ik Madeline voor het eerst bij de pier zag met een of ander pakketje naast zich, dacht ik dat ze misschien een weggelopen bruid was die de hotelkamer was ontvlucht met een in de haast ingepakte tas, die zo meteen een vroege trein vanaf Penn Station zou nemen. Daar had je het. Penn Station, een geheugensteuntje aan de reden dat ik niet naar onbekende vrouwen kijk, me afvraag hoe ze leven en daar hele achtergrondverhalen bij bedenk. Altijd is er opeens iets wat me eraan herinnert dat ik geen normaal leven meer heb. Zodra ik aan Penn Station dacht, had ik moeten wegrennen zonder nog om te kijken.'

3

Voor elke generatie Amerikanen geldt dat er minstens één dag is waarvan ze nog precies weten waar ze waren toen ze het nieuws hoorden. Pearl Harbor. De moord op Kennedy. 11 september.

En er waren data die net zo'n stempel op iemands leven drukten, maar dan meer regionaal. Het bloedbad op de Columbine High School in Colorado. De aanslag op een overheidsgebouw in Oklahoma. De marathon van Boston. De klokkentoren in Texas. Rellen in Los Angeles. Een brand in een nachtclub in Rhode Island.

Voor de stad New York was het recentste in de categorie afschuwelijke gebeurtenissen het bloedbad op Penn Station. Tot die ochtend drie jaar geleden bewogen we ons als vee door de poortjes en gangen van ons overvolle openbaar vervoer. We klaagden over vertragingen, over aktetassen die tegen ons aan botsten of over een medereiziger die nodig eens moest douchen. Maar toen was er in de spits een grote schietpartij. Het onvoorstelbare leek opeens onvermijdelijk.

Dertien doden, om nog maar te zwijgen van het aantal gewonden of de schutter die een laatste kogel in zijn eigen kaak schoot toen hij zag dat de politie zijn kant op kwam, nog geen twee minuten na de eerste schietgeluiden. Pakweg elke twee seconden een schot en dat gedurende honderdacht seconden, was de afgrijselijke schatting die later in de media werd genoemd.

Dat waren niet de enige schokkende details die later bekend werden. De dader was geen buitenlandse jihadist, zoals de meesten van ons dachten toen we het nieuws over een aanslag in Penn Station hoorden. Hij was van hier. En hij was niet eens volwassen. Het ging om een jongen van vijftien, lengte een meter zeventig, gewicht achtenvijftig kilo. Zijn naam was Todd. Ondanks zijn beperkte omvang was Todd in staat grote schade aan te richten, want hij had een Bushmaster-geweer en twee .40 kaliber pistolen bij zich, alle drie semiautomatische wapens.

Net als ik was blijven kijken naar de continue herhalingen van vliegtuigen die op de Twin Towers afvlogen, had ik de dagen daarna aan mijn tv-toestel gekluisterd gezeten, bang als ik was om mijn appartement te verlaten nu er gewaarschuwd werd dat anderen de schietpartij wellicht zouden na-apen.

Hoe kwam een jongen van vijftien aan zulke wapens, wilden woedende, verbijsterde New Yorkers weten.

Na de nieuwscyclus van de daaropvolgende vierentwintig uur kwam er antwoord op die vraag. Todds moeder, die ondanks drie opnames in een psychiatrische inrichting depressief bleef, had zelfmoord gepleegd toen de jongen acht was. Todds oudere broer was toen aan het afstuderen. Todds vader, die vastbesloten was dat zijn jongere zoon normaal behandeld zou worden – ook al hadden leerkrachten en adviseurs herhaaldelijk aangegeven dat hij beslist niet normaal was – verzette zich tegen psychiatrische behandeling en alles waaruit zou blijken dat zijn zoon, net als diens moeder, 'ziek' was (zijn benaming, niet die van artsen).

Hij stuurde zijn zoon telkens naar een andere school, op zoek naar een plek waar men bereid was Todds gedragsstoornis en psychische problemen te negeren. Ten tijde van de schietpartij zat Todd op de Stinson Academy, kennelijk een laatste kans voor verknipte rijkeluiskinderen in de wereld van elitaire privéscholen. In plaats van hulp te zoeken voor zijn boze zoon die zich steeds vreemder ging gedragen, wendde de vader zijn aanzienlijke rijkdom aan om activiteiten te stimuleren die ze samen konden doen in de paar minuten per week dat de vader tijd had voor zijn zoon: honkbalwedstrijden van de Yankees, nu en dan een potje golfen en vuurwapens. Veel vuurwapens. Veel munitie. Vele uren op de schietbaan vlak bij hun buitenhuis in Connecticut.

Todd liet geen briefje achter, geen dagboek waarin hij zijn plannen beschreef, geen videoboodschap zoals veel andere massamoordenaars, maar de politie vond wel tekeningen: van opgeknoopte babypoppen, van boze copulerende konijnen, van mannen met capes die door draken werden verslonden. Maar een verklaring was niet nodig. Psychische aandoening, sociaal isolement, vuurwapens: alle ingrediënten voor een bekend, fataal recept.

In de volgende nieuwscyclus verschenen foto's van de slachtoffers. Dertien doden, hun gezichten plus een korte biografie vulden een halve pagina van *The New York Times*. Een zesenveertigjarige kankeronderzoeker. Een eenentwintigjarige Koreaanse uitwisselingsstudent. Een zesenzestigjarige Vietnamveteraan die Agent Orange had overleefd. Een veertigjarige leerkracht. Een jongen van tien uit Alabama die voor het eerst in New York was.

Todd had ze lukraak uitgekozen: blanken en kleurlingen, mannen en vrouwen, jong en oud, rijk en arm. Een kleine, maar representatieve afspiegeling van de smeltkroes in New York, hun lot slechts verbonden doordat ze de pech hadden op die verschrikkelijke ochtend binnen het bereik van Todds kogels te zijn.

Mijn blik gleed terug naar de foto van de leerkracht. Ik verstijfde direct, want ik kende haar. Toch controleerde ik de naam. 'Molly Harris, veertig jaar, New York City, vervangend leerkracht,' stond er onder de foto. Ik had haar gezicht ruim tien jaar in december op Melissa's koelkast zien hangen: Jack, Molly, hun dochter Buckley, die ik van een baby in een peuter had zien veranderen en daarna in een meisje en in een tiener.

Ik speurde het internet af, herlas de berichtgeving in de media vanuit een nieuw perspectief. Volgens meerdere overlevenden had een vrouw van middelbare leeftijd in een blauwe jurk iets tegen Todd gezegd vlak voordat ze zijn eerste slachtoffer werd. Todd verstarde toen de vrouw op de grond viel. Sommige getuigen zeiden dat er zo'n radeloze uitdrukking op zijn gezicht lag dat ze niet doorhadden dat hij een geweer vasthield. En toen was de pauze voorbij en begon hij te schieten.

Een artikel in de *New York Daily News* meldde dat de vrouw in de blauwe jurk moeder en leerkracht was. 'Mensen die de vrouw kenden, denken dat ze, doordat ze een cursus had gevolgd over wat te doen bij geweld op school, misschien geprobeerd heeft hem op andere gedachten te brengen, zodat hij van zijn dodelijke plannen zou afzien.' Ik las het eerbetoon in *The New York Times* opnieuw. Molly was de enige leerkracht. In plaats van weg te rennen of in elkaar te duiken was Jacks vrouw omgekomen terwijl ze volslagen onbekenden probeerde te redden.

Binnen een paar weken verschenen niet alleen de gezichten van de slachtoffers in kranten en op tv. Nabestaanden vertelden over hun dierbaren. Vanuit hun gemeenschappelijke en ongewenste prominente positie riepen ze op tot hervormingen, zoals meer veiligheid in het openbaar vervoer, betere geestelijke gezondheidszorg en strengere regelgeving voor wapenbezit. Sommigen waren zelfs bereid hardop te zeggen wat veel mensen zich vanaf het begin al hadden afgevraagd: hoe haalde die vader het in zijn hoofd?

En een jaar geleden, toen het aantal passagiers weer op het

niveau zat van voor de schietpartij en toen de namen van de slachtoffers uit het publieke bewustzijn waren verdwenen, waren de overlevenden – onder aanvoering van 'de man van de dappere leerkracht' – een stap verder gegaan. Ze hadden een rechtszaak aangespannen tegen de vader van de schutter voor dood door schuld, vlak voor de verjaringstermijn verstreek. Vorige maand werd er in de kranten amper melding van gemaakt toen een rechtbank in de staat New York de rechtszaak die de families hadden aangespannen, had geseponeerd.

En nu was er vanochtend weer een schietpartij geweest, waarna bange New Yorkers een veilig heenkomen hadden gezocht. Ook nu had niet iedereen het overleefd. Volgens rechercheur Boyle waren er slechts drie doden, geen dertien. Maar wat op dit moment vooral belangrijk was, was de identiteit van een van de drie: Malcolm Neeley.

Ik hoefde het niet op te zoeken, want ik wist zo ook wel dat Malcolm Neeley een multimiljonair was, een bankier die geld investeerde van klanten die tot de rijkste en machtigste mensen ter wereld behoorden. Hij was zo rijk dat beroemdheden bij hem vergeleken arm leken. Slechts weinig mensen kenden zijn naam, tot zijn vijftienjarige zoon, Todd, het vuur opende in Penn Station, dertien mensen doodde en acht anderen verwondde.

Hij was aan de rechtszaak voor dood door schuld ontsnapt en was vanochtend gedood. En nu zat de man van de heroïsche leerkracht in hechtenis, en wat nog het dichtst in de buurt van een alibi kwam, was dat hij een afspraak had gehad met een vrouw die hij niet eens kende.

4

Aan de andere kant van de vergadertafel had Jack zijn ogen dicht en hij fluisterde tegen zichzelf dat het niet te geloven was dat dit gebeurde.

Mijn gedachten gingen terug naar ons tweede jaar op de universiteit. Jack die op mijn deur bonsde, in tranen uitbarstte toen hij mijn kamer binnen stapte. Zijn vader was aan een hartaanval overleden. Charlotte zat weer eens een weekendje op een of andere geweldige locatie. Ik kan het gewoon niet geloven, herhaalde hij telkens weer terwijl hij met zijn hoofd in mijn schoot huilde. Zijn moeder was aan kanker overleden toen hij nog op de middelbare school zat. Hij en zijn broer, Owen, stonden er voortaan alleen voor.

Ik streelde zijn haar tot hij in slaap viel en zat daar de rest van de nacht op het bed, met mijn rug tegen de muur. Toen hij eindelijk wakker werd, zei hij dat hij niet wist wat hij zonder mij zou moeten. Tot op dat moment had ik niet geweten dat ik zo veel voor hem betekende.

Ik boog me nu naar voren en raakte een van zijn in handboeien geslagen polsen aan. Hij moest zich concentreren.

'Wat kan de politie nog meer hebben?' vroeg ik. 'Afgezien van je verklaring.'

Hij schudde zijn hoofd en klonk versuft. 'Dat heb ik al tegen je gezegd. Ik heb geen idee. Ik weet hoe het overkomt. Ik heb geprobeerd Malcolm Neeley te laten vervolgen, maar ik was niet de enige. De rechtszaak was namens alle families, een verenigd front.'

Ik was waarschijnlijk een van de weinigen die het nieuws over het seponeren van de zaak had gevolgd. Op een bepaald moment had ik zelfs het telefoonnummer van de advocaat opgezocht om mijn hulp aan te bieden.

Jack mocht dan niet de enige eiser zijn, de media hadden hem tot boegbeeld van de rechtszaak gebombardeerd. Het was een rol die bij hem paste. Hij was een succesvol auteur die drie veelgeprezen romans had geschreven en nu in zijn eentje zijn dochter grootbracht. Zijn vrouw was de heldin geweest die geprobeerd had het Todd uit zijn hoofd te praten. In de uitvoerigste verhalen werd zelfs gemeld dat Jacks broer, Owen, die politieagent was, kort na Jacks afstuderen bij een auto-ongeluk om het leven was gekomen.

Hij was het schoolvoorbeeld van iemand die harde klappen had gekregen.

'Jack, voor het geval die handboeien dat niet duidelijk maken, je staat onder arrest. Dat doen ze alleen met gegronde reden. Ze zullen denken dat ze meer hebben dan je probleem met Malcolm.'

'Het was wel wat ernstiger dan dat ik een probleem met hem had. Door zijn toedoen is mijn vrouw dood.'

Ik suste hem. 'Zulke dingen zal een openbaar aanklager aanvoeren om je voor een jury onderuit te halen.'

'Een jury? Zal het zover komen?' vroeg hij met overslaande stem. 'Sorry, Olivia. Ik haatte die man – als je hem zelfs maar zo kunt noemen – maar ik zweer je, ik heb dit niet gedaan. Ga naar Charlotte. Die heeft de sleutels van mijn appartement. Ze kan mijn laptop hiernaartoe brengen en dan zal ik de politie de e-mails laten zien. Madeline zal mijn verhaal bevestigen. Ik was daar vanochtend alleen omdat ik met haar had afgesproken.'

'Jack, ik vermoed dat de politie al bezig is je appartement

te doorzoeken. En neem maar van me aan dat ze elke byte van je computer zullen doorspitten.'

'Mooi. Dan zullen ze zien dat ik de waarheid spreek.'

Dit had ik eerder gezien: iemand die er zeker van was dat de waarheid hem zou bevrijden. Ik had nog steeds geen idee wat voor bewijs de politie tegen Jack had, maar ik had zo'n donkerbruin vermoeden dat hij vanavond niet naar huis mocht. Ik kon mezelf er echter niet toe zetten hem dat te vertellen. We waren er beiden op de harde manier achter gekomen dat ik niet in staat was slecht nieuws te brengen, in elk geval niet als het om Jack ging.

Ik somde enkele namen op van uitstekende advocaten, maar hij schudde zijn hoofd. 'Nee, die wil ik niet, ik wil jou.'

'Jack, ik ben hiernaartoe gekomen omdat ik aannam dat het om een vergissing ging die ik snel kon rechtzetten, maar dit is ernstig.'

'Zeg dat wel.'

'Ik ga iemand voor je zoeken, oké? Zonder onze... ballast.' Ik had me altijd afgevraagd hoe het zou zijn om Jack weer te zien. Ik had zelfs een keer een vergaderafspraak in een café zo gepland dat ik daar zat terwijl hij in het pand ernaast signeerde, in de hoop dat hij me zou zien als hij langs het raam liep. Zou hij naar binnen komen om gedag te zeggen of zou hij doen alsof hij me niet herkende? Ik hield pas op met het trottoir in de gaten houden lang nadat zijn signeersessie was afgelopen. Nu waren we eindelijk in dezelfde ruimte en had hij handboeien om. Al die gesprekken die ik me had voorgesteld, zouden moeten wachten. 'Ik zal ervoor zorgen dat het iemand is die je hierdoorheen kan slepen.'

'Daar is het te laat voor. Jij bent hier en je hebt zelf gezegd dat ze elk moment kunnen terugkomen om me naar de gevangenis over te plaatsen. Wie weet hoe lang het zal duren voor ik een andere advocaat te spreken krijg.'

'Ik zal die nieuwe advocaat alles vertellen wat je tegen mij hebt gezegd. Oké?'

'Nee.' Hij sloeg met zijn vuisten op het tafelblad. Het geluid werd versterkt doordat zijn handboeien op het namaakhout kletterden. Ook als ik vreselijk tegen Jack deed, had hij nooit tegen me geschreeuwd. Ik schoot automatisch van schrik uit mijn stoel en hij verontschuldigde zich direct voor zijn uitbarsting. 'Olivia, ik smeek het je. Ik weet dat je gewend bent om mensen te vertegenwoordigen die hiertegen kunnen. Die worden in staat van beschuldiging gesteld, hun gegevens worden verwerkt en ze worden vastgezet. Ze worden gevisiteerd en ontluisd en moeten in het bijzijn van hun celmaten het toilet gebruiken. Ze wachten hun proces af en vertrouwen erop dat jij ondertussen je werk doet. Maar ik kan niet wachten. Snap je? Ik heb Buckley. Ze is pas zestien en heeft al een ouder verloren. Je weet dat ik dit niet heb gedaan, maar een andere advocaat weet dat niet. Dan moet ik gewoon het systeem doorlopen. Ik moet naar huis. Olivia, je moet me hier wegkrijgen.'

Het laatste beetje licht verdween van zijn gezicht. Ook al zat hij al uren vast, de gedachte dat zijn dochter zonder haar vader moest leven, had hem tien jaar ouder gemaakt.

Ik stond op van mijn stoel, keerde hem mijn rug toe en bonsde op de deur van de vergaderkamer om aan te geven dat ik eruit wilde. Achter me hoorde ik Jack een snik wegslikken.

Rechercheur Boyle deed de deur op een kier open. 'Precies op tijd voor het transport, mevrouw.'

'Hebt u enig idee wat u gedaan hebt, rechercheur? Uw volgende stap zou moeten zijn dat u iemand belt die bevoegd is om die handboeien los te maken en meneer Harris terug te brengen naar zijn appartement, inclusief een verontschuldiging, anders staat u morgen op de voorpagina van de *New York Post* als die sukkel die de weduwnaar van Penn Station heeft opgesloten. Met een beetje geluk mag u de rest van uw carrière bij de politie onderzoek doen naar in de metro gestolen mobiele telefoons.'

Boyle stak zijn arm uit en gaf me een klopje op mijn hoofd. 'Wat praat u schattig als u de meedogenloze advocaat uithangt.'

Dat zag ik niet aankomen, maar ik wist wel wat voor reactie hij verwachtte: dat ik verontwaardigd in de aanval zou gaan. In plaats daarvan ging ik zitten en ik sloeg rustig mijn benen over elkaar. 'Ga de uitdaging aan of speel op safe en bel hulpofficier van justitie Scott Temple. Vertel hem woordelijk wat ik tegen u gezegd heb en dan zien we wel hoe het loopt. Het wordt hoe dan ook interessant, rechercheur, dat kunt u van me aannemen.'

Jack tikte zo hard op de tafel dat mijn hoofd begon te bonzen en ik weer last kreeg van mijn kater. Ik wist dat elke minuut die verstreek waarin hij niet naar de gevangenis werd overgebracht een goed teken was, maar Jack werd steeds zenuwachtiger.

Ik pakte een notitieboekje uit mijn aktetas en schoof het samen met een pen over de tafel naar hem toe. 'Je computergegevens. Al je e-mailaccounts en wachtwoorden. Je internetprovider. Je sociale media. Alles.' Dan had hij wat te doen en zou hij in elk geval ophouden met dat constante getik.

Toen hij het notitieboekje weer mijn kant op schoof, knipperde ik met mijn ogen toen ik zag dat hij een keurige lijst had opgeschreven in een net, rond, volmaakt, bekend handschrift. Zelfs met handboeien om schreef hij als een menselijke variant van het lettertype Cambria.

Jack@jackharris.com
Jacksonharris@gmail.com
Jharrisbooks@aol.com

Facebook.com/jackharrisauthor
@Jackharrisbooks

Tjonge, Jack zat op Twitter. Op een of andere manier had ik dat gemist, hoewel ik hem jaren 's nachts in een dronken bui op internet had gestalkt.

'Ook je wachtwoorden,' zei ik.

'Ik gebruik overal hetzelfde wachtwoord, het staat helemaal onderaan de pagina.'

Hij was vrijwillig meegegaan naar het politiebureau. Had niet om een advocaat gevraagd. Had ingestemd met een DNA-monster. En had één wachtwoord voor al zijn accounts. Hij was nog altijd dezelfde naïeve Jack.

Zijn wachtwoord was in elk geval niet 'wachtwoord'.

jack<3smollybuckley, had hij geschreven.

Het duurde even voor ik het doorhad. Kleiner dan, het wiskundige symbool, gevolgd door het getal 3. Samen vormden die twee een hart. Jack houdt van Molly en Buckley.

'Dat was een gemakkelijke manier voor ons allemaal om ons wachtwoord te onthouden toen we de accounts aanmaakten. Molly's wachtwoord was Molly houdt van Jack en Buckley. Enzovoort.'

'Lief,' zei ik, omdat ik het idee had dat dat van me verwacht werd.

'De Olivia die ik kende zou eerder…' Hij stak zijn vinger in zijn keel, maakte een kokhalzend geluid en lachte zacht. 'Ik weet niet waarom ik het nodig vind dit tegen je te zeggen, maar ik ben niet een of andere jankende dwaas die in het park verliefd wordt op een mooie vrouw. Of, hoewel ik de schijn tegen heb, een imbeciel die bij een routineonderzoek door de politie in de gevangenis wordt gezet. Ik bedoel maar, hoe vaak heb ik me niet afgevraagd wat je van me zou denken als we elkaar weer zagen en hier zit ik dan, als een of ander sneu watje.'

Dus hij had zich dat ook afgevraagd. 'Dat doet er nu allemaal niet toe, Jack.'

'Nee, waarschijnlijk niet, maar ik wil je bedanken dat je bent gekomen. En dat je bent gebleven. Ik zou niet weten wat ik zou moeten zonder iemand in mijn kamp die me kent, die weet dat ik dit niet gedaan heb. Je maakte me bang toen je hem uitdaagde, maar misschien heb je hem daarmee wel van zijn stuk gebracht.'

Ik had Jimmy Boyle twee opties gegeven: Jack afhandelen zoals hij van plan was of hulpofficier van justitie Scott Temple bellen. Naar mijn idee kon het op dat moment beide kanten op.

Toen het stil werd in de kamer, was ik degene die zenuwachtig werd. Ik pakte mijn mobiele telefoon en belde naar kantoor. Einer nam op, zoals ik al verwacht had. 'Goedemiddag, u spreekt met Ellison & Randall.'

'Einer, met Olivia.'

'Hé, *mamacita*.' Om mysterieuze redenen bezigde Ronald Erickson Wagner, die door rechtenprofessoren in Connecticut was grootgebracht, talloze uitdrukkingen die niet tot het standaardvocabulaire van burgerlijke, traditioneel ingestelde blanken behoorden. 'Kom je vandaag nog naar kantoor? Don vroeg dat.'

Ik wilde er niet aan denken wat Don zou zeggen als hij wist van onze nieuwe cliënt. 'Ik ben bezig met waar dat kind over belde. Heb je even?'

Einer was een manusje-van-alles, maar het feit dat Don en ik bijna volledig van hem afhankelijk waren voor alle computerhandelingen die ingewikkelder waren dan e-mail en googelen, verklaarde waarom we zijn vele eigenaardigheden accepteerden. Ik gaf hem een zeer beknopte versie van de feiten: een oproep op de website van *The Room*, gevolgd door wat e-mailverkeer. Ik vroeg hem om de oorspronkelijke oproep voor me te zoeken plus de e-mails tussen Jack en

Madeline en, en dat was het belangrijkste, alles wat hij over Madeline kon vinden.

'Dat klinkt als het begin van een romantische komedie. Is dit waar dat kind vanochtend over zwetste?'

'Doe het nou maar gewoon. O, en nu ik je toch aan de lijn heb...' Ik zei het alsof er geen enkel verband tussen die zaken bestond. 'Zijn er al arrestaties verricht in verband met die schietpartij in het centrum?'

'Nee. Ik heb wat zitten zappen en op allerlei websites continu op verversen geklikt, maar tot nu toe is er geen echt nieuws. Er zijn slechts drie mensen neergeschoten, minstens één dode. Verslaggevers wachten op bevestiging hoe het met de andere slachtoffers gaat.'

We woonden in een land waar het inmiddels goed nieuws was als er slechts drie mensen waren neergeschoten. 'Verder helemaal niets? Getuigen? Geruchten?'

'Nee, alleen de gebruikelijke interviews met omstanders die schoten hebben gehoord of mensen hebben zien wegrennen. Bij gebrek aan concrete informatie praten ze nu met deskundigen over wapenwetten en of het in New York steeds gevaarlijker wordt.'

Jacks naam was dus nog niet gevallen. Dat was mooi. Zodra zijn naam gelekt was, zou er een stortvloed aan nieuwsberichten op gang komen die ik niet zou kunnen tegenhouden. 'Goed. Bel me over die e-mails als je iets gevonden hebt.'

Nog voor ik had opgehangen kwam er nog een gesprek binnen. Ik herkende het nummer niet, maar nam toch op. 'Met Olivia.'

'Hebt u mijn vader gevonden?'

'Ja,' zei ik op neutrale toon. Ik wilde Jack niet nog meer van streek maken. 'Ik ben er nu mee bezig.'

'Is alles in orde met hem?'

'Het gaat prima met hem. Binnenkort weet ik meer. Heb je een plek gevonden waar je kunt blijven?'

'Ja, ik ben bij Charlotte. U kent haar toch?'
'Ja,' zei ik, 'van lang geleden. Ik bel je zodra ik meer weet. Dat beloof ik.'
Jack keek me aan toen ik ophing. 'Nog een cliënt in de problemen?'
'Zoiets ja.'

Een paar minuten later ging mijn mobiele telefoon opnieuw. Het was het nummer van kantoor. 'Einer, je bent een genie. Heb je nu al iets gevonden?'
Het was Einer niet. Ik hoorde een bekende schorre stem met een zwaar Brooklyn-accent. 'Kun je me alsjeblieft vertellen waarom ik zojuist op Einers computerscherm de naam Jack Harris zag staan? Je kunt je wel voorstellen hoe verbaasd ik was toen hij me vertelde dat dit onze nieuwe cliënt is. Iets over een telefoontje eerder vandaag?'
Ik gebaarde naar Jack dat ik dit gesprek op de gang, buiten de vergaderzaal, moest voeren. 'Don, het was echt mijn bedoeling het tegen je te zeggen, maar er was haast bij.' Ik sprak op fluistertoon verder: 'Hij staat onder arrest. Het is ernstig.'
'Zeg tegen die man dat hij zich op zijn zwijgrecht beroept en laat hem een andere advocaat zoeken. Waarom laat je Einer e-mails doorspitten?'
'Dat is een lang verhaal. Er is een computerspoor dat Jack grotendeels kan vrijpleiten.'
'Vrijpleiten? Je klinkt als Perry Mason. We doen niet aan mensen vrijpleiten. Wat is dit, rijden onder invloed of zo? Er zijn meer advocaten.'
Ik betrapte mezelf erop dat ik op mijn lip beet. Toen ik bij Preston & Cartwright ontslagen werd – correctie, toen ik te horen kreeg dat ik geen partner zou worden – bood Don me een baan aan, ook al was ik nog nooit in een zittingszaal geweest en had ik nog nooit een strafzaak gedaan. Hij nam

me in dienst omdat hij gek is op zijn nicht, Melissa, en ik Melissa's beste vriendin ben.

'Ik weet dat je er nog bent, Olivia, en waag het niet om tegen me te zeggen dat het signaal wegvalt. Daar trap ik niet in, ik ken je langer dan vandaag.'

Ik moest hem vertellen dat het niet om rijden onder invloed ging. 'Ik werd gebeld door Jacks dochter. Het gaat om de schietpartij van vanochtend. Een van de slachtoffers is Malcolm Neeley. En Jack heeft al bekend dat hij in de buurt was.'

'Ai, ai, ai.' Dat was Dons manier om te zeggen dat het een complete ramp was. 'Is hij in staat van beschuldiging gesteld?'

Ik vertelde hem dat Jack het politiebureau niet mocht verlaten, maar dat hij nog niet naar de gevangenis was overgebracht. 'Ik heb de rechercheur gevraagd te regelen dat er een hulpofficier hiernaartoe komt.'

'Om met Jack of met jou te praten?'

Dat was een belangrijk onderscheid. Als een cliënt iets te bieden had, haalde je een hulpofficier van justitie erbij om nog voor de aanklacht tot een schikking te komen. Maar dat was niet de reden dat ik tegen rechercheur Boyle had gebluft dat hij hulpofficier Scott Temple maar moest bellen.

'Met mij.'

Ik had enkele twijfelachtige stunts uitgehaald in het kader van overijverige vertegenwoordiging, maar ik had nog nooit – werkelijk nooit – een hulpofficier van justitie in de ogen gekeken om in te staan voor de onschuld van een cliënt tenzij ik zeker wist dat de politie het verpest had. Dus als hulpofficier van justitie Scott Temple een telefoontje kreeg van een rechercheur bij moordzaken dat ik erop stond hem te spreken, was de boodschap duidelijk. Ik gaf zuurverdiend geld uit.

De geluiden van ergernis werden harder. 'Waarom doe je

zo roekeloos?' Zo te horen wilde Don door de telefoon heen kruipen om me de nek om te draaien.

'Don, ik heb hier een bepaald gevoel bij.'

'Een bepaald gevoel? Maar, lieve schat, hoe kom je erbij om uitgerekend vandaag opeens gevoelens te hebben?'

'Kom op, zeg, ik heb jou weleens horen zeggen dat je een agent verdacht vond. Of dat je bij een nieuwe cliënt het gevoel had dat het goed zat, werkelijk onschuldig. Het is niet alleen een kwestie van een oude vriend op zijn woord geloven.' Ik hoorde hoe Don me uitlachte bij het woord 'vriend', maar ik sprak verder. 'Zijn verhaal is zo bizar, dat verzin je niet.'

'Hoor je wat je zegt? Het komt er in feite op neer dat het zo als een leugen klinkt, dat het geen leugen kan zijn. Zulke logica is niet voldoende om voor een cliënt in te staan.'

Dons woorden galmden nog na in mijn oren toen ik ophing. Waarom doe je zo roekeloos?

Ik had hem een flutantwoord over intuïtie gegeven, maar ik wist donders goed waarom ik mijn nek uitstak voor Jack. Het kwam door zijn gelaatsuitdrukking toen hij over Buckley sprak. Toen was de ernst van zijn situatie tot hem doorgedrongen. Neeley was dood, Jack was voor moord gearresteerd. Op dat moment had hij beseft dat zijn leven nooit meer hetzelfde zou zijn.

Het deed me denken aan zijn gelaatsuitdrukking toen hij ons appartement binnen was gelopen en beseft had dat we toch niet gingen trouwen. En dat veranderde alles, maar dat zou Don nooit kunnen begrijpen.

5

Ik moest het rechercheur Boyle nageven, hij had gevoel voor humor. Zoals ik gehoopt had, had hij het OM gebeld en naar Scott Temple gevraagd, zogenaamd alleen 'uit nieuwsgierigheid', en nu was Temple onderweg naar het politiebureau. De plek waar Boyle me naartoe had gebracht om te wachten was een bank voor de briefingkamer, waarop aan beide uiteinden al iemand zat. De man aan de linkerkant stonk een uur in de wind. Aan de rechterkant zat een man die me vertelde dat de NSA al mijn gedachten kon uploaden naar een geheim satellietstation in de ruimte. Ik besloot te blijven staan.

Het duurde niet lang of ik hoorde voetstappen in het trappenhuis die traag en zwaar de trap op kwamen. Buiten adem stapte Scott Temple de gang in. Hij veegde een zweetdruppel van zijn wang. Zijn gezicht leek rood, maar gezien zijn blonde haar en lichte huid kon dat ook door de tl-buizen komen. 'Wist je dat zitten fatale gevolgen kan hebben?' zei hij hijgend. 'Ik eet als een jonge vogel: groenten, gestoomde vis, van die ranzige quinoa. Maar ik zit de godganse dag. Een of andere vetzak die een langwerpige donut met ahornglazuur aan het eten was, haalde me zojuist in op weg naar de vierde verdieping. Echt, wie eet dat nou?'

'Mannen die niet de hele dag zitten,' zei ik. 'Fijn dat je gekomen bent, Scott.'

'Het is lang geleden dat ik naar een politiebureau geroepen

ben. Meestal is dat om een schikking te regelen, maar Boyle schijnt een andere indruk te hebben. Probeer je te voorkomen dat hij in staat van beschuldiging wordt gesteld? Voor een drievoudige moord nog wel? Kom op, Olivia. Dat krijg jij zelfs niet voor elkaar.'

'Jij doet deze zaak toch?'

Hij knikte. Een schietpartij in een populair toeristengedeelte in het centrum. Minstens één invloedrijk slachtoffer, misschien meer. Het was een geruchtmakende zaak. Ik was er vrij zeker van geweest welke hulpofficier van justitie deze zaak onder zijn hoede zou krijgen. Die met het mooie gezicht en surferkapsel, die at als een topmodel om er goed uit te zien voor de jury.

Gelukkig voor mij had deze hulpofficier een bijzondere reden om me te vertrouwen. Zeven jaar geleden was zijn zus gearresteerd, omdat ze op Long Island bij een undercoveragent heroïne had gekocht. Steeds hogere doseringen pijnstillers hadden uiteindelijk geleid tot op straat drugs kopen. Scott had een advocaat nodig die haar voorwaardelijk vrij kon krijgen omdat ze nooit eerder was veroordeeld, en die ervoor moest zorgen dat niemand ooit een verband zou leggen tussen een drugsverslaafde huisvrouw op Long Island en haar jongere broer die bliksemsnel carrière maakte bij het OM van het district Manhattan. In de wereld van gerechtelijke vervolging betekende een familielid met een drugsprobleem beschuldigingen van hypocrisie en beweringen van omkoperij. Het was het einde van je carrière.

Ik had zijn geheim bewaard alsof hij mijn cliënt was.

'Hij heeft het niet gedaan, Scott. Jack Harris is volkomen onschuldig.'

'Hij is niet onschuldig, Olivia. Jack Harris heeft vanmorgen drie mensen neergeschoten.'

Ik had heus niet verwacht dat Temple slechts op basis van mijn verhaal persoonlijk Jacks handboeien zou losmaken, maar ik wist zeker dat hij me zou laten uitpraten. Ik vroeg hoe hij na slechts een paar uur zo zeker van zijn zaak kon zijn.

'Je weet dat ik je dat niet mag vertellen.'

'Kom op, Scott. Je kunt toch wel iets zeggen? Hoe komt het dat de politie vanochtend bij Jack Harris op de stoep stond? Een anonieme tip? Je weet hoe betrouwbaar die zijn.'

'Die vraag mag ik wel beantwoorden. We hebben bewakingsbeelden.'

Onwillekeurig zette ik grote ogen op. 'Van de schietpartij?'

Hij trok een doe-niet-zo-stom-gezicht. 'Nee, van de parkeergarage bij pier 40.'

Ik vroeg voor de zekerheid of hij dat grote lelijke bakstenen gebouw iets ten noorden van het voetbalveld bedoelde.

'Ja, dat. Op de beelden is een man in een blauw met grijs ruitjesoverhemd te zien die snel en vastberaden in zijn eentje ergens naartoe loopt. En hij heeft een soort koffer bij zich. Dat dachten we tenminste in eerste instantie. Nu weten we dat het een picknickmand is.'

'En toevallig herkennen jullie hem van alle mensen in New York als Jack Harris? Dat moeten wel heel goede camera's zijn.'

Hij trok weer dat gezicht. 'Je nieuwe vriend Jimmy Boyle blijkt een fotografisch geheugen te hebben. Tegen de tijd dat hij ter plekke kwam, was Neeley al geïdentificeerd aan de hand van het identiteitsbewijs in zijn portemonnee. Zelfs de eerste agenten die ter plekke waren zeiden: "Dit zou weleens een vergelding kunnen zijn voor wat zijn zoon in Penn Station heeft aangericht." Zeker omdat de rechtszaak net was geseponeerd.'

'Jack Harris is niet de enige die die rechtszaak had aangespannen.'

'Wil je informatie of zoek je ruzie? We kregen de bewakingsbeelden van de parkeergarage. Boyle bekeek ze en zei direct: "Dat is de man van die leerkracht." Het blijkt dat als je beelden opzoekt van de persconferentie die Harris en zijn advocaat hebben gegeven vlak nadat de civiele zaak tegen Neeley was geseponeerd, hij daar hetzelfde blauw met grijze ruitjesoverhemd draagt. Boyle zag het meteen.'

In een ander geval kon ik Temples logica zo ontkrachten. Dan zou ik Einer naar warenhuis Lord & Taylor sturen om daar acht overhemden te kopen die er precies hetzelfde uitzien als die op de onscherpe bewakingsbeelden. Ik zou fabrikanten bellen om te vragen hoeveel er daarvan waren gemaakt. Maar dat was irrelevant omdat Jack al had toegegeven dat hij vanochtend bij de waterkant was geweest.

'Er is meer voor nodig dan in de buurt van het plaats delict zijn om iemand van moord te beschuldigen.'

'Motief, middelen, gelegenheid. De basis voor een dagvaarding, Olivia.'

'Ik hoor alleen niets over middelen. Waar is het pistool?'

'De mand die hij op de bewakingsbeelden bij zich heeft, lijkt me een discrete manier om een wapen in te vervoeren. En we hebben de beelden al bekeken van de lift in zijn appartementencomplex. Hij vertrekt om 6.40 uur met mand. Om 7.25 uur is hij terug zonder mand. Waar is die mand gebleven?'

'Jack heeft Boyle precies verteld waar hij die heeft achtergelaten en waarom. Zoek de picknickmand. Lees het briefje dat erin zit. Spoor die vrouw op met wie hij had afgesproken. Doe gedegen onderzoek.'

'Geen enkele jury zal die belachelijke uitleg geloven. Zijn geheime zielsverwant leidt hem uitgerekend naar een plek vlak bij de man die hij de afgelopen drie jaar heeft gehaat? Wat een toeval.'

'Dit is geen misdrijf dat je op instinct kunt afwikkelen, Temple. Je beschuldigt iemand die in de ogen van deze stad een held is. Hoe zal dat overkomen als ik met die vrouw bovenaan de trap van het gerechtsgebouw sta voor haar eerste persconferentie: Madeline en Jack, liefde op het eerste gezicht. Heel New York zal weemoedig zuchten als ze uitlegt dat ze daar die ochtend ook geweest zou zijn als er niet iets tussen was gekomen: iets op haar werk of een ziek kind. Het was gewoon een misverstand,' voegde ik er dramatisch aan toe. 'Mensen zijn dol op zulke zoetsappige verhalen.'

'Dat zal niet gebeuren, Olivia. Die vrouw bestaat niet. Dat snap je zelf toch ook wel?'

'En als ze wel bestaat? Dan zul jij je verontschuldigingen moeten aanbieden aan de weduwnaar van Penn Station en dan zal het hele land weten dat je kostbare tijd verspild hebt waarin je ook de werkelijke dader had kunnen opsporen.'

'Je doet dit zeker alleen maar om me te helpen?'

'Ik probeer mijn cliënt te helpen, die dit niet gedaan heeft. Hem redden betekent toevallig ook jou redden. Een winwinsituatie. Je kent me, Scott. Ik zou Boyle niet gevraagd hebben om je te bellen als dit niet legaal was.'

Ik hield zijn blik vast en zette grote ogen op, de gezichtsvariant van een uitroepteken. Hij schudde zijn hoofd. Als we met een martini aan een bar zouden zitten, zou hij met zijn tandenstoker spelen. Hij dacht na over het bewijsmateriaal en zag het stuk voor stuk onbruikbaar worden. Dat was goed. Het betekende dat ze de zaak nog niet helemaal rond hadden.

Dat kon ook niet. Het ging om Jack. Hij had de trekker niet overgehaald.

Ik zette Scott Temple opnieuw onder druk. 'Kom op, je weet dat Boyle de zaak nog niet rond heeft. Zit je er echt op te wachten dat dit in het nieuws komt? Is de uitslag van het schotrestenonderzoek al binnen?'

'Wacht even.' Ik zag hem zijn mobiele telefoon pakken terwijl hij verder de gang in liep. Hij belde zijn baas.

Pas na twintig minuten kwam hij terug. Hij liep met

rechercheur Boyle naar de briefingkamer. Ze fluisterden verhit en het gesprek werd voortgezet bij een bureau waarvan ik aannam dat het Boyles bureau was. Ze hadden ruzie.

Toen Temple mijn kant op keek, plofte Boyle op zijn bureaustoel neer en rolde zo'n dertig centimeter naar achteren.

'We wachten op de uitslag van het schotrestenonderzoek voordat we hem in staat van beschuldiging stellen,' zei Temple. 'Ik heb gebeld dat er haast achter gezet moet worden.'

'Als daar niets uitkomt, laat je hem dan gaan?'

'Nee, dat heb je me niet horen zeggen, maar ik heb tegen Boyle gezegd dat het transport voorlopig moet worden uitgesteld. We kijken wel hoe het loopt. Oké? Maar echt, ik zweer het, Olivia, als je de boel besodemietert... Als we hem vandaag vrijlaten en hij gaat ervandoor...'

'Ja, dan zal je kantoor me nooit meer vertrouwen.'

'Nee, mijn kantoor zal míj nooit meer vertrouwen en dan zal ik elke minuut van mijn werkloze bestaan proberen om jouw leven tot een hel te maken. Zo belangrijk is dit. Ik ga nu terug naar het gerechtsgebouw om daar op de uitslagen van het lab te wachten. Een diep teleurgestelde rechercheur Boyle zal Harris naar een politiecel brengen. Probeer je niet te verkneukelen. Oké?' Toen hij uit het zicht was, stond ik mezelf toe te glimlachen. De gok had goed uitgepakt.

Als de testresultaten binnen waren, kon Jack naar huis. Misschien zouden we dan zelfs na al die jaren met elkaar praten.

Ik stond al een half uur te wachten en had inmiddels drie voicemailberichten van Don genegeerd, waarin hij me dringend verzocht, smeekte en nogmaals dringend verzocht direct naar kantoor te komen. Ik kreeg vermoeide benen, gaf het uiteindelijk op en ging op de bank voor de briefingkamer zitten. De man die maar door had geleuterd over de

NSA was meegenomen en zijn stinkende buurman stonk inmiddels wat minder.

Ik wachtte tot het exact 14.00 uur was en belde het algemene nummer van kantoor. Don zou nu bij de rechtbank zijn voor een hoorzitting waar hij al de hele week tegen opzag.

'Goedemiddag, u spreekt met Ellison & Randall.'

'Einer, ik had je gevraagd om dingen voor me op te zoeken op de computer. Heb je dat nog gedaan?' Ik draaide de man op de bank mijn rug toe.

'Ik ben net klaar. Ik heb alles gelezen en daar heb ik volgens mij diabetes van gekregen. *Ik ben gewoon maar een meisje, zit tegenover een jongen, aan de smerige Hudson, en ik vraag hem om van haar te houden.* Dan komt Matthew McConaughey, met ontbloot bovenlijf, in beeld voordat hij vele kilo's afviel en een Oscar won.'

'Een samenvatting graag.'

'Het klopte wat je zei: tien dagen geleden is er op de website van *The Room* een oproep geplaatst over een gemiste kans. Die oproep is geschreven door Charlotte Caperton, de eigenaresse van de website. Ik stuur je nu een link. Ene Madeline plaatst een reactie dat ze denkt dat zij dat is geweest. Charlotte stuurt die reactie door naar Jack Harris. Daarna wat e-mailverkeer over en weer tussen Jack en Madeline, van die typische standaardzinnetjes die horen bij online daten, geen seksueel getinte opmerkingen. Daarom vind ik Tinder veel leuker.'

'De e-mails, Einer.'

'Goed. Gisteravond stelde ze voor elkaar vanochtend te zien bij hoofdstuk 12. Is dat een café of zo?'

'Nee. En verder?'

'Hij schrijft: "Dan zie ik je daar." Daarna niets meer.'

'Hoe krijg ik deze vrouw te pakken?'

'Ik zou haar mailen.'

'Heb je geen achternaam of andere informatie?'

'Nee, dat is juist de reden dat mensen voor zo'n e-mailaccount kiezen, Olivia.'

'Het is belangrijk, Einer.'

'Natuurlijk is het belangrijk. Alles is belangrijk. Don was apoplectisch toen hij hier wegging. Hoe zit het met die nieuwe cliënt?'

Ik had zin om hem erop te wijzen dat hij dat woord van mij had en dat hij nog steeds niet precies wist wat het betekende, maar ik hield me in. 'Niets aan de hand. Ik regel het wel met Don. Stuur die e-mails nou maar door.' Ik zag al voor me hoe dankbaar Jack me zou zijn als ik dit voor hem had opgelost.

De eerste e-mail van Einer had een lege onderwerpregel. In het bericht stond alleen een link. Ik klikte erop:

The Room
7 juni 2015, 8.07 uur

Goedemorgen, Roomers. Zoals jullie weten proberen we bij *The Room* ons geliefde wrede sarcasme af te wisselen met een gezonde dosis hartverwarmende romantiek. En het hart van tante Charlotte gaat vooral sneller kloppen van een oproep over een gemiste kans. Als ik alle uren bij elkaar optel dat ik bezig ben geweest jullie te helpen mensen op te sporen die je achteraf bezien toch had willen aanspreken, en als ik al die uren in mijn eigen liefdesleven had gestoken, dan lag er nu wellicht ander gezelschap bij me in bed dan Daisy, mijn morsige mopshond.

Vanochtend heb ik een bijzondere oproep voor jullie. Het is in de derde persoon geschreven. Verderop zal ik uitleggen waarom.

Komt-ie: *hij zag haar zaterdagochtend om 6.30 uur op het gras bij de Christopher Street Pier. Hij begon zijn dag zoals gewoonlijk met een rondje hardlopen. Zij had blote voeten, had haar avondjurk van de avond ervoor nog aan en dronk champagne zo uit de fles. Hij keek haar kant op, was nieuwsgierig, en ze hief haar fles op bij wijze van toost. Hij zag dat ze in haar andere hand een boek had. Hij wil graag meer weten.*

Kom op, romantische zielen. We weten de tijd, de datum en de plaats, en we hebben een beschrijving. Dit moet lukken! Ben jij de vrouw op het gras? Weet je wie ze is? Ik zal je vertellen waarom je het moet melden als je iets weet.

Die 'hij' in dit bericht is een goede partij: een bejubeld auteur, afgestudeerd aan Columbia University, een goeie vent met een groot hart. En ik hou meer van hem dan van wie ook ter wereld (inclusief Daisy).

Hij zal me vermoorden als hij erachter komt dat ik dit bericht heb geplaatst, maar als wij Roomers hem in contact kunnen brengen met deze mysterieuze vrouw op het gras, dan is het dat allemaal waard. Kom maar op met die e-mails!

Ik sloot de oproep op de website van *The Room* af en ging weer naar mijn e-mailprogramma. In de onderwerpregel bij het volgende bericht van Einer stond: 'FW: Wat heb je GEDAAN?' Ik klikte op het bericht om het te openen. Er stond een korte inleiding van Einer boven de doorgestuurde tekst:

Hieronder vind je de e-mailcorrespondentie tussen Jack en Charlotte, de eigenaresse van website The Room. Als je de berichten op volgorde wilt lezen, moet je onderaan beginnen. (Zeg me alsjeblieft dat je dat wist.) E.

Begin van doorgestuurd bericht:

Ik volgde Einers raad op, scrolde omlaag en begon bij het oudste bericht.

Van: jacksonharris@gmail.com
Aan: charlotte.caperton@roommag.com
Datum: 7 juni 2015, 8.46 uur
Onderwerp: Wat heb je GEDAAN?

B stuurde me zojuist een berichtje met de vraag of je nog een andere beste vriend hebt die op Columbia heeft gezeten en boeken schrijft. Een gemiste kans? Als ik een manier bedacht heb om je terug te pakken, zou je willen dat ik je vermoord had. Wil je de oproep alsjeblieft verwijderen?

Van: charlotte.caperton@roommag.com
Aan: jacksonharris@gmail.com
Datum: 7 juni 2015, 8.58 uur
Onderwerp: RE: Wat heb je GEDAAN?

Je weet dat ik geen andere vrienden heb. Jij, Buckley, de hond. Geef het nou maar toe, je zou het me niet verteld hebben als je niet wilde dat ik er iets mee zou doen. Als we haar vinden is het in elk geval een geweldig verhaal en misschien meer. Zie het als een vage verwijzing naar jou en dus als gratis publiciteit.

Wat Buckley betreft, ze zei gisteren tegen me dat je een vriendin nodig hebt!

Van: jacksonharris@gmail.com
Aan: charlotte.caperton@roommag.com
Datum: 7 juni 2015, 9.04 uur
Onderwerp: RE: Wat heb je GEDAAN?

Laat Buckley erbuiten. Ik weet dat ze het afschuwelijk zou vinden als ik iets met een vrouw zou beginnen.

Van: jacksonharris@gmail.com
Aan: charlotte.caperton@roommag.com
Datum: 7 juni 2015, 23.12 uur
Onderwerp: RE: Wat heb je GEDAAN?

Niet te geloven dat ik dit vraag, maar zijn er al reacties?

Van: charlotte.caperton@roommag.com
Aan: jacksonharris@gmail.com
Datum: 7 juni 2015, 23.19 uur
Onderwerp: RE: Wat heb je GEDAAN?

Nog geen betrouwbare informatie, maar het bericht is vaak gedeeld. We zullen haar vinden. Ik voel het. Ga slapen.

Verstuurd vanaf Charlottes iPhone. Typefouten melden op eigen risico.

Van: charlotte.caperton@roommag.com
Aan: jacksonharris@gmail.com
Datum: 10 juni 2015, 15.27 uur
Onderwerp: RE: Wat heb je GEDAAN?

Wat ik gedaan heb, vroeg je? Ik heb de vrouw op het gras gevonden. Tsjakka!

Ik heb (zoals gewoonlijk) een hele lading nepreacties gehad, maar deze is echt. Ze noemt ook details. Ik knip en plak haar reactie hieronder:

Beste Charlotte,

Ik zag net je oproep over een gemiste kans op de Facebook-pagina van een vriendin. Die vriendin kon niet weten dat ik de vrouw ben die je zoekt. Ik denk tenminste dat ik het ben. Vraag het maar na bij je mysterieuze man: ik heb lang donker haar en droeg een bruidsmeisjesjurk. O, en ik had een mand bij me. Ik heb hem ook gezien. Als hij de man is naar wie ik glimlachte, dan droeg hij een T-shirt met de tekst 'Coolste hardloper ter wereld'. Geweldig toch? Als hij contact met me wil opnemen kan dat via mlh87@paperfree.com. Ik heet Madeline.

Ik zal je zeggen wat ik denk, Jack, of je daar nu op zit te wachten of niet. 1) Ze is goed in interpunctie. 2) Je moet dat T-shirt echt niet in het openbaar dragen. 3) Dat ze eerdergenoemd T-shirt leuk vindt, betekent dat jullie goed bij elkaar zullen passen. E-mail haar, mafkees.

Van: charlotte.caperton@roommag.com
Aan: jacksonharris@gmail.com
Datum: 10 juni 2015, 18.27 uur
Onderwerp: RE: Wat heb je GEDAAN?

Ben ik weer. Het is nu exact drie uur later. Heb je Madeline gemaild? Doe het, Jack, anders doe ik het voor je. En wie weet wat ik ga schrijven… (boosaardig lachje.)

xox

Ik betrapte mezelf erop dat ik glimlachte. En ik maar denken dat ik medelijden met Jack moest hebben. Zijn moeder was overleden toen hij op de middelbare school zat en zijn vader overleed in het tweede jaar dat we op de universiteit zaten. Daarna dat gedoe met ons, plus Owen, plus de hele nasleep. Vervolgens begint hij samen met Molly een nieuw leven en verliest hij haar op gewelddadige wijze.

Maar hij had Charlotte nog en ik wist uit ervaring dat die er alles aan zou doen om voor Jack te zorgen. Hij had iemand die hij midden in de nacht kon mailen. En hij had een dochter, die waarschijnlijk die T-shirts met foute teksten, die precies pasten bij zijn gevoel voor humor, voor hem kocht.

Juist ik had geen enkele reden om medelijden te hebben met iemand die dat allemaal had.

Ik klikte op de laatste e-mail van Einer. Het was een lading doorgestuurde berichten die Jack en Madeline elkaar over en weer hadden gestuurd.

Ik ging er vlug doorheen. Het waren er veel en dus scrolde ik terug naar boven voor de belangrijkste informatie.

Precies zoals Jack me verteld had, was het Madelines idee geweest om bij het voetbalveld af te spreken. Zij had het tijdstip, de datum en de locatie bepaald. Ze had hem opgedragen een picknickmand mee te brengen. Zij zou de champagne meenemen.

Allemaal goed.

Ik ging naar het oudste bericht en zat dat net te lezen toen er bovenaan het scherm van mijn telefoon een bericht verscheen. *Ben je op het politiebureau? Heb je mijn vader gezien?*

Ik negeerde het en las snel verder. In zijn eerste e-mail aan Madeline legde Jack uit dat hij dat rare T-shirt van zijn dochter had gekregen. De meeste mannen zouden niet meteen al over hun kind beginnen, maar Jack was nooit goed in versieren geweest. Hij vroeg haar welk boek ze had zitten lezen toen hij haar bij de pier zag. Ze antwoordde dat het *Eight Days to Die* was.

Oké, antwoordde hij. *Ik moet misschien controleren of je wel echt bent en of Charlotte me niet in de maling neemt. Ik vind* Eight Days to Die *het allerbeste boek van het afgelopen jaar. Hoe groot is die kans? Ik ben ermee opgehouden het mensen aan te raden, want ik krijg telkens te horen dat het intriest is als iemand nog maar acht dagen te leven heeft, maar het is een van die heldere, eenvoudige romans die ons eraan herinneren dat hartverscheurende verhalen levensbevestigend kunnen zijn.*

Lieve help. Einer had niet overdreven met die diabetes. Werkelijk, Jack? Een publicerend auteur en je weet niets beters te bedenken dan dit? De volgende keer dat Melissa me probeerde over te halen online daten nog een kans te geven, moest ik haar eraan herinneren waarom ik daar niet meer aan deed.

Er verscheen weer een bericht bovenaan het scherm van mijn telefoon. *Is mijn vader gearresteerd of niet? Ik word er gek van dat ik dat niet weet.*

Gevolgd door: *P.S. Dit is Buckley Harris.*

Hoe kon ze in vredesnaam zo snel tikken? Ik zou nooit meer mijn mobiele nummer aan een tiener geven.

Ik scrolde naar de allerlaatste e-mail, Jacks antwoord op Madelines voorstel om af te spreken. *Dan zie ik je daar.*

Ik moest lachen om zijn antwoord, zo spontaan en onvoorwaardelijk. Mijn beste momenten met Jack bestonden uit dingen die we in een opwelling hadden gedaan.

Mijn gedachten aan het verleden werden onderbroken toen er weer een bericht binnenkwam. *Als je me probeert te beschermen... NIET DOEN! Ik kan het aan. Vertel me gewoon wat er aan de hand is!!!!*

Al die uitroeptekens. Ik typte vlug een bericht terug. *Ik ben voorzichtig optimistisch dat je vader binnenkort naar huis mag. Heb geduld. Ik beloof dat ik je zal bellen zodra ik meer weet.*

Ik had het bericht nog maar net verzonden of mijn telefoon ging. Ik ging ervan uit dat het Buckley was die meer details wilde weten. Maar het nummer op het scherm was het uitgaande nummer van het OM.

Het was hulpofficier van justitie Scott Temple. 'Het lab belde net. Twee uur, precies zoals ze hadden beloofd. Op de handen van Jack Harris was niets te vinden. Er zaten geen schotresten op.'

Hoewel ik dit verwacht had, voelde ik toch een golf van opluchting. 'Dat is mooi.' Ik verzekerde hem dat Jack in de stad zou blijven zolang het onderzoek liep en begon zaken op te sommen die dat konden garanderen: zijn paspoort inleveren, elektronisch toezicht, de hele mikmak.

'Bewaar dat maar voor de borgtochthoorzitting, Olivia. Boyle regelt nu dat hij naar de gevangenis wordt overgebracht.'

'Waarom heb ik dan al die uren hier op een bank gezeten? Is dit een grap? Wat had het dan voor zin om de uitslag van het schotrestenonderzoek af te wachten?'

Veel zelfingenomenheid en verontwaardiging. Ik was er goed in zo'n houding aan te nemen. Woede kan wonderen doen om mensen beschaamd te maken als je het gelijk aan je kant hebt. Maar dan moet je dus wel gelijk hebben.

'Moet je horen, Olivia, het zijn mijn zaken niet, maar je hebt me met een reden gebeld. Ik respecteer je en ik luister naar je als jij je nek uitsteekt. Maar je had het mis over Harris. Ik neem het je niet kwalijk. Dat hij de weduwnaar van Penn Station is, heeft je oordeel wellicht vertroebeld.'

'Er is niets mis met mijn oordeel.' Ik had zelf door hoe defensief dat klonk.

'Op zijn handen was niets te vinden, maar we hebben ook zijn overhemd onderzocht. Daarop zijn schotresten aangetroffen. Het spijt me, Olivia. Je cliënt is schuldig. Hij heeft je gemanipuleerd.'

6

Ik had mijn telefoon nog in mijn hand toen ik door de briefingkamer beende en rechercheur Boyle riep. Een jongere vrouwelijke rechercheur rolde haar bureaustoel naar achteren, stond op en kwam op me af toen ik halverwege de kamer was. 'Ho, ho, ho. U kunt niet zomaar door deze kamer stormen.'

Boyle dook achter in de kamer op, zijn handen tegen de beide deurposten naar de gang waaraan de verhoorkamers lagen. Hij blokkeerde opzettelijk mijn zicht.

'Ramos heeft gelijk, mevrouw. Dit is ons kantoor, niet het uwe.'

Achter hem zag ik agenten in uniform bewegen. Het witte katoen van een T-shirt. Het was Jack. Hij werd overgeplaatst.

'Ik moet mijn cliënt spreken. U belemmert zijn recht op een advocaat.'

'Leuk geprobeerd, maar ik ben enigszins juridisch onderlegd. Lang voordat u hier kwam, mevrouw Randall, waren we al klaar met hem ondervragen. Ik heb u een gunst bewezen door u de eerste keer bij hem te laten. U mag niet mee in de auto.'

'Vijf minuten maar, rechercheur. Hij heeft een dochter. Ik moet weten waar...'

'Vrijwel iedereen die we deze week arresteren heeft kinderen. Dat hij blank en rijk is, betekent niet dat we voor hem een uitzondering maken.'

Ik rende op rechercheur Boyle af en rekte mijn nek om beter te kunnen zien hoe Jack door de gang werd weggevoerd. 'Jack!'

Boyle en de vrouwelijke rechercheur wisselden een geamuseerde blik en Boyle schudde zijn hoofd.

Ik wilde Boyle opzijduwen, maar ik wist dat ik er toch niets mee opschoot als ik langs hem was. Ik riep luid maar kalm: 'Jack, niets zeggen, niet tegen de politie, niet tegen openbaar aanklagers en zeker niet tegen medegevangenen. Heb je me gehoord? Geen woord.'

Ik slaagde erin een laatste glimp van hem op te vangen toen hij moeizaam omkeek terwijl hij door twee agenten, een aan elke kant, werd meegenomen. Ik had nog nooit iemand zo bang en volkomen in de war gezien. Hij leek door zijn knieen te zakken toen ik het woord 'medegevangenen' zei.

Voor zover Jack wist was ik bezig hem vrij te krijgen. Ik was de vergaderkamer uit gelopen omdat ik gebeld werd. Nu werd hij overgeplaatst zonder dat hem was uitgelegd wat er was veranderd.

Eenmaal buiten bleek het een standaard avondspits in Tribeca te zijn. Het verkeer stond vast op Varick Street. Vrachtwagens schoten telkens een paar centimeter naar voren en er werd getoeterd alsof er door dat geluid opeens een vrije doorgang zou kunnen ontstaan tussen de rij auto's die vochten om de Holland Tunnel in te kunnen. Een stevige man in een hemd van de Mets stond naast een koelbox en verkocht voor een dollar per stuk flesjes Poland Spring-bronwater aan automobilisten. Een straatverkoper beweerde dat een van zijn kettingen mijn kleding echt helemaal zou ophalen. Een man die me inhaalde op het trottoir maakte goedkeurende geluiden en zei dat het 'veel te warm was voor al die kleren die ik aanhad.'

Ik kon alles zien en horen, maar niets van wat er buiten

mijn hoofd gebeurde, deed ertoe. Mijn telefoon ging terwijl ik die vasthad – twee telefoontjes tegelijk, want op het scherm verschenen de namen Don en Buckley – maar ik liep door.

Ik moest een besluit nemen: A of B. Don zou A willen: een ander advocatenkantoor bellen, de advocaten daar volledig op de hoogte brengen en regelen dat zij Jack gingen vertegenwoordigen. B: de zaak aanhouden.

Advocaten zeggen dat het niet uitmaakt of een cliënt onschuldig is. Het is niet onze taak om dat te weten. We gooien altijd alles in de strijd. Wat een onzin.

Ik ben niet overal goed in. Eerlijk gezegd ben ik behoorlijk slecht in sommige belangrijke zaken. Ik ben egoïstisch. Ik vind dat ik er recht op heb altijd mijn zin te krijgen. Ik vind het vreselijk om over andermans problemen te horen, want ik vind de meeste mensen niet aardig, en dat geldt vooral voor mensen die als normaal worden omschreven. Onwetendheid is een zegen zeggen ze toch? Ik denk dat onwetenden gezegend zijn. Voordat hij mij leerde kennen, was Jack een normaal, goed en gezegend mens. Hij maakte de fout toch van mij te houden. En daar heeft hij voor moeten boeten.

In één ding ben ik echter ontzettend goed en dat is in het onderuithalen van een gerechtelijke vervolging. En uit wat ik nu wist, concludeerde ik dat Jack een goede advocaat nodig had.

Dat was ik hem, en wellicht ook mezelf, verschuldigd.

Ik zocht een telefoonnummer op in mijn contactenlijst en belde.

'Café Lissa.'

De vrouw aan de andere kant van de lijn was Lissa van Café Lissa. Ik had haar leren kennen toen ik achttien was en we bij toeval kamergenotes werden op de Columbia University. Een kwart eeuw later was Melissa Reyes nog steeds mijn beste vriendin en ze was misschien wel de enige die me volledig begreep.

'Hoi.'

'Hoi, ik hoopte al dat je zou bellen. Je laatste levensteken was een berichtje gisteravond laat dat je Ryan bij Maialino was tegengekomen. Ik durf het bijna niet te vragen.'

'Hetzelfde als anders. Laat maar.' Als anderen het verhaal zouden kennen, zouden ze me een preek geven, maar zoals ik al zei, Melissa begreep me. 'Kun je me een seintje geven als Don er vanavond is? Hij is momenteel niet zo blij met me en ik moet hem spreken.'

Don was niet alleen mijn partner, maar ook Melissa's oom, de broer van haar moeder om precies te zijn. En net als ik was Don meerdere keren per week bij Café Lissa te vinden.

'Dat wil ik best doen, maar zie jij hem niet eerder dan ik dan? Wat is er aan de hand?'

'Dat kan ik nu niet uitleggen, maar het is belangrijk.'

Zoals gebruikelijk aarzelde Melissa geen moment. 'Geen punt. Ik regel dat hij hiernaartoe komt.'

Nadat ik had opgehangen, typte ik een berichtje naar Jacks dochter, Buckley. *Waar ben je?*

Het had me niet moeten verbazen dat Charlotte in een luxueus appartementencomplex aan de zuidkant van Central Park woonde. Zelfs op de universiteit deed ze geen enkele moeite om te verhullen dat ze er profijt van had dat haar familie rijk was. Ze was zo iemand die opeens met een vriendin een weekend naar Parijs ging of die wiet voor het hele studentenhuis tevoorschijn toverde. Haar kamer, aan het eind van de gang waaraan ook de kamer van Melissa en mij lag, was een eenpersoonskamer, hoewel het universiteitsbeleid was dat alle eerstejaars een kamer deelden. Het gerucht ging dat haar grootvader in de raad van bestuur zat.

Toen Jack en ik gingen samenwonen in een appartementje buiten de campus, kwam ze langs met een espressoapparaat dat vierduizend dollar had gekost en de helft van het aanrechtblad in onze minikeuken in beslag nam omdat ze 'die bocht uit mijn koffiezetapparaat' niet te drinken vond.

Tegenwoordig had ze ook eigen inkomsten. Charlotte was een online tijdschrift begonnen in de tijd dat mensen zich nog afvroegen of het wel betrouwbaar was wat er op internet stond. Op *The Room* werden roddels, politieke berichten en nieuwsberichten geplaatst over het leven in New York. Aanvankelijk leverde dit weinig op, slechts nu en dan advertentie-inkomsten van een schoenenwinkel in Eighth Street of weer een nieuwe pizzeria in het centrum die beweerde dat zij de enige echte New York-pizza hadden.

De grote doorbraak kwam een paar jaar nadat Jack en ik uit elkaar waren gegaan, toen *The Room* mensen opriep het te melden als ze een plaatselijke beroemdheid hadden gespot. Alle tips werden op een kaart ingetekend. Eén muisklik en je zag wie waar was, wat die persoon droeg en met wie die daar was, het liefst met foto, en hoe minder charmant mensen erop stonden hoe beter.

Er was een mediaster geboren.

Jack en ik zijn vijf jaar bij elkaar geweest, wat betekende dat ik Charlotte Caperton vijf jaar lang om me heen had, want om mij onduidelijke redenen was ze Jacks beste vriendin. Ze waren zeker niet uit hetzelfde hout gesneden. Jack had haar leren kennen doordat zijn vader huisbewaarder was van het zomerhuis van de familie Caperton op Long Island. Op een of andere manier werden de twee jongetjes uit Glen Cove – Jack en zijn oudere broer, Owen – en een meisje uit de Upper East Side onafscheidelijk en ze speelden een paar keer per jaar watertikkertje in het luxueuze zwembad met uitzicht op de noordkust van Long Island. Charlotte en Jack konden zich niet meer herinneren wie als eerste had bedacht om naar Columbia University te gaan, maar als de een ging, ging de ander ook.

Charlotte gedroeg zich als een bezorgde moeder die mij geen geschikte partner voor haar beste vriend vond. Het enige positieve aan haar was dat ik in elk geval niet jaloers hoefde te zijn. Charlotte was overduidelijk lesbisch.

De hal van het appartementencomplex waar ze woonde, zou de goedkeuring kunnen wegdragen van iedere veeleisende New Yorker, zelfs die van Charlotte. Er stonden rijkelijk gestoffeerde fauteuils, glanzende witte tafels en verse bloemstukken zo groot als strandballen. Ik stond net naar de met leer beklede wanden te kijken toen Charlottes attente portier het korte telefoongesprek beëindigde en naar de lift aan het eind van dit luxueuze fort wees. 'Mevrouw Caperton verwacht u.'

Toen ik op de vijfentwintigste verdieping uit de lift stapte, zag ik haar aan het eind van de gang voor de openstaande deur van haar appartement staan wachten. Om een of andere reden had ik een oudere versie van de Charlotte uit de jaren negentig verwacht: bruin haar in een superkort kapsel geknipt, ruimvallende kleding, naar eigen zeggen een 'dik manwijf'. Maar haar haar was langer en ze had nu een bobkapsel met blonde highlights. Haar spijkerbroek was waarschijnlijk twee maten kleiner dan in haar studententijd. Ze was opgemaakt en als ik het goed zag, droeg ze een topje van Helmut Lang dat ik tijdens mijn laatste bezoek aan warenhuis Bloomingdale's bijna had gekocht. Naast haar zat een bruine mopshond die met grote zwarte uitpuilende ogen de nieuwe bezoeker achterdochtig opnam.

'Dat werd verdomme tijd.'

Ze was niet helemaal veranderd. 'Leuk je weer te zien, Charlotte.'

Het meisje in de deuropening, dat over een paar jaar een mooie vrouw zou zijn, was nog klein genoeg om zich achter Charlottes imposante gestalte te kunnen verschuilen. Toen Charlotte het appartement binnen stapte, kreeg ik haar pas goed te zien. Ook zonder context had ik waarschijnlijk direct geweten wie ze was.

Buckley Harris had de smalle neus en hoekige kin van haar vader en het roodblonde haar en de vele sproeten van haar moeder. Ze was zo'n kind dat op beide ouders evenveel leek. Haar nonchalant golvende haar kwam tot op haar schouders en ze had grote, lichtgroene ogen. Ik kreeg de indruk dat ze zich zorgen maakte, maar wellicht wist ik te veel over haar.

'Jij moet Buckley zijn,' zei ik, en ik stak mijn hand uit. 'Ik ben Olivia Randall.'

Toen ze op haar beurt niet ook haar hand uitstak, gaf Charlotte haar een por. 'Sorry,' mompelde Buckley. Het klonk onoprecht. 'Ik vraag me de hele tijd af waar mijn vader is. Ik word er gek van. Wanneer komt hij naar huis?'

Ik gebaarde naar Charlotte dat we beter even onder vier ogen konden praten. Buckley was daar fel op tegen. 'Ik heb je gebeld. Ik kan het aan.'

Charlotte sloot haar ogen. Ik kende haar goed genoeg om te weten dat ze in gedachten aan het tellen was. Macht der gewoonte. Toen ze haar ogen weer opendeed, sprak ze op kalme toon terwijl ze voor ons uit liep naar haar woonkamer. 'Olivia, Buckley mag er dan uitzien als het roodharige zusje van Taylor Swift, maar ze is een oude ziel met het IQ van... weet ik veel, iemand die zo slim is dat ik nog nooit van die persoon heb gehoord. En, Buckley, niet iedereen snapt dat. Oké? Accepteer dat. En nu voor jullie allebei: zitten. Waarom is Jack verdomme gearresteerd?'

Ik keek naar Charlotte om te controleren of we dit echt zo gingen doen en stak van wal, vertelde Buckley dat haar vrees gegrond was. 'De politie denkt dat je vader betrokken was bij de schietpartij die vanochtend bij de waterkant heeft plaatsgevonden. Ik vermoed dat daar binnenkort een persbericht over zal verschijnen.'

'Betrokken?' vroeg Charlotte. 'Hoe dan? Ze kunnen getuigen toch niet zomaar vasthouden? Is er geen arrestatiebevel nodig om iemand te dwingen te getuigen? Een of ander speciaal bevel van een gerechtshof dat terrorismezaken afhandelt of zo?'

Jack zou inmiddels wel bij de gevangenis zijn. Hij zou schrikken bij zijn eerste kennismaking met een echte gevangeniscel. Hij zou zich afvragen of hij ooit weer alleen in een kamer zou slapen, op een matras dat dikker was dan acht centimeter, of hij ooit weer een toilet zou gebruiken dat niet van metaal was en of hij ooit weer in zijn eentje zou mogen douchen.

'Hij wordt niet vastgehouden als getuige.' Ik keek Buckley recht aan. 'Ze denken dat je vader het gedaan heeft. Ze denken dat hij de schutter is.'

Buckley leek vijf jaar jonger toen haar gezicht samentrok van verwarring en daarna van woede. Ze zag er precies zo uit als wat ze ook was: een bang meisje. Een bang meisje dat een van haar ouders verloren had bij een schietpartij terwijl de andere ouder nu van moord werd verdacht. Alsof de hond haar verdriet aanvoelde, sprong Daisy bij haar op schoot. Buckley aaide het dier en mompelde: 'Braaf, Daisy.'

'Ik weet dat het nauwelijks te bevatten is, maar dit is niet het eind, dit is pas het begin. Momenteel is hij alleen gearresteerd.' Ik zag er het nut niet van in om tegen hen te zeggen dat een hulpofficier van justitie die al jaren meedraaide ervan overtuigd was dat Jack schuldig was. 'Voor zover ik weet is een groot deel van het bewijs dat ze hebben gebaseerd op motief. Een van de slachtoffers vanochtend was Malcolm Neeley.'

Buckley hield haar adem in toen zijn naam viel. Buckley

en Charlotte voerden tegelijk dezelfde argumenten aan die ik ook op het politiebureau had genoemd: dat iemand voor de rechtbank slepen niet betekende dat je die persoon dood wilde hebben, dat er meer mensen waren die het Neeley, net als Jack, kwalijk namen wat zijn zoon had gedaan.

Ik kuchte om hen te onderbreken. 'Er is een complicatie.' Ik wilde niet het risico nemen dat ze dat van die schotresten via het nieuws zouden horen. In droge, klinische bewoordingen legde ik uit hoe het in zijn werk ging als er getest werd of er schotresten op iemands kleding zaten. 'Er is mij verteld dat er schotresten op zijn kleding zijn aangetroffen.'

Buckley liet zich tegen de rug van de bank vallen. Haar vechtlust was opeens verdwenen. Charlotte keek me scherp aan. Ze had zelf gewild dat ik het kind onomwonden de waarheid vertelde.

Het granieten kookeiland in Charlottes keuken deed denken aan de set van een kookprogramma en er lagen allerlei verse ingrediënten, gesneden en afgewogen, klaar om verwerkt te worden. Ik vroeg me af of ze dat zelf had gedaan of dat ze dat door een chef-kok had laten doen.

'Je beseft toch wel dat je dat meisje net min of meer verteld hebt dat jij denkt dat haar vader schuldig is?'

Ik had door dat ze tegen me wilde schreeuwen, maar niet wilde dat Buckley, die in de studeerkamer zat te wachten, ons zou horen. 'Jij was degene die zei dat ze een oude ziel is.'

'Dat zei ik omdat ik niet verwachtte dat je zo'n bom zou laten vallen. Ik behandel Buckley op die manier omdat iedereen zo voorzichtig met haar omspringt sinds haar moeder is overleden. Ze heeft het nodig dat ten minste één persoon niet doet of ze van glas is.'

'Jack zei dat ze gevoelig kon zijn.'

'Je meent het, Olivia. Een jongen heeft haar moeder zomaar doodgeschoten. Dan wordt je vertrouwen in de mensheid wel op de proef gesteld, niet dan?' Waarschijnlijk had ze door dat dit gesprek geen enkele zin had, want ze begon weer over Jacks arrestatie. 'Dus iemand heeft die klootzak van een Malcolm Neeley gedood?'

'Dat zegt de politie, en ik zou niet weten waarom ze daarover zouden liegen.'

'En ook twee omstanders?' vroeg ze.

'Zo worden ze omschreven.'

'Hoe weet de politie dat hij het doelwit was en niet een van die andere twee? Het kunnen ook willekeurige slachtoffers zijn.'

'Behalve dan dat Jack ten tijde van de schietpartij in de buurt was en er schotresten op zijn overhemd zijn aangetroffen.'

'De uitslag van die stomme test klopt niet.' Ze pakte een plakje radijs uit een van de zorgvuldig neergezette Pyrexkopjes en stak het in haar mond. 'Zulke dingen doe jij nu toch? Argumenten aanvoeren waarom zulke uitslagen ongeldig zijn? Ik kan je betalen, hoor. Je volledige honorarium. Ik zal er alles aan doen om Jack te helpen.'

'Het gaat niet om geld, Charlotte. Ik mag hopen dat je me wat dat betreft vertrouwt.'

'Ik jou vertrouwen? Kom op, zeg.'

'Als advocaat. Je moet me vertrouwen, anders ga ik nu weg.'

Ze haalde haar schouders op. 'Wat ik bedoel is dat we er een expert bij moeten halen. Een heel team. Bam, weg vervalste testresultaten.'

'Zo gemakkelijk gaat dat niet.' Ik kende de standaardmethoden om vraagtekens bij bewijsmateriaal te zetten: waar heeft de politie de test uitgevoerd, hoe zijn ze met de kledingstukken omgegaan, bewakingsketen, personeel dat erbij betrokken was. Maar dat zou allemaal pas bij het proces aan de orde komen. 'Ik dacht echt dat ik dit in de kiem kon smoren, maar toen kwam de uitslag van het schotrestenonderzoek. Charlotte, zou het kunnen…'

'Dat meen je niet! Je kent Jack. Die man doet geen vlieg kwaad. We weten uit ervaring hoe hij reageert als zijn wereld instort.'

Ze doelde op hoe hij gereageerd had nadat ík zijn wereld had laten instorten.

Ze moest mijn ongemak hebben bemerkt. 'Sorry,' zei ze snel. 'Wat ik wil zeggen is dat we weten dat Jack zelf de enige is die eronder lijdt als zijn leven overhoop ligt. Hij stort in. De enige reden dat dit na Molly's overlijden niet opnieuw is gebeurd, is dat hij toen sterk moest zijn voor Buckley.'

'Over Buckley gesproken, toen ze vanochtend voor het eerst naar mijn kantoor belde, zei ze dat Jack helpen – ik citeer – "wel het minste was wat ik kon doen na wat ik haar vader had aangedaan". Hoe weet ze van mij?'

Charlotte haalde haar schouders op. 'Kinderen horen alles, zeker dit kind. Zelfs Molly en Jack waren niet volmaakt. Ze ruzieden net als andere stellen. Ik vermoed dat jouw naam daarbij gevallen is, de alomtegenwoordige ex of zo.'

'Ze wist meer. Wat ik haar vader heb aangedaan?'

Weer een schouderophalen. 'Geloof me, ze kent niet het hele verhaal, anders had ze je nooit gebeld. Ze weet alleen dat haar oom Owen bij een auto-ongeluk om het leven is gekomen. Toen Jack zijn leven weer op de rit had, zwoor hij dat hij zichzelf nooit meer de schuld zou geven van wat er was gebeurd.'

Niet als hij iemand anders de schuld kon geven. Mijn blik gleed naar de gang om er zeker van te zijn dat Buckley nog steeds buiten gehoorsafstand was.

'Hoe erg haatte Jack Malcolm Neeley?'

'Tja, hij kon geen sympathie voor hem opbrengen. Begreep hem ook niet. Jack is de meest toegewijde vader ter wereld. Hij zou alles voor Buckley doen. Je kunt je dus wel voorstellen wat hij vond van deze klootzak, die wist dat zijn kind psychische problemen had maar weigerde hulp voor hem te zoeken, omdat het uiteraard onmogelijk was dat zijn zoon niet volmaakt zou zijn. In plaats daarvan probeerde hij het kind stoerder te maken door hem te dwingen te gaan sporten en toen – nee maar – bleek de jongen schieten leuk te vinden. Tjonge, laten we dat stimuleren. Geweldig idee, hufter. Dus ja, Jack mocht hem niet. Maar dat betekent alleen dat neuronen reacties losmaakten in zijn hersenen. De rechtszaak tegen Neeley was niet eens zijn idee. Daar waren enkele andere families mee gekomen. Hij kreeg alleen meer media-aandacht doordat Molly geprobeerd had Todd tegen te houden voordat hij het vuur opende. Hij ziet er goed uit en schrijft boeken die prijzen winnen. En dan is er nog de overleden broer die politieagent was. Dat leverde goede kopij op.'

'Over de media gesproken, ik moet het met je hebben over die oproep op je website over die gemiste kans.'

Ze leek overrompeld doordat ik opeens ergens anders over begon. 'Hoe is dat ter sprake gekomen?'

'Dat was de reden dat hij vandaag bij de waterkant was.'

'Daar gaat hij altijd hardlopen.'

'Dat weet ik, maar dat is niet de reden dat hij daar was. Hij was daar omdat hij met Madeline had afgesproken. Champagne, picknick, vrouw met boek.'

'Bedoel je dat hij haar echt zou gaan ontmoeten? Ik wist dat ze elkaar mailden, maar hij weigerde details los te laten.'

'Ze zouden elkaar vandaag zien. Zij had het tijdstip en de plaats bepaald. Vanochtend om zeven uur, bij het voetbalveld.'

Ik wachtte tot het kwartje viel. 'En Malcolm Neeley wordt een paar minuten later vermoord?'

Ik knikte.

'Dat is wel heel toevallig,' zei ze.
'Of niet.'

7

Ik vroeg Charlotte aan wie Jack zijn plannen voor vanochtend verteld kon hebben.

Ze haalde haar schouders op. 'Als hij het al niet aan mij vertelde, kan ik me niet voorstellen dat hij het wel tegen iemand anders heeft gezegd.'

'Maar Madeline had het aan iedereen kunnen vertellen. Jack gebruikte zijn echte naam toen hij haar mailde.'

'En degene aan wie ze dit vertelt, besluit toevallig om Jack voor een moord te laten opdraaien? Dat slaat nergens op.'

Nee, het sloeg inderdaad nergens op, maar alle mogelijke scenario's doornemen was mijn manier om de feiten te verwerken. 'Als iemand Malcolm Neeley wilde vermoorden, was Jack de meest voor de hand liggende kandidaat voor een valstrik. Zoals je al zei, hij leverde goede kopij op als Neeleys grootste vijand.'

'Verdorie. Stel dat ik Jack te herkenbaar heb gemaakt in die oproep over een gemiste kans. Madeline kan een *catfish* zijn.'

'Is dat zoiets als een valse identiteit aannemen?'

'Het gaat veel verder. Er wordt een complete persoonlijkheid gecreëerd. Je moest eens weten hoeveel zogenaamd bloedmooie vrouwen er op Twitter en Facebook zitten die zich aangetrokken zouden voelen tot dikke, lelijke, oude kerels. Maar degene die achter dat profiel zit, is een ex-gevangene uit Litouwen. Weet je hoeveel mensen er op iemand verliefd zijn geworden – zo verliefd dat ze hun baan opzeggen en hun huis verkopen om dwars door het land te trekken – die helemaal niet bestaat? Soms gaat het alleen om seks, maar meestal zijn ze op hun geld uit. In dit geval kan het zijn om een zondebok te strikken.'

'Ik kan je niet volgen.'

'Oké, stel dat iemand Neeley wil vermoorden. Ze denken het zo te kunnen spelen dat het lijkt of een van de familieleden van de slachtoffers van Penn Station het gedaan heeft. Dan zien ze die oproep over een gemiste kans, beseffen dat ik het over Jack heb en bedenken een vrouw, een zekere Madeline, die hem moet inpalmen.'

'Maar hoe weten ze wat Jacks lievelingsboek is?'

'Dat is niet zo moeilijk,' zei ze. Ze liep naar een nis in de hoek van de keuken en kwam terug met een iPad. Ze liet Siri zoeken naar 'Jack Harris Eight Days to Die,' tikte een paar keer op het scherm en schoof de tablet mijn kant op.

Het was een vraaggesprek met de auteur op de website Goodreads van pakweg zes weken geleden.

> Goodreads: Lezers willen altijd weten welke boeken hun favoriete auteurs op hun nachtkastje hebben liggen. Hebt u de afgelopen tijd nog een goed boek gelezen?
>
> Jack Harris: Er liggen altijd veel boeken op mijn nachtkastje. Het boek waar ik het afgelopen jaar diep van onder de indruk was, was *Eight Days to Die*, de debuutroman van Monica Harding.

Ik las vluchtig de rest van zijn antwoord: dat de stad New York zo treffend beschreven werd, dat het een opbeurend boek was, ook al ging het over een vrouw die haar eigen dood voorbereidde, dat zijn tienerdochter het met plezier gelezen had en dat ze zelfs een middag zijn gaan wandelen langs plaatsen die in het boek voorkwamen.

Na even googelen zou 'Madeline' geweten hebben welk boek ze moest noemen als antwoord op Jacks vraag welk boek ze had zitten lezen.

Maar toen ontdekte ik een zwak punt in Charlottes theorie. 'Toen Madeline reageerde op die oproep over een gemiste kans, wist ze wat voor T-shirt Jack droeg. En ze begon over de mand. Die details stonden niet in jouw oproep.'

'Niet?'

Ik schudde mijn hoofd.

Ze vloekte binnensmonds, maar ik wilde haar theorie over *catfishing* nog niet van de hand doen. Ik dacht nog steeds hardop. 'Stel dat de vrouw die hij bij de pier zag ook bij dat catfishing hoort.'

'Zo werkt catfishen niet. Het hele punt is juist dat je geen bestaande persoon nodig hebt. Je verzint er een.'

'Laten we het woord "catfish" vergeten. Wie weet hoorde de vrouw die hij bij de pier zag bij de valstrik. Ze tut zich op, probeert zijn aandacht te trekken met in haar achterhoofd hem later te laten opdraaien voor de moord op Neeley. Maar Jack reageert anders dan ze verwacht. Hij rent door, blijft niet staan om haar aan te spreken. Plan mislukt. Tot jouw oproep.'

Ik zag Charlottes gezicht betrekken.

'Nee, zo bedoel ik het niet,' zei ik. 'Het is niet jouw schuld. Maar kun je me nog volgen? Zo kan het toch gegaan zijn?' Jack verleiden. Neeley vermoorden. Jack ervoor laten opdraaien. Het verleiden was alleen anders verlopen dan oorspronkelijk gepland.

Charlotte knikte. 'Jack is een gewoontedier. Hij rent elke ochtend precies dezelfde route. Ze wist waar ze hem moest opwachten.'

Haar opmerking toonde een andere zwakke plek in mijn theorie. 'Maar van mooie vrouwen zijn er dertien in een dozijn. Hoe kan iemand weten welk type vrouw Jacks aandacht zal trekken?'

Charlotte keek op slag vrolijker. 'In een van de artikelen over Molly die ik voor *The Room* heb geschreven, wordt vermeld hoe Jack en zij elkaar hebben leren kennen. Jack zag Molly in een wijnbar, waar ze in haar eentje zat te lezen. Intelligent, blij met zichzelf, zelfverzekerd genoeg om daar in haar eentje te zitten, had geen man nodig.' Bij elk kenmerk dat ze opsomde, werd duidelijker dat Molly Charlotte voor zich had weten te winnen, iets wat mij nooit gelukt was. Ik had in de media voldoende over de schietpartij gelezen om te weten dat Charlotte een rol had gespeeld bij het creëren van Jacks publieke imago na de schietpartij. Ik herinnerde me vooral dat artikel waar ze het nu over had. Het was in mijn hoofd blijven hangen omdat ik nog wist hoe sneu ik mezelf vond dat ik jaloers was op een overleden vrouw.

Ik concentreerde me weer op de lopende kwestie. 'Leek de vrouw op het gras...' Want zo noemden we haar nu. '... op Molly?'

Ze haalde haar schouders op. 'Dat weet ik niet. Jack heeft weinig losgelaten over haar uiterlijk, hij zei volgens mij alleen dat ze mooi was. Hij voelde zich meer aangetrokken tot de energie die ze uitstraalde of zo. Het was een valstrik, ik zweer het je. Ze hebben op internet informatie over Jack opgezocht en aan de hand daarvan hebben ze de ideale vrouw uitgezocht om langs zijn hardlooproute neer te zetten.'

'Ik weet het niet, hoor,' zei ik hoofdschuddend. 'Het is... vergezocht.'

'Dit is nog niets vergeleken met sommige verhalen over catfishing die we op de website hebben geplaatst. Het zou handig zijn als we die vrouw konden vinden. Ik vermoed dat ze er niets mee te maken heeft. Dat ze daar alleen maar mooi zat te zijn. Wie weet hebben ze een actrice ingehuurd, of een callgirl. Kun je de bewakingsbeelden van die plek opvragen?'

'Misschien. Het is natuurlijk niet zeker dat ze erop staat, maar ik kan ze opvragen.'

Ik belde het OM, vroeg naar Scott Temple en zei tegen hem dat ik bang was dat hij bij de bewakingsbeelden van de waterkant eruit pikte wat in zijn straatje paste. 'Zorg ervoor dat alle bewakingsbeelden bewaard blijven, niet alleen die van vandaag. Ik wil alle bewakingsbeelden van de afgelopen maand van de hele zuidkant van de rivier.'

Nadat ik had opgehangen, gaf ik Charlotte een samenvatting van wat er aan de andere kant was gezegd. 'Hij heeft geen toezeggingen gedaan, maar hij is gewaarschuwd dat hij geen beelden mag wissen. Een foto van de vrouw zou helpen. Dat zou bewijzen dat Jack dit niet allemaal heeft verzonnen.'

'Ik kan veel doen met een foto. Ik kan haar foto op *The Room* plaatsen en dan duiken die leunstoelspeurders erbovenop. Dan weten we zo wie Madeline in het echt is.'

Charlotte was zo druk bezig met vertellen wat ze zou doen als we een foto hadden, dat we beiden niet doorhadden dat er iemand in de deuropening naar de keuken stond. Buckley keek naar ons, had een laptop in haar handen. Daisy scharrelde bij haar voeten rond. 'Jullie maken het allemaal veel te ingewikkeld.'

'Hoeveel heb je gehoord?' vroeg Charlotte.

'Genoeg om te weten dat er een veel eenvoudigere verklaring is.'

Buckley zette haar laptop op het kookeiland terwijl ze het uitlegde. 'Je zei dat niemand alle details kon weten tenzij die mensen die ochtend bij de pier waren geweest. Maar dat is niet waar. Ze hoefden alleen toegang te hebben tot zijn e-mail.'

Ze draaide de laptop onze kant op.

Van: jacksonharris@gmail.com
Aan: charlotte.caperton@roommag.com
Datum: 6 juni 2015, 23.47 uur
Onderwerp: Iets raars

Hoi. Te laat om nog te bellen en dit zou ik je ook niet zo vertellen, vandaar dat ik je schrijf. Toen ik vandaag ging hardlopen, is er iets raars gebeurd. Al rennend zag ik een vrouw bij de Christopher Street Pier. Ze droeg een strapless avondjurk en had een picknickmand bij zich, om half zeven 's ochtends. Ze zat nonchalant op het gras een boek te lezen, wat me aan Molly deed denken. En ze had lang donker haar en dronk champagne zo uit de fles, wat me herinnerde aan... Nou ja, je weet wel, maar je hebt liever niet dat ik haar naam noem.

Het punt is dat ik nu, achttien uur later, in bed lig en nog aan haar denk. Je herinnert me er altijd aan dat er alleen al in New York pakweg – wat was het ook alweer? – 2,2 miljoen vrouwen wonen die wat leeftijd betreft geschikt voor me zouden zijn. Ik begin te denken dat het de moeite waard kan zijn eens met minstens één van hen af te spreken. Misschien kun je me zelfs wel helpen bij het aanmaken van een account op zo'n datingsite. Geintje! Je waagt het niet, hoor.

O, en moet je horen, deze vrouwenverslinder droeg dat T-shirt dat ik met kerst van B heb gekregen. Die met 'Coolste hardloper ter wereld'. Daar kunnen dames toch geen weerstand aan bieden?

Maar goed, wie ik eventueel ook aan de haak sla, jij en Buckley zullen altijd mijn lievelingsvrouwen blijven.

'Zie je wel?' zei Buckley. 'Alle informatie staat er. Zoals je al zei, mijn vader is de ideale zondebok. Als ze zijn e-mail hebben gehackt, beschikten ze over alles wat ze nodig hadden om op die oproep over een gemiste kans te reageren.'

Buckley klonk bijzonder trots dat ze een theorie had bedacht die ik over het hoofd had gezien. Vermoedelijk kwam dat doordat haar vader het had gehad over iemand uit zijn verleden met lang donker haar. Ik paste in dat plaatje.

'Ik zei toch dat ze slim is?' zei Charlotte. 'Nu moeten we er alleen nog achter zien te komen wie er in Jacks mailbox heeft rondgeneusd.'

'Je zou hiermee kunnen beginnen.' Buckley wees naar de opengeklapte laptop.

Ik knipperde met mijn ogen voordat ik iets zei. 'Bedoel je dat dit je vaders laptop is?'

Buckley gaf geen krimp. 'Ja, die heb ik gepakt toen de politie even niet oplette.'

Twintig minuten later stond Einer bij Charlotte op de stoep. Zoals zijn voor- en achternaam al doen vermoeden, is Einer half Zweeds, half Duits, waardoor het des te verrassender is dat hij pluizig rossig haar heeft. Einers kapsel heeft iets clownesks, maar door de hoge luchtvochtigheid leek hij vandaag een groot uitgevallen oranje wattenstaafje dat te lang op de bodem van een koffer had gelegen.

Charlotte en Buckley stonden bij me in de gang toen ik hem binnenliet, maar hij nam niet de moeite zich voor te stellen. 'Probeer je ons allebei ontslagen te krijgen? Don zeurt de hele dag al aan mijn kop waar je bent en ik heb hem moeten beloven dat ik hem inlicht zodra ik meer weet. Ik weet niet waar je mee bezig bent of waarom Don kwaad is, maar ik voel me als een klein kind van wie de ouders in scheiding liggen.'

Toen hij naar adem hapte, had hij opeens door dat er een tiener aanwezig was en dat er een hond aan zijn broekspijp snuffelde, en hij keek me aan alsof ik hem had meegenomen naar een gebied waar ebola was uitgebroken.

Hij liep achter ons aan naar de keuken, waar Jacks laptop op zijn magische aanraking stond te wachten. 'Ik moet weten of er een hacker bij een bericht is geweest dat vanaf deze computer is verzonden.' Volgens Buckley schreef Jack thuis eigenlijk alleen op zijn desktop. Zijn laptop gebruikte hij om dingen op te zoeken en om te mailen. Het idee was dat hij één computer uitsluitend met zijn manuscripten associeerde om te voorkomen dat hij online afgeleid raakte. Voorlopig gingen we ervan uit dat Jack zijn laptop had gebruikt om Charlotte te mailen over de vrouw op het gras.

Einer ging zitten en begon direct te typen. Zijn vingers vlogen over het toetsenbord en er lag een denkrimpel op zijn voorhoofd. Hij schonk me een geïrriteerde blik toen Buckley wat te dichtbij kwam en over zijn schouder meekeek.

Ik besloot haar af te leiden door ergens over te beginnen wat ik tot nu toe had uitgesteld in de hoop dat Charlotte er als eerste over zou beginnen. 'Buckley, we moeten het even hebben over waarom je je vaders laptop hebt gepakt terwijl de politie met een huiszoekingsbevel in jullie appartement was.'

Hoewel ze strak voor zich uit keek, zag ze er het ene moment uit als een bang jong kind en het volgende moment als een boze defensieve tiener. Aan haar bleke, smalle gezicht en grote, lichte ogen viel weinig af te lezen.

'Dat zou jij ook gedaan hebben,' zei ze uiteindelijk. 'Je bent immers een beroemd advocaat. Als het heel erg zou zijn wat ik heb gedaan, zou je Ronald McDonald hier zijn cyberding niet laten doen.'

Einer zwaaide over zijn schouder. 'Let maar niet op mij, ook al ben ik binnen gehoorsafstand. Ik ben al vaker voor Ronald McDonald uitgemaakt. Als je me hoort snikken, komt dat doordat er herinneringen aan mijn middelbareschooltijd naar boven komen.'

Ik keek Buckley aan. 'Je had in grote problemen kunnen komen. Om nog maar te zwijgen van hoe het overkomt als het kind van een verdachte betrapt wordt op het achteroverdrukken van bewijsmateriaal. Dan lijkt het alsof jij denkt dat je vader schuldig is.'

Haar onderlip begon te trillen. Tot nu toe had ik Buckleys gedrag geschaard onder normale tienerangst, wat tot uiting kwam als verwaande arrogantie, maar nu zag ik wat Jack en Charlotte bedoelden toen ze het over haar kwetsbaarheid hadden. 'Zo zit het niet. Ik heb de laptop alleen maar gepakt voor de zekerheid. Daarop staan de back-upbestanden van mijn vaders manuscripten. Het is zijn werk. Dat was aanvankelijk in elk geval mijn redenering. En nadat ik hem in mijn tas had gestopt, ben ik gewoon weggegaan.'

'Gaan we iets op die laptop vinden wat een probleem oplevert, Buckley?'

'Ik dacht alleen maar aan zijn boek. Dat zweer ik. Het is bijna af.'

Einer hield op met typen en leunde achterover in zijn stoel. 'Conclusie: geen sporen van toegang vanaf een externe locatie, maar...'

'In eenvoudige taal graag.' Dat verzocht ik hem herhaaldelijk als Einer me op technologisch gebied te hulp schoot.

'Oké, de grondigste manier is spionagesoftware op iemands computer installeren. Dan kan iemand de hele computer in feite klonen. Elke toetsaanslag wordt op een andere locatie ook uitgevoerd. In dit geval is er niets wat daarop duidt. Maar er zijn talloze manieren om toegang tot zijn e-mail te krijgen zonder vingerafdrukken op de hardware achter te laten.'

'Dus je kunt aan de laptop niet zien of die gehackt is?'

'Correct. Je kunt het best contact opnemen met zijn e-mailprovider als je erachter wilt komen wanneer en vanaf welke locatie men toegang tot de laptop heeft gehad. Daar kunnen ze zien of er iets geks aan de hand is. Laat me raden, je wilt dat ik dat voor je ga uitzoeken.'

'Graag.'

'En dan nog iets,' voegde Einer eraan toe. 'Deze jongedame hier mag dan beweren dat ze de laptop alleen maar heeft meegenomen vanwege een boek, maar Ronald McDonald denkt dat de politie dit wel interessant zal vinden.'

Hij drukte op wat toetsen en er verscheen een grijs scherm met als titel Bibliotheek. 'Dit is de zoekgeschiedenis,' legde Einer uit. 'Dat is een lijst van alle websites die vanaf deze computer zijn bezocht.'

Ik kon mijn ogen niet geloven. Elke zoekopdracht leek de naam Malcolm Neeley te bevatten. Rechtstreekse zoekopdrachten naar zijn naam of zijn hedgefonds, The Sentry Group. Er was doorgeklikt bij zoekopdrachten naar zijn countryclub (hij was twee weken daarvoor derde geworden bij een golftoernooi), naar het 92nd Street Y ('Leader's Circle' omdat hij meer dan vijftigduizend dollar had geschonken), naar een alumnilijst van Princeton University. Er was zelfs gegoogeld hoeveel Neeleys huis waard was (huidige schatting 8,2 miljoen dollar).

Einer klikte op het menu aan de linkerkant van het scherm en liet de zoekgeschiedenis van vorige maand, de maand daarvoor en de maand daar weer voor zien. Meer van hetzelfde.

Charlotte, die over mijn schouder meekeek, vroeg aan Buckley: 'Wist je dit? Heb je de laptop daarom gepakt?'

'Nee, ik zweer het. En het zegt helemaal niets. Als je op mijn computer zou kijken, zou je hetzelfde zien. Vraag het aan alle andere slachtoffers. We cyberstalkten hem allemaal, omdat we Malcolm haatten. Hij was een klootzak en hij liet zijn gestoorde kind al die mensen doden. Hij heeft mijn moeder vermoord.'

Buckley trilde over haar hele lichaam tegen de tijd dat ze een traan wegveegde. Charlotte sloeg een arm om de schouder van het meisje en drukte een kus op haar hoofd.

'Nog meer?' vroeg ik kalm aan Einer. Hij schudde zijn hoofd en ik gebaarde dat we weg moesten gaan.

Ik wilde net de voordeur opendoen toen hij me vroeg: 'Laat je die computer werkelijk bij dit tweetal achter?'

'Tenzij jij hem nodig hebt.'

'De politie, Olivia. De politie wil die laptop. Ze zijn er allang achter dat die weg is. En je weet dat mamabeer gegevens zal gaan wissen. Of dat ze hem met haar sterke armen optilt en van de George Washington Bridge af gooit. Heb je die gespierde bovenarmen gezien?'

'De laptop is niet ons probleem, Einer.'

'Ik hoop dat je weet waar je mee bezig bent.'

Dat hoopte ik ook toen we met de lift naar beneden gingen, want ik ging straks tegen Don Ellison – de man die me een nieuw carrièreperspectief had geboden toen mijn vorige baan op niets was uitgelopen – zeggen waarom ik voor het eerst sinds we partners waren een cliënt hoe dan ook zou bijstaan, of hij dat nu leuk vond of niet.

8

Ik hoorde de gebruikelijke avondgeluiden van Café Lissa – een mengeling van luidruchtig gepraat en een geweldige platenlijst – al voordat ik bij de draaideur van de ingang was. Naarmate banken, drogisterijen en grote winkelketens de prijs van commercieel vastgoed in Manhattan opdreven, sloten kleine restaurants bij de vleet. Maar dankzij trouwe klanten uit de buurt was het bij Café Lissa zo druk als bij een beroemde chef-kok.

De wachtende klanten bij de bar stonden drie rijen dik en The Ramones schalden uit de boxen aan het plafond. 'Hey! Ho! Let's go!'

Melissa stond achter de bar, haar lievelingsplek tenzij er ergens anders in het restaurant gedoe was. Ze was, net als ik, drieënveertig, maar haar triceps blubberde niet toen ze een fles martini over haar rechterschouder schudde. Toen ze de heldere vloeistof in een glas goot, hoorde ik haar aan een man met baard vragen of hij er een sliert sinaasappelschil bij wilde. Hij was verbaasd dat ze zich dat herinnerde, zei hij, want hij was hier pas één keer geweest, drie weken daarvoor.

Dat ijzersterke geheugen had ervoor gezorgd dat Melissa gemiddeld een 7,8 scoorde voor haar hoofdvak biochemie. Toen ze een jaar geneeskunde studeerde, verkondigde ze dat het eigenlijk haar droom was om een restaurant te beginnen.

Ik knikte naar Melissa en speurde het vertrek af of ik Don

ergens zag. Hij zat aan zijn lievelingstafel achter in de hoek en bladerde met zijn leesbril op door de *New York Post*.

'Ik zie dat je de vijand in de gaten houdt,' zei ik. 'Dan kun je de tv in je slaapkamer net zo goed op *Fox News* zetten.'

'Dat is het probleem met jouw generatie,' zei hij. 'Te veel opties. Te veel vrijheid om te kiezen waar je naar wilt luisteren, wat je wilt lezen. Het is goed voor de hersens om naar andere opvattingen te luisteren. De juryleden die over het lot van onze cliënten beslissen lezen de *New York Post*, als ze al een krant lezen. Je moet hun wereldbeeld snappen.'

Een van Melissa's barmannen, in een wit overhemd en spijkerbroek, kwam me een martini brengen die ik niet had besteld. Ik klonk met mijn glas tegen Dons bierglas. 'Maar goed, over andere wereldbeelden gesproken...'

'Ik ben niet dom, Olivia. Je hebt me de hele dag gemeden. Vervolgens laat je mijn nichtje bellen om er zeker van te zijn dat ik vanavond hier ben. Je vindt kennelijk dat we iets moeten bespreken en ik vermoed dat het te maken heeft met die zaak waar je een gevoel over had. Dus hup, voor de draad ermee.'

Toen ik net voor Don werkte, tolereerde hij me alleen als gunst aan Melissa, die als een dochter voor hem was. In zijn ogen was ik een elitair opgeleide advocaat die op een groot advocatenkantoor thuishoorde en zo gehersenspoeld was dat ze meende dat echte advocaten voor grote bedrijven werkten die het zich konden veroorloven de besten en de slimsten in te schakelen om juridisch werk van topkwaliteit te leveren. Bij Preston & Cartwright ben ik ooit tien uur bezig geweest met het schrijven van twee alinea's van een eenendertig pagina's tellende pleitnotitie. Het was mijn grote droom om partner bij een prestigieus advocatenkantoor te worden. Als ik partner werd, kon ik de persoonlijke offers rechtvaardigen die ik gebracht had om zo ver te komen.

Maar toen kwam het punt waarop ik er acht jaar werkte

en mijn droom vervloog. Ik had talloze uren geschreven. Ik benaderde de wet op 'voortvarende, vakkundige wijze'. Maar ik was er niet in geslaagd 'betekenisvolle relaties met mentoren op te bouwen' of 'een leidersrol op me te nemen ten aanzien van jongere collega's'. Ik had niet 'het potentieel getoond voor ontwikkeling bij belangrijke cliënten'. Ik was 'te bot bij interpersoonlijke communicatie.' Ik had al die woorden onthouden doordat ik ze de daaropvolgende weken en maanden telkens in mijn hoofd had herhaald. Samengevat: ik kon het werk aan, maar niemand mocht me.

Ik zou geen partner worden, werd me te kennen gegeven. Dat betekende dat ik een jaar of twee de tijd zou krijgen om uit eigen beweging op te stappen.

Toen Melissa me vertelde dat haar oom Don een junioradvocaat zocht, vond ik mezelf aanvankelijk te goed voor die baan. Ik had ooit de ambitie gehad om griffier bij het hooggerechtshof of professor in de rechten te worden. Ik studeerde af met een van de beste cv's in het hele land. Ik hoorde een vooraanstaand partner te worden die de leiding had bij landelijke rechtszaken, niet een of ander boodschappenmeisje voor een advocaat die in zijn eentje een advocatenkantoor had en regionale strafzaken deed. Maar ik kwam niet meer rechtstreeks van de opleiding. Ik had negen jaar ervaring in de advocatuur. Er had net zo goed een enorm stempel op mijn cv kunnen staan met de tekst 'heeft het niet gered'.

Toen ik smoezen probeerde te bedenken waarom ik Dons aanbod zou afslaan, zei Melissa dat ze me bij mijn kladden zou grijpen als ik dat deed. Ik wist niet precies wat ze daarmee bedoelde, maar de strekking was duidelijk. Het was niets voor Melissa haar familie om hulp te vragen. Ze had het niet voor zichzelf gevraagd, maar voor mij. Ik móést het doen.

Tot mijn verbazing leerde ik in mijn eerste jaar bij Don

meer dan in al die jaren op de universiteit en bij Preston & Cartwright bij elkaar. Ik was het hem verschuldigd dat ik nu onomwonden vertelde wat er speelde.

‘Het zit zo.’ Ik boog me naar voren. ‘Jack is in staat van beschuldiging gesteld. Er zijn geen getuigen, maar hij was rond de tijd dat het gebeurde vlak bij de plaats delict. Een van de slachtoffers van de schietpartij is Malcolm Neeley.’ Don bleef zijn hoofd schudden terwijl ik uiteenzette wat het bewijs tegen Jack was, hoewel ik nog niets over de uitslag van het schotrestenonderzoek zei.

‘Ik snap waarom ze hem gearresteerd hebben. Het kan toeval zijn, maar zijn onzinnige verhaal over die mysterieuze vrouw maakt de cirkel rond.’

‘Hoe bedoel je?’

‘De politie wordt naar een schietpartij gestuurd waarbij drie slachtoffers zijn gevallen. Een van die slachtoffers blijkt een bekende landgenoot te zijn. Je kunt er allerlei theorieën op loslaten, maar het is logisch dat de politie denkt dat het te maken zou kunnen hebben met het feit dat de zoon van Malcolm Neeley al die mensen heeft gedood. Dus als ze de bewakingsbeelden bekijken en een man met een mand zien lopen die lijkt op een familielid van een van de slachtoffers – misschien wel het bekendste familielid dat ertussen zat – richten ze daar als eerste hun aandacht op. Maar het kan zijn dat er een onschuldige verklaring voor is. Het kan zijn dat de man op de bewakingsbeelden toch niet Jack Harris is. Of hij is het wel, maar hij was daar met nog iemand die ervoor kan instaan dat hij onschuldig is. In plaats van de zaak op te helderen, komt Jack met een flutverhaal over een onbekende vrouw. Dat verhaal benadrukt dat Jack vlak bij de plaats delict was, dat hij voor de schietpartij een picknickmand bij zich had en dat hij zonder die picknickmand daar is weggegaan. Voordat hij met dat verhaal kwam, was dit slechts een van de talloze theorieën.’

Ik maakte het voor hem af. 'Door Jacks verklaring was de cirkel voor de politie rond en kwamen ze weer uit bij hun eerste verdenking.'

'Precies.' Don leunde tegen de bruinleren rugleuning van het zitje en nam nog een slok bier. 'Als advocaat van de gedaagde noemen we dit tunnelvisie. De politie weet dat Jack in de buurt was en dat kleurt al hun bevindingen. Dat gebeurt doorlopend. Maar als Jack geluk heeft – beter nog, als hij onschuldig is – zullen ze onvoldoende bewijs hebben om een openbaar aanklager zover te krijgen dat die hem aanklaagt.'

'Ze zoeken verder. Toen we elkaar vandaag aan de telefoon hadden, was ik er vrij zeker van dat ik Jack bijna vrij had, maar toen kwam de uitslag van het schotrestenonderzoek.'

Don zette zijn bierpul zo hard neer dat er schuim op de tafel terechtkwam. 'Daarom moet je dus niet voor mensen instaan. Schotresten op zijn handen?'

Ik schudde mijn hoofd. 'Op zijn overhemd. Dat is nog steeds niet best, maar we hebben de uitslag van een schotrestenonderzoek al eens eerder met succes aangevochten.'

'Ja, door aan te voeren dat de politie onzorgvuldig te werk was gegaan. Nogal moeilijk te geloven dat de politie een zaak verknalt die zo belangrijk is, en zo snel al, tegen een rijke blanke die in de hele stad geliefd is. Zo werkt het systeem niet, Olivia, en juryleden weten dat.'

'Oké, maar ik heb een andere theorie.' Ik vertelde hem dat het mogelijk was dat iemand de ontmoeting bij de pier vanaf het begin zorgvuldig georganiseerd had of dat die persoon Jacks e-mail had gelezen op zoek naar een gelegenheid om Jack voor de moord op Neeley te laten opdraaien. 'En we weten dat Jack niet Malcolm Neeleys enige vijand was. Tegenover iedere persoon die met hem te doen heeft omdat hij zijn zoon heeft verloren, staan er vier die hem de schuld geven van het bloedbad op Penn Station. Stel dat iemand

Neeley wilde vermoorden en dat die persoon op een of andere manier wist dat Jack vandaag een afspraakje had met deze vrouw…'

'En erin slaagde schotresten op Jacks kleding te krijgen?'

'Dat kan. Ik ben nog niet in de gelegenheid geweest om hem te vragen hoe die schotresten op zijn kleding terecht kunnen zijn gekomen. Het kan zijn dat de politie iets raars heeft gedaan tijdens het onderzoek. Of dat degene die hem ervoor wil laten opdraaien langs hem is gelopen bij de waterkant en…'

'Of hij heeft het gedaan. De rechtszaak tegen Neeley werd geseponeerd. Wie weet is hij door het lint gegaan. Zulke dingen gebeuren. Dat weet je zelf ook.'

Nou en of ik dat wist, zeker als het om Jack ging. Maar als Jack door het lint ging, was hij alleen een gevaar voor zichzelf. Ik wist echter niet hoe ik dit Don aan zijn verstand moest brengen.

'Jij denkt dat ik bevooroordeeld ben, maar, Don, ik ken hem.' De voornaamste reden dat Jack en ik uit elkaar waren gegaan, was dat ik hem beter kende dan hij zichzelf kende. Hij dacht dat ik hem de rest van zijn leven gelukkig kon maken. Ik kende hem goed genoeg om te beseffen dat ik hem telkens weer teleur zou stellen. 'Hij heeft het niet gedaan. Al was het alleen maar omdat hij niet het risico zou nemen zijn dochter zonder ouder achter te laten.'

Don hield mijn blik even vast voor hij iets zei. 'Moet je horen, ik weet dat ik stokoud ben en dat Melissa me er waarschijnlijk van zal beschuldigen dat ik dingen uitleg die ik zelf niet snap, maar ik zeg het toch. Het enige wat ik van Jack weet, is wat jij me in de loop der jaren over hem verteld hebt als je niet op je best was.' Dat was Dons beleefde manier om aan te duiden dat ik dronken was. Dan ratel ik maar door over alles wat ik in het verleden heb verknoeid en dan begin ik altijd als eerste over Jack. 'Ik heb begrepen dat hij je grote liefde was en dat jij denkt dat het door jou komt dat die relatie is stukgelopen. Je voelt je schuldig, dat weet ik, maar je bent heus niet de eerste die haar vriend heeft bedrogen. Je bent hem niets verschuldigd.'

'Wel, Don. Je hebt er geen idee van hoeveel ik hem verschuldigd ben.'

Charlotte had me dan misschien nooit gemogen, maar ironisch genoeg zou ik Jack nooit hebben leren kennen als zij er niet was geweest. Zij was degene die telkens haar jeugdvriend meebracht naar ons studentenhuis en dan bleven ze opzettelijk bij onze openstaande deur rondhangen als Melissa thuis was. Dat ze Jack aan Melissa wilde koppelen was bijna net zo doorzichtig als het feit dat ze daar beiden niet in geïnteresseerd waren, of dat Charlotte wellicht zo haar eigen redenen had om Melissa aardig te vinden.

Op bevel van mijn ouders dat ik ervoor moest zorgen dat mijn particuliere opleiding 'de moeite waard was', richtte ik me vrijwel uitsluitend op mijn studie tot ik er na een incidenteel zuipfestijn wel voor openstond de nacht met iemand door te brengen. Jacks naam dook nooit op in de lijst van mogelijke kandidaten. Hij was leuk en grappig en deelde mijn passie voor *Twin Peaks* en The Smiths, maar ik vond hem veel te netjes. Op een keer liep hij met me mee naar huis na een uitbundig bierfestijn buiten de campus, waarna we nog twee uur hebben zitten praten. Ik bleef bij hem slapen en sloop de volgende ochtend nog voor het ontbijt zijn studentenhuis uit. Ik dacht dat we beiden wisten dat dit eenmalig was en hij bleef inderdaad gewoon gezellig langskomen zonder ooit een toespeling te maken op het feit dat we het bed hadden gedeeld.

Toen ik mijn kamer leegruimde omdat ik in de zomer stage zou gaan lopen in Washington, kwam hij me een cassettebandje brengen en de eerste dag dat ik weer terug was op de campus, stapte hij mijn nieuwe kamer binnen en vroeg wat ik van het bandje vond. Ik loog en zei dat het heerlijke muziek was, maar hij had door dat ik er nooit naar had geluisterd.

De volgende dag kwam hij terug met twaalf biertjes en nadat we er een paar op hadden, moesten Melissa en ik beloven om met hem te dansen op het eerste nummer van het gekopieerde cassettebandje. Het was 'Debaser' van de Pixies. We sprongen met z'n drieën op en neer met onze handen in de lucht. Toen het nummer was afgelopen haalde hij het bandje uit de cassetterecorder en verklaarde dat onze 'muzikale opvoeding' op een later tijdstip zou worden voortgezet.

Naarmate het studiejaar vorderde, ontstond er een patroon. Spontane dansfeesten – soms met een groep, soms maar met z'n tweeën, maar altijd slechts één nummer van diezelfde stomme mixtape. Het waren geweldige nummers: 'Magic Carpet Ride' van Steppenwolf, 'Candy' van Cameo, 'Blue Monday' van New Order, 'Hot Pants' van James Brown, 'This Is Not A Love Song' van Public Image Ltd., 'Mirror In The Bathroom' van The English Beat, 'Rock Your Baby' van… weet ik niet meer. En een nummer van Sting dat ik vreselijk zou hebben gevonden, ware het niet dat ik het prettig vond om in mijn kamer met iemand te slowen.

Dat cassettebandje – en de bandjes die hij later moet hebben samengesteld – waren een goede zet, de enige goede zet die Jack volgens mij ooit heeft gedaan. Ik begon ernaar uit te kijken dat hij op de deur klopte. Het was telkens weer een avontuur. Ik voelde me bijzonder en gewild. Na verloop van tijd werd de muziek minder belangrijk dan samenzijn met iemand die me gelukkig maakte.

Ik was nog jong en naïef genoeg om te denken dat jongens en meisjes – die voor het eerst van hun vrijheid genoten en bij wie de hormonen door hun lijf gierden – toch in de eerste plaats vrienden waren. Hoewel ik weigerde het een relatie te noemen, dacht ik wel in die termen aan ons: een vriendschap inclusief seks, maar niet monogaam, van mijn kant niet althans.

Toen ving ik geruchten op dat Shannon Riley regelmatig na het avondeten naar Jacks kamer ging en hem vroeg om haar te helpen met haar biologiehuiswerk, hoewel Jack slecht was in exacte vakken. Nadat ik Jack en Shannon voor de zoveelste keer in weken over de campus zag slenteren, zei ik tegen Melissa dat ik zat te wachten tot Jacks 'onschuldige geflirt' ten einde was.

'Waar maak je je druk om?' had Melissa gevraagd.

'We hebben het wel over Shannon Riley. Ze is luidruchtig en aanstootgevend en moet altijd in het middelpunt van de belangstelling staan.'

'Nee, wat ik bedoel is waarom jíj je daar druk om maakt, Olivia.'

'Omdat Jack gekwetst wordt als Shannon haar aandacht na een tijdje op een ander zal richten.'

Melissa had lachend haar hoofd geschud. 'Nee, je doet er moeilijk over omdat je hem mist. Ik heb gezien hoe je opfleurt als er op de deur wordt geklopt. Hoe je nadat je bij hem bent geweest thuiskomt alsof je iets hebt gebruikt. Het mag dan geleidelijk zijn gegaan, maar ik zie hoe je door hem bent veranderd. Je houdt van die jongen.'

'Het is prima zoals het nu gaat tussen Jack en mij.'

'In jouw optiek, maar hij denkt er kennelijk anders over. Je hebt alle voordelen van een vriend, maar zonder de bijbehorende verantwoordelijkheid. Je hoeft maar te kikken of hij komt, hij houdt je haar vast als je moet kotsen en biedt een luisterend oor. Ondertussen ga jij gewoon door met je eigen leven. Ik kan het hem niet kwalijk nemen dat hij verder zoekt. Als ik jou was, zou ik uitkijken, want als Shannon hem eenmaal heeft gestrikt, zal dat voor zeer lange tijd zijn. Als jij hem wilt, moet je daar werk van maken.'

Die nacht kon ik niet slapen. Melissa had gelijk, ik was niet uit geweest op een relatie en ik had mezelf wijsgemaakt dat Jack mijn type niet was, maar ik wilde hem niet kwijt. De volgende ochtend zorgde ik ervoor dat ik hem tegenkwam toen hij uit de eetzaal kwam. Op weg naar huis feliciteerde ik hem met zijn nieuwe relatie.

'O, je hebt het dus gehoord? Vind je het vervelend?'

'Ja, het staat me niet aan. Ik mis je.' Hij bleef staan en keek me aan. Niet te geloven hoe gelukkig hij eruitzag.

'O mijn god, je wordt rood. Olivia Randall bloost. Waarom?'

Ik had geen idee hoe stuntelig mijn antwoord klonk, maar ik herinner me dat ik hem over Valentijnsdag vertelde, die keer dat ik negen was. Mijn moeder vroeg waarom ik geen valentijnskaart wilde geven aan een van de jongens op school. Ik zei dat ik gevoelens walgelijk vond. In de daaropvolgende jaren kwamen Jack en ik nog vaak terug op dit gesprek. Wat ik hem duidelijk probeerde te maken was dat ik, op mijn negende, al doorhad dat gevoelens ervoor zorgden dat mijn moeder bij mijn vader bleef. *Olivia, je ziet toch dat ik van hem hou?* Gevoelens maakten dat je slechte beslissingen nam.

'En tot welke slechte beslissingen leiden je gevoelens voor mij?' Jack en ik stonden midden op het South Lawn en ik had het idee dat iedereen naar ons keek.

Ik haalde mijn schouders op.

'Je wilt dus dat ik Shannon niet meer zie?'

'Dat klopt.'

De vervolgvraag lag voor de hand, maar die heeft hij nooit gesteld. In plaats daarvan kuste hij me. En toen hij me meenam naar zijn kamer voelde alles anders. Het was teder en liefdevol, nuchter en ongehaast. Het voelde heel puur.

De daaropvolgende twee weken waren we zo onafscheidelijk als twee studenten die een kamer met een kamergenoot delen, maar kunnen zijn. En toen bonsde Jack opeens op mijn deur omdat zijn vader was overleden. We mochten dan geleidelijk verliefd geworden zijn, doordat ik de daaropvolgende dagen aan zijn zijde was, kwam alles in een stroomversnelling. Ik leerde zijn tante, zijn oom en zijn broer kennen. Ik hielp Jack en Owen bij het uitkiezen van de urn. Ik ging een week lang niet naar colleges om het huis klaar te maken voor de verkoop. Ik was erbij toen de advocaat vertelde hoe het er financieel voorstond. Ik was degene die naar de makelaar ging, omdat ze zich er niet toe konden zetten een vraagprijs vast te stellen.

Charlotte, Jack en Owen mochten dan als drie musketiers zijn opgegroeid, we werden met z'n vieren volwassen. Ook al woonde Owen niet op de campus, hij zag ons minstens twee keer per week. Aan het begin van het derde jaar had Jack zijn verdriet van zich af geschreven in een verhaal over zijn vader dat in het literaire tijdschrift van de universiteit was gepubliceerd. Aangemoedigd door twee professoren die meenden dat hij 'echt talent' had, werkte hij zelfs aan een boekvoorstel dat hij naar literair agenten zou opsturen. Owen vond een tweede familie bij de politie. Charlotte begon haar familiekapitaal aan te spreken voor andere dingen dan plezier maken. Zelfs ik had een lichtpuntje gevonden in de nasleep van het overlijden van Jacks vader: wat mijn moeder altijd mijn robotinstelling ten opzichte van emoties had genoemd, zou me tot een goede advocaat maken. Ik vond het prettig dat mensen me nodig hadden.

De eerste drie jaar waren Jack en ik gelukkig. Het voelde ontspannen en veilig om bij hem te zijn. Zo hoorden relaties naar mijn idee te zijn, al waren ze dat nooit. Maar ik had kunnen weten dat de angst om iemand te verliezen niet de beste reden was om een serieuze relatie met die persoon aan te gaan, want vijf jaar later was ik – en niet Shannon Riley – degene die Jacks hart brak.

We verloofden ons in het weekend na het behalen van onze bachelor, maar prikten geen datum voor de bruiloft. Dat hoefde niet. We waren het erover eens dat ik eerst mijn rechtenmaster zou afronden. Voorlopig zat de enige verandering van onze status in een belofte en een ring.

Terwijl ik me op mijn studie stortte, schreef Jack verhalen die hij nooit leek af te maken. Hij haalde zijn onderwijsbevoegdheid en ging zelfs op zoek naar feestzalen in hotels die geschikt zouden zijn voor onze bruiloft.

Het ging prima met mijn rechtenstudie nu hij niet meer op de universiteit rondliep – zo voelde het voor mij althans – en Jack zei alleen maar dat hij haast niet kon wachten tot ik mijn master had behaald, zodat we konden trouwen en aan onze toekomst samen konden beginnen. Zijn toekomst voelde voor mij als een eindstation. Door die belofte en die ring was alles veranderd. Wat ontspannen had geleken, leek nu saai. Wat veilig had gevoeld, voelde nu beklemmend.

Mijn zonden begonnen klein. Ik ruimde mijn spullen niet meer op, deed minder moeite om er leuk uit te zien als ik thuis was, snauwde soms tegen hem. Hij leek nog even gelukkig als altijd en dus bracht ik minder tijd met hem door en deed nog baziger als we samen waren. Voor ik er erg in had, was het alsof ik in een spel zat waarin ik uitprobeerde hoeveel Jack van me zou pikken.

En toch probeerde hij elke minuut dat ik vrij had bij me te zijn.

De eerste keer dat ik Jack bedroog – echt emotioneel bedroog – was met de hoofdredacteur van de *Columbia Law Review*, Gregg Bennett. Ik was tweedejaars rechtenstudent, hij derdejaars. Het gebeurde tijdens de grote oproep om artikelen in te sturen. Professoren uit het hele land lobbyden bij ons, de studenten, om hun artikelen in een populair tijdschrift geplaatst te krijgen. Het was zoiets als het basketbalgokfestijn voor rechtennerds. Wie zou het nieuwste topartikel van Cass Sunstein krijgen, waaruit andere geleerden nog jaren zouden citeren? Konden we door te bluffen Eugene Volokh zover krijgen dat wij zijn artikel mochten plaatsen door te zeggen dat we het binnen twee dagen moesten weten? Spannende zaken voor iemand van vierentwintig.

En niemand raakte daar meer van op dreef dan Gregg.

Het was niet mijn bedoeling geweest om verliefd te worden, dat hield ik mezelf achteraf althans voor. Maar ik wist dat ik het fijn vond om bij Gregg te zijn. Later besefte ik dat ik het vooral leuk vond om niet bij Jack te zijn.

Ook al wist ik dat het niet normaal was om zo van Greggs gezelschap te genieten, ik liet het gebeuren. Hij mocht dan verloofd zijn met de dochter van een Congreslid – of misschien juist wel daarom – we flirtten zo erg dat andere redactieleden het gevoel hadden dat ze ons stoorden.

En seks met Gregg was heel anders dan met Jack. Het had niets traags of gevoeligs. Het was een hand onder mijn rok in de bibliotheek. Het was tegen een tafel aan getrokken worden op de redactie terwijl een ander redactielid de gang op liep. Zijn hand voor mijn mond geslagen terwijl hij vanachter tegen me fluisterde: 'Dit vind je lekker, hè?'

Na afloop ging ik 's avonds laat naar huis, naar dat verstikkende appartement. En als ik dan 's ochtends met mijn rugzak om wegging, hoorde ik Jack elke dag zeggen dat hij me zou missen.

Maandenlang loog ik tegen iedereen, over alles: waar ik naartoe ging, waarom ik te laat was, wie ik aan de telefoon had. Ik loog zo vaak dat ik niet eens doorhad dat ik mezelf ook voorloog. Het kwam niet alleen door mijn stomme regeltjes – nooit in ons appartement, nooit met allebei op dezelfde dag, voordat ik met Gregg was altijd de ketting afdoen die ik voor mijn eenentwintigste verjaardag van Jack had gekregen, de belofte aan mezelf om het tegen Jack te zeggen als het universitaire jaar erop zat. Zulke egoïstische dingen maakte ik mezelf wijs al die keren dat ik loog om bij Gregg Bennett te kunnen zijn. De grootste leugen die ik mezelf voorhield was dat mijn ontrouw op een of andere manier bijzonder was.

Ik kon er niets aan doen dat ik verliefd werd. De kracht van die leugen is overweldigend. Een paar jaar terug ging een pasgetrouwd stel bij hun huwelijksaankondiging in het Sunday Styles-katern zelfs zo ver dat ze lieten weten dat ze elkaar hadden leren kennen toen ze beiden nog met hun ex getrouwd waren. De bruid kreeg er van de lezers flink van langs toen ze klaagde dat ze het gevoel had dat ze 'gestraft' werd omdat ze haar grote liefde niet eerder had ontmoet. Zo voelde het voor mij ook toen ik met Gregg was. Om te voorkomen dat ik me een vreselijk mens voelde, hemelde ik Gregg op (hij is mijn zielsverwant), kleineerde ik Jack (ik verdien voor de verandering iemand die me meer uitdaagt), en kroop ik in de slachtofferrol (ik was te jong toen ik Jack leerde kennen, hij verstikt me). Als ik andere mensen hoor zeggen dat ontrouw hun gewoon overkomt, weet ik dat het stom klinkt, maar in die tijd werden die woorden mijn mantra.

Ik bleef langer op mijn werk en ging eerder van huis. Ik reageerde enthousiast toen Gregg als griffier werd aangesteld bij de opperrechter van de arrondissementsrechtbank in Washington, wat betekende dat hij grote kans zou maken om griffier van het hooggerechtshof te worden.

En toen, vlak na zijn afstuderen, dumpte Gregg me. Nee, hij dumpte me niet. Hij verhuisde, naar Washington, naar zijn verloofde, naar zijn echte leven. Hij had me gebruikt. En het punt is dat ik me die paar maanden met hem beter had gevoeld dan ik me ooit had gevoeld met de man die van me hield. Op een avond in de daaropvolgende zomer zag Jack dat ik voor me uit zat te staren en hij vroeg of ik Gregg miste. 'Jullie waren immers goed bevriend.'

Hij wist het, had het al die tijd geweten. Hij wilde alleen

niet dat ik wist dat hij het wist. En nu het voorbij was, was Jack er nog. Hij wilde me zelfs troosten. Ik voelde me zo schuldig dat ik om die reden een hekel aan hem kreeg.

Dan keek ik hem aan en stelde me voor hoe de scène zou verlopen.

We moeten praten.

Ik hou van je, maar ik ben niet verliefd op je.

Je verdient beter.

Ik stelde me voor dat ik de ring teruggaf – de trouwring van zijn moeder – en ik hoorde hem voor de zoveelste keer tegen me zeggen dat we bij elkaar hoorden, dat hij me beter kende dan wie dan ook, dat we een perfect stel waren. Ik hoorde het mijn moeder bijna zeggen. *Ik wist dat het te mooi was om waar te zijn.*

Nee, ik kon het gewoon niet. Ik kon niet met hem trouwen, maar ik kreeg de woorden dat ik niet met hem zou trouwen niet over mijn lippen. Hij zou zelf moeten inzien dat we niet bij elkaar pasten. Ik was geen goed mens en ik was zeker niet goed genoeg voor iemand die zo begripvol en vergevingsgezind was als Jack.

Ik was bezig gedeelten van deze geschiedenis te vertellen toen Don me in de rede viel. 'De zaak, Olivia. Wat heeft dit met Jacks arrestatie te maken?'

'Je moet weten wat er is gebeurd op de dag dat ik Jack voor de laatste keer heb gezien.'

Over een maand zou ik afstuderen. We hadden een trouwdatum, elf weken later. Het idee was om het eenvoudig te houden: we zouden de trouwbelofte afleggen in Central Park, daarna een receptie in een Frans restaurant aan de Upper West Side, La Mirabelle. De huwelijksreis was overdadiger, een week aan het Comomeer. Dat kon ik net betalen van de bonus die ik kreeg voor het ondertekenen van een arbeidscontract.

Je weet toch dat gokkers steeds opnieuw geld inzetten als ze verliezen, omdat ze het niet kunnen verkroppen hun verlies te pakken? Zo was ik. Het was bijna een jaar geleden dat mijn verhouding met Gregg was beëindigd, maar ik was op dezelfde voet verdergegaan. Ik zat uren in de bibliotheek, bleef tot 's avonds laat in bars hangen, telefoontjes waarover ik iets weigerde te zeggen. Ik was zelden thuis en als ik er was, snauwde ik continu tegen Jack in de hoop dat hij zou opstappen. Voor mij moest hij degene zijn die de relatie verbrak. Wat was ervoor nodig om hem zover te krijgen dat hij me zou verlaten?

In mijn hoofd was er geen alternatief. Niet na al die tijd. Ik werd roekeloos, tot op het onvermijdelijke af.

Tot die avond had ik nooit een man meegenomen naar ons appartement. Maar ik overschreed die laatste grens grandioos. Ik wist dat Jack elk moment kon thuiskomen, zo veel viel er tijdens zijn schrijversworkshop nu ook weer niet te zeggen over de tien pagina's die hij sinds de vorige bijeenkomst had geschreven. Het was dat hij vanuit de hal belde, anders waren we op heterdaad betrapt. 'Heb je nog iets nodig bij Duane Reade? Ik ga toch naar de drogist voor wattenstaafjes, want ik heb last van mijn oren.'

Mijn metgezel was al bij de trap toen Jack de lift uit stapte. Ik had niet eens de moeite genomen het bed op te maken. Had ik dat wel gedaan, dan zou ik wellicht bij mijn kussen het Seiko-horloge hebben zien liggen, een echt mannenhorloge. Ik had dat horloge van de pols geschoven waar die om had gezeten.

Zelfs Jack kon de aanwijzingen niet negeren. Het was wreed van me, dat wist ik, maar zoals in dat nummer van Nick Lowe, 'Cruel To Be Kind': soms bewijs je iemand een dienst door wreed te zijn. Jack zou eindelijk inzien dat hij te goed voor me was.

Ik had er nooit over nagedacht wat er daarna zou gebeuren.

Ik had net verteld hoe Jack de deur van het appartement achter zich had dichtgesmeten toen Don me onderbrak. 'Ik heb niet voor niets twee ex-vrouwen: ik heb de eerste verlaten voor de tweede en de tweede ging ervandoor met de vriend van een neef die ze op onze kerstborrel had leren kennen. Dat moet karma geweest zijn, dus we staan quitte. Je bent niet de eerste die het heeft verknoeid. Je was te jong en je was niet eens getrouwd. Zet je eroverheen.'

'Hoor je wat ik zeg, Don? Ik heb hem niet alleen bedrogen, ik had het expres zo gedaan dat Jack bewijs van mijn ontrouw zou vinden.'

Wat ik gedaan had was in feite veel erger, maar ik kon me er niet toe zetten dat aan Don te vertellen. Ik kon het gewoon niet. Melissa was de enige aan wie ik het ooit had verteld.

'Het is niet mijn bedoeling de advocaat uit te hangen, maar wat doet het ertoe dat het kwade opzet was? Wat betreft de nadelige gevolgen voor Jack maakt dat niet uit.'

'Dat is nu net mijn hele punt, Don. De nadelige gevolgen. Jack was er kapot van. Pas toen ik zijn gelaatsuitdrukking zag, besefte ik dat hij werkelijk dacht dat we altijd bij elkaar zouden blijven. We waren heel jong, en ik studeerde nog. Verloofd zijn zei me niet zo veel, maar hij zag ons als zijn hele toekomst. Hij stoof het appartement uit alsof er een giftig gas hing. Ik wachtte tot hij zou terugkomen, maar dat gebeurde niet. Toen ik het echt niet meer uithield, belde ik Charlotte, om drie uur 's nachts. Ze vertelde dat hij kort daarvoor bij haar voor de deur had gestaan, dronken en overstuur, zonder uitleg te geven. Dat zei ze toen althans tegen me. Ze was slim genoeg om te snappen dat we ruzie hadden gehad, maar vroeg niet naar details. Ik was alleen maar opgelucht nu ik wist dat hij in orde was en bij een vriendin zat. We zouden morgen wel praten. Ik zou mijn verontschuldigingen aanbieden en ik zou alle stomme dingen zeggen die mensen die vreemd zijn gegaan nu eenmaal zeggen als ze betrapt zijn. En we zouden al die dingen doen waar ik tegen opzag: bepalen wie er in het appartement mocht blijven wonen, de meubels en cd's verdelen, al die ellende.'

'Ik ken het.'

Ramon, Melissa's hoofdkelner, kwam onze bestelling opnemen, maar ik zei dat we nog niet zover waren. 'Maar zo ging het niet. Ik heb de hele ochtend tv zitten kijken terwijl ik me afvroeg wanneer Jack eraan toe zou zijn om met me te praten. Die avond ging eindelijk de telefoon. Het was Charlotte. Jacks oudere broer, Owen, was bij een auto-ongeluk om het leven gekomen.'

Uit Dons gelaatsuitdrukking maakte ik op dat Melissa hem dat nooit had verteld. Natuurlijk had ze haar mond gehouden. Melissa kon goed geheimen bewaren. 'Ik herinner me dat ik dat in een beknopte persoonsbeschrijving over Jack heb gelezen. Zat die broer niet bij de politie?'

'Ja, hij werkte bij de New Yorkse politie maar woonde op Long Island, vlak bij waar ze waren opgegroeid. Charlotte vertelde dat men vermoedde dat Owen op de snelweg achter het stuur in slaap was gevallen. Hij knalde tegen de vangrail, was op slag dood.'

'Het is een triest verhaal, Olivia, maar ik snap nog steeds niet waarom we het daar nu over hebben.'

'Omdat het door mij kwam dat Owen midden in de nacht in zijn auto zat, te moe om wakker te blijven tot hij thuis was. Hij zat in zijn auto omdat Jack hem had gebeld voor steun, nadat hij erachter was gekomen dat ik hem had bedrogen. Owen was in de stad en ze spraken af bij een bar. Daar zaten ze door mij, door wat ik Jack had aangedaan.'

'Dat moet je jezelf niet verwijten, Olivia.'

'Er is niet eens een begrafenis geweest omdat er geen familie meer over was. Maandenlang had ik geen idee waar Jack was.' Hoe vaak had ik niet doorgedronken tot ik vanzelf in slaap viel, terwijl ik me afvroeg waar Jack kon zijn? 'Uiteindelijk kwam Charlotte naar het appartement om Jacks spullen op te halen. Ze zei dat hij een psychose had, dat hij zwaar depressief was, catatonisch, dat hij weigerde te bewegen, te praten, te eten of te drinken. Het was zo ernstig dat hij in een psychiatrische inrichting was opgenomen.'

'Oké, ik snap het. Hij had het zwaar, maar nogmaals, dat is niet jouw schuld.'

'Natuurlijk wel, Don. Het is een kwestie van oorzaak en gevolg. Van A naar B naar C. Jack in ons appartement. Jack belt Owen. Owen zit hem uren in een bar te troosten. Owen overlijdt op weg naar huis. Jack wordt gek.'

'Jack wordt beter, trouwt, wordt een succesvol auteur, heeft een kind. Hij heeft een nieuwe start gemaakt. Je bent hem niets verschuldigd.'

Volgens de korte persoonsbeschrijvingen die ik gelezen had, had Molly Jack onderhouden, zodat hij geen les meer hoefde te geven en zijn eerste roman kon afmaken. Jack was daar zo dankbaar voor dat hij het boek aan haar had opgedragen en als eerbetoon aan zijn vrouw, die leerkracht was, was hij als vrijwilliger schrijfworkshops gaan geven aan probleemkinderen. Ze was zijn steun en toeverlaat, iets wat ik nooit was geweest. Bij haar bloeide hij op.

Maar hij had Molly niet meer. Ze was gedood en nu werd Jack ervan beschuldigd de man te hebben vermoord die hij daar verantwoordelijk voor hield.

'Don, je zegt steeds dat ik ter zake moet komen. Het punt is dat ik deze zaak ga doen. Ik ben partner, geen werknemer. Ik kies zelf mijn cliënten...'

Ik hoorde een vrouw twee tafels verderop roepen: 'Zet eens harder, dit gaat over die schietpartij.'

Ik keek toe hoe Melissa de afstandsbediening op het televisietoestel richtte dat in de hoek boven de bar hing. Op het scherm was te zien hoe de hoofdcommissaris van politie achter de lessenaar ging staan met naast hem een streng kijkende burgemeester.

De hoofdcommissaris begon zijn verhaal met woorden van troost, precies wat het publiek verwachtte na een schietpartij. Er waren al zo vaak schietpartijen geweest dat ik me afvroeg of politiebureaus onderling tips en teksten uitwisselden.

'We weten dat u meer informatie wilt en we hebben u gevraagd om geduldig te zijn, zodat agenten en rechercheurs hun werk konden doen. Enerzijds hebben ze de familie van de slachtoffers ingelicht en bijgestaan, anderzijds hebben ze uitgezocht wat er precies is gebeurd en hadden ze tijd nodig om de dader of daders in beeld te krijgen. Vanavond kan ik u melden dat er, zoals we eerder vandaag al naar buiten hebben gebracht, iets na zeven uur vanochtend schoten zijn gelost. Er zijn drie mensen onder vuur genomen. Twee slachtoffers waren al overleden toen de ambulance aankwam. Het derde slachtoffer is helaas een uur geleden aan zijn verwondingen bezweken. We zullen de namen van de drie slachtoffers vrijgeven: Tracy Frankel, twintig, Clifton Hunter, eenenveertig, en Malcolm Neeley, zevenenvijftig.'

De hoofdcommissaris kuchte, terwijl er in de briefingruimte gemompeld werd nadat de naam Neeley was gevallen. 'Ik kan ook melden dat we in verband met de dodelijke schietpartij een verdachte hebben gearresteerd. Het gaat om de in Manhattan woonachtige Jackson Harris, vierenveertig jaar. Alles wijst erop dat hij in zijn eentje heeft gehandeld. Er is geen dreigingsniveau voor de inwoners van New York.'

Toen de hoofdcommissaris bij de lessenaar vandaan liep, riepen journalisten allerlei vragen. 'Is dat de auteur Jack Harris?' 'Was dit een vergeldingsactie voor de schietpartij op Penn Station?'

Rondom ons in het restaurant klonken soortgelijke opmerkingen. Ik hoorde een vrouw achter me zeggen: 'De vader van die jongen had gewoon meteen moeten dokken bij de rechtszaak.' Binnen een paar seconden was men het er aan de tafel naast ons over eens dat Jack door het lint moest zijn gegaan. Er klonken meelevende geluiden, alsof men wilde zeggen: arme man, wat een tragedie.

Een drie minuten durende verklaring van de hoofdcommissaris van de politie en ik voelde de impact al: de hele stad wist zeker dat Jack het had gedaan.

Ik dronk mijn glas martini leeg. 'Zeg dan dat je gelijk had.'

Ik zag Dons gezicht even betrekken en ik wist dat ik hem beledigd had. 'Natuurlijk niet. Je bent geen ondergeschikte meer. Je bent een prima advocaat. Je hebt het recht verworven zelfstandig beslissingen te nemen.'

'Don, ik snap het als je hier niets mee te maken wilt hebben.'

'Dat is onze werkwijze niet. Zo doen we dat nooit.'

Dat was in feite niet waar. Drie jaar geleden had Don de bewering dat ze langdurig mishandeld was aangevoerd om een vrouw te verdedigen die van kinderverwaarlozing werd beschuldigd. Ik weigerde hem te helpen en ik heb nooit uitgelegd waarom.

'We staan quitte als jij hier niet aan mee wilt werken.'

'Nee, daar wil ik niets over horen. Als jij de zaak aanneemt, gaan we ervoor. We helpen elkaar. We zijn partners.'

Dat had nog nooit iemand tegen me gezegd.

Ryan sms'te me iets over tienen. *Waar ben je? Slaapmutsje?*

In bed, typte ik.

Niets voor jou.

Mijn duim zweefde boven het scherm. Wie dacht Ryan wel dat hij was door me te vertellen wat wel en niet iets voor mij was?

Weer een bericht. *Ben je alleen?*

Geweldig, de man die elf uur geleden naast me in dit bed

lag, ging ervan uit dat het waarschijnlijker was dat ik hier met een ander was dan dat ik op een doordeweekse dag op tijd naar bed ging.

Is je vrouw goed thuisgekomen? Dat was een rotopmerking, maar ik stuurde het bericht toch.

Vlucht geannuleerd. Morgen pas terug.

Ryan was vijfendertig en dus acht jaar jonger dan ik. In wat als een vorig leven voelde, was ik zijn leidinggevende geweest bij Preston & Cartwright toen hij daar een zomerbaantje had als juridisch medewerker. Ik had nooit meer aan hem gedacht nadat hij en alle andere jonge vogeltjes waren uitgevlogen. Twee jaar geleden kreeg ik opeens een voicemailbericht. Hij zou geen partner worden en had geen idee wat hij moest doen. 'Je weet waarschijnlijk niet eens meer wie ik ben, maar ik wil van iemand horen dat het allemaal goed zal komen.'

We gingen ergens wat drinken, dronken veel. Pas de volgende ochtend, toen hij mijn haar om zijn vingers draaide alsof hij nog nooit zoiets fascinerends had gezien, vertelde hij over zijn vrouw, Anne. Hij zei dat hij op hun trouwdag al had geweten dat het een vergissing was. 'Ik kon het niet over mijn hart verkrijgen haar verdriet te doen. Ze had niets verkeerd gedaan. Toen kregen we Brandon. En nu dit. Ik heb ons alle drie pijn gedaan.'

Ik liet hem huilend alleen in mijn bed achter.

Een half jaar later stapte er een vrolijke vrouw met blond haar, hoofdband en vestje Café Lissa binnen. Ze ging naast me aan de bar zitten en stelde zich voor als Anne. Ik hield de boot al weken af met Ryan. Ik ging ervan uit dat ze de confrontatie met me wilde aangaan, maar ik had het mis. 'Je kent me niet, maar je moet weten dat ik dit nooit zou zeggen als ik het niet zou menen: Ryan heeft je nu nodig. Jij beurt hem op. Ik kan er niet tegen dat hij de hele dag in bed ligt. Als hij weer op de been is, zal alles anders worden.'

Ryan was inmiddels weer op de been en was voor zichzelf begonnen, deed vastgoedtransacties en stelde testamenten op, maar er was niet veel veranderd. Ryan en Anne hadden 'afspraken gemaakt'. Hij zou haar niet in verlegenheid of in gevaar brengen. Zij ging wat vaker bij haar moeder op bezoek en snapte het wanneer hij moest overwerken.

Naast me op het bed zoemde mijn telefoon. Weer een bericht. *Kan ik langskomen?*

Morgenmiddag was Jacks borgtochthoorzitting en Don zou me helpen, ook al wist ik dat hij het een vreselijk slecht idee vond.

Ga slapen, Ryan. Ik deed het licht uit en sloot mijn ogen.

9

Ik wachtte buiten voor Jacks appartementencomplex op Buckley, terwijl ik mezelf koelte toe wuifde met mijn dubbelgevouwen exemplaar van de *New York Post* van die ochtend. Op de voorpagina stond een foto van Jack die het politiebureau binnen werd gevoerd. Boven de foto stond: VAN ROUW NAAR REVANCHE.

Er stopte een zwarte SUV bij de stoeprand en een mooie blonde vrouw in chauffeursuniform stapte uit. Ze was minstens een meter tachtig. Voordat ze bij het portier aan de passagierskant was, stapte Buckley al uit, terwijl ze in een vloeiende beweging haar schoudertas schuin over haar hoofd deed.

Ze begroette me met een 'hoi' en liep naar de ingang van het gebouw terwijl ze naar de chauffeur zwaaide. 'Bedankt, Barbie. Ik stuur je een berichtje als we klaar zijn.'

Ik blokkeerde haar pad. 'Je vaders borgtochthoorzitting is vanmiddag. Dit is geen goed moment om zijn advocaat twintig minuten op het trottoir te laten wachten.'

Haar lichte ogen keken me aan. Ze waren bijna doorschijnend. Ik zag een traan verschijnen, die ze met de rug van haar hand wegveegde. 'Sorry. Normaal neem ik de metro. Ik had niet door dat je er met de auto veel langer over zou doen.'

'Dit zijn geen normale omstandigheden, dat weet je.' Gisteravond had ik tegen Buckley gezegd dat ze al haar social-media-accounts moest dichtgooien: Instagram, Twitter, Facebook, Vine, ask.fm. Maar het zou slechts een kwestie van tijd zijn tot een handige amateurspeurder op internet een foto uit een oud jaarboek vond en die plaatste, waarna de foto viraal zou gaan. Ze zou voorlopig niet met de metro kunnen reizen.

Haar schouders begonnen te schokken en voor ik doorhad wat er aan de hand was, was ze al bijna in tranen. 'Het spijt me. Ik kom echt nooit te laat, ben altijd op tijd. Altijd.'

Ik keek om me heen of iemand ons zag. Ik was geïrriteerd doordat een tiener me op straat had laten wachten, maar ik had niet verwacht dat ze zou instorten. Ik had kunnen weten dat de stress van haar vaders arrestatie haar uiteindelijk te veel zou worden. Ik legde een hand op haar schouder, maar ze schudde die van zich af. Ik was geen familie. 'Hé, het geeft niet.'

Ze keek naar het trottoir bij haar voeten. 'Je kijkt naar me alsof je vindt dat mijn vader een rotkind heeft grootgebracht. Het kan ook zijn dat je denkt dat ik verwend ben, of raar of zo door wat er met mijn moeder is gebeurd. Maar ik zweer het je, ik ben zelden te laat. Ben je nu door mij niet op tijd klaar voor de borgtochthoorzitting?'

Ik schudde mijn hoofd. 'Nee, natuurlijk niet.'

'Ik had mijn verontschuldigingen moeten aanbieden. Sorry. Mijn vader zegt dat het een generatieding is. Hij wijt het aan al die berichtjes, dat mensen wachten tot het moment dat ze ergens horen te zijn en dan een berichtje met "OMW" sturen, alsof het dan in orde is. Om mensen te stangen stuurt hij dan vaak een berichtje terug met de tekst "op mijn woord?"' Ze keek me met een verlegen lachje aan. Ik had door dat ze nog iets anders wilde zeggen.

'Wat?'

'Niets.'

Ze keek alsof ze iets achterhield. 'Ik zie dat er iets is.'

'Zoals je naar me riep. Charlotte zei dat je...'
'Wil ik dat weten?'
Ze begon te lachen. 'Je weet wel, passief-agressief gedrag kon vertonen. Maar dat van daarnet was pure agressie. Het was eigenlijk best cool.'
Crisis afgewend.

De dienstdoende conciërge begroette Buckley met een brede glimlach. 'Hoe gaat het vanochtend met mijn kleine rockster?'
'Ik ben de hele nacht met de band op pad geweest, Nick. Je weet hoe dat gaat.'
Er klonk een *pling* bij de lift en een stel van middelbare leeftijd stapte eruit. Ze keken recht voor zich uit terwijl we van plaats wisselden. Toen de liftdeuren bijna dicht waren, hoorde ik de een tegen de ander zeggen: 'Dat arme kind.'
Ik begon meteen ergens anders over. 'Zeg... die Barbie?'
'Ik weet het. Belachelijk toch? Charlotte zegt dat feminisme haar hetzelfde recht geeft als een rijke vent om met een mooie vrouw gezien te worden. Ik betwijfel of Betty Friedan het met haar eens zou zijn. Ik hoorde trouwens wat die sukkels zeiden, maar toch bedankt.'
'Het zijn er maar twee,' zei ik.
'Nee, hoor. Ik ben al heel lang "dat arme kind". Ik ben het gewend.'

'Niet te geloven!' Buckley stond roerloos midden in de woonkamer.
Ik had haar gewaarschuwd hoe het enige thuis dat ze ooit had gekend eruit zou zien na een huiszoeking.
Ik stapte over een stapel omgevallen boeken op de vloer. 'Geloof het of niet, dit valt nog mee. Ik heb eens een cliënt van jouw leeftijd gehad die ervan verdacht werd op school zware pijnstillers te hebben verkocht die alleen op recept

verkrijgbaar zijn, en daar had de politie de bekleding van de bank opengescheurd.'

'Dat is gelul. Sorry voor mijn taalgebruik. Mijn vader zegt dat ik dat van Charlotte moet hebben, want zelf zal hij nooit grove taal gebruiken. Alleen nette woorden. Als hij boos is, zegt hij potjandorie. Mijn moeder was ook zo. Toen ik negen was kwam er een scheldpot, maar die werd afgeschaft toen duidelijk werd dat ik niet genoeg kleingeld had.'

Jack en zijn bastaardvloeken. Krijg het rambam. Halve zool. En ja, potjandorie. Toen ik hem net kende, vond ik dat schattig. Aan het eind had ik zin om een mes in zijn hand te steken telkens als hij mijn zogenaamde gevloek afdeed als oncreatief taalgebruik. Volgens mij is het best creatief om met een kort en krachtig woord honderd verschillende gedachten tegelijk uit te drukken.

Buckley schoof met de punt van haar knalroze Dr. Martens de scherven bijeen van een vaas die van het tv-meubel op de hardhouten vloer was gevallen. 'Waar moet ik beginnen?'

We waren hier zodat Buckley me een beter idee kon geven van wat de politie gisteren uit het appartement had meegenomen. De politie was verplicht daar een lijst van op te stellen, maar deed dat met vage omschrijvingen. Kleding waar bloedvlekken op zaten en die exact overeenkwam met de beschrijving van de kleding die de aanvaller had gedragen, werden 'drie stuks kleding'. Het dagboek van een drugsdealer waar klantnamen, aantallen en hoeveelheden in stonden, werd een 'notitieboekje met spiraalband'.

'Probeer voor je te zien hoe het was en zeg dan wat je mist.' De kans bestond dat ik daar anders pas over een paar maanden tijdens het proces achter zou komen. Dat er schotresten op Jacks overhemd zaten was al erg genoeg. Ik wilde vanmiddag bij de borgtochthoorzitting niet voor nieuwe verrassingen komen te staan.

'Het enige probleem zal mijn vaders kamer zijn. Daar kom ik alleen om het wasgoed op het bed te leggen.'

'En zijn kantoor?'

'Dat delen we min of meer.'

'Mooi, begin daar maar. Als je het goedvindt, zal ik zelf ook rondkijken. Soms helpt het om te weten wat de politie niet heeft meegenomen.'

'Dat klinkt alsof je verwacht iets te zullen vinden, alsof je denkt dat mijn vader schuldig is.'

'Zo bedoelde ik het niet, Buckley.' Of wel? Ik had lopen denken aan zaken waarbij de politie een woonkamer ondersteboven had gekeerd, maar niet gezien had dat er onder de bank een plank loszat. Of, wat vaker voorkwam, dat ze bewijsmateriaal over het hoofd zagen omdat ze niet doorhadden dat dat voorwerp van belang was. Dus ja, ik moest er rekening mee houden dat er wellicht iets ontdekt zou worden. Ik hield mezelf voor dat dit een goed teken was, dat mijn vakkundigheid als advocaat de overhand had, ook al ging het om Jack. Maar dat zei ik niet tegen Buckley. 'Als ik weet wat ze hebben meegenomen en wat ze hebben achtergelaten, kan ik er misschien achter komen in welke richting de politie denkt.'

Ik wist niet of mijn leugen aannemelijk klonk, maar ze leek gerustgesteld en begon de boeken een voor een op de planken terug te zetten.

Ik liet Buckley haar gang gaan in de woonkamer en liep door het appartement. Vooroorlogs. Drie slaapkamers. Oppervlakte pakweg zeventig vierkante meter. Een paleis voor Greenwich Village. In de gang stond een wandtafel. Twee jaar geleden had ik voor bij ons op kantoor precies zo'n zelfde wandtafel gekocht.

Toen ik bij Jacks slaapkamer kwam, sloot ik de deur achter me. De kant van het bed het dichtst bij de deur was duidelijk beslapen. Dat was Jacks helft toen we samen waren.

Laden van de ladekast stonden nog open. Ik raapte wat sokken en T-shirts van de vloer en gooide ze op het bed. Daarna liep ik naar de linnenkast. Kleren aan hangertjes, schoenen keurig op een rij op de bodemplaat.

Ik raadpleegde de twee pagina's tellende lijst en zag dat er geen kleding was meegenomen.

De plank boven de stang was zo hoog dat ik er niet bij kon, maar zo te zien waren er spullen vanaf gehaald en lukraak weer teruggeschoven. Ik herkende een wit vierkant in het midden als een broodbakmachine. Alleen in New York was het vanzelfsprekend om zo'n ding daar neer te zetten.

Helemaal in de hoek van de kamer stond de la van een nachtkastje een eindje open. Aangebroken tubes nachtcrème en lippenbalsem, een oud flesje Chanel 5 met een laag stof erop. Je kunt parfum van je overleden vrouw toch niet weggooien? Aan de andere kant van het bed was Jacks nachtkastje zo goed als leeg, op een leesbril en wat kleingeld na.

Achter in de kast vond ik een opstapje. Ik stapte er voorzichtig op, haalde manden en dozen uit de kast en zette die op het bed. Ik keek zelfs in de broodbakmachine. Leeg.

In een canvas opbergmand bleken alleen honkbalpetten en T-shirts van een visrestaurant op Cape Cod in New Orleans en Mickey Mouse te zitten. Het waren vooral kleine maten. Ze waren waarschijnlijk van Buckley geweest toen die nog lief en onschuldig was. Ik had het idee dat Jacks leven in versneld tempo voor me ontvouwen werd.

Ik kwam bij de laatste doos: een verschoten Cole Haan-schoenendoos. Aan het deksel kleefden twee verschillende soorten plakband. Er zaten oude verjaardagskaarten in, toegangskaartjes, een bierviltje van een café in Parijs. Ik haalde alle foto's eruit en bekeek ze vluchtig. Bij de derde foto stopte ik. Owen en Jack, verwaaid haar en bruine gezichten, twee paar groene ogen die naar de camera lachten, op de achtergrond een zonovergoten oceaan. Montauk. Ons tweede studiejaar. Het eerste jaar dat Owen werkte. Het ging toen nog goed tussen ons, dit was voor onze verloving. We waren gelukkig en alles leek vanzelf te gaan. Voor mij was dat de eerste keer dat ik iets voelde wat ik liefde durfde te noemen. Ze surften. Ik ging bij Cyril's Fish House broodjes zeekreeft halen. En ik had deze foto genomen.

Owen en Jack, spiegelbeelden. Uiterlijk leken ze op elkaar, maar qua karakter waren ze heel verschillend. Een onbekende die de foto zag, zou waarschijnlijk denken dat Owen en ik bij elkaar hoorden. Hij was scherper en zelfverzekerder dan zijn broer. Voor zover ik daar zicht op had, leek Jack op hun moeder en Owen op hun vader. Ik had hun ouders niet gekend, maar ik had begrepen dat hun vader, de patriarch die dol was op zijn vrouw en zoons, woedeaanvallen had die vaak veroorzaakt werden doordat hij huisbewaarder was voor het rijke gezin waar Charlotte deel van uitmaakte terwijl hij zelf maar net kon rondkomen. Hun moeder hield rekening met de trots van haar man. Net als zijn moeder leerde Jack zich gedeisd te houden. Hij hield van muziek en boeken, was rustig. Hoewel Owen niet bozig was zoals hun vader, was hij vastbesloten niet met zich te laten sollen. Hij was nooit een watje geweest en wist voor zichzelf en zijn jongere broer op te komen. Op de middelbare school zat hij in het atletiekteam en was hij voorzitter van de leerlingenraad, en hij leek prima om te kunnen gaan met het gezag dat hij op grond van zijn politiepenning had.

Of misschien was dat allemaal psychologisch gebabbel omdat ik geneigd ben te kijken in hoeverre kinderen op hun ouders lijken.

Ik dwong mezelf de foto onder op de stapel te leggen en bekeek de overige foto's. Het waren allemaal oude foto's, van voor Buckley en Molly. De nieuwere gezinsfoto's lagen ergens anders. Deze foto's werden apart bewaard. Op deze foto's stonden Charlotte, Owen en Jacks ouders.

Ik deed de foto's terug in de doos en pakte een witte envelop die open was gescheurd. Nog meer foto's. Ik had er pas drie bekeken – allemaal van Jack en mij – toen de slaapkamerdeur openging.

Ik liet de envelop in de doos vallen, maar Buckley had het al gezien. 'Zijn dat de beruchte "volmaakte Olivia" foto's? Dat was de ergste ruzie die mijn ouders ooit hebben gehad.'

'Mensen bewaren aandenkens aan hun studietijd, Buckley. Daar kom je nog wel achter.'

'Dat zei papa ook. Het punt was niet alleen dat hij die foto's had, maar dat hij ze allemaal bij elkaar bewaarde, als een verzameling. En hij had ze verstopt, zo vatte mijn moeder dat althans op. Ik hoorde alles. Dat is de enige keer dat ik me herinner dat ze tegen elkaar schreeuwden. Mama had die foto's gevonden toen ze de kasten opnieuw indeelde. Ze hing ze met plakband aan de muren van de slaapkamer, zodat papa ze bij thuiskomst zou zien. Raar idee dat je moeder stikjaloers is, niet dan?' Buckley deed de woedende stem van haar moeder na: 'Wil je een altaar voor je volmaakte Olivia? Voilà!' Maar goed, hij beloofde ze weg te gooien, maar dat heeft hij kennelijk niet gedaan. Hij moet ze alleen beter verstopt hebben toen mijn moeder nog leefde.'

'Ik weet niet wat ik moet zeggen.'

'Die vrouw die hij bij de pier zag... Hij zei dat ze lang donker haar had. Hij had het over jou. Daarom vond hij haar leuk.'

Ik keek naar mijn schoot. 'Daar moet je niet te veel achter zoeken. Iedereen heeft herinneringen aan vroeger. Het boek herinnerde hem aan je moeder. Hij heeft me verteld hoeveel ze van elkaar hielden.'

Ze haalde haar schouders op. 'Heb je het idee dat hier iets weg is?'

En zo waren we weer aan het werk. Ik begon de veerkracht van tieners te benijden. 'Er ligt bijna niets in je vaders nachtkastje. Is dat normaal?'

'Ik zou het niet weten,' zei ze wat al te vlug. 'Daar kijk ik nooit in.'

Ik wist niet veel over kinderen, maar ik was er wel een geweest. 'Kun je even snel kijken en zeggen wat je denkt?'

Ze trok de la zenuwachtig open en wierp er een blik in. 'Dat ziet er gewoon uit,' zei ze. Ze was dus toch een normaal kind dat tussen de spullen van haar ouders snuffelde. 'De belangrijkste spullen die ze uit zijn kantoor hebben meegenomen, zijn de computer en zijn dossiers.'

Ik keek op de lijst. *Zeventien dossiermappen met inhoud.*

'Weet je welke dossiers er weg zijn?' vroeg ik aan Buckley.

'Die over de rechtszaak.'

Als een van de aanklagers van Malcolm Neeley ontving Jack waarschijnlijk alle belangrijke stukken: de aanklacht, de moties, de papieren dat de zaak geseponeerd was. Sommige cliënten volgden amper wat er met hun eigen zaak gebeurde. Anderen bewaarden zorgvuldig kopieën van elk document. Als Jack grondig te werk ging en elk document in een aparte dossiermap bewaarde, konden dat in totaal gemakkelijk zeventien dossiermappen zijn.

Buckley voegde eraan toe: 'Ze hadden net zo goed zijn hele archiefkast kunnen meenemen.'

'Je bedoelt zeker één hangmappenlade voor dossiers?'

'Nee, de hele kast. Daarin zat alles wat hij over Neeley had verzameld, krantenartikelen en zo.'

'Wat voor krantenartikelen?'

'Over Neeley. Wat we hadden uitgezocht en zo, alles wat op zijn laptop stond. De politie heeft de kast laten staan, maar ze hebben de volledige inhoud meegenomen.'

Ik liep naar Jacks kantoor en zag een metalen archiefkast met vier hangmappenlades.

‘Was die kast vol?’ vroeg ik.

‘Bomvol. Ik had al eens tegen hem gezegd dat hij een kast erbij moest kopen, maar daar is geen ruimte voor.’

Ik had me ethisch gezien op een hellend vlak bewogen door Jacks laptop gisteravond in Charlottes appartement achter te laten. Nu bleek dat geen enkele zin te hebben. Het bewijs van Jacks gespeur op internet lag al bij de politie. Jack – die ouderwetse Jack die het liefst van papier las – had alles geprint, geordend en in zijn eigen metalen archiefkast bewaard. Ik wist precies hoe dat op de politie zou overkomen.

‘Ik moet wat spullen uit mijn kamer halen om mee te nemen naar Charlotte,’ zei Buckley. ‘Je kunt wel gaan, hoor.’

‘Dat geeft niet. Ik wacht wel.’ Charlotte had me tien minuten eerder een berichtje gestuurd dat ik ervoor moest zorgen dat Buckley bij Barbie in de auto stapte.

Terwijl Buckley een rolkoffer uit haar kast haalde, ging ik op het bed zitten en keek om me heen in haar slaapkamer. De kamer was smaakvol ingericht in vergelijking met een stereotype meidenkamer. Geen roze te bekennen. Boven het hoofdeinde van haar bed hingen op een rij drie ingelijste platenhoezen: *My Beautiful Dark Twisted Fantasy* van Kanye West, *Abbey Road* en een van een zekere Childish Gambino. Tussen de boeken op haar planken stonden een paar bekers en lagen wat lintjes, zo te zien van voetbal en softbal. De enige verrassing was een enorme poster van One Direction.

Ze moest me ernaar hebben zien kijken. ‘Die heb ik voor mijn verjaardag van mijn vriend Jake gekregen. We vinden ze zo vreselijk dat we bijna van ze houden. Voor hoeveel dagen moet ik spullen meenemen?’

Ik had geen idee wat ik moest antwoorden. Wie weet zou ze hier nooit meer wonen. ‘De borgtochthoorzitting is vanmiddag, maar het kan dagen duren voordat er een besluit genomen wordt. Als het nodig is, kun je altijd terugkomen om meer spullen te halen.’

Ze trok nog drie T-shirts van hangertjes en propte ze in de rolkoffer.

'Nu we het toch over de borgtochthoorzitting hebben,' zei ik, 'we hebben het er nog niet over gehad of je daarbij wilt zijn, maar...'

'Natuurlijk ga ik daarnaartoe.'

'Goed.' Dat Jack een alleenstaande ouder was, was mijn sterkste troef om hem in afwachting van het proces vrij te krijgen, al was de kans klein dat het zou lukken. Buckleys aanwezigheid was een geheugensteuntje dat Jack in zekere zin ook een slachtoffer van Malcolm Neeley was. 'Trek nette kleren aan, maar overdrijf niet. Rechters hebben het door als het nep is.'

Ze liet me een marineblauwe katoenen wikkeljurk met korte mouwen zien. 'Kan dit? Die heb ik gedragen op de bruiloft van mijn vaders redactrice.'

'Prima. Met platte schoenen graag, en nee, dan bedoel ik geen Dr. Martens.'

'Ik moet mijn innerlijke One Direction-fan laten spreken. Ik snap het. Wil je me helpen Charlotte over te halen zodat ik hier in mijn eentje mag blijven? Dat kan best. Portier bij de ingang. Dan laat ik elke dag eten bezorgen. En ik beloof dat ik mijn vingers niet in een stopcontact zal steken.'

'Dat vindt Charlotte nooit goed.'

'Dat weet ik. En ik heb al geprobeerd haar zover te krijgen dat ze hier bij mij komt logeren. Ze gaf me een klopje op mijn hoofd en zei dat ik schattig was. In haar beleving is alles ten zuiden van 42nd Street één groot getto.'

Tot mijn verbazing kwam ze naast me op het bed zitten. 'Hoe betrouwbaar is die schotresttest waar je het over had?'

'Je bedoelt het schotrestenonderzoek? Als er geschoten wordt, gebeurt er in feite het volgende: het kruit ontbrandt door de hete gassen en ontploft. Als gevolg van de uitzettende gassen wordt de kogel uit de loop gestoten. Daarbij komen ook schotresten mee naar buiten.'

‘En heeft de politie van die schotresten op mijn vaders overhemd gevonden?’

Ik knikte. ‘Maar het zit zo. Heb je weleens talkpoeder gebruikt en dat je het dan nog dagen later overal tegenkomt doordat het overal aan vastplakt?’ Ze knikte. ‘Schotresten zijn nog fijner dan talkpoeder. Die kun je niet eens met het blote oog zien. Ze worden van het ene oppervlak op het andere overgebracht. Dus als een agent tijdens een schietoefening een schot heeft gelost en later op het politiebureau tegen een muur heeft geleund...’

‘En mijn vader daarna tegen diezelfde muur heeft geleund...’

‘Precies.’ Ik besefte dat ik dat de eerste keer dat ik haar over de uitslag van het schotrestenonderzoek vertelde had moeten uitleggen.

‘Je bent toch een goede advocaat?’

‘Dat zeggen ze.’

‘Die zelfs mensen vrij krijgt die schuldig zijn.’

‘Dat is waarschijnlijk wel een paar keer gebeurd.’

‘Je moet je uiterste best doen om mijn vader te helpen, oké? Hij is namelijk onschuldig.’

‘Natuurlijk, Buckley. Dat beloof ik.’

Ik hoorde haar snotteren toen ze me kort omhelsde, waarna ze haar rolkoffer dichtritste.

10

Ik had de kale, gespierde man in maatpak die me verwelkomde in zijn kantoor van het hoofdbureau van politie aan Police Plaza 1, bijna niet herkend. Twintig jaar geleden was inspecteur Ross Connor nog agent Ross Connor, mager, met grote oren die onder de achterstevoren gedraaide honkbalpet uitstaken die hij altijd ophad als hij geen dienst had. Die magere agent had een duo gevormd met Jacks broer, agent Owen Harris.

Toen ik aan Einer vroeg of hij Ross voor me kon opsporen, had ik verwacht dat die met pensioen zou zijn en ergens in Idaho of Florida zou wonen of een van die andere plaatsen waar politieagenten naartoe verhuizen als ze oud zijn. Nadat Einer gegoogeld had, vertelde hij me dat Ross nog bij de New Yorkse politie werkte en hoofd was van de Inlichtingendienst. Ik had me geen betere kandidaat kunnen wensen om Jacks verzoek te steunen hem op borgtocht vrij te laten.

'Doorgaans laat ik advocaten die geen afspraak hebben niet in mijn kantoor, maar toen ik je naam hoorde, kreeg mijn nieuwsgierigheid de overhand. En nu ben ik gewoon boos, want hoe kan het dat jij geen steek veranderd bent terwijl ik eruitzie als een oude man die de jongere versie van zichzelf heeft opgegeten?'

We omhelsden elkaar stuntelig. 'Te oordelen naar dat pak en dit kantoor gaat het best goed met je. Ik schrok ervan dat je nog bij de politie zit. Je werkt hier zeker al tweeëntwintig jaar.' Ross was de jongere helft van het duo Ross-Owen geweest.

'Langer zelfs. Als ik het nog twee jaar volhoud, wordt mijn pensioen gebaseerd op wat ik hier bij de Inlichtingendienst verdien. Dus ja, het gaat best goed, maar we weten allebei dat je hier niet bent om het met me over mijn pensioenplannen te hebben. Dit moet over Jack gaan.'

'Zijn borgtochthoorzitting is vandaag. Hij kan je steun goed gebruiken.'

'Ik weet niet wat Jack je verteld heeft, maar ik ken hem niet meer.'

'Maar je kende hem vroeger, dus je weet dat Jack dit niet gedaan kan hebben. Het zou helpen als je zijn kant zou kiezen.'

'Sorry hoor, het is niet mijn gewoonte om me door advocaten voor hun karretje te laten spannen.'

'Kom op, Ross. Owen en jij waren als broers voor elkaar.'

Hij schudde zijn hoofd. 'En dus is Jack ook mijn broer? Dat dacht ik niet.'

Natuurlijk was het een gok geweest om hiernaartoe te komen. Ik vroeg aan iemand die zich met rechtshandhaving bezighield om een goed woordje te doen voor een moordverdachte. Toch had ik niet verwacht dat Ross zo vijandig zou reageren. 'Waar komt dit vandaan?'

Het duurde even voor hij antwoordde. 'Wat een bepaalde periode betreft heb je gelijk, ik voelde me door mijn band met Owen ook met Jack verbonden. Maar toen Owen overleed, wilde Jack niets meer van me weten. Ik snap dat hij verdrietig was, dat was ik ook. Ik zou nooit meer iemand vinden die meer als een broer voor me was dan Owen, en na zijn overlijden had ik Jack nodig. Ik had hem echt nodig. Mijn verlof moest verlengd worden. Mijn vrouw begon haar geduld te verliezen en Jack belde niet eens terug.'

Ik begon uit te leggen dat Jack het zwaar had gehad, maar Ross viel me in de rede. 'De psychiatrische instelling. Dat weet ik. Niet dat hij me dat verteld had, maar ik kwam er toch achter. Ik heb geprobeerd bij hem op bezoek te gaan. Ik heb geprobeerd hem te bellen toen hij eruit was. Uiteindelijk belde hij terug, maar hij had het altijd te druk om af te spreken: een deadline voor een boek, hij moest voor zijn kind zorgen, steeds weer een smoesje. De jaren daarna heb ik hem slechts twee keer gezien en dat voelde beide keren gekunsteld. Uiteindelijk heb ik het opgegeven.'

'Dus hij stortte in en sloot iedereen buiten. Hij wilde waarschijnlijk niet aan Owens ongeluk herinnerd worden. Maar hij kan dit niet gedaan hebben. We moeten hem helpen.'

'Heeft hij je verteld dat ik degene was die kwam zeggen wat er gebeurd was bij Penn Station?'

Dat overviel me. Ik schudde mijn hoofd.

'Als je de collega verliest met wie je een vast duo vormde – ook al is het buiten werktijd – blijft dat hangen op het politiebureau. Daar wordt rekening mee gehouden, snap je? Toen Molly was doodgeschoten, bleek een van de agenten ter plekke een oud-collega van Owen en mij te zijn uit de tijd dat we nog bij het 44th Precinct werkten, en die legde het verband toen hij zag met wie er in geval van nood contact moest worden opgenomen. Hij belde me en vroeg of ik het tegen Jack wilde zeggen. Het was vijftien jaar geleden dat ik hem voor het laatst had gezien, maar ik dacht dat hij het nog altijd liever van mij dan van een onbekende zou horen, snap je? Toen ik bij zijn appartement kwam, ontstond er een vreemde situatie. Hij deed alsof hij van plan was geweest me te bellen, zei dat het contact op een of andere manier verwaterd was. Ik kan het niet goed uitleggen, maar het was of ik hem nooit had gekend. Ik begon er spijt van te krijgen dat ik gezegd had dat ik het hem wel zou vertellen. En toen ik het vertelde, was het net alsof ik een pleister lostrok, weet je. Er heeft een schietpartij plaatsgevonden. Molly was daar en heeft het niet overleefd. Klaar.'

'Dat zal niet gemakkelijk geweest zijn.'

'Dat klopt, maar als agent leer je hoe je dat moet doen. In de loop der jaren heb ik verschillende reacties gezien. Jack reageerde ijzig. Ik heb me zelfs even afgevraagd of hij me wel had gehoord.'

Ik zag weer voor me hoe Jack, nadat zijn vader was overleden, telkens herhaalde dat het niet waar kon zijn. Misschien had hij tijdens zijn opname manieren aangeleerd om met slecht nieuws om te gaan. 'Wie weet was die lauwe reactie zijn manier om de schok aan te kunnen.'

'Het was niet alleen dat ene moment,' zei Ross. 'Ik liet mijn visitekaartje achter en zei dat hij me altijd kon bellen als hij informatie over de zaak wilde of als de politie iets anders voor hem kon doen. Ik had heus niet verwacht dat hij mijn beste vriend zou worden, maar hij bedankte me niet eens voor mijn komst. Een paar maanden later belde ik naar zijn vaste lijn om te vragen of hij zin had om ergens met mij een biertje te gaan drinken. Ik sprak een bericht in op zijn antwoordapparaat. Maar net als de voorgaande keren belde hij niet terug.'

'Hij rouwde, Ross. Molly was zijn grote liefde. Ik snap dat het pijnlijk voor je was dat hij niet inging op jouw pogingen de band weer aan te halen, maar dat maakt hem nog geen moordenaar. Zie je het voor je dat Jack in koelen bloede iemand vermoordt?'

Zijn gezicht betrok even, daarna stilte. Toen hij eindelijk weer iets zei, klonk zijn stem afstandelijk.

'Er is nog iets. Ik wilde het eerst niet zeggen, maar je snapt het kennelijk niet. Toen ik het hem vertelde, liet hij zijn boekentas, want die had hij nog niet neergezet, uit zijn handen vallen. Er vielen condooms uit.'

'O, wat gênant.'

'Heel gênant, maar dat had geen punt hoeven zijn. Het leek wel een zwarte komedie. Jack ging finaal door het lint, deed ze terug in zijn tas en voerde allerlei redenen aan. Ik had iets van "kom op, dat geeft niet", maar hij probeerde me zo snel mogelijk het appartement uit te werken.'

'Je kent Jack. Hij schaamde zich waarschijnlijk.'

'Dat hield ik mezelf ook voor, maar kort daarop gaf hij regelmatig interviews. Weet je nog?'

Ja, dat wist ik nog. Molly was de heldhaftige leerkracht die geprobeerd had de schietpartij te voorkomen. De lieve, toegewijde moeder. De vrouw die fulltime werkte en hem onderhield toen hij zijn eerste boek schreef. Jack was de liefhebbende man, een succesvol auteur die als vrijwilliger schrijfworkshops gaf aan van die leerlingen voor wie zijn vrouw zich inzette.

Het liefdesverhaal van Jack en Molly.

Ross sprak verder. 'Een van die mannen bij het bureau – die kennelijk niet wist dat ik Jack kende – maakte een sarcastische opmerking dat Jack de pers voor zijn karretje spande om zo meer boeken te verkopen.'

Ik maakte een afkeurend geluid, maar Ross onderbrak me.

'Je moet weten dat we dat zo vaak zien. Een crimineel in een rijdende auto wordt geraakt door een verdwaalde kogel en wat voor foto komt er in de krant te staan? Niet een waarop hij met een grote fles bier en een Glock-pistool staat terwijl hij obscene gebaren maakt. Nee, een foto van zijn diploma-uitreiking op de middelbare school, in een prachtige blauwe toga en met een trotse glimlach.'

'Misschien was die gangsterbravoure een pose en was hij in werkelijkheid dat kind op de foto van de diploma-uitreiking.'

'Je klinkt als een echte advocaat,' zei Ross.

'Maar wat is je punt over dat Jack die interviews gaf?'

'Ik had nog steeds een vieze smaak in mijn mond, omdat hij me als een volslagen vreemde had behandeld nadat Owen was overleden, toen hij uit de psychiatrische instelling kwam en opnieuw nadat Molly was vermoord. En ik dacht: misschien is dit allemaal te mooi om waar te zijn. Dat hij op het eerste gezicht eerlijk en attent lijkt en uitdraagt dat je gelukkig moet zijn. Het zou niet de eerste keer zijn dat een stel twee zoons krijgt van wie de een braaf is en de ander een ongeleid projectiel. Je zou het niet zeggen, maar Jack heeft ook een duistere kant.'

'Jack een duistere kant? Je vergeet dat ik jaren een relatie met hem heb gehad.'

'En jij vergeet dat ik al jaren agent ben. Die dag in zijn appartement toen die spullen uit zijn tas vielen, heb ik even die duistere kant gezien. Ik had iets gezien waarvan hij niet had gewild dat ik het zag. Ik had achter die lichte, vrolijke façade gegluurd. En ik vermoed dat het door die duistere kant komt dat hij na het overlijden van Owen in die psychiatrische inrichting is beland. En nu, jaren later, met een man als Malcolm Neeley… Wie weet waar die duistere kant hem toe heeft gedreven?'

Ik had kunnen weten dat het tijdverspilling was hiernaartoe te komen. Ross ging bijna met pensioen. Hij zou niets nadeligs over de politie zeggen, zelfs niet als dat betekende dat hij zichzelf ervan moest zien te overtuigen dat zo'n keurige man als Jack schuldig kon zijn.

Toen ik Veselka binnen stapte, zag ik Gary Hannigan bij de bar vooraan zitten. Hoewel ik vijf minuten te vroeg was, had hij al een derde van zijn Reuben-sandwich op. Hij poetste zijn rechterhand schoon met een prop kleine papieren servetten uit een roestvrijstalen servethouder, waarna hij me vlug een hand gaf. 'Ik herken je van de rechtbank.'

'Ik jou ook.' Hannigan was de advocaat van de nabestaanden van de mensen die bij Penn Station waren omgekomen. Hij had de reputatie een ouderwetse liberaal te zijn die zijn miljoenenprocessen als een politiek statement zag. Toen ik hem belde terwijl ik onderweg was naar het hoofdbureau van politie, zei hij dat ik een half uur kon krijgen tijdens zijn lunchpauze. 'Op jouw kosten uiteraard.'

'Je weet toch dat dit geen authentieke Reuben-sandwich is?' Veselka gebruikte droge worst in plaats van cornedbeef of zelfs pastrami.

'Kan me niet schelen. Het is heerlijk.' Hij haalde zijn aktetas van de kruk naast hem en wenkte de serveerster terwijl ik plaatsnam. Ik bestelde zonder op de menukaart te kijken een bord pierogi.

'Ook vaste klant hier?' merkte Hannigan op. Ik vertelde hem niet dat mijn bezoekjes aan dit vierentwintig uur per dag geopende Oekraïense eettentje doorgaans om drie uur 's nachts plaatsvonden. 'Er zijn niet veel advocaten meer die onverschrokken een zaak aannemen. Dat respecteer ik aan je partner, Don Ellison. Zo te zien heeft hij jou ermee opgezadeld. Ik had nooit gedacht dat Jack Harris nog eens een advocaat nodig zou hebben. Hij is namelijk schoon, brandschoon, als een zachte borstel. En niet op zo'n enge manier. Je hebt van die mensen die zo aardig zijn dat er wel lijken in de kast moeten zijn. Zo is hij niet, hij is een goede vent.'

Weer dat woord 'schoon'. Wat Hannigan voor oprechtheid aanzag, was volgens Ross een dekmantel. 'Ik ben door Buckley gebeld,' zei ik. 'Ik ben een oud-studiegenoot van Jack.'

Hij glimlachte toen ik Jacks dochter noemde. 'Dat meisje heeft een vlijmscherpe tong, maar het is allemaal bluf. Ik hoop echt dat de politie het bij het verkeerde eind heeft.'

Het viel me op dat Hannigan niet zei dat hij zeker wist dat de politie het mis had. Ik vertelde hoe het kwam dat Jack als verdachte was aangemerkt, waarbij vooral op het motief was gelet, waarna ik hem vroeg hoe kwaad Jack volgens hem op Neeley was.

'Over de doden niets dan goeds, maar eerlijk gezegd was Malcolm Neeley een grote klootzak.' Hannigan likte een klodder dressing van zijn duim. 'Hij was een waardeloze echtgenoot, een wrede en afstandelijke vader en hij kon geen enkele empathie opbrengen voor zijn medemens.'

'Als je me gaat vertellen dat hij in het weekend puppy's schopte, wil ik je graag als karaktergetuige oproepen.'

'Moet je horen, ik zit in een lastig parket in verband met die verdomde beroepsethiek. Jack is cliënt bij ons beiden, vandaar dat ik wil helpen. Maar ik heb ook cliënten uit een stuk of tien andere families en ik vermoed dat je straks gaat beweren dat een van die anderen het net zo goed gedaan kan hebben. Aan de ene kant acht ik geen van hen tot zoiets in staat, aan de andere kant zouden ze het allemaal gedaan kunnen hebben, snap je wat ik bedoel? Het is natuurlijk waanzin om zoiets te doen, maar mensen doen gekke dingen ten opzichte van mensen die veel minder walgelijk zijn.'

'Walgelijk? Zo te horen vat je deze zaak persoonlijk op.' De serveerster kwam eraan met een bord dampende pierogi.

'Ik vat al mijn zaken persoonlijk op, mevrouw Randall. Ik zal je één verhaal over Malcolm Neeley vertellen – een van de vele – een verhaal dat veelzeggend is. Je weet toch dat Todds oudere broer ten tijde van de schietpartij op de universiteit zat?'

Ik knikte, herinnerde me enkele artikelen waarin vermeld werd dat het toch wel bijzonder was dat twee zulke verschillende jongens uit hetzelfde gezin voortkwamen.

'Die broer heet Max en werkt bij het hedgefonds van zijn vader. Nette jongen voor zover ik dat kan beoordelen, zeker gezien zijn afkomst. Maar goed, ik zal je vertellen wat voor iemand Malcolm Neeley was. Toen hij onder ede een verklaring moest afleggen, liet hij zich gaan en week af van de instructies die hij van zijn advocaat had gekregen. Hij riep dat hij een toegewijde vader was, dat hij er alles aan deed om ervoor te zorgen dat zijn zoons karakter hadden, zo noemde hij dat. Toen de oudste, Max, zestien was reed hij in Connecticut zijn vaders Jaguar in de prak. Zijn vader vond dat hij daar te luchtig over deed, zo van dat regelt de verzekering wel, niets aan de hand. Neeley dwong Max in zijn auto te stappen, reed met hem naar het huis van zijn huishoudster en bonsde op de deur. Die vrouw zal wel gedacht hebben. Met de jonge Max in zijn kielzog beende Neeley naar binnen. "Zie je hoe andere mensen leven?" zei hij. "Kun je je voorstellen dat je zo zou wonen? Regel je zaakjes, anders is dit je voorland." Hij kwam uit zichzelf met dat verhaal, presenteerde het als een van zijn topmomenten.'

'Maar je klaagde hem niet aan omdat hij een slecht mens was. Je vond dat het zijn schuld was dat zijn zoon besloten had een massamoord te plegen.'

'Ik ken je verder niet, mevrouw Randall, maar heb je goede ouders? Het hoeven heus geen modelouders te zijn zoals je die in de jaren vijftig op tv zag, maar gewoon fatsoenlijke ouders die van je houden en je steunen?'

'Jazeker.'

De leugen floepte er zo uit. Hannigan hoefde niet te weten dat Hank Randall een alcoholist was die tegen me zei dat het egoïstisch van me was om naar een 'deftige universiteit in New York' te gaan in plaats van in Oregon te blijven omdat mijn moeder 'me nodig had'. Of dat de reden dat mijn moeder me nodig had was dat, als mijn vader haar niet sloeg, ze zichzelf opvrolijkte door me er bij elke gelegenheid aan te herinneren dat ik heus niet zo goed was als ik zelf dacht.

'Dat is fijn voor je, want het is vreselijk om te weten dat je ouders teleurgesteld in je zijn. Malcolm Neeley was zo iemand die teleurgesteld was in iedereen die geen Malcolm Neeley heette, maar hij was vooral meedogenloos voor de mensen van wie hij hoorde te houden en die hij hoorde te beschermen. Goed, nog één voorbeeld dan, ditmaal van de ex-vriendin van Max. Ze kwam uit eigen beweging naar me toe, verheugde zich erop Neeley senior publiekelijk aan de schandpaal te nagelen. Ik kreeg de indruk dat Neeley Max in zijn greep had en dat had gevolgen voor hun relatie. Maar goed, de dag dat de moeder van Todd en Max een overdosis nam – vicodin en wodka, voor het geval je het wilt weten – was twee dagen nadat Max naar Princeton was teruggegaan voor zijn laatste studiejaar. Als Todd daarna erg teruggetrokken was – voor zich uit staarde, heen en weer wiegde, volledig van de wereld was – schreeuwde zijn vader tegen hem: "Dit is dus de reden dat je moeder niet met jou alleen thuis wilde zijn." Het was een tweesnijdend zwaard: Todd kreeg de boodschap dat zijn moeder zelfmoord had gepleegd omdat hij gestoord was en Max kreeg de boodschap dat het niet gebeurd zou zijn als hij niet naar de universiteit was gegaan. Ik vroeg Neeley daarnaar toen hij onder ede een verklaring aflegde. Zijn antwoord? Hij had dat gedaan in de hoop dat Todd van zijn fouten zou leren en zich meer als een man zou gedragen.'

'Oké, puppy's schoppen klinkt als een stap vooruit voor deze man.' Ik vroeg Hannigan of ik een transcriptie van die verklaring onder ede kon krijgen en hij maakte vlug een aantekening op zijn telefoon.

'Ik vind nog steeds dat we een sterke zaak hadden,' zei hij. 'Neeley was degene die de wapens had gekocht die zijn zoon op Penn Station gebruikte. En hij wist dat zijn zoon zwaar gestoord was – wat wellicht door zíjn gedrag kwam – en hij verhinderde dat de geestelijke gezondheidszorg zijn zoon de vereiste zorg kon verlenen.'

'Waarom is de zaak dan geseponeerd?' De media hadden gemeld dat de rechtszaak van de baan was, maar hadden de reden er niet bijgezet.

'Ik heb je nagetrokken. *Columbia Law Review*. Je kunt het waarschijnlijk wel raden.'

'Geen directe oorzaak: Todd was zelf verantwoordelijk voor zijn daden. En als dat het geval is, laat je Neeley vervolgen omdat hij zijn zoon niet heeft tegengehouden, maar dan zit je met het feit dat je niet verplicht bent onbekenden te beschermen.'

'Precies. We probeerden aan te voeren dat hij en zijn zoon gezamenlijk de oorzaak waren, omdat zijn zoon niet zonder hulp van zijn vader gehandeld kon hebben. De rechter accepteerde dat niet.'

Ik gebruikte zijn samenvatting als bruggetje om terug te komen op wat ik wilde weten. 'Hoe boos leek Jack daarover?'

Hij bekeek het laatste stukje broodkorst in zijn hand, liet het op zijn bord vallen en trok opnieuw servetten uit de roestvrijstalen servethouder. 'Mensen zeggen dingen die ze niet menen, mevrouw Randall. Je bent advocaat. Dat weet je.'

Ik schoof de laatste pierogi met mijn vork opzij en bereidde me voor op wat er nu zou komen. 'Wat heeft Jack dan precies gezegd dat hij niet meende?'

'Hij zei: als er gerechtigheid in deze wereld bestaat, zal Malcolm Neeley er nog wel achter komen hoe het voelt als een gek met een pistool je leven verwoest.'

Ik sloot mijn ogen. 'Zei hij dat letterlijk zo?'

'Bijna letterlijk.'

'Waarom kwam je daar niet meteen mee?'

'Omdat ik wilde dat je wist waarom ik er niets achter zocht, en waarom ik er nog steeds niets achter zoek. In die omstandigheden was het een volkomen natuurlijke reactie.'

'Zeg alsjeblieft dat je de enige bent die hem dat heeft horen zeggen.' Gesprekken tussen Jack en Hannigan vielen onder geheimhoudingsplicht.

'Er was nog een eiser bij aanwezig.'

'Wie was dat?'

'Dat mag ik niet zeggen. Maar Jack kan het je zo vertellen. En dan kom je er vroeg of laat vanzelf achter of de politie het ook weet, maar dan heb je het niet van mij.'

'Je moet het niet verkeerd opvatten, Olivia, maar je ruikt letterlijk om op te vreten.'

Die woorden hadden me misselijk kunnen maken als ze niet uit Dons mond waren gekomen en als ik me er zelf ook niet zo sterk van bewust was geweest dat er een walm van gerookt vlees om me heen hing toen ik de vergaderzaal binnen stapte. 'Gary Hannigan wilde alleen tijd voor me vrijmaken als daar een Reuben-sandwich bij Veselka tegenover stond.'

'Ik kom niet meer bij. Heeft het gesprek met die oud-collega van de broer nog iets opgeleverd?'

'Nee, maar ik heb wel dit.' Ik toverde de papieren zak tevoorschijn die ik achter mijn rug had gehouden.

'Je bent een engel,' verklaarde hij. 'Echt.'

Terwijl hij de enorme sandwich uit het piepschuimen bakje haalde, bekeek ik de documenten die over de tafel verspreid lagen. 'Is het wat?'

'Misschien, er zitten in elk geval een paar verrassingen tussen.'

De hoorzitting van vandaag ging niet alleen over het vaststellen van de hoogte van de borgsom. Dit was een zaak die in de schijnwerpers stond. Erger nog, het verhaal stond eigenlijk al vast. Van rouw naar revanche, zoals de *New York Post* beweerde. De kans dat we Jack vrij zouden krijgen was vrijwel nihil, maar de borgtochthoorzitting kon onze enige kans zijn om het gesprek een andere wending te geven voordat alle juryleden een besluit namen.

'Je hebt zeker niet één theorie die al hun bewijsmateriaal onderuithaalt?'

'Ik ben goed, maar ik kan de uitslag van een schotrestenonderzoek niet laten verdwijnen,' zei Don.

Uiteindelijk was onze beste kans aanvoeren dat Jack onder valse voorwendselen door rechercheur Boyle was meegelokt naar het politiebureau. Als de politie hem zonder gegronde reden gearresteerd had, konden we op het politiebureau verkregen bewijsmateriaal ongeldig laten verklaren, inclusief het schotrestenonderzoek. Maar een uitspraak over zo'n motie liet weken, zo niet maanden op zich wachten. Belangrijker nog, vandaag moesten we vragen stellen die suggereerden dat de politie mogelijkerwijs een onschuldig man had opgepakt, we moesten niet vragen of wel de juiste procedures gevolgd waren om een schuldig man op te pakken.

'Het is nog geen verloren zaak,' zei Don, en hij legde zijn sandwich neer. 'We hebben voldoende om voor beroering te zorgen.'

Don droeg gespreksonderwerpen aan als een bokstrainer die riep welke stoten en hoeken ik moest gebruiken. 'Blijf bij dat thema van een tunnelvisie. De politie geeft toe dat ze zich op Jack hebben gericht zodra ze hem op bewakingsbeelden zagen. Binnen een uur zat hij op het politiebureau. Blijf daarop hameren. Wat hebben ze sindsdien gedaan? Is er sowieso wel naar andere verdachten gekeken? Nee. Daar hebben ze geen tijd voor gehad. En daarna sommen we alle andere mogelijke daders op.'

'De negenenvijftig andere eisers van de Penn Station-zaak,' zei ik, terwijl ik dit eerste punt op mijn duim telde. Dat moest ik voorzichtig aanpakken, want ik wilde dat de andere nabestaanden Jack in het openbaar zouden steunen.

Don schoof een van de stapels met papieren over de vergadertafel naar me toe. 'En het blijkt dat de Penn Station-zaak slechts een van de vele processen tegen Neeley was, of in elk geval tegen The Sentry Group. Er zijn acht klachten tegen zijn hedgefonds ingediend bij de Securities and Exchange Commission. Voor sommige daarvan is discreet een oplossing gevonden, andere zaken lopen nog. En als klap op de vuurpijl: een proces dat door Red Pin Capital is aangespannen en waarbij geëist wordt dat hun aandeel in The Sentry Group, te weten tweeënzeventig miljoen dollar, wordt teruggestort.'

'Dat klinkt als iets voor het financiële katern.' Als moordmotief maakte de strijd tegen een bedrijf in verband met een geldkwestie minder emoties los dan wraak voor de dood van een echtgenote. 'Rijke mensen stappen naar de rechter, die schieten niet.'

'Je mist het beste deel. De oprichter van Red Pin Capital is ook zo'n Wall Street-klootzak, ene Frederick Gruber. Hij heeft aan Harvard gestudeerd, heeft een buitenhuis met zeezicht in East Hampton en meneer Gruber heeft een vrouw, Marnie Gruber. En nu mag jij raden met wie Malcolm Neeley het bed deelde.'

'Hoe ben je daar zo snel achter gekomen?'

'Het staat allemaal zwart op wit,' zei hij, en hij tikte opgewonden op de tafel. 'Lees de aanklacht maar. De basis voor het proces is dat Gruber op aandringen van zijn vrouw, een ervaren en gerespecteerd financier, in The Sentry Group geïnvesteerd heeft. Gruber beweert dat Neeley en zijn eigen vrouw hem om de tuin hebben geleid door hun affaire verborgen te houden en de omzet van The Sentry Group te overdrijven nadat het hedgefonds te grote financiële risico's had genomen en op korte termijn een geldinjectie nodig had.'

'Dit is geweldig, Don. Dit kan het OM onmogelijk nu al weten.' De betrokkenheid van deze man bij de moord op Neeley was een theorie die gemakkelijk ontmaskerd kon worden als de zaak verder onderzocht werd. Wie weet hadden Marnie en haar man het bijgelegd. Gruber kon een alibi hebben. En die tweeënzeventig miljoen dollar was in die kringen wellicht een schijntje. Maar vandaag was dat precies het soort bewijs dat we nodig hadden. We zouden het OM overvallen en zouden de rechter en de media laten zien dat de politie veel dingen nog niet wist.

'Graag gedaan,' zei Don, die weer een hap van zijn sandwich nam. 'Vergeet niet te benadrukken dat er nog twee slachtoffers zijn en dat het OM er gewoon van uitgaat dat Neeley het beoogde doelwit was.'

'Wat weten we van hen?' De Jack-tegen-Neeley-invalshoek was door de media zo breed uitgemeten dat er nauwelijks aandacht was besteed aan de andere twee slachtoffers. Clifton Hunter werd omschreven als een werkloze conciërge en Tracy Frankel als een deeltijdstudent.

'Hunter is veertig, maar lijkt wel zestig. Meerdere arrestaties en enkele veroordelingen, allemaal voor lichte vergrijpen: openbare dronkenschap, winkeldiefstal, veel kleine overtredingen. Zijn laatst bekende adres in Hoboken is van drie jaar geleden.'

'Hij was dus dakloos.' Een zwerver was geen logisch doelwit voor een moord, maar ik hoefde alleen maar aan te voeren dat de politie waarschijnlijk niet eens de moeite had genomen om te kijken of hij bij gedoe op straat betrokken was geweest.

'En dan Tracy Frankel,' zei Don. 'Die ziet er interessant uit. Haar enige studie-ervaring is één vak afgelopen semester aan de City University hier in New York. Dat zou nep kunnen zijn. Een paar maanden daarvoor was ze opgepakt toen ze heroïne wilde kopen van een undercoveragent in Washington Square Park. Omdat het de eerste keer was, mocht ze deelnemen aan een afkickprogramma. Ik vermoed dat het zeker in haar voordeel heeft gewerkt dat ze zich op de universiteit inschreef om een vak te gaan volgen. Nadat haar zaak was geseponeerd kwam ze niet meer opdagen.'

'Hoe heb je dat in vredesnaam ontdekt?' Het was heel lastig om toegang tot een onderwijsadministratie te krijgen.

'Ik heb een zeer dankbare voormalige cliënt die op die universiteit werkt.'

Als dit een proces was, had ik toelaatbaar bewijs nodig,

maar bij een borgtochthoorzitting kon ik van alles beweren zolang het maar ergens op gebaseerd was. Dit was goed. Tracy of Clifton had net zo goed het doelwit kunnen zijn als Malcolm Neeley.

'Misschien moeten we nog iemand aan de lijst toevoegen,' zei ik. 'Max Neeley.'

'De zoon?'

'Todds oudere broer. Hij werkt bij The Sentry Group. Uit mijn korte gesprek met Hannigan maakte ik op dat daar grote problemen zijn. En als het hedgefonds geldproblemen had...'

Don maakte de zin voor me af. 'Dan wilde de zoon wellicht graag zeggenschap krijgen over wat er nog over was van het familiekapitaal.'

'Het is vergezocht, ik weet het.'

'We hebben vreemdere theorieën gehad die wat opleverden.'

Max Neeley had het allemaal meegemaakt: de zelfmoord van zijn moeder, zijn jongere broer die eerst een massamoord en daarna zelfmoord pleegde, en nu de moord op zijn vader. Toch zouden we hem, indien nodig, laten opdraven en voor ons karretje spannen. 'Oké, we zullen ons eens in Max gaan verdiepen.'

Er werd op de deur geklopt. Einer stak zijn hoofd om de deur. 'Sorry dat ik stoor, maar die eisers druppelen binnen. Ik heb gezegd dat ze in de hal kunnen wachten, maar jullie willen ze straks zeker in deze vergaderzaal hebben?'

Don gooide zijn piepschuimen bakje in de afvalbak en begon de documenten op te stapelen om ruimte te maken voor een groep mensen die we als schaakstukken zouden gebruiken bij Jacks verdediging.

11

Ik herkende Buckley amper toen ze op me af kwam lopen terwijl ik voor het gerechtsgebouw stond. Ze droeg, zoals beloofd, de marineblauwe wikkeljurk en nette zwarte schoenen. Haar warrige, roodblonde haar zat in een keurige staart onder in haar nek. Op mijn verzoek kwam ze alleen. Als Charlotte erbij was, zou de rechter aan haar gaan vragen of ze bereid en in staat was om voor Buckley te blijven zorgen zolang Jack opgesloten zat in afwachting van zijn proces. Dat moesten we niet hebben, niet alleen omdat haar antwoord op beide vragen ja zou zijn, maar ook omdat Charlotte de rechter ongetwijfeld op de kast zou jagen, want zo was ze nu eenmaal.

Toen we bij de zittingszaal van rechter William Amador aankwamen, zat Don buiten in de gang op een bank te wachten. 'Mijn complimenten dat je de troepen hebt weten te mobiliseren.'

'Dank je.' Het was mijn idee geweest om een groep van Jacks mede-eisers naar ons kantoor te laten komen als mogelijke medestanders. Na onze vergadering had Don degenen die Jack wilden steunen naar het gerechtsgebouw begeleid, terwijl ik tot het laatste moment op kantoor bleef om me voor te bereiden.

'Waar is papa?' vroeg Buckley toen we de zittingszaal binnenliepen en ze met grote ogen de menigte afspeurde.

'Ze brengen hem binnen zodra zijn zaak aan de beurt is.'

Ik keek zelf ook rond. Ik herkende minstens drie verslaggevers en een stuk of tien mede-eisers van de Penn Stationzaak. Don had gelijk: het was een goede opkomst. 'We zijn niet de enige zaak die vandaag op de rol staat.'

Na drie korte hoorzittingen kondigde de hulpofficier van justitie die over voorgeleiding ging, en die ik herkende als Amy Chandler – die dit werk al zo'n zes jaar deed – Jacks zaak aan. Een agent bracht Jack binnen. Jack had handboeien om en droeg een oranje overall. Zijn oogleden waren neergeslagen en hij liep krom, schuifelde bijna. Ik had Buckley gewaarschuwd dat haar vader er waarschijnlijk verfomfaaid uit zou zien – ik had werkelijk het woord 'verfomfaaid' gebruikt – maar ze pakte mijn hand en kneep erin, terwijl Don en ik gingen staan.

'Je vader is sterker dan je denkt,' fluisterde ik, ook al had ik Jack nooit sterk meegemaakt. Ze liet mijn hand los. Ik gaf er nog een laatste kneepje in, waarna ik naar mijn plek aan de tafel liep.

Jack ging tussen Don en mij in zitten. 'Gaat het?' vroeg ik. Hij haalde alleen zijn schouders op.

Voordat we verder nog iets tegen elkaar konden zeggen, eiste het OM dat Jack niet op borgtocht zou worden vrijgelaten, precies zoals ik had verwacht. Aan de ene kant was ik blij dat Chandler het pleidooi hield. Aan de andere kant maakte het feit dat Scott Temple niet de moeite had genomen zelf hier aanwezig te zijn duidelijk dat voor de Staat al vaststond dat Jack niet op borgtocht zou worden vrijgelaten. Maar Temple was beter dan Chandler. De kans was groter dat het me zou lukken een andere draai aan het verhaal te geven met haar aan de andere kant van het gangpad.

'Dit was een zeer gruwelijk en gevaarlijk misdrijf,' zei Chandler monotoon en met een hoge stem. Chandler moest niet voor niets voorgeleidingen doen in plaats van processen met een jury. 'De gedaagde heeft niet alleen koelbloedig en met voorbedachten rade één slachtoffer neergeschoten, namelijk Malcolm Neeley, leeftijd zevenenvijftig, maar ook twee andere willekeurige mensen: Clifton Hunter, leeftijd eenenveertig, en Tracy Frankel, leeftijd twintig.'

Ik hoorde Jack zijn adem inzuigen toen het laatste slachtoffer werd genoemd. Hij draaide zich om naar Buckley en het was alsof ze in een geheimtaal zonder woorden communiceerden. Tracy Frankel was maar een paar jaar ouder dan Jacks dochter. Don boog zich naar voren en zei tegen Jack dat hij geen emoties moest tonen, maar Jack was duidelijk ontdaan.

'Het misdrijf in deze zaak was niet alleen zeer wreed en berekenend, meneer de rechter, maar de Staat heeft een zeer sterke zaak tegen de gedaagde. We hebben bewakingsbeelden waarop te zien is dat gedaagde zich kort voor de schietpartij vlak bij de plaats delict bevond. De gedaagde wilde al langer wraak nemen op het slachtoffer, Malcolm Neeley...'

Ik kwam half overeind. 'Ik maak bezwaar tegen het woord "wraak", edelachtbare.'

Rechter Amador gebaarde dat ik weer moest gaan zitten. 'Er is hier geen jury, mevrouw Randall. Maar ze heeft gelijk, mevrouw Chandler. Ik wil u niet meer over gruwelijke berekenende wraakneming horen. Feiten met betrekking tot de vrijlating, graag.'

Ik had slechts bezwaar aangetekend vanwege het grote aantal verslaggevers in de zaal. Ik wilde niet de indruk wekken dat we het wijdverbreide verhaal over de redenen voor deze schietpartij accepteerden.

'Mijn punt,' zei Chandler, en ze schraapte haar keel, 'had betrekking op het motief.' Ze ging verder en kwam aanzetten met dat Jack een eiser was in een dood-door-schuld-zaak tegen Malcolm Neeley die nog geen maand voor de schietpartij was geseponeerd. Uiteraard hield ze dit oppervlakkig, omdat rechter Amador er anders aan herinnerd zou worden dat Jack tot gisteren een sympathieke figuur was geweest. ‘We hebben ook bewijs dat de gedaagde een obsessieve…’

Ik maakte opnieuw bezwaar. ‘Feiten graag, hulpofficier Chandler,’ snauwde de rechter.

‘De politie heeft uit het huis van de gedaagde de inhoud van een complete archiefkast meegenomen. Al dit materiaal had betrekking op Neeley, het slachtoffer. Het zou wel heel toevallig zijn dat de gedaagde maar een paar meter bij de plek vandaan was waar meneer Neeley is geëxecuteerd, ik bedoel, waar een schietpartij hem fataal is geworden. Er is ook fysiek bewijs dat de gedaagde met het misdrijf verbindt.’ Ze las nu duidelijk voor uit het dossier, zag de feiten zelf ook voor het eerst. ‘Hij is in de directe omgeving van de schietpartij gezien met een picknickmand. Hij had deze mand bij zich toen hij zijn appartement verliet, maar had die bij terugkeer niet meer bij zich, zoals blijkt uit bewakingsbeelden uit de lift in het appartementencomplex waar hij woont. De Staat gaat ervan uit dat deze mand gebruikt is om het moordwapen in te verbergen. Belangrijker nog, op het overhemd dat de gedaagde op de ochtend in kwestie droeg, zijn schotresten gevonden.’

Naast me protesteerde Jack op fluistertoon in mijn oor. ‘Wat? Dat kan niet.’ Hij keek weer naar Buckley. Het was een inschattingsfout geweest haar hierbij aanwezig te laten zijn. Hij maakte zich drukker om wat zijn dochter vond dan om zijn eigen vrijheid.

Later, schreef ik op mijn notitieblok, terwijl Chandler doorging. ‘Kortom, dit is een moordzaak met meerdere slachtoffers – moord met voorbedachten rade – en we hebben een zeer sterke zaak. De Staat vraagt om detentie zonder vrijlating op borgtocht.’

Chandlers simpele voorstelling van zaken was precies waar ik op had gehoopt. Nu was het mijn beurt.

‘Edelachtbare, ik maak met gegronde reden bezwaar tegen

mevrouw Chandlers retoriek. Ze probeert dit als een stereotype geval neer te zetten, zodat u, en het publiek hoogstwaarschijnlijk ook, al denkt te weten waar deze zaak om draait: weer iemand die al geruime tijd wrok koestert en naar een wapen grijpt om het probleem op te lossen. Ze heeft belangrijke details echter over het hoofd gezien. Welk bewijs heeft ze aangevoerd? Mijn cliënt, Jack Harris, zou een motief hebben? Ze heeft u niets verteld waaruit blijkt dat meneer Neeley het beoogde doelwit was en niet een van de twee andere slachtoffers. Al na één dag bracht ons onafhankelijk onderzoek aan het licht dat meneer Hunter geen vaste woonplaats had en dat mevrouw Frankel onlangs betrokken was bij een illegale drugsactiviteit. Een van hen kan net zo goed het beoogde slachtoffer geweest zijn in plaats van Malcolm Neeley.'

Ik hoorde gemompel op het balkon. De verslaggevers hadden zich, net als de politie, op het verband tussen Jack en Neeley gestort, zonder de andere twee slachtoffers na te trekken. Ik vervolgde mijn pleidooi. 'De hulpofficier van justitie benadrukt de rechtszaak tegen een van de drie slachtoffers, maar vergeet erbij te zeggen dat mijn cliënt niet de enige eiser was. Er waren bijna zestig andere eisers die Malcolm Neeley aanklaagden omdat hij geen toezicht had gehouden op zijn minderjarige zoon, die drie jaar geleden dertien mensen doodde op Penn Station.' Ik wees naar de groep nabestaanden van Penn Station in de zittingszaal, van wie er enkelen opstonden of zwaaiden. 'Mocht u willen horen wat zij te zeggen hebben, edelachtbare, dan zal een van deze eisers, de heer Jonathan Weilly, getuigen dat hij, net als mijn cliënt, gisterochtend ook in de buurt van de schietpartij was toen hij, voordat hij naar zijn werk ging, aan het golfen was op de golfbaan bij de Chelsea Piers. En mevrouw Lila Condon was twee straten verderop bij een yogastudio. Ik heb het OM herhaaldelijk verzocht om bewakingsbeelden van de ochtend van de schietpartij die zullen bewijzen dat mijn cliënt op het moment van de schietpartij een heel eind bij het voetbalveld vandaan was, maar die bewakingsbeelden heb ik nog niet gekregen.'

Dat herhaaldelijk verzocht was overdreven, want ik had er maar één keer om gevraagd, informeel aan Scott Temple, gisteravond aan de telefoon. Maar die was hier niet om dat recht te zetten.

'Bewaar dat maar voor de rechtszaak, mevrouw Randall, maar ik snap waar u op doelt. Dat hij bij de waterkant was, vind ik een mager verhaal, en ook dat van die picknickmand maakt geen diepe indruk op me. De laatste keer dat ik me erin verdiept heb, bleek dat mensen allerlei manieren bedenken om een wapen te vervoeren zonder dat ze iets groots bij zich hebben om het in te verstoppen. Maar hoe zit het met die schotresten?'

Dit was het punt waarop Chandlers keuze voor een magere presentatie van het bewijs dat de Staat had weleens gunstig voor Jack kon uitpakken. 'Er kwamen enkele agenten naar het huis van meneer Harris, alleen maar omdat hij vlak bij de plek van het schietincident was geweest, een paar straten bij zijn appartement vandaan. Ik heb nergens kunnen terugvinden hoeveel van die agenten onlangs geschoten hadden, wapens hadden vastgehouden of verdachten hadden aangeraakt die wellicht wapens in handen hadden gehad. Bovendien hebben ze hem meegezeuld naar het politiebureau, waar alle mensen en voorwerpen een bron van besmetting kunnen zijn geweest. Zoals u weet, edelachtbare, kunnen schotresten gemakkelijk worden overgebracht. Als er op het overhemd van mijn cliënt schotresten zijn aangetroffen – waarbij ik er voor het gemak even van uitga dat hulpofficier Chandler op dit punt gelijk heeft – dan is dat nog geen bewijs dat hij geschoten heeft. Het kan goed zijn dat zijn overhemd in contact is geweest met een van de vele agenten die zonder gegronde reden zijn appartement binnendrongen of toen hij op het politiebureau werd vastgehouden. Belangrijker nog, op zijn handen zijn geen schotresten aangetroffen.'

Als dit een echt proces was, zou de Staat iedere agent laten opdraven om uit te sluiten dat die een mogelijke bron van overdracht was geweest. Voorlopig ging ik ervan uit dat Chandler niets had wat mijn essentiële punt kon weerleggen dat een schotrestenonderzoek zijn beperkingen heeft.

'We hebben ook ontdekt,' vervolgde ik, 'dat meneer Neeley betrokken was bij een proces waarbij veel meer op het spel stond dan bij het proces dat mijn cliënt en zijn medeeisers hadden aangespannen.' Ik hoorde weer gefluister toen ik over de fraudebeschuldigingen tegen The Sentry Group begon, die gebaseerd waren op het feit dat Neeley een verhouding had met de vrouw van een van zijn belangrijkste investeerders. 'En dat was niet het enige geschil dat om geld draaide. We zijn nog bezig met het onderzoek, maar meneer Neeley had ook enkele netelige financiële geschillen met familieleden. Kortom, de Staat heeft geen bewijs. Bovendien heeft hulpofficier van justitie Chandler het niet gehad over de belangrijkste factor die u in uw overweging moet meenemen, edelachtbare, namelijk of mijn cliënt vluchtgevaarlijk is. Dat is hij beslist niet. Hij is weduwnaar. Hij is een alleenstaande ouder met een dochter van zestien, Buckley Harris, van wie de moeder op Penn Station is vermoord. Hij en zijn dochter hebben nooit buiten New York gewoond. Meneer Harris is auteur van beroep. Zijn enige inkomsten bestaan uit de royalty's die hij ontvangt voor zijn boeken en die kan hij alleen ontvangen als zijn uitgever weet waar hij is. Hij is niet in een positie om op de vlucht te slaan.'

Chandler sprong op uit haar stoel. 'Edelachtbare, ik maak bezwaar tegen dit elitaire argument. Het kan toch niet zo zijn dat een prijswinnend auteur wordt voorgetrokken ten opzichte van de gewone, hardwerkende man?'

'Mevrouw Chandler kan overdrijven wat ze wil, maar in één opzicht heeft ze gelijk: er is gisteren een gruwelijk misdrijf gepleegd, een drievoudige moord. Als de Staat het voor elkaar krijgt dat het detentie zonder vrijlating op borgtocht wordt, zal er, aangezien we onder de wet van de staat New York vallen, een aanklacht moeten worden ingediend. Ze zullen het onderzoek afraffelen, zoals ze dat tot nu toe ook hebben gedaan, en zoals ze dat ook bij andere geruchtmakende zaken hebben gedaan.'

'Edelachtbare,' zei Chandler, 'het aanhalen van andere zaken is zeer ongepast.'

Misschien, maar rechter Amador moest bedenken dat, vorig jaar nog, de officier van justitie hem had overgehaald een verdachte vast te houden en niet op borgtocht vrij te laten slechts op basis van voorlopige informatie. Pas nadat de man bruut was aangevallen in de gevangenis ontdekten de openbaar aanklagers bewijs van zijn onschuld.

'Wat ongepast is, is een man van zijn vrijheid beroven puur op basis van opruiende retoriek. En als dat gebeurt, edelachtbare, zal mijn cliënt moeten wachten, wachten en wachten tot de dag van zijn proces, terwijl hij wordt blootgesteld aan de ontberingen van gevangenschap en hij gescheiden is van zijn dochter, waardoor zijn dochter dus gedwongen is om te leven zonder de enige ouder die ze nog heeft.'

Ik wilde de verslaggevers eraan herinneren dat Jack een mens van vlees en bloed was, weduwnaar en vader. 'De enige overweging vandaag is of er omstandigheden zijn die u zullen garanderen dat mijn cliënt zal komen opdagen bij het proces. De tenlastelegging is zeer ernstig, maar desondanks moet er wel concreet bewijs zijn en kan een uit twee personen bestaand gezin niet zomaar uit elkaar worden gerukt. Mijn cliënt zal er alles aan doen om uw bezorgdheid weg te nemen: een spreekverbod, zijn paspoort inleveren, huisarrest…'

'Elektronisch toezicht?' vroeg de rechter.

Ik antwoordde meteen, nu er vaart in leek te zitten. 'Jazeker.'

Chandler was weer gaan staan. 'Edelachtbare, dit is belachelijk. Het gaat om een drievoudige moord. Dit is een klassiek geval van niet op borgtocht vrijlaten.'

'En dat is het hele probleem, mevrouw Chandler. Iemand heeft u hiernaartoe gestuurd met het idee u vandaag een gemakkelijke taak te laten opknappen. Hebt u bewijs waaruit blijkt dat meneer Harris vluchtgevaarlijk is als hij vierentwintig uur per dag huisarrest plus een enkelband heeft?'

Chandler bladerde vruchteloos door haar papieren.

'Dat dacht ik al. Meneer Harris, ik heb geen idee of u schuldig bent of niet, maar de laatste keer dat ik het nazocht ging men er in dit land van uit dat iemand onschuldig is tenzij het tegendeel wordt bewezen, en ik kan het niet waarderen dat het OM vandaag geprobeerd heeft dat feit te negeren. Ik vind het verontrustend dat uw advocaten meer over het relevante bewijs in deze zaak lijken te weten dan het OM.'

Toen de rechter de lange lijst met voorwaarden voor Jacks vrijlating voorlas, kon zelfs ik mijn oren niet geloven. Jack, die beschuldigd werd van driemaal moord met voorbedachten rade, mocht naar huis.

Don complimenteerde me toen we de lift in het gerechtsgebouw binnen stapten. De deuren waren al bijna dicht toen er een hand tussen werd gestoken en er een jongeman in de opening ging staan om de lift open te houden. Hij kwam me bekend voor, maar ik kon hem niet direct plaatsen.

'Ben je van plan de moordenaar van mijn vader zo te verdedigen?' Het speeksel vloog van zijn lippen bij de v van vader en kwam in mijn gezicht terecht. Ik veegde het met mijn mouw weg. Toen herkende ik hem. Het roodblonde haar van Max Neeley was achterovergekamd en zat precies hetzelfde als op zijn foto op de website van The Sentry Group. 'Je kunt een overledene niet zo door het slijk halen. Ik ga je aanklagen voor laster. Hou het fonds hierbuiten. Dat is zijn nalatenschap, dat snap je toch wel? The Sentry Group is alles wat ik nog heb.'

Ik drukte op de knop om de liftdeuren te sluiten en er klonk een alarm.

'Dit is niet de plek om deze discussie te voeren, jongen.' Don legde zacht een hand op Max' schouder, maar Max schudde die meteen van zich af.

'Raak me niet aan. En waag het niet om me jongen te noemen. Hoe kunnen jullie 's nachts nog slapen?'

Hij liep achterwaarts weg. We bleven zwijgend achter. Buckley was helemaal in de hoek gaan staan. Ik vroeg of alles in orde was met haar. Ze knikte, maar was duidelijk overstuur.

Toen we uit de lift stapten, fluisterde Don tegen me: 'Welke was het? Beschermde hij zijn vaders nalatenschap of ging het om al dat geld?'

Ik was de zittingszaal binnen gelopen met zo veel andere mogelijke verdachten in mijn hoofd, dat ik moeite had al die theorieën uit elkaar te houden. Max Neeley had zichzelf zojuist een stuk interessanter gemaakt.

Toen ik Gary Hannigan belde kreeg ik zijn voicemail. 'Ik hoop dat de lunch bij Veselka me recht geeft op nog een gunst. Je had het over een ex-vriendin van Max Neeley die niet bepaald dol was op haar toekomstige schoonvader. Heb je toevallig haar naam en telefoonnummer voor me?'

Twee dagen later kwam ik tien minuten voor mijn eerste afspraak bij kantoor aan, mijn paraplu nog druipend van de zomerregen. Zodra ik naar binnen stapte, keek Einer veelbetekenend naar een vrouw die in de wachtruimte zat. Ze was vroeg.

Ik had Amanda Turner gegoogeld nadat ik haar naam van Gary Hannigan had gekregen, dus ik had een paar foto's van haar gezien: een op haar LinkedIn-profiel, wat foto's op haar verder afgeschermde Facebook-pagina, een foto van een liefdadigheidsevenement in East Hampton. In het echt was ze beeldschoon, zo mooi als je eigenlijk alleen maar zag op geretoucheerde en gefotoshopte foto's in een tijdschrift. Ze droeg een spijkerbroek, een mooie skinny jeans, sandalen met hoge hakken en een felroze zijden blouse. Hoewel het plakweer was, zag haar lange, karamelkleurige haar eruit alsof ze het net had geföhnd. Uit de lijst met must-haves in de Bloomingdale's-catalogus van afgelopen voorjaar wist ik dat de handtas in haar schoot een bedrag met vier cijfers had gekost.

Ze moest mij ook herkend hebben, want zodra ze me zag stond ze op. Ze bedankte me dat ik tijd voor haar wilde vrijmaken, ook al was het initiatief voor dit gesprek van mij uitgegaan.

Volgens Gary Hannigan had Amanda maar wat graag over Malcolm Neeley geroddeld. Ik hoopte dat ze me iets zou vertellen wat ik nog niet wist, hopelijk iets over dat Max zijn vader niet kon uitstaan. Ik begroette haar allerhartelijkst. 'Wat een mooie tas. Is het een Tod's?'

Amanda had de uitstraling van een maîtresse die alleen maar hoefde te winkelen en mooi hoefde te zijn, maar uit haar gedrag sprak de opleiding en ervaring die ze op haar LinkedIn-profiel had staan: een op het Sarah Lawrence College behaalde graad in kunstgeschiedenis en drie jaar marketingervaring bij een grote cosmeticafabrikant. Ze zat kaarsrecht tegenover me aan de ronde tafel in de hoek van mijn kantoor, benen over elkaar geslagen en een open houding, zoals je dat bij cursussen voor spreken in het openbaar leert, omdat je dan eerlijk en zelfverzekerd op het publiek overkomt.

'Ik heb begrepen dat u een relatie hebt gehad met Max Neeley.'

'Een knipperlichtrelatie, ja. Het is een paar jaar serieus geweest.'

'Weet Max dat u hier bent?'

'Nee, en ik hoop dat u geen reden zult hebben om het aan hem te vertellen. Ik wil u echter graag helpen.'

'Ik kan me niet voorstellen waarom. Max heeft duidelijk te kennen gegeven dat hij niet blij is met de argumenten die we tijdens de borgtochthoorzitting hebben aangevoerd.'

'Dat was slechts het topje van de ijsberg. Malcolm was geen goed mens. Hij was wreed en dominant.'

'Het is jammer voor mijn cliënt, maar dat het slachtoffer een klootzak was, is geen verweer.'

'Officieel misschien niet, maar als juryleden de zogenaamde slechterik sympathieker vinden dan het slachtoffer, hoeft die slechterik niet naar de gevangenis. Dat zie je zo vaak op het nieuws. Van die jonge vrouw die haar mans penis eraf had gehakt tot de racisten die ermee wegkomen dat ze kinderen met een capuchon op vermoorden. Het is een populariteitswedstrijd.'

Ze had gelijk. Als Malcolm Neeley de enige was geweest die bij de waterkant was overleden, zou ik echt gehakt van hem maken en zou geen enkel jurylid zich druk maken om zijn dood. 'Zo te horen zou je een goede advocaat zijn.'

'Daar valt tegenwoordig niet genoeg meer mee te verdienen, maar toch bedankt.' Mijn kantoor leek opeens klein en ik zag vlekken op het glazen tafelblad. 'Ik weet genoeg van rechtszaken om te vermoeden dat u andere verdachten gaat opsommen. Ik hoop, omwille van Max, dat u het geschil tussen The Sentry Group en de familie Gruber niet breed zult uitmeten.'

Frederick Gruber was de investeerder die Neeleys hedgefonds had aangeklaagd, waarbij hij aanvoerde dat zijn vrouw en Neeley minnaars waren, dat ze hem gedwongen hadden te investeren en dat hij hierdoor was benadeeld. Op het eerste gezicht was Gruber de ideale alternatieve hoofdverdachte, maar helaas hadden we die theorie al moeten verwerpen. Gruber was miljarden waard, dus zijn investering in The Sentry Group stelde weinig voor als je bedacht hoe rijk hij wel niet was. En misschien nog belangrijker, de advocaten van The Sentry Group hadden bewijs aangevoerd waaruit bleek dat de Grubers een open huwelijk hadden, dus jaloezie had waarschijnlijk geen rol gespeeld.

Ik zag geen enkele reden om dit met Amanda te delen. 'Max is mijn cliënt niet, dus zijn geestelijk welzijn doet er voor mij niet toe.'

'Daarom bied ik dus aan u alles over Malcolm te vertellen wat u maar wilt weten. Hij had meer vriendinnen en ik ben er vrij zeker van dat daar ook getrouwde vrouwen tussen zaten. En er was een reden dat Frederick Gruber zijn geld terug wilde. Malcolm had de activa van het fonds opgeklopt. Hij was minder rijk dan hij deed voorkomen. Om die reden wilde Max voor zichzelf beginnen, zijn eigen hedgefonds oprichten. Maar Malcolm was zo'n klootzak dat hij weigerde Max een startkapitaal te geven. En hij kreeg ook minder salaris dan redelijk was voor het werk dat hij deed. Malcolm gebruikte zijn geld om Max onder de duim te houden.'

'Ik krijg de indruk dat u dit persoonlijk opvat.'

Ze keek even uit het raam en richtte haar aandacht toen weer op mij. 'Max houdt van me, maar we zijn uit elkaar gegaan omdat zijn vader tegen hem gezegd had dat hij een rijke vrouw moest trouwen. Hij beweerde dat hij uit liefde met de moeder van Max en Todd getrouwd was en kijk hoe dat was afgelopen. Hij zei tegen Max dat hij de meeste kans maakte om startkapitaal voor zijn eigen fonds bij elkaar te krijgen als hij zijn schoonouders zorgvuldig uitkoos: een lieve schoonmoeder en een gulle schoonvader.'

'En toch bent u hier om te vechten voor een man die naar die onzin heeft geluisterd.'

'Ik hou van Max omdat ik hem begrijp. Het is net of zijn hele familie bang is voor liefde. Malcolm was een slecht mens, maar hij was er echt kapot van dat zijn vrouw zelfmoord had gepleegd. En dit is nooit echt door de pers opgepikt, maar de reden dat Todd zo uitzinnig was voordat... u weet wel, voor dat op Penn Station, was een gebroken hart. Hij was smoorverliefd op een meisje bij hem op school dat hem niet zag staan. Hij zei dat ze alleen maar oog had voor een oudere vent. Hij had het over plannen om hen uit elkaar te drijven, alsof die onhandige, schriele Todd Rapunzel kon redden of zo. En als je het vanuit Malcolm en Max bekijkt, kijk dan waar die liefde Todd toe heeft gedreven. Hij werd gek.'

Ik keek bewust een andere kant op. Amanda deed het klinken alsof angst voor de liefde het meest trieste is wat er op de wereld bestaat.

'En hoe zit het met Max?' vroeg ik.

'Nu Malcolm er niet meer is, krijgt hij een kans. Hij zal The Sentry Group beter leiden dan zijn vader ooit heeft gedaan. En hij zal het voor elkaar krijgen dat Gruber afziet van de rechtszaak en zijn geld bij Max laat staan. Maar als u tijdens het moordproces de naam Gruber laat vallen, zal die zo hard mogelijk van The Sentry Group vandaan rennen. Als het echter allemaal goed uitpakt voor Max op zijn werk...'

'Dan kan hij samen zijn met de vrouw van wie hij werkelijk houdt.'

Ze glimlachte. 'En daarom vertel ik u dus alles over Malcolm Neeley wat u maar wilt weten. Hebben we een deal?'

Ik verzon een slappe ethische smoes waarom ik niets kon garanderen, maar ik beloofde dat ik erover zou nadenken.

‘U hebt gezegd dat Malcolm een slecht mens en een vreselijke vader was, maar u hebt nog niet verteld hoe Max over hem dacht. Konden ze goed met elkaar opschieten?’

Er verscheen een bezorgde uitdrukking op haar gezicht. ‘Dat vraagt u in verband met wat er op Princeton is gebeurd.’

‘Ik vraag alleen naar uw mening.’ Ze kon mijn antwoord opvatten zoals ze wilde.

‘Hij was dronken en kwaad. Het verhaal werd volledig opgeblazen. Max hield van zijn vader, ook al verdiende Malcolm dat niet.’

Zodra ze mijn kantoor had verlaten, belde ik Don en zette mijn telefoon op de speaker. Don nam direct op. ‘Max en zijn vader hadden grote meningsverschillen over geld. We moeten erachter zien te komen hoeveel Max erft nu zijn vader is overleden.’ Een alarm op mijn telefoon herinnerde me eraan dat ik weg moest. ‘En kun je aan Einer vragen of hij dingen te weten kan komen over de periode dat Max op Princeton University zat? Er schijnt daar iets te zijn voorgevallen.’

Ik zou zelf geen tijd hebben om daarin te duiken. Jack kwam vandaag thuis.

12

De politie deed er twee dagen over om een tijdstip in te plannen om Jacks appartement te inspecteren om te kijken of aan alle voorwaarden voor zijn vrijlating was voldaan. Ik wilde erbij zijn om ervoor te zorgen dat alles soepel verliep. Uiteraard stond Charlotte erop daar samen met Buckley bij te zijn om 'toezicht te houden op het proces' en ze had schoonmakers ingehuurd, zodat het appartement er spik en span uit zou zien nadat de politie het had doorzocht.

Terwijl twee mannen de kastjes installeerden die het signaal van Jacks elektronische enkelband zouden registreren, volgde Charlotte op haar iPad wat er op blogs over Jacks zaak werd geschreven. Sinds Jacks arrestatie was er een prettig ritme tussen ons ontstaan, maar we hadden nog nooit zonder Buckley erbij met elkaar gesproken, wat de gespreksonderwerpen beperkte. 'Ik moet het je nageven, Randall,' zei ze, 'in elke krant komt wel iemand aan het woord die zich afvraagt of de politie geen overhaaste conclusies heeft getrokken. De *Daily News* komt zelfs met het verhaal dat het vrouwelijke slachtoffer ooit gearresteerd is in verband met drugs en dat zij dus wellicht het beoogde slachtoffer was.' Ze draaide het scherm van haar tablet naar me toe. 'Ze lijkt wel wat op jou, vind je ook niet? Afgeleefder, dat wel, maar er is een gelijkenis.'

Buckley kwam van de bank af en greep naar de iPad. 'Laat zien.'

We keken beiden naar wat kennelijk een arrestatiefoto van Tracy Frankel was. Donker haar, grote uit elkaar staande ogen, hartvormig gezicht. Maar daar hielden de gelijkenissen op. 'Je bent gek,' zei ik.

'En jij bent blind,' zei Charlotte, die Buckley met haar mee terug liet lopen naar de bank. 'Maar weet je? Je kunt echt wonderen verrichten. Malcolms zoon probeerde hem als een heilige af te schilderen, maar je hebt dat verhaal volledig de grond ingeboord, en nu komt Jack naar huis.'

Ik wilde haar eraan herinneren dat ze niet te vroeg moest juichen, maar omwille van Buckley liet ik haar optimisme voor wat het was.

'Mevrouw,' zei een van de agenten, 'even voor alle duidelijkheid, u neemt die tablet straks mee. Begrepen? We moeten zeker weten dat u dat ding meeneemt.'

'Ja, meneer.'

Een van de voorwaarden voor Jacks vrijlating was dat er afgezien van zijn dochter en advocaten geen andere mensen in zijn appartement mochten komen. Het hof had ook bepaald dat er geen internetgebruik mogelijk mocht zijn, wat gewoonlijk alleen gedaan werd bij zedendelinquenten of andere mensen die via internet misdrijven konden plegen, maar ik had besloten geen bezwaar aan te tekenen nu we onze zin hadden gekregen. *The New York Observer* had al gevraagd of nu ook de kans bestond dat een zwarte man die van moord werd beschuldigd in afwachting van zijn proces zou worden vrijgelaten, en ik moest toegeven dat die kans nihil was.

'En de jongedame hier weet dat die voorwaarde ook voor haar geldt? Geen iPhone, Android-telefoon, Samsung, Blueberry, Apple, Peer.' Je kon merken dat de agent deze grap al honderden keren gemaakt had.

Buckley zwaaide heen en weer met de gloednieuwe eenvoudige klaptelefoon die Charlotte twee uur daarvoor had gekocht. 'Deze jongedame heeft een vintage mobiel uit 1990.' Ze sprak 'mobiel' uit alsof het rijmde op 'debiel'.

Dat telecombedrijf Verizon over drie weken een hele dag nodig dacht te hebben om een vaste lijn te installeren, was waarschijnlijk de reden dat ik thuis, net als de familie Harris, geen vaste lijn had.

'Hou op met naar een foto van een dode jonge vrouw kijken,' zei Charlotte, die haar iPad uit Buckleys handen griste. 'Dat is niet gezond.'

'Sorry. Maar ze lijkt zo jong op deze foto. Niet veel ouder dan ik.' Ze leek ontzet dat er iemand van haar leeftijd was gedood. 'Zeg, hoe kunnen ze eigenlijk controleren of we ons aan al die voorschriften houden?'

Ik keek om me heen om er zeker van te zijn dat er geen agent binnen gehoorsafstand was. 'Omdat ze een camera bij de deur installeren en het recht hebben zomaar binnen te vallen om alles te inspecteren, dus je haalt het niet in je hoofd, hoor. Je kunt best een tijdje zonder smartphone.'

Buckley sprong op van de bank toen de deurbel ging en rende naar de hal.

Jack droeg de kleren die Einer gisteren bij de gevangenis voor hem had afgegeven: een kaki broek en een wit poloshirt. Ze leken allebei te groot. De agenten hadden een jack over zijn handboeien gehangen. Buckley sloeg haar armen om haar vader heen. Toen de agent me aankeek en kuchte, tikte ik zacht op haar schouder en vertelde dat ze nog dingen bij Jack moesten doen voordat ze een echte reünie met haar vader kon hebben.

'Hebben jullie de goederenlift genomen?' vroeg ik aan de oudste van de drie agenten, omdat ik ervan uitging dat die de leiding had.

'Zoals opgedragen,' bevestigde hij.

Het appartementencomplex waar Jack woonde, had aan de achterkant een ingang met pincode voor bewoners, naast de goederenlift, en daar waren geen camera's. Ik moest niet hebben dat er foto's van hem naar de media lekten waarop hij er verfomfaaid uitzag en handboeien om had.

De agenten bevestigden zijn enkelband en controleerden of die werkte terwijl ze met hem door het appartement liepen en toen de gang binnen stapten om te controleren of er een alarm afging voordat hij bij de lift of het trappenhuis was.

Tijdens het hele proces gedroeg Jack zich als een bange kat, in elkaar gedoken, alsof iemand hem elk moment in zijn nekvel kon grijpen en terug kon gooien in een doos met andere dieren. Toen de agenten eindelijk vertrokken, dwongen ze Charlotte met hen mee te gaan. Voor ze vertrok, gaf ze Jack een laatste zoen op zijn wang. Toen ik de deur achter hen op slot deed, zag ik Jack groeien.

Ik keek uit het raam en zag een vrouw over het trottoir lopen met een stuk of tien honden, variërend van een mastiff tot een rat terriër, terwijl Buckley en Jack elkaar huilend omhelsden. De emoties die gepaard gaan met een vrijlating in afwachting van een strafproces zijn ingewikkeld. Uiteraard is er de opluchting weer thuis te zijn. En het is verleidelijk om te denken dat de gunstige borgtochtbeslissing een goed voorteken is. Maar er is ook intense droefheid bij de gedachte dat deze dagen beperkt kunnen zijn. De dagen voorafgaand aan het proces kunnen een soort gevangenisstraf op zich worden.

Jack slaakte een korte vreugdekreet. 'Is het erg dat ik alleen maar wil douchen en met jou op de bank wil zitten en pizza wil eten en films wil kijken?'

Buckley rende naar de salontafel en stak twee dvd's op die ze daar al had neergelegd: *Working Girl* en *Ghostbusters*. 'Twee zielen, één gedachte. Ik heb je lievelingsfilms al klaargelegd.'

'Mooi. Ik moet alleen nog wat juridische zaken met Olivia bespreken voordat ze weggaat.'

Jack omhelsde me kort toen we eenmaal alleen waren. Het verbaasde me hoe natuurlijk dat voelde. 'Ik kan het nog steeds niet geloven. Ik dacht dat ik daar nooit weg zou komen. Ik weet niet wat ik zonder jou had gemoeten.'

De blik in zijn ogen voerde me terug naar een avond in Arlene's Grocery, toen het nog maar net was omgebouwd van bodega/slagerij tot een bar met livemuziek. Jack en ik dansten vlak bij het podium. De optredende band was een van onze lievelingsbands: de Spoiled Puppies. Die avond deden ze een nummer van Dramarama: 'Anything, Anything'.

We dansten zo enthousiast terwijl de zanger snoep, diamanten en pillen beloofde dat Jacks armen plakten van het zweet toen hij ze om me heen sloeg terwijl we op het ritme op en neer sprongen. Bij het laatste refrein herhaalde de band de laatste regel een keer extra: '*Just marry me, marry me, marry me.*'

Het licht ging aan, de band stopte met spelen en Jack liet zich op één knie vallen. Ik kon niet eens verstaan wat hij zei door al het geklap en gefluit dat van achter de bar kwam en afkomstig was van Charlotte, Owen en wat studievrienden van wie ik dacht dat ze allemaal hiernaartoe waren gekomen om ons afstuderen te vieren. Maar ik zag de ring. En ik zag de blik in Jacks ogen: vol verlangen, smekend, kwetsbaar. Hij had me zo hard nodig en op dat moment geloofde ik dat we zo'n stel zouden zijn dat de rest van ons leven het beste bij de ander naar boven zou halen. Ik had hem sterker gemaakt, hij mij zachter.

Ik zette de herinnering van me af. Jack had me nu nodig, voor een specifiek doel, en ik had tot nu toe mijn deel gedaan door hem thuis te krijgen.

Ik deed of mijn optreden tijdens de borgtochthoorzitting weinig voorstelde.

Jack ging op de bank zitten alsof het de comfortabelste

plek ter wereld was. 'Ik had geen idee van die schotresten tot de hulpofficier van justitie erover begon. Is dat de reden dat ik plotseling werd gearresteerd?'

Ik knikte.

'De rechercheur weigerde het me te vertellen. Die test kan niet kloppen. Of de politie heeft de uitslag vervalst of zo. Doen ze dat echt?'

Ik zou best kunnen beweren dat de politie bewijsmateriaal doelbewust manipuleerde – het was een argument dat ik vaker had aangevoerd dan dat het mogelijkerwijs waar kon zijn – maar geloofde ik dat echt? Nee. Het kwam weleens voor dat er schotresten werden overgebracht, maar dat was toeval. Te veel van zulke toevalligheden en er was sprake van overtuigend bewijs. 'Jack, hoe zouden er schotresten op je overhemd terechtgekomen kunnen zijn? Ben je ooit in de buurt van een pistool geweest of van iemand die schoot?'

Tot mijn ontzetting antwoordde hij bevestigend. Lang voordat Molly werd gedood, had Jack al een hekel aan pistolen. Ik was erbij de eerste keer dat hij er een vasthield. Mijn vader had ons meegenomen naar de schietbaan. Jack was doodsbang, was ervan overtuigd dat hij het eerste slachtoffer in de geschiedenis van de Roseburg Shooting Club zou worden dat op zichzelf had geschoten.

'Het is voor onderzoek voor een boek,' zei hij. 'Ik ben een paar keer naar de schietbaan gegaan omdat ik wil snappen hoe de wapencultuur werkt.'

'Een boek over Penn Station?'

'Op zich niet, het is fictie.'

Ik had begrepen dat al Jacks romans tot nu toe gefingeerde versies van zijn echte leven waren. Zijn debuutroman – die hij had geschreven terwijl Molly hem onderhield – ging over een jong stel van wie de vrouwelijke helft een pathologische leugenaar was die telkens vreemdging. Zijn tweede roman ging over een man die vader was geworden nadat hij met geestelijke problemen te kampen had gehad. Zijn derde roman ging over een auteur die alleen een betekenisvolle relatie had met zijn vrouw, zijn dochter en zijn beste vriendin die lesbisch was. Je snapt het wel.

'Dat is geweldig, Jack. Als we een verklaring voor die schotresten hebben, kunnen ze alleen maar speculeren. Waarom heb je me dit niet tijdens de borgtochthoorzitting verteld?'

'Ik weet het niet. Ik denk dat ik nog in shock was. En het leek me onmogelijk. Het is denk ik wel een maand geleden dat ik daar ben geweest en ik weet niet eens of ik dat overhemd toen aanhad.'

'Maar het had gekund.'

'Ik weet het echt niet meer. Hoe lang blijft dat spul zitten?'

'Laat de details maar aan mij over.' Ik liet hem de naam van de schietbaan opschrijven.

'En uit je boek zal blijken dat je dit onderzoek hebt gedaan?'

'Het boek waar ik nu aan werk is bijna af. Dat onderzoek naar wapens is voor het volgende boek.'

'Maar je hebt wel aantekeningen gemaakt?'

'Nee, zo werk ik niet. Alles zit in mijn hoofd tot ik het verhaal heb. Maar ik heb tegen die mannen daar gezegd dat ik auteur ben en dingen over pistolen wilde weten. Dat herinneren ze zich vast wel.'

Hij leek nog steeds niet te snappen dat het OM niet alles wat hij zei klakkeloos zou aannemen.

Toen hij me het notitieblok teruggaf, vroeg hij of ik al contact met Madeline had opgenomen. 'Als ze aan de politie vertelt dat zij de plaats en het tijdstip van onze afspraak had bepaald, zou dat het verhaal ontkrachten dat ik toevallig die ochtend bij het voetbalveld was.'

Nadat Jack gearresteerd was, had ik haar vanaf zijn account een e-mail gestuurd, maar doordat het zo hectisch was geweest, had ik al een paar dagen niet op Jacks account ingelogd. 'Daar wil ik het met je over hebben, Jack. Wellicht is het geen toeval. Andere mensen hadden een motief om achter Neeley aan te gaan. Als iemand Neeley dood wilde hebben, was jij zeg maar de ideale zondebok.'

'Denk je dat Madeline me erin heeft geluisd?'

Ik legde uit dat het zou kunnen dat iemand zijn e-mailcorrespondentie met Madeline had gelezen en misbruik had gemaakt van de wetenschap waar hij precies zou zijn. Toen Buckley de avond na Jacks arrestatie die mogelijkheid voor het eerst had geopperd, had het heel eenvoudig geklonken. Nu ik de theorie uitlegde, zag ik de zwakke punten in de hypothese. Einer had contact opgenomen met Gmail nadat Jack daar officieel toestemming voor had gegeven. De enige keren dat er op Jacks account was ingelogd sinds hij aan Charlotte had verteld dat hij die vrouw op het gras had zien zitten, waren vanaf het IP-adres van Jacks appartement. Zijn account kon dus niet gehackt zijn, tenzij dat vanuit zijn eigen draadloze netwerk was gebeurd. Belangrijker nog, zelfs als iemand had geweten waar Jack die ochtend zou zijn, zou die persoon ook moeten weten dat Neeley daar zou zijn. Het klonk allemaal te gecompliceerd.

Toen ik mijn verhaal had gedaan, keek Jack me zwijgend aan. Ik realiseerde me dat dit sinds zijn arrestatie de eerste kans was die hij kreeg om zich op mij te richten. Op het politiebureau en tijdens de borgtochthoorzitting was hij in paniek geweest omdat hij opgesloten dreigde te worden. Hij keek me nu niet meer aan alsof ik zijn verlosser was. Hij keek beledigd.

'Is dit een kruisverhoor?' vroeg hij.

'Wat? Nee. Jack, ik ga gewoon alle mogelijkheden af.'

'Behalve dan dat je de mogelijkheid die je zojuist noemde zo'n beetje eigenhandig hebt verworpen. Je denkt toch niet dat ik het gedaan heb, of wel?'

'Natuurlijk niet, maar ik zie nu de problemen met de theorie dat je e-mail gehackt zou zijn. En ik moet inschatten hoe dit allemaal op het OM zal overkomen. Ze hebben alles uit je archiefkast meegenomen, alles wat je over Malcolm Neeley in je kantoor had liggen, Jack. En ik heb de zoekgeschiedenis op je computer gezien: je hebt ontzettend veel zoekopdrachten naar Neeley ingevoerd.' Ik had expres niet aan Charlotte en Buckley gevraagd wat ze met Jacks laptop hadden gedaan. 'Je hebt tegen de politie gezegd dat je wat betreft de civiele procedure slechts meedeed met de andere nabestaanden, maar de openbaar aanklager zal aanvoeren dat je geobsedeerd was door Neeley. Om maar eens wat te noemen, waarom heb je opgezocht hoeveel Neeleys onroerend goed waard is?'

'Het is een civiele procedure. Het is relevant hoeveel geld die man bezit. Weet je, je kunt beter voor de tegenpartij gaan werken, want je draait alles om.'

'Nee, jíj draait alles om.' Dat zei ik echt: nee, jij draait alles om. Ik dwong mezelf om diep adem te halen. Ik wist dat het bot had geklonken, maar dit gesprek herinnerde me er weer aan hoe gevoelig hij altijd al was geweest, dat hij zich snel afgewezen voelde. Toen de eerste literair agent die hij benaderde zijn werk niet goed genoeg vond, had hij de afwijzingsbrief verscheurd en had hij twee maanden lang geweigerd ook maar een woord te schrijven. Jack vatte dat waar elke auteur rekening mee houdt, op als een volslagen vernedering.

We hoorden voetstappen in de gang. Buckley stond in de deuropening en keek me achterdochtig aan. 'Is alles in orde?'

'Ja, hoor,' zei Jack. 'Ik kom je wel halen als we klaar zijn.'

Toen we weer alleen waren, verzekerde ik Jack dat ik hem nergens van beschuldigde. 'Het is mijn taak om jouw kant van het verhaal helder te krijgen, vandaar dat ik lastige vragen stel.'

'Goed dan, luister.' Zijn stem klonk nu kalmer. 'Het meeste

materiaal in die dossiers bestaat uit papieren die alle eisers van onze advocaat toegestuurd hebben gekregen. Wat de rest betreft, dingen over Neeley uitzoeken was iets wat we samen deden, Buckley en ik. Haar therapeut had dat voorgesteld. Ik weet dat het raar klinkt, maar er is me op het hart gedrukt haar niet langer af te schermen voor informatie over de schietpartij. Ik heb te horen gekregen dat ik overal open over moet zijn, dat is echt waar. Molly's dood is bij Buckley hard aangekomen.'

'Dat is toch logisch?'

'Nee, er is meer. De ochtend van de schietpartij sneeuwde het. Molly viel in op een school in Port Washington, dus ze moest ver reizen. Molly en Buckley hadden gehoopt dat ze in verband met de sneeuw niet naar school hoefden, maar er werd geen sneeuwvrij gegeven. Eerst wilde Buckley niet wakker worden en toen deed ze of ze ziek was. Dat zijn van die domme dingen die kinderen in de winter nu eenmaal doen. Het kostte Molly zo veel tijd om Buckley uit bed te krijgen dat ze haar trein miste. Ze moest twintig minuten wachten op de volgende trein. Ik herinner me dat ze grapte dat ze in de klas vast niet alles zou kunnen doen wat ze gepland had, maar dat ze in elk geval tijd had gehad om te ontbijten.' Even was hij terug in die herinnering, maar hij dwong zichzelf al vlug om terug te keren naar het heden. 'Maar goed, het eerste wat Buckley zei toen ik haar over de schietpartij vertelde, was dat ze eerder uit bed had moeten komen.'

Ik wilde zeggen dat een kind niet de schuld voor zoiets op zich kon nemen, maar bedacht toen dat Don dat ook tegen mij had gezegd over het auto-ongeluk waarbij Owen was omgekomen. Ik snapte Buckleys reactie op mijn berisping omdat ze op de ochtend van de borgtochthoorzitting te laat was nu ook beter, en dus zei ik alleen: 'Wat erg, Jack.'

'Maar goed, vandaar dus al die dossiers. Als het nodig is,

zal Buckleys therapeut waarschijnlijk wel bereid zijn een verklaring af te leggen.'

'Dat is goed om te weten. Als het zover komt. Ik snap dat jij het idee hebt dat ik alleen maar met negatieve dingen kom aanzetten, maar ik moet je toch nog één ding vragen.' Ik vertelde dat ik Gary Hannigan had gesproken, de advocaat die ze voor de civiele procedure tegen Neeley in de arm hadden genomen. 'Hij zegt dat je een bepaalde opmerking hebt gemaakt toen je hoorde dat de zaak was geseponeerd. Iets met dat karma Neeley maar moest inhalen?'

'Heb ik dat gezegd? Zou kunnen. Kom op, dat kunnen ze toch niet als een dreigement opvatten?'

'Tot op heden is er ook niemand die dat beweert, maar kennelijk was een van de andere eisers erbij toen je dat zei en die kan zich niet op geheimhoudingsplicht beroepen. Hij of zij zou naar de politie kunnen stappen, of het OM kan die persoon dwingen om te getuigen als ze van plan zijn je mede-eisers te ondervragen.'

'Toen we hoorden dat de zaak was geseponeerd, was ik samen met Jon Weilly in Gary's kantoor. Weilly was aanwezig bij de borgtochthoorzitting.'

Weilly had tegen me gezegd dat hij zich niet kon herinneren dat Jack een dreigende opmerking over Neeley had gemaakt. Ik had niet aangedrongen en hoopte dat de politie dat ook niet zou doen.

'Vind Madeline,' zei hij. 'Als zij mijn verhaal bevestigt over waarom ik bij het voetbalveld was, is alles misschien van de baan.'

Terwijl ik hem beloofde dat ik mijn zoektocht naar haar zou voortzetten, kon ik hem niet aankijken. Er bestond geen kans dat alles van de baan zou zijn.

13

De volgende middag voegde ik drie namen van getuigen toe aan het dossier, alle drie werknemers van de West Side Range die zouden verklaren dat Jack de maand daarvoor op hun schietbaan was geweest om onderzoek te doen naar wapenliefhebbers. Tijdens mijn bezoek aan de schietbaan had ik gevraagd of er camerabeelden bewaard werden. Dat bleek niet het geval. Er waren dus geen beelden waarop te zien was dat Jack iets anders droeg dan het overhemd dat de politie op schotresten had onderzocht.

Naar mijn idee was alles wat niet het tegendeel bewees, goed genoeg om gerede twijfel te zaaien.

Voordat ik naar de schietbaan ging, had ik nogmaals naar de griffier van het hof voor erfrecht gebeld, die eindelijk nieuws had. Max Neeley zou binnenkort onvoorwaardelijk over het familiekapitaal kunnen beschikken. Slechts vijftig uur na het overlijden van zijn vader liet Max een advocaat het proces voor de gerechtelijke verificatie van Malcolms testament in gang zetten. Er was een legaat van tweehonderdduizend dollar aan Princeton University, een legaat van vijftigduizend dollar aan de Stinson Academy en de rest had Malcolm aan Max nagelaten.

Ik was net klaar met het uitwerken van mijn aantekeningen van het gesprek toen Einer op mijn kantoordeur klopte en me een vel papier overhandigde. 'Ik weet wat er op Princeton is gebeurd.'

Het was een kort krantenartikel van 2 mei 2010 dat Einer op de website van *The Daily Princetonian* had gevonden en had geprint.

> De Disciplinaire Commissie van Princeton University heeft besloten niet over te gaan tot het straffen van een ouderejaarsstudent wiens kamergenoot beweert dat hij dreigende opmerkingen had gemaakt waardoor deze zich onveilig voelde. Volgens de kamergenoot had de student in kwestie op een avond herhaaldelijk geroepen dat hij zijn vader in diens slaap zou doodschieten.
> Nadat tijdens een publieke hoorzitting beide studenten waren gehoord, heeft de Commissie verklaard dat, hoewel er duidelijk en overtuigend bewijs was dat de student door diens gedrag de huisregels van de universiteit had overtreden, straf niet aan de orde was. De verzachtende omstandigheden die ten grondslag lagen aan het besluit van de Commissie waren het feit dat de student dronken was, dat de moeder van de student de voorgaande herfst zelfmoord had gepleegd en dat dit een op zichzelf staand incident was. De student die de klacht had ingediend, liet aan *The Daily Princetonian* weten dat hij de zaak verder zou laten rusten en dat hij het incident alleen maar gemeld had voor het geval er iets zou gebeuren.

Hoewel er geen namen in het artikel werden genoemd, had Einer iemand bij studentenhuisvesting zover gekregen dat die 'onofficieel bevestigde' dat het om Max Neeley ging. Ik zag het voor me, hoe Max met een pistool in zijn hand over zijn vaders bed gebogen stond. Had hij de jaren daarna een beter plan bedacht?

Mijn telefoon ging. Ik herkende het nummer, het was de uitgaande lijn van het OM.

Scott Temple nam niet de moeite zijn naam te noemen. ‘Ik wist dat ik de borgtochthoorzitting zelf had moeten doen.’

Dit was de eerste keer dat we elkaar spraken sinds de verrassende beslissing van rechter Amador. ‘Ik zou graag met de eer gaan strijken, maar ik denk dat Amador gewoon iets tegen de schelle stem van Amy Chandler had. Ze moet een octaaf lager gaan praten.’

‘Ik had een vergadering met de stuurgroep huiselijk geweld, anders was ik zelf wel gegaan. Door jou krijg ik er nog spijt van dat ik mishandelde vrouwen help. Dat maakt jou officieel tot een slecht mens.’

‘Je bent een grappige man, Scott Temple. En eerlijk gezegd verbaast het me dat je niet bozer bent. Heeft Chandler je verteld wat de rechter aan het eind van de hoorzitting zei? Hij zei min of meer tegen de pers dat jullie je hand hadden overspeeld.’

‘In de ogen van de media heb je één ronde gewonnen. Je weet hoe wispelturig het nieuws is. Morgen kan de wind uit een andere hoek waaien. En je mag nooit laten uitlekken dat ik dit gezegd heb, maar ik lig er niet wakker van dat een man als Harris nu met huisarrest thuiszit.’

‘Je hebt hem van drievoudige moord beschuldigd.’

‘Dat klopt, maar degene die hij dood wilde hebben leeft niet meer. Het is dat hij daarbij twee andere mensen gedood heeft, anders zou ik bang zijn dat een jury hem zou vrijspreken. Nu Neeley er niet meer is, zal hij niemand iets aandoen in afwachting van het proces en die enkelband garandeert dat hij te zijner tijd bij het proces komt opdagen. Goed gedaan trouwens, dat spreekverbod.’

Ik merkte dat ik glimlachte. Ik had letterlijk het laatste woord gekregen tijdens de borgtochthoorzitting, vlak voordat rechter Amador het spreekverbod uitvaardigde. Nu mocht Temple daar niets op antwoorden.

'Heb je de spullen waar ik om gevraagd had?'

'Daar bel ik dus voor. Wat is dat met die bewakingsbeelden? Alle beelden van de waterkant tussen Battery Park en de Chelsea Piers van de dag van de schietpartij en een hele maand daarvoor?'

'Correct.'

Een van de grootste mythes over strafzaken is dat het OM advocaten van de verdediging toegang moet geven tot al hun bewijsmateriaal. Don noemt die niet-bestaande regel de 'wet van nicht Vinnie'. In werkelijkheid mocht het OM de verdediging tot vlak voor de datum van het proces in het ongewisse laten, maar het OM moest wel al het materieel ontlastend bewijs, het zogenaamde Brady-materiaal, overdragen. Ze konden bewijsmateriaal dat in ons nadeel was achterhouden zolang ze belangrijk bewijsmateriaal waar we iets aan hadden wel overdroegen.

Scott was duidelijk sceptisch. 'Een hele maand aan bewakingsbeelden zou Brady-materiaal zijn?'

'Wil je zonder ze gezien te hebben beweren van niet?' Bewijsmateriaal dat in de ogen van een openbaar aanklager niets voorstelde, kon voor een advocaat van de verdediging een goudmijn zijn.

'Ik zal kijken wat ik kan doen,' zei hij. 'Trouwens, Chandler vertelde me dat je het deed voorkomen alsof we niet meewerkten.'

'Jij hebt jouw taak, ik de mijne. Rechter Amador zal niet blij zijn als ik die bewakingsbeelden niet krijg.'

'Je verdoet je tijd.'

Tegen beter weten in probeerde ik opnieuw open kaart met hem te spelen. 'Ik weet dat de uitslag van het schotrestenonderzoek hem in een kwaad daglicht stelt, maar het zat alleen op zijn overhemd. Als hij slim genoeg was om zijn handen te wassen, had hij ook andere kleren kunnen aantrekken. Zullen we het daar eens over hebben?'

'Ik bel je alleen omdat ik je respecteer, Olivia. Je wedt op het verkeerde paard. De zaak is rond. Ik heb trouwens eens wat rondgevraagd nadat je mij vanuit het politiebureau had gebeld. Zo sprak ik Jacqueline Meyers van de narcoticabrigade.' Ik herkende de naam uit mijn studietijd. 'Ze vertelde dat Harris en jij verloofd zijn geweest.'

Ik zag geen reden om de waarheid te verbergen. 'Voor het geval je je dat afvraagt, ik heb al nagekeken of er sprake zou zijn van een ethisch conflict. Als je ook maar overweegt me als advocaat van deze zaak te laten halen...'

'Rustig maar, Olivia. Dat ben ik helemaal niet van plan. Ik wil alleen maar zeggen dat je je moet afvragen waarom je er zo zeker van bent dat deze man onschuldig is.'

'Ik ken hem, Scott. Hij heeft dit niet gedaan.'

'Nee, je kende hem twintig jaar geleden.'

Ik zweeg.

'Wees objectief als je de bewakingsbeelden bekijkt. Afgesproken? Ik heb het gevoel dat dit op een verweer zal uitdraaien.'

Nadat ik had opgehangen sloot ik mijn ogen weer en ik liet alles de revue passeren wat ik over de zaak tegen Jack wist. Die stomme schotresten. Ik had getuigen die konden verklaren dat Jack op de schietbaan was geweest, maar dat was een maand voor de schietpartij en ik had geen bewijs waaruit bleek dat hij daar voor onderzoek was en niet voor schietoefeningen. En ik had in Jacks kast gekeken. Hij had veel overhemden. Vroeger droeg Jack een overhemd nooit twee keer. Hij waste het altijd als hij het eenmaal gedragen had.

Ik had Scott niet voor niets gebeld na Jacks arrestatie. Ik vertrouwde hem.

Ik bewoog mijn muis en ging naar de inlogpagina van de website van Paperfree. Ik raadpleegde mijn aantekeningen voor het e-mailadres van Madeline: mlh87@paperfree.com

Ik kende Jacks standaardwachtwoord uit mijn hoofd: jack<3smollybuckley

Het account en/of wachtwoord is niet correct.

Wat had ik dan verwacht?

Maar dan nog, het feit dat ik gecontroleerd had of ik Madelines e-mailaccount met Jacks standaardwachtwoord kon openen, betekende dat ik me wel wat aantrok van Scotts woorden. En dat gold ook voor wat Ross Connor tegen me had gezegd: 'Op het eerste gezicht lijkt hij eerlijk en attent... Maar Jack heeft ook een duistere kant.'

En dat bracht me bij de eenvoudigste verklaring van allemaal: misschien waren er schotresten op Jacks overhemd aangetroffen omdat hij een paar uur voor zijn arrestatie drie mensen had neergeschoten.

De luchtkussenenvelop die op mijn bureau lag te wachten was vijf centimeter dik en was door een koerier gebracht. Ik zag aan het etiket dat die afkomstig was van Gary Hannigan, de advocaat in het civiele Penn Station-proces.

Er zat een met een spiraal ingebonden kopie in van de transcriptie van Hannigans ondervraging van Malcolm Neeley, die onder ede had plaatsgevonden. Het proces was al stilgelegd voordat Neeleys advocaten de eisers onder ede hadden kunnen ondervragen, dus ik hoefde niet bang te zijn dat ergens was vastgelegd wat Jack gezegd kon hebben. Ik wilde er zeker van zijn dat er niets in Neeleys verklaring stond wat duidde op een persoonlijke confrontatie met Jack.

Nadat ik twintig pagina's van de transcriptie had gelezen, besefte ik dat Hannigan geloofde in ondervragingen waarbij ook vragen werden gesteld als: wat hebt u als ontbijt gegeten? Sommige advocaten – en dat gold dus ook voor Hannigan – geloofden dat je door getuigen ongebruikelijke vragen te stellen dingen te weten kon komen waar je als advocaat anders nooit bij had stilgestaan. Als strafpleiter had ik niet de luxe om uit te weiden. Ik mocht getuigen alleen in het bijzijn van een jury ondervragen, waarbij ik elk antwoord al moest kunnen voorspellen.

Sommige onderwerpen van de ondervraging lagen voor de hand: dat Neeley wist van het steeds vreemdere gedrag en het sociale isolement van zijn zoon, dat hij niets had gedaan met de talloze suggesties om ervoor te zorgen dat de jongen behandeld zou worden voor zijn geestelijke problemen, zijn beslissing om wapens voor Todd te kopen en hem aan te moedigen om als hobby te gaan schieten. Maar Hannigan stelde Neeley ook open vragen over diens werk, waarbij hij hem soms onderbrak om te vragen hoe hij een vader voor Todd en Max kon zijn terwijl hij een succesvol hedgefonds opbouwde. Hoewel de vragen algemeen en onderhoudend leken, was deze strategie opvallend effectief. Neeleys advocaten hadden met hem geoefend zodat hij beheerst ingestudeerde antwoorden gaf, maar als hij zomaar wat over zichzelf als financier en vader mocht vertellen, schetste hij een belastend beeld van zichzelf. Hij was een egoïstische, waardeloze ouder.

Ik sloeg het gedeelte over waarin Hannigan Neeleys verhaal had vastgelegd van hoe hij opeens bij zijn huishoudster op de stoep had gestaan, met de jonge Max in zijn kielzog, om Max te leren dat die het moest waarderen dat hij in zo'n rijke familie was geboren. Zijn advocaat moest een waarschuwende blik op Neeley hebben geworpen, waardoor die besefte dat andere mensen dit niet als goed ouderschap zouden opvatten. Nadat hij dat voorval had beschreven, somde hij direct andere traditionelere activiteiten op die hij met zijn zoons had ondernomen. Ik bladerde verder en las in de gauwigheid dat Neeley zich voordeed als een brave huisvader: vissen tijdens een kamp in Pennsylvania, golflessen bij de golfclub in Connecticut, munten verzamelen, de jongens leren hoe ze bij American football de bal moesten gooien, in het voorjaar duiken in de Caraïben. Ik stopte en ging terug naar de vorige bladzijde in de hoop dat ik het verkeerd had gelezen.

Nee. Nee, nee, nee.

Ik belde Buckley op haar mobiel en ze nam meteen op. 'Hoi, Olivia. Je wilt mijn vader zeker spreken?'

'Nee, ik heb alleen een korte vraag aan jou. Die dossiers die je vader over het civiele proces had... Weet je of daar een kopie bij zat van de transcriptie van Neeleys ondervraging onder ede?'

'Ondervraging onder ede?'

'Toen de advocaat van de nabestaanden, Gary Hannigan, Neeley onder ede enkele vragen heeft gesteld.'

'O, dat, jazeker. De advocaat stuurde ons alles toe waarvan hij dacht dat het belangrijk was. Dat noemde hij... Hoe heette dat ook alweer? Een klantgerichte benadering van de advocatuur of zo. Maar goed, al die spullen bewaarden we in de archiefkast.'

Juist ja, de archiefkast vol documenten waar Jack naar eigen zeggen nooit veel aandacht aan schonk.

Nadat ik had opgehangen, keek ik weer naar de transcriptie op mijn bureau.

Antwoord: Ik ging elke woensdagochtend naar het park bij mijn kantoor om met Todd passes te oefenen. Zeven uur 's ochtends, daar kon je de klok op gelijkzetten. Hoe druk ik het ook had, dat deden we altijd.'

Vraag: Vindt u het niet raar dat u voor deze hobby's met Todd een strak schema aanhield waar nooit van werd afgeweken?

Antwoord: Routine was goed voor Todd. En American football was de enige sport waar hij ooit belangstelling voor heeft getoond.

Vraag: Afgezien van schieten, bedoelt u?

Antwoord: Ik bedoel een fysieke sport. Todd zei dat hij, net als ik en zijn oudere broer, op de middelbare school bij het footballteam wilde. Ik wist dat Todd niet goed genoeg, sterk genoeg en snel genoeg was om in een team te kunnen spelen, maar hij vond het leuk om te oefenen. En ik vond het leuk om het hem te leren. Dat waren waarschijnlijk de beste momenten die we met elkaar hebben gehad. Ik loop op woensdagochtend nog steeds met een beker koffie naar het voetbalveld, om het schema aan te houden. Dan neem ik een paar minuten de tijd om aan het beste van mijn zoon te denken. Ik weet dat uw cliënten dit nooit zo zullen zien, maar ik heb mijn zoon verloren, net als zij familie hebben verloren…

Vraag: Laten we het dan nu hebben over de overplaatsing van uw zoon van de Dutton School naar de Stinson Academy.

Het was de vijfde school die Todd in zeven jaar tijd zou bezoeken, maar daar ging het mij niet om. Ik reed mijn bureaustoel naar het kleine bureau waar mijn computer op stond en verschoof de muis, zodat het scherm oplichtte. In het zoekvenster van mijn browser typte ik 'The Sentry Group', ik drukte op Enter en ging naar Maps.

Malcolm Neeley was op een woensdagochtend rond 7.09 uur neergeschoten bij een voetbalveld zeven straten van het gebouw waar zijn hedgefonds op de negentiende en twintigste etage gevestigd was. En ergens in de vier archiefkasten in Jacks appartement met materiaal dat door de politie in beslag was genomen, lag een document dat bewees dat Jack precies had geweten waar de man die hij verantwoordelijk hield voor de dood van zijn vrouw, op dat tijdstip zou zijn.

Ik plakte een post-it op de rand van de pagina waar ik met lezen gestopt was, sloeg de transcriptie dicht en smeet die door de kamer.

Jack deed open in een korte broek en een ruimvallend T-shirt van Columbia University. Zijn haar was nat en hij had zich niet geschoren. Hij zag er goed uit, ontspannen en gezond, een wereld van verschil met gistermiddag. Hij rook zelfs lekker. Ik herinnerde me dat ik het heerlijk had gevonden om 's nachts tegen hem aan te kruipen. Ik paste precies in de holte van zijn arm en hij leek altijd naar zeep en cederhout te ruiken.

'Als ik had geweten dat je zou komen, had ik iets anders aangetrokken. En dan had ik opgeruimd.'

Wat hij een rommeltje vond, noemde ik opgeruimd. 'Geen punt,' zei ik glimlachend. 'Ik kies er toch zelf voor om onaangekondigd op bezoek te komen?'

'Je wist dat ik thuis was,' zei hij, wijzend naar zijn enkelband. 'Alles in orde? De rechter is toch niet van gedachten veranderd?'

'Nee, natuurlijk niet.' Meer geruststelling kon ik niet bieden.

Toen we in de woonkamer waren gaan zitten, vroeg ik of Buckley thuis was. Ze was met vriendinnen naar de film.

'Zeker weten dat alles in orde is? Je maakt me zenuwachtig, Olivia.'

'Sorry, alles is in orde. Ik moet het alleen met je hebben over wat dingen uit je verleden waar je waarschijnlijk liever niet over praat. We hebben het er nooit over gehad omdat… Tja, omdat we elkaar niet meer gesproken hebben, maar ik weet dat je een jaar in therapie bent geweest.' Ik deed erg mijn best om het niet over onze scheiding of de dood van Owen te hebben, of het woord 'opname' te gebruiken. Mijn hand ging al naar zijn knie, maar ik bedacht me. 'Charlotte heeft het me uiteindelijk verteld nadat ik haar een maand lang telkens had gebeld.'

'Daar wil ik met niemand over praten, Olivia. Dat is voorbij. Ik heb het overleefd. Het was een zwarte periode.'

Het ene moment waren we verloofd, het volgende moment spraken we niet meer met elkaar en het enige wat hij erover kwijt wilde, was dat het een zwarte periode was geweest. 'Je zult er toch met me over moeten praten. Het OM zal er waarschijnlijk achter komen, als dat al niet gebeurd is.'

Hij keek naar zijn handen die ineengeslagen in zijn schoot lagen. 'Ik wil het niet over die avond hebben. Als ik had gewild dat jij me erdoorheen had gesleept, was ik wel naar huis gekomen.'

Hij was zo opgelucht toen hij me op het politiebureau zag. Nu voerden we een gesprek dat we gevoerd hadden kunnen hebben als we elkaar na een aantal jaar toevallig in een koffietentje waren tegengekomen. 'Dat je niet naar huis kwam, was niet het enige. We weten allebei dat er meer aan de hand was, en juist dat moet ik weten. Waar was je?'

Toen hij me aankeek, zag ik een vlaag van rancune.

'De inrichting, Jack. Ik moet de naam van de inrichting weten.'

Uiteindelijk gaf hij zich gewonnen en hij vertelde me dat hij een jaar opgenomen was geweest in psychiatrische inrichting Silver Oaks in Connecticut. Ik schreef de naam op mijn notitieblokje. 'Ik had een psychose, dat is een tijdelijke...'

'Ik weet wat het is.' Ik had twee jaar geleden bij een proces inzake zware mishandeling een psychose aangevoerd als basis om iemand ontoerekeningsvatbaar te laten verklaren. Een acute tijdelijke psychose kon ontstaan als gevolg van extreme stress, zoals het overlijden van een broer of zus. Of wellicht het seponeren van een rechtszaak tegen de man die je verantwoordelijk hield voor de dood van je vrouw.

Een psychose kon gekenmerkt worden door gedrag dat varieerde van een zware depressie tot gewelddadige uitbarstingen, en het kon ook nu eens het een en dan weer het ander zijn. Ik vroeg hoe dit bij Jack tot uiting kwam.

‘Ik was een hopeloos geval. De eerste maand was ik vrijwel catatonisch. Ik bewoog niet, sprak niet, at niet, dronk niet.’

‘Was je gewelddadig?’ Ik zag weer voor me hoe Jack de afwijzingsbrief van de literair agent in de hal van ons appartementencomplex verscheurde.

Hij schudde zijn hoofd. ‘Een jaar lang bestond ik amper. Charlotte was de enige die wist waar ik was. Het verbaast me dat ze het aan jou heeft verteld. Iedereen dacht dat ik in een schrijvershuis in Wyoming zat en die roman probeerde te schrijven waar ik zo mee worstelde. Toen ik uit de inrichting kwam, ben ik in feite opnieuw begonnen. Dat ik Molly leerde kennen hielp, en de komst van Buckley veranderde alles.’

‘Jack, ik heb nooit de kans gehad om dit tegen je te zeggen, maar het spijt me van… alles. Ik was laf. En wreed. Dat was al erg genoeg. Maar Owen…’ Ik wist niet hoe ik de zin moest afmaken.

‘Ik heb het jou nooit kwalijk genomen, Olivia. Je zei altijd dat jij slecht was en dat ik een heilige was. Het heeft lang geduurd voor ik het doorhad, maar ik weet nu dat ik je verstikte. Ik bleef maar proberen je te veranderen in iemand die je niet wilde zijn. Ik maakte het je onmogelijk om bij me weg te gaan.’

‘Dat is geen excuus voor wat ik…’

‘Weet je wie ik de schuld geef van Owens auto-ongeluk? Mezelf. De heilige Jack, zoals je me vroeger noemde. Ik heb Owen gebeld nadat… na alles in het appartement.’

We durfden beiden het beestje niet bij de naam te noemen. Ik had hem bedrogen, ik had gelogen. Iets wat lief en goed was had ik tot iets lelijks gemaakt. Ik was de boosdoener. Dat was altijd al zo geweest. Het geeft niet. Je mag me haten.

In plaats daarvan nam Jack de schuld op zich. ‘Ik was degene die aan de bar telkens opnieuw bestelde. Als hier iemand schuld aan heeft, ben ik het.’

Hij verviel in zijn oude patroon: ik had iets destructiefs gedaan en Jack wilde daaraan voorbijgaan. Ditmaal raakte ik hem wel aan, maar Jack schudde mijn hand van zich af.

'Ik wil er echt niet over praten. Je zei dat dit over de inrichting ging en dat het voor mijn proces was.'

Ik legde mijn pen werktuiglijk naast mijn notitieblokje. Ter zake. 'Dus je bent een jaar opgenomen geweest in die inrichting. Wie was je arts?'

'Dat waren er meerdere.'

'Wie van hen kende jou het best?'

'De behandelend arts was dr. Scheppard. Robin Scheppard.'

'Werkt die daar nog?'

'Ik heb geen idee, maar ik gok dat ze toen nog geen veertig was. Ik weet niet of ze nog bij Silver Oaks werkt, maar ze zal zeker nog haar beroep uitoefenen.'

'Mooi, dat scheelt, mochten we haar nodig hebben, al betwijfel ik dat. Is de behandeling daarna nog voortgezet?'

'Aanvankelijk kreeg ik twee keer per week therapie, daarna één keer per week, maar dat was alleen het eerste half jaar erna of zo.'

'Ben je daarna niet meer bij een psychiater onder behandeling geweest?' vroeg ik.

'Na het overlijden van Molly ben ik pakweg een half jaar in therapie geweest, maar dat was anders dan eerst. Ik was niet volledig van de wereld of zo. Ik denk dat de manieren om ermee om te gaan die ik bij Silver Oaks had geleerd me erdoorheen hebben geholpen. En ik moest voor Buckley zorgen. De enige keer in de afgelopen twee jaar dat ik bij een psychiater ben geweest, was toen ik met Buckley meeging naar haar therapeut omdat die dacht dat een gezinssessie zou helpen. Mag het OM dit werkelijk tegen me gebruiken?'

Ik zei tegen Jack dat ik ze daar gerust voor aanzag, maar ik was hier niet omdat het OM er misschien achter zou komen dat hij opgenomen was geweest. Als iemand dit bewijs in de rechtszaal zou gebruiken, dan was ik het, om hem ontoerekeningsvatbaar te laten verklaren. Voorlopig dacht ik echter niet aan het proces. 'Ik wil dat je deze formulieren ondertekent, zodat ik je medisch dossier kan inzien.'

'Dat is nergens voor nodig.'

Ik hield voet bij stuk. 'Het zou van wangedrag getuigen als ik het niet zou doen. We mogen niet overrompeld worden.'

'Dit lijkt me geen goed idee, Olivia. Het was heel lang geleden, vlak nadat we uit elkaar waren gegaan. Ik heb dingen gezegd...'

'Dit gaat niet over ons. Ik heb nog zo veel te doen om je verdediging rond te krijgen dat ik geen tijd heb om oude medische dossiers door te spitten op zoek naar wat je over onze relatie hebt gezegd.'

Ik stak hem mijn pen toe, maar hij pakte hem niet aan.

'Jack, het stelt niets voor. Ik moet deze papieren gewoon klaar hebben liggen voor het geval de openbaar aanklager erover begint.'

Hij pakte de pen en zette zijn handtekening op het uitgebreidste toestemmingsformulier voor het opvragen van medische gegevens dat ik had. Ik kon alle informatie krijgen die ik wilde. Ik kon opzoeken hoe die lieve, gevoelige, kwetsbare Jack reageerde als het goed misging.

Toen ik bij Café Lissa aankwam was het daar betrekkelijk rustig, zo na de lunch en voor het diner. Een ouder stel zat aan een hoektafel samen *The New York Times* te lezen. De enige anderen in de zaak waren twee stamgasten die ieder aan een uiteinde van de bar zaten. 'Waar is de baas?' vroeg ik.

'Die is naar de kelder gegaan,' zei een van hen. 'Ik pas op de zaak. Schenk gerust iets voor jezelf in, dan zet ik het wel op je rekening.'

Dat klonk verleidelijk, maar Melissa's martini's waren beter dan die van mij, hoewel ik ze al jaren probeerde na te maken.

Melissa verscheen met drie flessen Hendricks tegen haar borst geklemd. Nadat ze de flessen veilig op de toog had neergezet, boog ze zich over de bar naar voren en gaf me vlug een zoen op mijn wang. 'Ik moet hebben aangevoeld dat je kwam dat ik al flessen gin ging halen.'

'Zet maar één fles voor me apart en schrijf mijn naam er maar op, want ik ga me lam zuipen.'

In drie slokken sloeg ik een half glas martini achterover, terwijl ze de wijnglazen van de twee stamgasten nog eens volschonk. Toen ze weer bij me kwam, had ze de *Daily News* van gisteren in haar handen. 'Je hebt dit waarschijnlijk al gezien, maar ik heb hem voor je bewaard. Misschien moet ik je inhuren om voor mij de marketing te doen.'

De *Daily News* was de eerste sinds de schietpartij die, op de voorpagina nog wel, een publiciteitsfoto van Jack plaatste en niet zijn arrestatiefoto. Met zijn groene ogen keek hij recht in de camera en hij glimlachte vaag, zag er volkomen ongevaarlijk uit. HARRIS PROTESTEERT FEL EN LOOPT FLUITEND NAAR BUITEN. Hoewel ik alle lokale berichtgeving over de zaak sinds de borgtochthoorzitting min of meer had gevolgd, sloeg ik de krant open naar het volledige artikel om het nog eens vlug te lezen terwijl Melissa een samenvatting gaf. 'De verslaggever heeft zelfs een professor van het John Jay College geïnterviewd en die zegt dat de Staat in de problemen zit als ze alleen schotresten hebben.' Melissa tikte met haar vinger op de derde alinea. 'Hij zegt dat het – ik citeer – "voor een listig juridisch team als dat van Ellison & Randall" – einde citaat – gemakkelijk zal zijn om gerede twijfel te zaaien. We zullen eens zien hoe listig je bent tegen de tijd dat ik met je klaar ben,' zei ze, en ze mixte een volgende martini voor me. 'Betekent het feit dat je hier dronken zit te worden dat het installeren van Jack in zijn appartement goed is verlopen?'

Ze wist dat ik zenuwachtig was geweest dat er op het laatste moment iets mis zou gaan met zijn vrijlating. 'Geen problemen.' Behalve dan dat hij schuldig zou kunnen zijn en dat ik hem zojuist had overgehaald af te zien van zijn recht op privacy, zodat ik een kant van hem te zien zou krijgen die hij altijd voor me verborgen had gehouden.

'En zijn dochter?' vroeg Melissa.

'Buckley? Daar gaat het prima mee. Toen ik haar voor het eerst ontmoette, dacht ik dat het een rotkind zou zijn, maar ze is vooral een vaderskindje.'

'Dat is mooi. Het lijkt me niets voor Jack om een kind slecht op te voeden.'

Ik moest denken aan het berichtje dat Ryan me gisteravond had gestuurd, 'dat het niets voor mij was' om vroeg naar bed te gaan. Het was maar een uitdrukking, maar hij kende me niet echt, net zoals Melissa en ik Jack niet echt kenden. Niet meer.

Ik nam een grote slok van mijn tweede glas en vertelde uiteindelijk waarom ik hier zat te pimpelen. 'Hij had foto's van mij in zijn kast, Melissa. In een oude doos.'

'Dat is toch niet zo verrassend? Jullie zijn verloofd geweest. Hij gaat niet al het bewijs van jouw bestaan weggooien.'

'Waarom heeft hij me dan nooit gebeld?'

'Misschien zag hij daar het nut niet van in, was het te pijnlijk of zo. En toen leerde hij Molly kennen. Dat ging hij toch niet verknallen door het opeens bij te leggen met zijn vroegere verloofde? Hij is doorgegaan met zijn leven. Dat doen mensen.'

De meeste mensen deden dat. Ik niet, in elk geval niet op romantisch vlak. De korte versie: het begon goed met Kevin, de quarterback van de Roseburg High School die me in mijn derde jaar op de middelbare school achter in zijn pick-uptruck ontmaagde nadat hij een jaar lang geduld met me had gehad en we alleen hadden gezoend. Hij moest huilen toen ik naar de universiteit ging, waar ik een paar one-nightstands had, voordat ik aan het eind van het tweede jaar een relatie met Jack kreeg.

Sinds Jack waren er veel variaties geweest op mijn huidige situatie met Ryan, relaties die niet serieus en vaak disfunctioneel waren. Ik heb één andere langdurige relatie gehad. Ik ben vier jaar samen geweest met Jared (bedrijfsjurist bij een verzekeringsmaatschappij), die zelfs over trouwen begon, maar op voorwaarde dat ik mijn 'allesoverheersende ambitie' aan de kant zou zetten. Ik verbrak de relatie niet, maar ging beroepsmatig gezien de concurrentie met hem aan. In plaats van de ring te accepteren en me te storten op het voorproeven van bruidstaarten, ging ik nog harder werken, ongeacht de persoonlijke consequenties, zodat ik partner kon worden bij een groot advocatenkantoor, iets wat met Jareds beroep onmogelijk was. Het lukte alleen niet. Ik verloor mijn baan en uiteindelijk ook Jared.

Daarna heb ik het eigenlijk nog maar één keer geprobeerd. Chuck was een goeie vent. Hij was veel aardiger dan Jared. Maar ik leerde hem kennen toen ik nog maar net voor Don werkte. De leercurve was een martelgang en Melissa had persoonlijk voor me ingestaan bij haar oom. Ik was doodsbang dat ik mijn baan kwijt zou raken, dus als ik moest kiezen, koos ik steevast voor Don en onze cliënten en niet voor mijn relatie met Chuck. Nadat ik te vaak vakanties had geannuleerd en niet was komen opdagen bij etentjes, maakte hij de vergissing door te zeggen dat hij het zat was om 'de vrouw' in onze relatie te zijn. Na behoorlijk wat wijntjes besloot ik hem in een vlaag van woede te laten merken hoe het was om door mij ontmand te worden en ik zei dingen die ik niet meer kon terugnemen.

Andere mensen gaan wellicht door met hun leven, ik niet.

Bij mij ging het meer in kringetjes. Als ik erbij stilstond hoe ik van de ene man naar de volgende was gegaan, bedacht ik dat het mijn lotsbestemming was om alleen te zijn.

Ik heb nooit aan iemand kunnen uitleggen waarom ik Jack zo had behandeld. De beste verklaring is nog dat hij te aardig was, voor mij dan. Het klopte wat Jack had gezegd, door zijn vriendelijkheid was het voor mij onmogelijk geweest om bij hem weg te gaan.

Wat zei mijn moeder ook alweer nadat Jack voor het eerst mee was gekomen naar Oregon? 'Ik snap niet hoe je het voor elkaar hebt gekregen dat zo'n aardige jongen verliefd op je is geworden.'

'Hij zal toch niet volledig zijn doorgegaan met zijn leven,' zei ik tegen Melissa. 'Niet als hij die foto's had. Buckley vertelde zelfs dat Molly ze een keer gevonden had en ontzettend kwaad was geworden. En toch heeft hij ze bewaard.'

'Olivia, als uitgerekend jij hier een potje gaat zitten janken, dan bekijk je het maar. En ik wil niet vervelend doen, hoor, maar sinds hij gearresteerd is, hebben we nog geen enkel gesprek gevoerd dat door de Bechdel-test zou komen.'

We hadden over het bestaan van die test gehoord toen we op de universiteit zaten, waarschijnlijk van Charlotte. Een vrouw in een stripverhaal van Alison Bechdel zei dat ze een film alleen wilde zien als er twee vrouwen in zaten die het nu eens niet over een man hadden. Als Melissa of ik te lang doorzeurden over een vent, beriep de ander zich op die regel en begon ergens anders over.

'Ik heb het niet over een man, ik heb het over Jack. En zelfs dat niet eens, maar over wat mijn intuïtie zegt over Jack.'

'Wat is er aan de hand? Je denkt toch niet dat jullie…'

'Nee, natuurlijk niet. Ik vraag me af of hij die foto's om een andere reden heeft bewaard. Stel dat ik zijn hart echt heb gebroken. Hij was altijd al heel kwetsbaar.' Jack zag overal een afwijzing of vernedering in, zelfs in de kleinste dingen. Maar die avond dat we uit elkaar gingen, was het lijden niet denkbeeldig. Ik. Owens auto-ongeluk. De psychiatrische inrichting. In zijn eerste boek, dat hij drie jaar daarna schreef, word ik in feite als een kreng neergezet.

'Hoe vaak hebben we dit gesprek al niet gevoerd? Hij stortte in. Zijn broer kwam om het leven, maar uiteindelijk liep het goed af.'

'Je luistert niet. En als het nu eens niet goed afliep? Als Jack nooit meer de oude is geworden? Ik denk opnieuw na over alles wat ik van hem dacht te weten. Zoals die mixtape. In die tijd leek het een lief gebaar, nu komt het wat obsessief op me over. Wie weet heeft dat er altijd al in gezeten en heb ik hem over de rand geduwd.'

'Dat slaat helemaal nergens op. Als je zo praat kun je alles wat bij een jongen van twintig schattig lijkt wel opvatten als typisch gedrag voor een seriemoordenaar van veertig. Dungeons & Dragons. Hagedissen als huisdier. The Doors. Die stomme Monty Python-stemmetjes nadoen. Van alles en nog wat verzamelen. Moet ik doorgaan?'

'Hou op, ik meen het.'

'Kom op, dat was grappig.'

Ik gaf me niet gewonnen.

'Waar komt dit vandaan, Olivia?'

Ik wilde de vraag beantwoorden, wilde tegen haar zeggen dat het mogelijk was dat schotresten een maand op kleding bleven zitten, maar dat dit zeer zelden voorkwam. Dat Jack had kunnen weten dat Malcolm Neeley die ochtend bij het voetbalveld zou zijn. Dat goede mensen als Ross Connor en Scott Temple tegen me hadden gezegd dat ik Jack wellicht minder goed kende dan ik dacht.

Maar ik kon het niet. Ik dronk mijn glas leeg en gebaarde dat ik nog een martini wilde. We hadden het niet meer over Jack, maar in mijn hoofd werd een intern debat gevoerd.

Aan de ene kant mijn argwaan. Toen Buckley me belde was ik er heilig van overtuigd dat Jack onschuldig was. Maar kon ik die aanname hard maken?

Aan de andere kant mijn schuldgevoelens. Dit was Jack: goed, eerlijk en fatsoenlijk. Hoe kon ik hem van zoiets gruwelijks verdenken?

En dan was er nog een stem die de twee kanten met elkaar probeerde te laten rijmen. Misschien was hij schuldig. Het kon zijn dat hij inderdaad een boze, wraakzuchtige psychopaat was. Maar als dat zo was, hoe kwam dat dan?

Door mij. Dat had ik gedaan.

14

Ik sleepte mezelf uiteindelijk naar huis nadat Melissa erop had gestaan dat ik een bord beef stroganoff opat om wat van de liters alcohol in mijn lijf te absorberen.

Hoewel ik Melissa had beloofd dat ik bij thuiskomst drie aspirines en twee glazen water zou nemen, maakte ik een fles Cabernet open en nam ik de fles en een leeg wijnglas mee naar mijn slaapkamer. Nadat ik me had uitgekleed en een T-shirt had aangetrokken, schonk ik een groot glas voor mezelf in, stapte in bed en klapte mijn laptop open.

Op de website van de *New York Post* was een artikel geplaatst dat morgen in de krant zou staan: een interview met Max, de zoon van Malcolm Neeley. 'Ik vond het schokkend dat de advocaten van de moordenaar van mijn vader tijdens de borgtochthoorzitting de slachtoffers de schuld probeerden te geven. En ik ben verbijsterd dat een zittende rechter daarin trapt. Mijn vader was niet volmaakt, en ik weet dat veel mensen hem de schuld geven van de afgrijselijke gruweldaad die mijn jongere broer heeft gepleegd. Maar Todd was ziek in zijn hoofd en mijn vader hield van ons allebei voor zover hij wist hoe dat moest. Ik zal niet toestaan dat deze advocaten hem van zijn menselijkheid beroven.'

Scott Temple had me gewaarschuwd voor de wispelturigheid van de media. Nu vroeg ik me af of Temple Max had aangespoord om naar de pers te stappen. Temple en ik hadden van het hof een spreekverbod gekregen, maar dat gold niet voor de families van de slachtoffers.

Ik sloot het artikel in de *New York Post*, ging naar Jacks e-mailaccount en voerde het wachtwoord in.

jack<3smollybuckley

Ik zat erin.

Door de berichten scrollen voelde als een intiemere versie van het cyberstalken dat ik de afgelopen jaren 's avonds laat in een dronken bui soms had gedaan. Maar in plaats van op zijn Facebook-pagina boekbesprekingen en vragen aan de auteur plus zijn antwoorden te lezen, las ik nu zijn e-mail. Ongeveer de helft bestond uit dezelfde troep die ook in mijn inbox zat: kortingscodes voor gratis bezorging van boodschappen, een herinnering dat zijn sportschoolabonnement over twee maanden afliep, een onvriendelijke e-mail van een onlinereserveringssysteem dat hij gisteravond niet was komen opdagen bij de Gramercy Park Tavern. De andere berichten waren vooral van vrienden en kennissen en waren een reactie op het nieuws van zijn arrestatie. 'Jack, ik betwijfel of je je e-mail kunt lezen, maar ik wist niet wat ik anders moest doen. Wat is er aan de hand?' Veel mensen boden min of meer aan hem te helpen. 'Geef maar een gil als we iets voor je kunnen doen.' 'Heeft Buckley iets nodig?' Slechts een paar van die mensen hadden de moeite genomen Charlotte te bellen.

Ik klikte op de map Verzonden items en scrolde omlaag naar het bericht dat hij naar Charlotte had gestuurd nadat hij de vrouw op het gras had gezien.

> Ze zat nonchalant op het gras een boek te lezen, wat me aan Molly deed denken. En ze had lang donker haar en dronk champagne zo uit de fles, wat me herinnerde aan... Nou ja, je weet wel, maar je hebt liever niet dat ik haar naam noem.

Toen ik dit bericht voor het eerst zag, had ik bij Charlotte in de keuken gezeten. Ik had geen tijd gehad om Jacks woorden te ontleden. Het was duidelijk dat hij het over mij had, en niet voor het eerst. Als ik zijn hart gebroken had, zou hij toch een hekel aan me hebben? Zou hij dan zo over me schrijven, alsof hij me miste?

Ik las vluchtig de e-mailcorrespondentie tussen hem en Madeline. Nadat ze gereageerd had op de oproep die Charlotte op de website van *The Room* had geplaatst, had Jack haar een kort bericht gestuurd dat hij het vernederend vond dat zijn vriendin dit in een opwelling had gedaan, maar dat hij vond dat hij op zijn minst iets van zich moest laten horen.

> Ik hoop maar dat ik je niet als een mafketel aanstaarde. Ik was echt nieuwsgierig naar wat je zat te lezen en waarom je dat in een avondjurk deed met een picknickmand naast je. Wat mijn uitdossing betreft, dat T-shirt heb ik van mijn dochter van zestien gekregen.

Madeline reageerde als volgt: ze was bruidsmeisje bij het huwelijk van haar zus. Na de receptie hadden ze doorgefeest in de bruidssuite van hotel Gansevoort. Toen het pasgetrouwde stel op een bepaald moment iedereen de kamer uit stuurde, wilde ze van de gelegenheid gebruikmaken om de dag te zien aanbreken. Ze pakte een fles champagne uit hun VIP-bar en een boek uit haar eigen kamer en liep naar de pier. *PS Het boek was* Eight Days to Die.

Daarop reageerde Jack met zijn sentimentele bericht waarin hij uitlegde waarom dit een van zijn lievelingsboeken was.

Twee dagen lang gebeurde er niets. Toen stuurde Madeline hem een berichtje dat ze voor haar werk weg was geweest. Ze had ooit rechten gestudeerd, maar had zich laten omscholen tot maatschappelijk werker.

Dus ze lijkt op mij, dacht ik, maar ze is een weldoener zoals Molly.

Ik sloot de computer af, nam nog wat slokken wijn en kroop onder mijn dekbed. Toen ik het bed onder me voelde draaien, dacht ik aan alle tegenstrijdige gedachten die ik over Jacks zaak had.

Ik kon niet op mijn gevoel vertrouwen alsof het een Magic 8-Ball was die op elke vraag een antwoord had. Haatte Jack Malcolm Neeley? *Outlook good.* Heeft Jack werkelijk die vrouw op het gras zien zitten? *You may rely on it.* Heeft Jack in koelen bloede drie mensen vermoord? *My sources say no.* Is iemand erachter gekomen waar Jack die ochtend zou zijn en heeft die persoon hem erin geluisd? *Better not tell you now.*

Nee, het enige juiste antwoord was het meest frustrerende van allemaal: *Concentrate and ask again.* Ditmaal concentreerde ik me niet op mijn intuïtie maar op de feiten. Jack haatte Malcolm Neeley. Hij had een dreigende opmerking over Neeley gemaakt toen de rechtszaak werd geseponeerd. Hij had e-mailberichten van die Madeline, maar er was geen bruiloft geweest in hotel Gansevoort op de avond voordat hij haar op het gras zou hebben zien zitten. Er was echter wel waterdicht bewijs – het stond op de bewakingsbeelden en Jack had het zelf toegegeven – dat hij op het moment dat de kogels werden afgevuurd vlak bij de plek was waar de schietpartij plaatsvond, en hij kon weten waar Neeley op dat moment zou zijn. Jacks verklaring waarom hij daar op dat tijdstip was, was zeer fantasierijk. Hij was met een picknickmand zijn appartementencomplex uit gelopen, maar was zonder picknickmand teruggekomen. Ook dat bleek uit bewakingsbeelden, ditmaal die van zijn appartementencomplex. Een paar uur later bleek tijdens een test dat er schotresten op zijn overhemd zaten. En Scott Temple, die ik vertrouwde voor zover ik bereid was een openbaar aanklager te vertrouwen, had gezegd dat ze een sterke zaak hadden.

Het zag er niet goed uit.

Maar toen dacht ik aan een cliënt van drie jaar geleden die geweigerd had een door mij aangedragen schikkingsvoorstel te accepteren: twee jaar voor dood door schuld en dan zou de aanklacht van moord worden ingetrokken. Ik was een half uur bezig, waarbij ik amper de tijd nam om adem te halen, om alle bewijzen tegen hem nog eens door te nemen, zodat hij snapte hoe groot de kans was dat hij bij een proces veroordeeld zou worden. Nadat ik mijn verhaal had gedaan zei hij: 'Maar ik weet iets wat verder niemand weet: ik heb het niet gedaan. Dus stel je alsjeblieft één seconde – één seconde maar – voor dat ik werkelijk onschuldig ben en dan klinkt alles wat je net hebt gezegd je misschien anders in de oren.'

We zochten verder en drie dagen later vond Einer een bewaker van een casino die bereid was onder ede te verklaren dat de belangrijkste getuige van de Staat in Atlantic City was op het moment dat hij mijn cliënt naar verluidt op een medewerker van een drankwinkel in de Bronx had zien schieten.

Ik had mezelf en iedereen die maar wilde luisteren wijsgemaakt dat Jack dit niet gedaan kon hebben, maar toch liep ik al de hele dag met twijfels rond. En dus stelde ik me één seconde voor dat hij werkelijk onschuldig was. Ja, Jack haatte Neeley, maar hij was niet de enige, en zijn opmerking dat hij hoopte dat het recht alsnog zou zegevieren waar het Neeley betrof, kon ook gezien worden als een opvallend ingetogen reactie op het nieuws dat de rechtszaak was geseponeerd. Wat betreft Temples bewering dat er meer bewijs zou volgen, dat had hij nog niet geleverd en openbaar aanklagers die nog maar net een vooronderzoek waren gestart bluffen doorlopend. Als Jack dat ruitjesoverhemd naar de schietbaan had aangehad, het daarna in zijn kast had gehangen en het er weer uit had gehaald voor zijn afspraak met Madeline, verklaarde dat waarom er schotresten op zaten. Hoe lang schotresten bleven zitten was onvoorspelbaar. Dat kon dagen, weken of zelfs nog langer zijn. Ook nadat een kledingstuk was gewassen, konden er nog schotresten op zitten.

En dan was er nog die bizarre verklaring hoe het kwam dat Jack bij de waterkant was op het tijdstip dat Neeley werd neergeschoten.

Ik ging rechtop zitten en klapte mijn laptop weer open. Ik kopieerde Madelines e-mailadres en begon een nieuw bericht te typen dat ik vanaf mijn werkaccount zou versturen.

Aan: mlh87@paperfree.com

In het vakje achter Onderwerp schreef ik: 'Zeer belangrijke juridische kwestie.' Toen pas besefte ik dat ik net zo goed 'bestemd voor map Ongewenste e-mail' had kunnen tikken. Ik veranderde de tekst in 'Van Olivia Randall, Esq'. Dat klonk beter.

> Aan de eigenaar van dit e-mailadres. Dit e-mailaccount is opgedoken bij een onderzoek naar een juridische kwestie voor een huidige cliënt van ons. Ik zou het heel fijn vinden als ik de gelegenheid zou krijgen deze zaak zo spoedig mogelijk met u te bespreken. Alles wat u zegt valt onder mijn geheimhoudingsplicht en is dus vertrouwelijk. De tijd die dit u kost, wil ik met alle plezier vergoeden.

Die laatste zin verwijderde ik. Als ze niet reageerde, kon ik haar later altijd nog geld aanbieden, maar ik wilde ons niet onnodig in een positie brengen dat kon worden aangevoerd dat we deze vrouw betaalden voor haar getuigenis.

Het is beter dat u privé met mij contact opneemt. Als ik niets van u hoor, zal mijn client genoodzaakt zijn de informatie die we hebben aan de politie door te geven.

Ik vermeldde al mijn contactgegevens en herlas het mailtje drie keer terwijl ik probeerde helder na te denken.

Ik klikte op verzenden. Ik dacht althans dat ik dat deed. Morgen, als mijn hoofd helderder was, zou ik dat moeten controleren.

Ik neem mijn aantekeningen nog een laatste keer door terwijl ik aan de tafel zit. Als ik bij het eind kom, glimlach ik omdat ik mijn hele openingspleidooi uit mijn hoofd ken. Ik hoor zelfs in mijn hoofd welke woorden ik moet benadrukken: het is de bewijslast van de Stáát, niet de béwíjslást van de Staat. Als rechter Amador de zittingszaal binnen komt, gaat iedereen staan. Ik trek het jasje van mijn beste mantelpakje recht: zwarte crêpezijde, Escada, met een rits aan de voorkant. Alles is volmaakt.

Het openingspleidooi van hulpofficier van justitie Scott Temple is zo voorbij en dan is het mijn beurt. 'Goedemorgen. Mijn naam is Olivia Randall en ik vertegenwoordig Jack Harris. Volgens de hulpofficier van justitie is het allemaal heel eenvoudig – zwart-wit, zo klaar als een klontje – maar het is dan ook zijn taak de zaak zo voor te stellen.' Een van de juryleden kucht, ik hoor een ander jurylid tegen zijn buurman praten en dan beginnen er nog een paar te praten. 'Mag ik even uw aandacht?' Maar ze praten door. Ik kijk smekend naar rechter Amador, maar die haalt zijn schouders op. Temple grijnst naar me van achter zijn tafel.

'Dames en heren.' Ze praten nu zo hard dat ik mezelf amper kan verstaan. 'Mijn cliënt heeft het recht om gehoord te worden.' Ik schreeuw inmiddels, maar het geroezemoes in de rechtszaal wordt luider. Ik sla op het hek voor het gedeelte waar de jury zit en de man het dichtst bij me – jurylid nummer zes, productmanager bij een zeepfabrikant, al heb ik geen idee hoe ik dat weet – begint te lachen. Ik sla zo hard op het hout dat mijn vuist pijn doet. 'Edelachtbare, ik denk dat ik mijn vinger gebroken heb.'

Gek genoeg wordt die zin wel gehoord en de rechter zegt tegen me dat ik de zittingszaal via een deur aan de zijkant kan verlaten, zodat een verpleegkundige naar mijn hand kan kijken. Als ik door die deur ga, kom ik in mijn oude appartement, het appartement aan Mercer Street, waar ik met Jack heb gewoond. Ik loop door de woonkamer naar de keuken, loop terug naar de woonkamer en ga naar de slaapkamer.

Jacks broer, Owen, ligt op het bed, zijn blote borst bruin en gespierd, en hij steekt af tegen de schone witte lakens. Hij rolt op zijn zij en ligt nu met zijn rug naar me toe. Ik zie bloed op het kussen.

Ik doe de kastdeur open en zie een kamer waarvan ik nooit heb geweten dat die bestond. Die kamer is groter dan het hele appartement bij elkaar en staat vol met dichtgeplakte dozen en meubels waar katoenen lappen overheen hangen. Jack staat in de hoek. Hij ziet er jong uit, zoals toen we nog op de universiteit zaten.

'Olivia, alles is in orde. Ik hoor je. Kun je me horen?'

Ik weet dat hij dat zegt, maar ik kan de woorden niet verstaan. 'Nee, maar ik weet het, Jack. Ik weet het.'

Zijn lippen blijven bewegen, maar ik snap niet meer wat hij zegt. Ik zeg tegen Jack dat er iets mis is. Het is stil in de kamer.

Opeens staat Jack in het jurygedeelte op het houten hek te slaan. Aanvankelijk doet hij dat rustig, maar hij slaat steeds harder. Ik weet dat hij schreeuwt, maar er komt geen geluid uit zijn mond. Ik hoor alleen het slaan.

'Olivia.'

Ik steek mijn hand naar hem uit en voel iets tegen mijn

handpalm wat koud en hard is. Dan is het weg.

De wijn. Het moet de fles wijn zijn.

Als ik mijn ogen opendoe, besef ik dat het kloppen echt is en dat er op mijn voordeur wordt gebonsd. De halve fles Cabernet was omgevallen en de wijn drupte op het tapijt naast mijn bed. Ik pakte de fles en zette die op het nachtkastje. Daarna trok ik mijn T-shirt uit en probeerde de wijn daarmee op te deppen.

Het kloppen hield aan en weer werd mijn naam geroepen. Ik trok mijn ochtendjas aan en liep naar de voordeur. Doordat het kijkgaatje een vertekend beeld geeft, leek Einers neus een opgeblazen ballon in de vorm van een hond.

'Wat is er verdomme aan de hand?' zei ik, toen ik de voordeur opendeed. Ik zag het hoofd van de bewaking van mijn appartementencomplex, Vladimir, wiens achternaam ik nooit kan onthouden, achter Einer staan.

'Deze man, die eruitziet als een clown, zei dat het een noodgeval was. Moet ik de hulpdiensten waarschuwen?'

'Nee, Vlad, er is niets aan de hand. Dank je. Deze idioot werkt voor me.'

Toen hij naar de lift liep, zag ik aan Vlad dat hij dit vermakelijk vond.

Einer vond het ook grappig toen ik een stap opzij deed om hem binnen te laten. 'Weet je wat echt niet samengaat met zo'n outfit? Een minnaar.'

'Einer, wat doe je hier?'

'Je nam niet op toen ik je belde. Ik heb zeker tien keer achter elkaar gebeld. En je bent zo'n beetje de enige van boven de veertig die ik ken die geen vaste telefoon heeft.'

Einer sprak dat veertig uit alsof dat stokoud was. Ik knipperde een paar keer met mijn ogen in een poging mijn bonkende hoofd helder te krijgen.

'Ik heb me gewoon verslapen.'

'Tja, dat zie ik. Don maakte zich zorgen, zei dat je altijd je telefoon opneemt. En toen moest ik opeens denken aan die dame in Queens die een beroerte had gekregen en al zeven uur roerloos op haar keukenvloer lag voordat er iemand bij haar kwam kijken. Ik bedoel maar, je hebt niet eens een kat of zo.'

'Fijn om te weten dat je om me geeft, Einer.'

Ik keek om me heen en zag mijn mobiele telefoon op het aanrechtblad liggen. Een stomme beginnersfout.

Zestien gemiste oproepen. En het was bijna twaalf uur. 'Ik denk dat ik iets onder de leden heb.'

'Ja, te veel tequila.'

'Dat is niet grappig, Einer. En je zegt het niet tegen Don, hoor.'

'Prima, dat zijn mijn zaken niet. Jack Harris heeft naar kantoor gebeld, hij zei dat het belangrijk was. Iets over die vrouw aan wie hij die e-mails had gestuurd.'

Juist ja. Madeline. Ik had haar gisteravond gemaild. Dat dacht ik tenminste.

Mijn mobiele telefoon ging weer.

'Zal ik opnemen?' vroeg Einer.

Ik keek naar het scherm. Het was Jack. Ik schudde mijn hoofd en klapte mijn laptop open. Ik wist dat Jack ervan overtuigd was dat Madeline ervoor kon zorgen dat deze hele zaak voorbij was.

Tot mijn opluchting zag ik dat ik de e-mail niet alleen daadwerkelijk had verstuurd, maar dat de boodschap krachtig, bijna intimiderend klonk.

Ik klikte op mijn inbox en zag tot mijn grote blijdschap dat ik bericht terug had gekregen, want in het vakje achter Onderwerp stond mijn eigen naam: *Van Olivia Randall, Esq.* Tjonge, ik had het nodig gevonden een titel achter mijn naam te zetten.

Ik klikte op het bericht.

Uw bericht heeft enkele of alle geadresseerden niet bereikt. Het e-mailadres is niet gevonden bij het bestemmingsdomein. Wellicht hebt u een typefout gemaakt of bestaat het e-mailadres niet meer. Typ het adres opnieuw in en probeer het bericht nogmaals te verzenden.

Ik draaide het scherm naar Einer toe. 'Gisteravond heb ik een e-mail gestuurd naar die vrouw die Jack had gezien maar niet had aangesproken, en nu krijg ik dit bericht.'

'Weet je zeker dat het e-mailadres goed is?'

Daar was ik vrij zeker van, want ik had het zo uit Jacks e-mails gekopieerd en ik had het ook nog gecontroleerd. 'Ja. En toen we eerder een e-mail naar haar hebben gestuurd, kregen we dit bericht niet. Wat betekent dat?'

'Ik ben geen advocaat, maar ik zou zeggen dat iemand zeer veel moeite doet om ervoor te zorgen dat je haar niet vindt. Wie weet belde Jack daarover.'

Op dat moment ging mijn telefoon opnieuw.

Ik loodste Einer naar de voordeur en nam op. Het was Jack. Ik gaf een vage verklaring waarom ik eerder niet had opgenomen, terwijl Einer zonder geluid te maken het woord 'ochtendadem' vormde, waarna hij me met rust liet.

'Het gaat over Madeline,' zei Jack.

Nee maar. Hoe kon iemand slim genoeg zijn om hele pagina's William Faulkner te citeren, om terloops een opmerking te maken over de invloed van *De verhalen van Canterbury* op alles, van detectiveromans tot rap, om drie bestsellers te schrijven, en dan niet snappen dat het OM een beschuldiging van moord met voorbedachten rade niet naast zich neer zou leggen omdat een vrouw met wie hij online had geflirt een of ander verhaal ophing?

'Moet je horen, jij schijnt te denken dat zij kan bevestigen dat ze je gevraagd heeft naar het voetbalveld te komen. Ook als dat zo is, wordt je zaak niet geseponeerd, want je hebt een motief, er zijn schotresten gevonden en dan is er nog de verklaring onder ede.'

'Welke verklaring onder ede?'

Ik sloot mijn ogen en dwong mezelf om me te concentreren. Ik had hem gisteren niet naar de verklaring onder ede gevraagd omdat ik er zeker van wilde zijn dat hij het formulier zou ondertekenen dat mij toegang gaf tot zijn medisch dossier. Hij wilde weten over welke verklaring onder ede ik het had. Die verklaring waarin Malcolm Neeley vertelde dat hij zonder uitzondering elke woensdagochtend bij het voetbalveld te vinden was. Die verklaring waarvan Jack een kopie in zijn archiefkast had liggen. Ik legde het hem haarfijn uit.

'Ik weet niet waar je het over hebt. Ik heb het al eerder tegen je gezegd, ik heb die papieren nooit bekeken. Die bewaarde ik voor Buckley. Ik was net zo ontzet als ieder ander toen de politie me vertelde dat Neeley die ochtend bij het voetbalveld was.'

Het bleef even stil. 'O mijn god, je denkt dat ik het gedaan heb. Ik hoorde het al aan je stem toen ik net weer thuis was. Ik hield mezelf later voor dat ik paranoïde was. Dat krijg je waarschijnlijk als je drie dagen in de gevangenis hebt gezeten. Maar ik had gelijk. Denk je echt dat ik tot zoiets in staat ben?'

'Ik ben gewoon bezig al het bewijsmateriaal door te nemen, Jack. Dat is mijn taak.'

'Ik zweer het je, Olivia, ik heb die verklaring onder ede niet gelezen. Bel Buckleys therapeut maar als je me niet gelooft. Die zal vast wel bereid zijn zo'n formulier te ondertekenen dat jou toegang geeft tot Buckleys medisch dossier.'

'Hou op, Jack, ik geloof je.' Geloofde ik hem? Misschien. Waarom had Madeline haar account opgeheven? Als ik een openbaar aanklager was, kon ik van haar provider eisen dat ik binnen een paar dagen informatie zou krijgen over het opheffen van het account, maar als advocaat van de verdediging zou het maanden duren om dat voor elkaar te krijgen, als het bedrijf tenminste wilde meewerken. 'Je belde over Madeline.'

'Niet alleen over Madeline,' zei Jack. 'Over de mand. De openbaar aanklager bij de borgtochthoorzitting wist dat ik een picknickmand bij me had voor mijn afspraak met Madeline. Er zouden bewakingsbeelden zijn waarop ik met die mand te zien was.'

'Dat klopt, bij de waterkant en bij de lift van je appartementencomplex.'

'Oké, maar ze geloven niet dat dit vanwege die stomme blind date was. Die ochtend ben ik ervan uitgegaan dat Madeline zich op het laatste moment had bedacht. Maar weet je, de openbaar aanklager bij de borgtochthoorzitting beschuldigde me ervan dat ik die mand gebruikte om een pistool in te verstoppen, alsof ik dat niet gewoon in mijn broeksband had kunnen steken.'

'Ze verdraaien de feiten zodat die hun theorie over de zaak bewijzen.'

'Dat bedoel ik niet, Olivia. Is die mand in het nieuws geweest? Want als dat zo is en jij was Madeline, dan zou er toch een lampje bij je gaan branden en kom je tot de conclusie dat de politie degene gearresteerd heeft die jij hebt laten zitten? Als jij degene was die gezegd had dat die persoon een picknickmand moest meebrengen...'

Ik zag waar dit heen ging. Dan zou ze de politie bellen, of mij. Ze zou zich melden en zou zeggen dat de man die op het nieuws was het niet had gedaan, dat de mand niet bedoeld was om een pistool in te verbergen. Maar er had zich niemand gemeld.

'Wacht even. Ik moet nadenken.' Ik pakte pijnstillers uit mijn keukenlade en slikte er drie zonder water door.

Ik probeerde te bedenken hoe Madeline in alle mogelijke

scenario's paste, maar doordat Jack zo zenuwachtig deed aan de andere kant van de lijn, lukte dat niet goed. 'Ik bel je zo terug.'

De hele zaak was aan het rollen gebracht toen de politie erachter kwam dat Jack kort voor de schietpartij in de buurt van het voetbalveld was geweest. Daar moest ik ook beginnen.

Ik dwong mezelf om me te concentreren en maakte een lijstje op mijn notitieblokje:

Drie verklaringen

1. Toeval

Dat het toeval was, had ik nooit een acceptabele theorie gevonden en de politie geloofde er duidelijk ook niet in. En Jack had gelijk: als het puur toeval was dat Madeline Jack naar de locatie van de schietpartij had gestuurd en er een onschuldige verklaring voor was waarom ze niet was komen opdagen, zou ze het verband hebben gelegd tussen de picknickmand van de schutter en haar verzuim. Dan had ze zich wel gemeld. In plaats daarvan had ze haar e-mailaccount opgeheven. Deze theorie stond me niet aan.

Mijn mobiele telefoon, die op de tafel lag, zoemde. Ik zette het geluid uit en pakte mijn pen weer.

2. E-mail gehackt/zondebok

Dat was Buckleys theorie toen ze een gesprek tussen Charlotte en mij opving nadat haar vader was gearresteerd: iemand die Neeley dood wilde hebben had een zondebok gezocht, had Jack en misschien ook anderen op het oog gehad en had hun e-mailberichten doorgenomen op zoek naar een mogelijkheid. Jacks e-mail naar Charlotte over de vrouw op het gras, gevolgd door Charlottes oproep op haar website, bood die gelegenheid. Vervolgens had de slechterik zich als Madeline voorgedaan toen die op de oproep reageerde.

Het probleem met de theorie van de gehackte e-mail was dat er volgens Gmail de dagen voorafgaand aan Jacks arrestatie alleen op Jacks account was ingelogd vanaf Jacks eigen IP-adres, wat betekende dat de hacker zich in het appartementencomplex had moeten bevinden om Jacks draadloze signaal te kunnen oppikken, een volkomen onnodig risico.

Deze theorie stond me ook niet aan.

3. *Jack heeft het gedaan*

Jack haatte Neeley en dat verergerde nadat het civiele proces was geseponeerd. Uit Neeleys verklaring onder ede wist hij waar hij Neeley kon vinden. Jack was de afgelopen tijd een paar keer naar de schietbaan gegaan, wat hij pas tegen me zei toen ik hem vroeg of hij een verklaring voor de schotresten op zijn overhemd had. Hij had de e-mails van Madeline zelf geschreven om een reden te hebben om bij het voetbalveld te zijn voor het geval iemand hem daar zou zien.

Geen gedoe, geen gezeur. Ik zette een rondje om de punt achter de zin tot het een grote zwarte cirkel was geworden.

Ik legde mijn pen neer. Dit was de enige theorie die aannemelijk klonk.

Alleen was dat niet zo. In tegenstelling tot gisteren schortte er nu iets aan die theorie.

Het punt was dat ik Madeline gemaild had op de avond nadat Jack was gearresteerd en dat ik toen geen bericht terug had gekregen dat het account niet meer bestond. Dus ergens tussen de avond van de dag waarop de schietpartij had plaatsgevonden en gisteravond had Madeline haar account opgeheven. En Jack had geen toegang tot het internet.

Het kon zijn dat hij iemand gevraagd had dat voor hem te doen, Charlotte bijvoorbeeld, of hij had een onbekende ingehuurd. Maar waarom zou hij dat risico nemen? Hij kon het account toch net zo goed aanhouden en niet meer gebruiken?

Was er nog een mogelijkheid? Ik begon weer te schrijven.

4. Catfish

Dit was vanaf het begin Charlottes theorie geweest. Die leek op die van Buckley, maar was ingewikkelder. Slechterik ziet Jack als de volmaakte zondebok en speurt vervolgens internet af op zoek naar informatie om de ideale vrouw langs zijn hardlooproute te posteren.

Wie weet hadden ze verwacht dat Jack de vrouw zou aanspreken en wilden ze hem via haar in de val lokken. Maar Jack sprak de vrouw niet aan (want zo is hij). Toen kwam de oproep van Charlotte op haar website en was er een nieuwe kans. Zo ontstond 'Madeline'.

Het zou kunnen.

Ik ging terug naar het begin van mijn aantekeningen en heroverwoog alle opties. Hoe vergezocht die catfishtheorie ook was, die kon maar beter kloppen.

Want anders was Jack schuldig. Ik zette mijn telefoon weer aan en belde Jack.

'Ik geloof je, Madeline is de sleutel tot alles. Ik zal haar vinden. Dat beloof ik je.'

Ik had alleen geen idee hoe.

Het kostte me twintig minuten om door de andere berichten te gaan die ik vanochtend had gemist.

Een lading voicemailberichten en e-mails die konden wachten. Slechts twee berichten. De eerste was van Ryan en was van vannacht om twee uur. *Alles in orde tussen ons? Weet niet wat me bezielde.*

De tweede was van Melissa. Het was haar vrije dag en ze stelde voor samen te gaan lunchen. Hoe kon het al lunchtijd zijn?

Ik zat net te bedenken waar we zouden afspreken toen mijn telefoon opnieuw ging. Ik herkende het telefoonnummer. Het was het algemene nummer van het OM. 'Met Olivia Randall.'

'Met Temple.'

'Laat me raden, je wilt me eraan herinneren dat mijn cliënt schuldig is.'

'Ik heb gisteren mijn zegje al gedaan.'

'Je belt om te zeggen dat jij Max Neeley ertoe hebt aangezet dat interview te geven dat gisteren in de *New York Post* stond?' Een rouwende zoon, de laatste die nog leefde van het gezin Neeley, zou inderdaad een positief beeld van zijn vader kunnen schetsen. Als hij dit volhield, zou ik wellicht dat voorval op Princeton University naar een vasthoudende jonge journalist moeten lekken.

'Dat ook niet. En ik zweer je dat ik niet wist dat hij vanochtend te gast zou zijn in *The Today Show*.' Nog iets waar ik doorheen had geslapen. 'Heb je een pen?'

Temple gaf me een naam – Carl Wilson – en een telefoonnummer, die ik op mijn notitieblokje krabbelde. 'Hij kan je alle bewakingsbeelden van de weg geven die je wilt. Hij verwacht je telefoontje en weet dat hij je zo veel tijd en toegang tot de beelden moet geven als je nodig hebt.'

'Rolde het OM de rode loper maar altijd zo voor ons uit.'

'Het is veel gemakkelijker om advocaten van de verdediging ter wille te zijn als we weten dat het een dood spoor is. Je verdoet je tijd, maar veel plezier.'

Ik had niet gedacht dat Temple toegang zou verlenen tot alle bewakingsbeelden die ik had opgevraagd. Nu ik die kon bekijken, wist ik niet eens of ik dat wel wilde. Stel dat ik beelden vond van Jack die aan zijn hardlooprondje bezig was, maar dat er verder niemand bij de Christopher Street Pier te zien was. Geen vrouw op het gras, geen picknickmand, geen champagne? Stel dat die gemiste kans zich nooit had voorgedaan. Die bewakingsbeelden konden mijn ergste vermoedens bevestigen.

Ik zou urenlang onscherpe beelden moeten bekijken op zoek naar een vrouw die misschien niet eens bestond. Bij die gedachte alleen al begon ik scheel te kijken.

Maar als Jack de waarheid sprak, waren die bewakingsbeelden onze beste kans om de vrouw te vinden die hem voor een drievoudige moord liet opdraaien.

Ik stuurde een berichtje terug naar Melissa. *Ik heb geen tijd om te lunchen, maar zou je me willen helpen?*

Twee paar scheel kijkende ogen zagen meer dan een.

Carl Wilson begroette ons op het hoofdbureau van politie met een brede glimlach, een enorme bierbuik en een stevige handdruk. 'Het is vast een politiek incorrecte opmerking, maar toen de openbaar aanklager me vertelde dat een advocaat van de verdediging bewakingsbeelden wilde komen bekijken, had ik niet verwacht dat ik gezelschap van twee mooie vrouwen zou krijgen.' Hij had het tegen ons beiden, maar zijn blik was duidelijk op Melissa gericht. 'Zijn jullie allebei advocaat?'

Ik zag er in mijn grijze kokerjurk met bijpassende blazer echt uit als een advocaat, Melissa in haar skinny jeans, zwarte haltertop en bikerboots niet echt.

'Let op je woorden,' zei Melissa. 'Ik help mijn vriendin. Ik ben bareigenaar.'

'Lieve help, mens. Je breekt mijn hart.' Hij ging ons voor naar een lang smal bureau met computerschermen. 'Toen ik de openbaar aanklager sprak, leek die niet precies te weten waar jullie naar op zoek zijn, dus ik zeg het van tevoren: verwacht er niet te veel van.'

Carl praatte maar door, terwijl Melissa en ik bij hem aan het bureau gingen zitten. 'Mensen bellen ons en zeggen dan: ik denk dat mijn man me bedriegt. Kunt u kijken of u zijn secretaresse uit ons appartement ziet komen? Als je het mij vraagt, hebben de media mensen zo bang gemaakt met verhalen over telefoontaps, drones en Big Brother dat de gemiddelde Amerikaan denkt dat er een enorm oog in de lucht hangt dat alles hoort en ziet en al die gegevens naar een of andere magische cloud uploadt. Neem nou jullie geval. De openbaar aanklager heeft me verteld dat dit verband houdt met de schietpartij bij de waterkant. Klopt dat?'

Ik knikte.

'Goed. Ik kan jullie meteen vertellen dat de schietpartij niet is vastgelegd. Er staat geen camera op het voetbalveld gericht.'

Dat had Scott Temple me al verteld. Ik zei tegen Carl dat ik geïnteresseerd was in alle beelden waarop te zien was dat iemand naar het voetbalveld toe liep of daarvandaan kwam.

'Tja, in theorie zou u dan iets kunnen hebben aan wat een camera veertig straten noordelijker bij Times Square een uur daarvoor heeft geregistreerd. U moet wel redelijk blijven. Dit gaat waarschijnlijk over het pad langs de Hudson. Correct? In dat geval kan ik u vertellen welke camerabeelden we hebben. Van zuid naar noord: Battery Park, een vrij groot gedeelte bij het World Trade Center en bij de Holland Tunnel, daarna de parkeergarage bij pier 40, de Christopher Street Pier, de Chelsea Piers en dan heel veel camera's bij de Lincoln Tunnel. Dan hebt u enig idee.'

Dus in feite waren er bij de waterkant over een afstand van zo'n zes kilometer zeven gebieden waar camera's op gericht waren. Belangrijker nog, een daarvan was bij de Christopher Street Pier waar Jack, naar eigen zeggen, die mysterieuze vrouw had gezien. 'Het valt me tegen dat de beelden zo onscherp zijn,' merkte ik terloops op.

'Hoe kan dat? We leven na 11 september,' zei Melissa.

'En dit is de echte wereld,' zei Carl. 'Times Square? Rockefeller Center? Grand Central? Daar staan volop camera's. Maar welke jihadist die ergens in een godvergeten oord in Afghanistan plannen smeedt, denkt daarbij aan het pad langs de Hudson? Toch zullen er ergens volgende maand een hele lading camera's aan de westkant worden geplaatst.'

'Vanwege de schietpartij?' vroeg ik.

'Nee, een paar weken geleden heeft een achterlijke collega van me een rondleiding gegeven aan een verslaggeefster van *New York Magazine* die geïnteresseerd was in CompStat. Ze zal wel allerlei vragen gesteld hebben over bewakingscamera's en zo, dus hij probeert haar paranoïde fantasieën over een oog in de lucht dat 24/7 alles in de gaten houdt, weg te nemen. Daarbij noemt hij als voorbeeld het pad langs de Hudson en hij vertelt haar precies waar wel en geen camera's zijn. Sommige mensen zijn ongelofelijk dom.'

'Is dat artikel gepubliceerd?' Opnieuw deed ik mijn best de vraag nonchalant te laten klinken.

'Jazeker. De bazen waren niet blij. Het is een klassiek dilemma. Als we zeggen dat we alles onder controle hebben, klagen mensen over gebrek aan privacy. Die oelewapper probeert haar dus aan haar verstand te brengen dat het allemaal niet zo'n vaart loopt en dan wordt het verhaal verdraaid en krijg je vragen over hoe veilig we zijn. Het is ook nooit goed.

'Werden er in dat artikel specifieke locaties van camera's genoemd?'

'O ja, dat stond er allemaal in. Het is dat we bij de vakbond aangesloten zijn, anders hadden ze die gozer ontslagen.'

Niet alleen waren er dus geen bewakingsbeelden van het voetbalveld, maar degene die Malcolm Neeley had doodgeschoten wist dat daar geen camera's waren.

Ik liet Carl bewakingsbeelden afspelen van verschillende camera's en diverse tijdstippen. Ik hoopte dat het niet zou opvallen wat ik zocht als ik ook veel andere beelden opvroeg, voor het geval Scott Temple aan Carl zou vragen waar ik naar op zoek was geweest.

Nadat we ongeveer veertig minuten bewakingsbeelden hadden bekeken, vroeg ik of hij de beelden van de Christopher Street Pier kon laten zien van de ochtend van Jacks gemiste kans. Met een beetje geluk zouden we een glimp opvangen van een vrouw in een avondjurk met een mand die in en uit beeld liep.

Maar dat is niet wat we zagen. Melissa wilde al naar het scherm wijzen, maar ik tikte haar op de arm ten teken dat ze moest wachten.

Ik liet de bewakingsbeelden nog een paar minuten doorlopen en zei toen dat ik er niets van snapte. Ik deed alsof ik moe was, bedankte Carl voor zijn hulp en zei dat ik zonder mijn cliënt erbij, die huisarrest had, niet wist waar ik op moest letten. 'Is het mogelijk om de beelden op een USB-stick te zetten?' vroeg ik. 'Ik weet wel in welke camera's en welke tijdstippen we geïnteresseerd zijn.' Ik zou meerdere tijdstippen en locaties noemen om zo Temples vermoedens te bevestigen dat ik maar wat zat te vissen.

'De hulpofficier van justitie heeft me verteld dat ik u alles moest geven waar u om vroeg.'

Toen we het politiebureau uit gingen, met een USB-stick in mijn aktetas, vroeg Melissa of we gevonden hadden waar ik naar zocht. Ik had haar alleen verteld dat ze op vrouwen met donker haar moest letten die een avondjurk droegen.

Ik omhelsde Melissa vluchtig. 'Nog even over mijn dronkenmanspraat van vannacht. Vergeet alles wat ik heb gezegd.'

Hoewel ik Carl een heel andere indruk had gegeven, overtroffen de beelden mijn stoutste verwachtingen. Zaterdag 6 juni, Jack in zijn T-shirt tijdens zijn hardlooprondje 's ochtends vroeg. En daar op het gras zat een vrouw in een lichtroze avondjurk, in de ene hand een fles, in de andere hand een boek. De vrouw op het gras bestond echt. Jack loog niet.

15

De volgende ochtend zaten Einer en ik samen met Jack aan zijn eetkamertafel de bewakingsbeelden van de waterkant op Einers laptop te bekijken in de hoop dat we de vrouw op het gras nog ergens anders zouden zien.

Einer klikte op pauze. 'Kijk, daar! Is ze dat?'

Er klonk een stem uit de mobiele telefoon, die op de speaker stond. 'Wacht. Wie bedoelen jullie?'

Als gevolg van de ingewikkelde regels voor Jacks vrijlating moest Charlotte inbellen. Bovendien mocht Jack niet op internet. Het juridische team mocht dat wel, maar zonder draadloos netwerk moesten we mijn mobiele telefoon als hotspot gebruiken, met als gevolg dat het internet traag was. Einer en Charlotte hadden een manier bedacht waardoor ze hun computers op afstand konden aansluiten, zodat Charlotte kon zien wat er op Einers scherm gebeurde, al miste ze wel alle andere informatie. Ze kreeg dus niet mee dat Einer naar een vrouw met een paraplu wees die op de ochtend voor de schietpartij bij de Chelsea Piers liep.

Jack schudde zijn hoofd en Einer liet de beelden weer lopen.

'Wie bedoelden jullie?' vroeg Charlotte opnieuw.

'Doet er niet toe,' zei ik, geïrriteerd door de onderbreking. 'Jack zei dat ze het niet was.'

Tot nu toe was de enige keer dat we de vrouw, die we nog steeds Madeline noemden, hadden gezien de keer die ik gisteren had ontdekt. Een paar minuten nadat Jack langs haar was gerend, had Madeline haar picknickspullen ingepakt, waarbij haar gezicht zo lang in beeld kwam dat Einer er een still van had weten te maken. In theorie was de foto duidelijk genoeg om haar te herkennen.

Gisteravond had Charlotte die foto op de homepagina van haar website *The Room* geplaatst. Ze had de achtergrond wazig gemaakt, zodat niemand een verband zou leggen tussen wat de Roomers 'de mysterieuze vrouw' noemden en de schietpartij bij de pier. Een paar kleinere, op de media gerichte websites hadden het bericht opgepikt en vroegen zich af waarom *The Room* zo nieuwsgierig was naar 'de vrouw op het gras'. Ook werd de vraag opgeworpen of het wel ethisch was om online de jacht op een anonieme vrouw te openen. Charlotte las de honderden (vooral bijdehante) reacties die ze had gekregen, maar tot nu toe zaten daar geen bruikbare tips tussen.

Jack keek nog steeds naar de bewakingsbeelden in de hoop een glimp van Madeline op te vangen op een andere dag, op een andere plek, op weg naar het voetbalveld, wat dan ook.

Toen de teleurstelling weer toesloeg, hield ik mezelf voor dat we al blij mochten zijn dat we haar op beeld hadden. Na zijn arrestatie had de politie Jacks verhaal dat hij een vrouw had gezien lachwekkend gevonden. De beelden bewezen dat Jack de waarheid sprak, dat hij haar inderdaad had gezien. Het maakte ook zijn verklaring geloofwaardiger dat hij op de dag dat Malcolm Neeley was doodgeschoten met een picknickmand het park in was gelopen en zonder picknickmand was thuisgekomen.

Charlotte liet ons meegenieten van wat er zoal aan tips op haar website binnenkwam. "'*Dat is je moeder nadat ik haar de avond daarvoor uit bed had geschopt*.' '*Mijn volgende exvrouw*.' '*Stuur haar maar naar me toe als jullie haar vinden*.'" Ik heb altijd wel geweten dat er vreselijke lui tussen de bezoekers van mijn website zitten, maar ik begin nu echt een hekel aan ze te krijgen. Ik heb nog wat foto's voor Jack om te bekijken. Ik stuur ze naar je door.'

Tot nu toe had niemand zich bij Charlotte gemeld met de mededeling dat ze Madeline was, maar Charlotte had een paar reacties gekregen van mensen die de vrouw meenden te kennen. In zulke gevallen deed ze haar best om een voor- en achternaam te krijgen, waarna ze online foto's opzocht die Jack dan kon beoordelen.

Terwijl Einer op zijn laptop de bewakingsbeelden van de waterkant liet doorlopen, klapte ik mijn laptop open voor de inkomende berichten van Charlotte.

Ik draaide het scherm naar Jack toe terwijl Charlotte doorpraatte. 'De derde vrouw zou het kunnen zijn, de rest lijkt me niet, maar jij hebt haar in het echt gezien.' Charlotte kon Jacks gezicht niet zien toen hij door de foto's heen ging.

Toen hij de laptop weer mijn kant op schoof, zag ik zijn ogen opeens oplichten. 'Hé, ik had je niet binnen horen komen.'

Buckley droeg een denim short met hoge taille en een blouse met kapmouwtjes, kleding die ik op die leeftijd nooit zou hebben aangetrokken. 'Door de therapie van vandaag zal ik wel op wolken lopen,' zei ze poeslief.

Als ik als tiener naar een therapeut was gegaan, had ik daar waarschijnlijk ook de draak mee gestoken.

'Hé, meid,' riep Charlotte uit de speaker.

'Hoi. Ik wil niet negatief doen, hoor, maar ik mag hopen dat de vrouw uit de bewakingsbeelden zoeken niet jullie enige invalshoek is voor mijn vaders verdediging. De kans dat je haar vindt is vrij klein.'

Charlotte benadrukte dat ze erbovenop zat. 'We denken niet dat Madeline hier zelf achter zit, maar dat ze is ingehuurd. Ik heb uitzendkrachten aan het werk gezet om websites van modellen- en escortbureaus af te struinen, op zoek naar een match.'

Charlotte had me vanochtend over die strategie verteld. Het was zonde van haar tijd en geld, maar het had geen zin om dat tegen haar te zeggen. Ze hield van Jack en moest en zou hem helpen.

Drie uur later waren we nog geen stap verder met het identificeren van Madeline en we hadden allemaal behoefte aan pauze. Toen Einer en ik onze spullen inpakten om weg te gaan, vroeg Jack of ik nog even kon blijven. Hij ging me voor naar de keuken en schonk twee glazen jus d'orange in.

'Weet je nog dat het echt een luxe was om verse jus d'orange te drinken in plaats van uit een pak?' vroeg hij, terwijl ik een slokje nam.

'Arm zijn is klote.'

Hij glimlachte. 'Eh, over Buckley.'

'Ik wist niet dat ze zo goed op de hoogte was van het bewijsmateriaal.'

'Dat wist ik ook niet. Ik verberg geen dingen voor haar, maar ik zeg er ook niet veel over. Ze zal wel net genoeg gehoord hebben om te beseffen dat we op zoek zijn naar een mogelijke getuige. Het invullen van lege plekken, daar is ze goed in. Ze is er kennelijk ook goed in om mensen dingen te vertellen die ze waarschijnlijk niet hoeven te weten. De foto's in mijn kast?'

'O, daar moet je echt niet mee zitten.' Ik deed alsof ik het al helemaal vergeten was.

'Buckley zei dat ze je verteld had over de ruzie tussen Molly en mij nadat Molly ze had gevonden.'

'Het geeft niet, Jack. We hoeven het hier niet over te hebben.'

'Oké.'

Ik had door dat hij meer wilde zeggen en nam nog een slokje jus d'orange.

'Het was gewoon een ruzie,' zei hij. 'Buckley zat nog op de basisschool. Ze zal waarschijnlijk gedacht hebben dat het iets groots was. Ouders van andere kinderen gingen scheiden. Maar het was niets. Ik hield heel veel van Molly.'

'Natuurlijk. Je hoeft het niet uit te leggen.' Verdorie, klonk ik teleurgesteld? Wás ik teleurgesteld? 'Ik vind het heel rot voor je dat je haar al zo vroeg verloren hebt, maar ik ben blij dat jullie die tijd samen hebben gehad. Sommige mensen vinden dat geluk nooit.' Ik had het nooit gevonden. 'Uit wat ik gelezen heb, maak ik op dat ze heel goed bij je paste.'

Hij keek naar de vloer en knikte. 'Na jou is Molly de enige geweest. Tussen jullie in heb ik niet eens een date gehad.'

Ik dronk mijn glas leeg en gaf het aan hem terug. Hij liep met me mee naar de deur en bleef bij de tafel staan die het begin vormde van de gevarenzone voor zijn elektronische enkelband. Ik stak mijn hand uit naar de deurknop, maar draaide me om. 'Waarom heb je me nooit gebeld?'

'Dat heb ik gedaan, nou ja, Buckley dan, nadat ik was gearresteerd.'

'Nee, ik bedoel destijds. Nadat Owen was overleden. Toen je naar de psychiatrische inrichting ging of daarna. Waarom heb je me nooit gebeld?'

'Dat heb ik je al gezegd, ik kon het gewoon niet.'

'Ik hoefde alleen maar te weten dat het goed met je ging. Ik wist dat je me haatte maar...'

'Ik heb je nooit gehaat. Ik zou je nooit...' Zijn stem brak.

'Maar waarom dan?' Hij keek me machteloos aan en zweeg. 'Jack, ik voelde me ontzettend schuldig.'

Hij kuchte en opeens verhardde de blik in zijn ogen. 'Wacht even, Olivia. Wat zit je het meest dwars: dat je niet wist of het goed met me ging of dat je je schuldig voelde over wat je had gedaan? Want dat ik je niet belde was misschien wel mijn manier om je terug te pakken. Jou in het ongewisse laten. Jou in de waan laten dat het wellicht helemaal niet goed met me ging, dat ik nooit meer de oude zou worden. Wil je dat horen? Oké dan, nu weet je waarom ik je nooit heb gebeld.'

Ik stapte naar hem toe en hij deinsde achteruit. 'Ga weg.'

We werden onderbroken doordat Einer de gang in stapte. 'Charlotte belde net weer. Ze heeft haar gevonden. Je enge, gestoorde vriendin heeft Madeline gevonden.'

'Heb je de foto's al ontvangen?' Charlottes stem klonk door de speaker.

Ik keek naar een blauw wieltje dat bovenaan mijn browserscherm ronddraaide. 'Het laden duurt even.'

'Heeft iemand haar eindelijk herkend?' vroeg Jack.

'Ja,' zei Charlotte, 'maar het was geen tip die via *The Room* was binnengekomen. Ik had toch gezegd dat ik uitzendkrachten had ingehuurd om websites af te struinen? Ik mag dan onderschat hebben hoeveel werk dat is, maar ik heb een lijst gemaakt van alle in New York gevestigde escort-, modellen- en castingbureaus die op internet te vinden zijn. En ik heb heel veel mensen ingehuurd. Niet alleen gewone uitzendkrachten, maar ook modellen en actrices en impresario's – mensen die goed zijn in het herkennen van gezichten. Vertel me later maar hoe geweldig ik ben. Het belangrijkste is dat we haar hebben gevonden. Zijn de foto's al binnen?'

Toen de website eindelijk geladen was, werd er 24/7 gezelschap in New York beloofd van een reeks werkelijk beeldschone vrouwen, tarieven variërend van achthonderd tot tweeduizend dollar per uur. Ik kon wel bedenken waar die prijsverschillen op gebaseerd waren.

Toen ik omlaag scrolde, vond ik de beloofde vrouwen. Er stonden er telkens drie op een rij, waarbij de een wat schaarser gekleed was dan de ander.

'Om wie gaat het?' vroeg ik.

'Helen. Verder omlaag scrollen. Ze zijn zo attent geweest

de dames op alfabetische volgorde te zetten.'

Ik vond haar halverwege de pagina. Haar natte, donkerbruine haar viel net tot op haar borsten, die duidelijk te zien waren onder een wit, nat haltertopje. Ze was drijfnat en toch zat haar make-up perfect.

'Ze lijkt er echt op,' zei Jack naast me. 'Ze was droog, uiteraard, en droeg minder eyeliner dan op de foto, maar ze zou het heel goed kunnen zijn.'

Ik klikte op de foto. Het wieltje draaide weer en daarna verscheen de pagina van Helen, waarop nog zes foto's te zien waren. Jack wees naar een foto waarop ze met haar rug naar de camera toe stond. Haar rokje opgetild, zodat er een stel prachtige billen te zien was. 'Ja, ze is het.'

'Heb je haar kont gezien?'

'Nee, haar profiel.' Helen keek over haar schouder in de lens. 'Ik weet het natuurlijk niet zeker, maar ze lijkt er veel beter op dan al die andere vrouwen die je me hebt laten zien.'

'Het enige probleem met online een prostituee bestellen is dat als we bellen voor een date met deze Helen, ze gerust een andere sexy brunette sturen.'

Charlotte leek er trots op dat ze me weer een stap voor was. 'Vandaar dat ik al een belletje gepleegd heb naar dit zogenaamde escortbureau. Ik heb Helens echte naam gekregen voor minder dan wat het kost als je een date met alles erop en eraan wilt. Ik stuur jullie nog een foto.'

De inkomende e-mail liet dezelfde vrouw zien, maar dan met een netter voorkomen.

Jack hapte naar adem. 'O mijn god, dat is ze.'

De stem van Charlotte kraakte in de speaker. 'Dat is een van haar professionele foto's als beginnend actrice. Haar echte naam is Sharon Lawson. Ze is kennelijk nog niet doorgebroken. Ik heb een adres van haar in Staten Island.'

Ik vroeg Charlotte om me het adres te geven, zodat ik er verder achteraan kon.

'Nee, ik ben degene met de slaafse volgelingen. Als je naar haar toe gaat, ga ik mee. Ik kom je om tien uur ophalen.'

Nadat Charlotte had opgehangen, schudde Jack lachend zijn hoofd. 'Charlotte zal de website van dat escortbureau wel bij haar favorieten zetten voor toekomstig gebruik.'

Ik was blij dat het goede nieuws de toenemende spanning had verdreven die was ontstaan voordat Charlotte belde. Het voelde alsof alles op zijn plek viel. Als Sharon Lawson Madeline bleek te zijn en iemand haar had ingehuurd om Jacks aandacht te trekken, konden we wellicht bewijzen dat Jack erin was geluisd.

'Ik moet er zeker niet te veel van verwachten? Degene die dit gedaan heeft, was vast slim genoeg om zijn sporen te wissen.'

'Dat weet ik, maar we hoeven niet te bewijzen wie er aan de touwtjes trekt.' We hoefden het alleen maar aannemelijk te maken dat er aan touwtjes werd getrokken. Na Jacks arrestatie leek dat een onmogelijke opgave. Nu had ik eindelijk een begin voor mijn pleidooi. Max Neeley haatte zijn vader, wilde onafhankelijk zijn en had nu, na zijn vaders overlijden, de leiding over The Sentry Group. En volgens iedereen was hij slim, slim genoeg om Jack in een valstrik te lokken.

'Denk je echt dat Max Neeley hierachter zit?'

'Het is niet onze taak dat uit te vogelen. Ik moet het alleen als een geloofwaardige mogelijkheid presenteren.'

'Is het raar dat ik me slecht voel dat ik hem dit aandoe als hij niet schuldig blijkt te zijn? Het is bijzonder dat hij nog zo normaal is gezien zijn achtergrond en alles wat zijn vader hem heeft laten doormaken.'

Er kwam een berichtje binnen op mijn telefoon. Van Charlotte. *Ik ben er.* Hoe kon ze na tien minuten al in het centrum zijn?

Terwijl ik mijn laptop in mijn aktetas deed, zei ik tegen

Jack dat hij geen medelijden met Max hoefde te hebben. 'Hij is op dit moment mijn belangrijkste alternatieve verdachte. En hoe je het ook wendt of keert, hij is van zijn vader verlost en heeft het hedgefonds nu helemaal voor zichzelf.'

Charlotte stond buiten in een glanzend witte Porsche Carrera voor Jacks appartementencomplex te wachten.

'Geen Barbie?' vroeg ik, toen ik me in de auto wurmde en op de lage stoel ging zitten.

'Als we over de Verrazano-Narrows Bridge moeten, kunnen we net zo goed wat plezier maken.'

Het huis van Sharon Lawson kwam zo uit de tv-serie *All in the Family*. Het was de rechterhelft van een tweekapper, inclusief een dikke, rechtgesnoeide heg onder de ramen.

Charlotte was me net voor toen de deur openging. 'Sharon, we willen het met je hebben over een rol. Het is een vervolg op je schnabbel bij de Christopher Street Pier.'

'Welke schnabbel bij de pier?'

'Je weet wel, die met die fles champagne en die mand.'

Ik zag even paniek op Sharons gezicht, maar ze herpakte zich snel. Ik stak mijn hand naar haar uit, met visitekaartje, in de hoop dat ze de deur dan niet zou dichtgooien. 'Mevrouw Lawson, we moeten met u praten, zo niet dan zult u met de politie moeten praten.'

Ik had Charlotte nooit de kans moeten geven zich ermee te bemoeien. Ze had zelf contact met Sharon Lawson kunnen opnemen of anders had ik dat op mijn gebruikelijke manier gedaan. Maar dat we hier met z'n tweeën waren, was een grote vergissing. De deur ging al dicht. Charlotte stak haar zwarte canvas tennisschoen tussen de deur. 'Er staat een leven op het spel, het leven van een man.'

De deur werd weer opengerukt. 'Die klootzak van een Emin zit hier zeker achter?'

Ik probeerde de situatie te redden. 'Het doet er niet toe

hoe we u gevonden hebben.' Charlotte had inderdaad een man die Emin heette en bij het escortbureau werkte omgekocht om Madelines echt naam en haar adres te krijgen. Emin had ook bevestigd dat een klant contant had betaald en Sharon voor een hele nacht had geboekt, inclusief de uurtjes in de vroege ochtend toen Jack de vrouw op het gras had zien zitten. Emin was echter niet op de hoogte van de identiteit van de klant of de locatie van de date. 'We moeten weten wie u heeft ingehuurd om naar de Christopher Street Pier te gaan.'

'Ik weet niet waar u het over hebt.'

'Als u bang bent om met ons te praten over uw werk voor het escortbureau...'

Ze stapte de veranda op en deed de deur achter zich dicht. 'Natuurlijk ben ik bang. Ik ben negenentwintig, heb twee kinderen en kan nauwelijks de huur betalen om een dak boven ons hoofd te hebben. Niet te geloven dat die geldwolf van een Emin me verlinkt heeft. Hij was degene die me benaderd heeft tijdens een auditie en me vertelde dat ik op een gemakkelijke manier een centje bij kon verdienen. Niemand zou het weten. Maar goed, mijn geheim ligt dus op straat. En ik heb werkelijk geen idee waar u op doelt met die stomme picknickmand.'

'We hebben bewakingsbeelden,' zei ik, terwijl ik haar strak aankeek. 'We zijn er niet op uit uw geheime leven te onthullen. Er is trouwens niets illegaals aan het werk dat u doet. Iemand heeft u ingehuurd om, tiptop gekleed, bij de waterkant een boek te gaan zitten lezen, wachtend op een man die daar zou langsrennen. Die man zit nu in de problemen. U bent de enige die ons kan helpen om te snappen wat er werkelijk is gebeurd. We moeten weten door wie u bent ingehuurd.'

'Ik weet niet hoe vaak ik het nog moet zeggen: wat u vertelt gaat niet over mij.'

'Emin heeft bevestigd dat u de hele nacht geboekt was,' hield Charlotte vol. 'Van 5 op 6 juni.'

'Ik herinner me die nacht. Ik was in een hotel aan Central Park South, als u dat zo nodig moet weten.'

'Welk hotel?' vroeg ik.

'Essex House, nou goed? Meer kan ik u niet vertellen. Het spijt me. Misschien is er een vrouw die veel op mij lijkt. Ga alstublieft weg. Ik wil niet dat mijn zoons dit horen.'

Ze sloot de deur, ditmaal voorgoed. Charlotte klopte weer op de deur, maar ik schudde mijn hoofd. Dit had geen zin.

Ik had gegoogeld op Sharon Lawson en actrice. Ze had wat kleine gastrollen gedaan in enkele tv-series die in New York werden opgenomen: *Gossip Girl*, *Law & Order*, *The Good Wife*. Vorig jaar had ze in een toneelstuk gespeeld dat in kleinere theaters werd opgevoerd. Maar in New York redde je het niet meer als je naast je acteerwerk alleen wat bijverdiende in de horeca, zeker niet als er nog twee extra monden gevoed moesten worden. Daar stond tegenover dat ze een yogabroek aanhad die zeker honderd dollar had gekost en op haar oprit stond een vrij nieuwe Lexus SUV. Wie weet hield ze zichzelf alleen maar voor dat ze het geld nodig had voor haar kinderen.

Ik pakte mijn telefoon om een foto van de kentekenplaat te maken. Het zou waarschijnlijk niets opleveren, maar we konden de bewakingsbeelden van de parkeergarages in de buurt van Essex House en de waterkant bekijken om erachter te komen waar ze was toen Jack de vrouw op het gras had gezien.

Mijn telefoon trilde voordat ik de foto had kunnen nemen. Het was een verslaggever van *Eyewitness News* die Jan Myers heette. Ze vroeg om commentaar op Jacks zaak.

'We hebben een spreekverbod,' zei ik. 'Dat weet u.'

'Maar ik heb geen spreekverbod en ik wil alle partijen altijd de kans geven om te reageren.'

'Waar zou ik op moeten reageren dan? Op de interviews die Max Neeley heeft gegeven? Het is logisch dat de zoon van een slachtoffer van de schietpartij naar snelle antwoorden zoekt.'

'Aha, dan heeft het OM u denk ik nog niet ingelicht. Sorry dat u het slechte nieuws van mij moet horen.'

Het was heel slecht nieuws.

Een dakloze, ene Francis Thomas, was vanochtend toen het heel hard regende de dagopvang voor mannen binnen gelopen met een winkelwagentje met daarin allerlei spullen: kleren, blikjes, flessen, boeken, een doorweekte picknickmand. En in die picknickmand lag een Glock .45 – hetzelfde type pistool dat bij de schietpartij aan de waterkant was gebruikt.

16

Charlotte drukte twee keer op de claxon van haar Porsche, maar ik bleef op Sharon Lawsons oprit staan en probeerde Jan Myers te overreden het verhaal niet naar buiten te brengen.

Het kostte me zo veel moeite mijn stem neutraal te houden dat ik de informatie die Jan me had gegeven niet eens kon verwerken. Francis Thomas had gezegd dat hij de mand 'bij het water' had gevonden op de dag dat Malcolm Neeley was doodgeschoten, al wist hij niet precies waar. Als hij al gezien had dat er een pistool in de mand lag, kon hij niet aan de politie uitleggen hoe dat daar kwam.

'Ik beloof je dat je later een exclusief verhaal zult krijgen, Jan.'

'Later?'

'Je weet dat ik dat zal doen.' Terwijl ik deze ene verslaggever zover probeerde te krijgen dat ze haar mond zou houden, ging ik de mogelijkheden af. Als Jack erin was geluisd, had degene die dat had gedaan geweten dat hij een picknickmand bij zich zou hebben. Jack beweerde dat hij die vlak bij het voetbalveld had achtergelaten. De schutter kon het pistool erin hebben laten vallen. De theorie bleef nog steeds overeind.

Toch was alles veranderd door de vondst van de mand. Tot nu toe was de bewering dat Jack in de val was gelokt slechts een van de vele invalshoeken voor onze verdediging. Er waren veel betere opties. De kans was groot dat ik het voor elkaar zou krijgen dat de schotresten niet als bewijs zouden worden toegelaten omdat ze tijdens een illegale arrestatie waren verkregen. Zonder de schotresten had het OM het nakijken. Maar zelfs als de uitslag van het schotrestenonderzoek werd verworpen, dan konden we alleen nog maar aanvoeren dat hij erin was geluisd, en dat allemaal doordat het moordwapen in precies zo'n zelfde picknickmand was aangetroffen als die Jack voor de schietpartij bij zich had gehad.

'Sorry, nee, dat gaat niet,' zei Jan. 'Bovendien wordt dit verhaal al verspreid. Ik ben niet de enige die het weet.'

'We hebben een spreekverbod.' Terwijl ik achter de Lexus SUV van Sharon Lawson ijsbeerde, zag ik de gordijnen een eindje opengaan bij het raam aan de voorkant van het huis van de beginnend actrice. Iets aan haar zat me niet lekker, maar ik moest eerst het gesprek met Jan afhandelen. 'Wie is je bron? Geef gewoon een hint: de politie of het OM?'

'Ik belde alleen voor een reactie, Olivia.'

'Is het Max Neeley?' Het leek me niet dat Scott Temple doelbewust informatie zou lekken, maar als familie van het slachtoffer kon Max inside-informatie van de politie krijgen. 'Heeft een van de verslaggevers die hij voor zijn karretje probeert te spannen, hem ooit gevraagd waarom hij het testament al twee dagen nadat zijn vader was overleden gerechtelijk heeft laten verifiëren?'

Het bleef lang stil aan de andere kant van de lijn. 'Het is altijd interessant om met u te praten, mevrouw Randall. Zo te horen zou u me veel kunnen vertellen als u het niet zo nauw zou nemen met uw beroepsethiek.'

Ik hing op en nam een foto van Sharon Lawsons kentekenplaat. Die zat in zo'n gratis houder van de garage, in dit geval van New York Universal Auto World. De onderste regel op dit gammele stuk plastic luidde: VOOR GOEDE MENSEN MET WEINIG GELD.

Toen ik weer naar het huis keek, waren de gordijnen dicht. Ik had geen idee of Sharon een goed mens was of niet, maar ik was ervan overtuigd dat ze meer wist dan ze ons had verteld.

Charlotte zette de stereo zachter, van stadionvolume naar normaal, toen ik in de auto stapte. 'Je weet toch dat ze liegt?'

Ik zette de stereo uit. 'Ik moet bedenken hoe ik dat kan bewijzen.'

De daaropvolgende tien minuten deed ik mijn best om Charlottes geklets over al haar plannen te negeren: meer geld voor Emin zodat die met een microfoontje zou gaan rondlopen, een legertje mensen met foto's naar de waterkant sturen om getuigen te zoeken, Sharon omkopen of afpersen zodat ze de waarheid zou vertellen.

Ze had gelijk: Sharon moest alles eerlijk bekennen. Ook als ze niet wist wie haar had ingehuurd, dan hadden we eindelijk een verhaal: droomvrouw op het gras, oproep op internet, e-mail met het voorstel om bij het voetbalveld af te spreken, schietpartij. Begin, midden en eind. Het was een ingewikkeld, fascinerend verhaal – zo'n verhaal waar juryleden dol op zijn. Hoe vaak had ik juryleden na een vrijspraak niet horen zeggen dat het verhaal van de verdediging te bizar klonk om verzonnen te zijn? 'Is het je opgevallen?' vroeg Charlotte.

'Hè, wat?' Ik had niet geluisterd.

'Ik zei dat ze op jou lijkt. Sharon/Helen. Ze is een jongere, slankere, sexyere versie van jou.'

'Ik hou ook van jou, Charlotte.'

'Nee, ik meen het. Interessant dat Jacks droomvrouw meer op jou dan op Molly lijkt.'

'En pasgeleden zei je nog dat Tracy Frankel eruitzag als een jongere, afgeleefdere versie van mij. Jij vindt iedere heterovrouw met zwart haar op mij lijken.'

Terwijl ik haar verhitte relaas aanhoorde dat ze zeker wist dat Sharon Lawson loog, leunde ik achterover in mijn stoel, sloot mijn ogen en zag voor me hoe ik bij zonsopkomst met blote voeten aan de waterkant champagne zat te drinken en met een knappe, onschuldige hardloper flirtte. Zijn droomvrouw leek inderdaad meer op mij dan op Molly.

Tegen de tijd dat ik terug was bij Jacks appartement was ik uitgeput. Zodra Jack mijn gezicht zag, zei hij: 'Ik durf het niet te vragen.'

Toen ik het nieuws over Sharon Lawson vertelde, liet Jack zich op de bank vallen en keek naar het plafond. Ik begon aan mijn standaardriedeltje – het duurde nog een tijd voor het proces begon, we waren nog maar net met het onderzoek gestart, etcetera – maar Jack onderbrak me.

'Een paar jaar geleden heb ik een schrijfcursus gegeven in de gevangenis. Een van de gevangenen schreef een essay over waarom hij, na vijftien jaar te hebben volgehouden dat hij onschuldig was, van plan was tegen de reclasseringscommissie te zeggen dat hij spijt had van zijn misdrijven. Het blijkt dat je niet in aanmerking komt voor voorwaardelijke vrijlating als je geen verantwoordelijkheid voor je daden neemt, dus hij moest berouw tonen over iets wat hij niet had gedaan, en dat zou hij doen. Hij zei tegen me: "Binnen is binnen en buiten is buiten. Ik wil gewoon buiten zijn." Ik wil dat dit voorbij is, Olivia. Ik kan niet naar de gevangenis. Ik heb maar een paar dagen vastgezeten en ik dacht dat ik mijn verstand weer zou verliezen. Dat overleef ik niet. Beloof me dat je er alles aan zult doen om me te helpen.'

'Uiteraard,' zei ik kalm. Dit gesprek maakte het er niet gemakkelijk op hem het andere nieuws te vertellen. Ik zei dat ik gebeld was door Jan Myers van *Eyewitness News*. Toen ik vertelde dat er een pistool in de picknickmand lag, flikkerden zijn ogen van verwarring.

'Ze wachten op het ballistisch rapport,' zei ik.

'Dat is krankzinnig. Hoe kan dat?'

Ik kwam aanzetten met de uitleg die ik mezelf had wijsgemaakt sinds het telefoontje van de verslaggever. In Madelines e-mails had gestaan dat Jack een picknickmand moest meebrengen naar hun afspraakje. Wellicht had de schutter verwacht dat Jack daar langer zou blijven. Wie weet was de schutter van plan geweest eerst Neeley en daarna Jack dood te schieten, zodat het zou lijken alsof de dader zelfmoord had gepleegd. Maar toen het begon te plenzen, was Jack weggegaan. De schutter zal nu of nooit gedacht hebben. Toen de dader vertrok, had die Jacks picknickmand zien staan en had het pistool erin laten vallen.

Terwijl ik Jack mijn theorie uitlegde, besefte ik wat me niet lekker had gezeten aan Sharon Lawson. Charlotte had Sharon verteld dat we wisten van haar schnabbel aan de waterkant met de champagne en de mand. Toen Sharon echter ontkende dat ze de vrouw op de bewakingsbeelden was, zei ze niets te weten van een 'stomme picknickmand'.

Bestaan er ook andere soorten manden? Misschien niet, maar het was merkwaardig dat ze dat vreemde detail had toegevoegd, al kon het zijn dat ik me aan een strohalm vastklampte.

Toen ik Jacks gebouw uit liep, pakte ik mijn mobiele telefoon en bekeek de laatste foto: een foto van de kentekenplaat van Sharon Lawson, inclusief de naam van de garage. Ik belde het inlichtingennummer en vroeg naar het telefoonnummer van New York Universal Auto World.

En toen had ik heel veel geluk.

De volgende avond, klokslag negen uur, ging mijn mobiele telefoon. Het was de portier: Helen kwam naar boven. Ik had geen idee van Sharon Lawsons kwaliteiten als prostituee, maar tot nu toe kreeg ze voor stiptheid de maximale score.

Ik stond op van de bank en trok intuïtief Dons stropdas recht.

Einer sloeg mijn handen weg. 'Jezus, Olivia, hij is een volwassen man die met een prostituee gaat praten, geen kind dat naar het schoolbal gaat.'

Don deed de stropdas af en gooide hem op de salontafel. 'Ik ben niet eens een echte klant en toch geven jullie me het gevoel dat ik een oude viezerik ben. Weten jullie zeker dat we hier niet op een andere manier achter kunnen komen?'

Dat wist ik zeker. Charlotte en ik hadden Sharon de stuipen op het lijf gejaagd toen we onaangekondigd bij haar op de stoep stonden. De tweede keer dat we aanklopten, had ze de deur niet opengedaan. Ik verzekerde Don dat we niets verkeerd deden: we betaalden haar meer dan haar standaardtarief voor seks in ruil voor een eenvoudig gesprek. We hadden al afgesproken dat we haar in elk geval niet fysiek zouden tegenhouden als ze weg wilde. En we waren alle drie getuige van de interactie voor het geval ze ons ergens vals van wilde beschuldigen.

Einer en ik doken mijn keuken in. We konden Sharon/Helen niet zien, maar konden het gesprek in de woonkamer duidelijk horen. Het voorstellen klonk even onschuldig alsof er een schoonmaakster langskwam. Hoi, ik ben Helen. Ik ben Don. Hoe gaat het? Met mij gaat het goed, en met jou? Daarna werd het gesprek algauw voor boven de achttien.

'Volgens mij weet je wel hoe het met me gaat,' zei ze. 'Ik ben geil. Dat is toch de reden dat je me hier hebt uitgenodigd?'

Ik had verwacht dat een prostituee die duizend dollar per nacht vroeg wel een opwindender gesprek zou weten te voeren dan wat je laat op de avond in films op een pornozender hoorde. Die arme Don wist niet hoe hij het had. 'Eh, laten we gewoon even praten.'

'Wil je dat? Praten? En waar wil je het over hebben?'

Ik hoorde voetstappen en een bonk, en kon me niet langer inhouden. Ik moest naar binnen gluren. Don schoof haastig over mijn bank terwijl Helen een poging deed schrijlings boven op hem te gaan zitten.

'Weet je waar ik van hou?' vroeg Don, die opstond en zijn handen beschermend voor zijn geslachtsorgaan hield. 'Ik hou van auto's.'

'O ja, schatje?' Helen speelde met haar lange bruine haar en bewoog één been flirterig heen en weer. 'En wat doe je dan graag als je achter het stuur zit?'

'Het gaat mij niet zozeer om het rijden. Ik vind het vooral leuk om dingen over auto's te weten. Over de verkoop van auto's.' Don gedroeg zich niet langer als een opgelaten heer. 'Bijvoorbeeld over garages die auto's verkopen aan goede mensen met weinig geld, zoals New York Universal Auto World. Zo'n bedrijf, Sharon, dat een luxe SUV leaset aan een moeder met twee kinderen zonder vast inkomen met als enige voorwaarde dat er gps in de auto wordt geïnstalleerd voor het geval de auto teruggevorderd moet worden.'

Ze begon achterwaarts naar de deur te lopen. 'Hoe weet u mijn naam? Wat weet u van mijn kinderen?' Haar gezicht betrok toen ik uit de keuken kwam. 'Hoe vaak moet ik het nog zeggen? Ik weet van niets.'

'Je hebt me verteld dat je de hele nacht in hotel Essex House was op de datum waar ik naar vroeg. De gps-zender in je auto geeft iets anders aan. Je was bij de Quik Park Bleecker Street Garage.' Dat was de dichtstbijzijnde goedkope parkeergarage voor de Christopher Street Pier. 'Je kwam daar 's ochtends iets voor half zeven aan en vertrok iets over zeven, niet lang nadat een man die Jack Harris heet zijn gebruikelijke hardlooprondje bij de pier had voltooid.'

'Ik wil hier niets mee te maken hebben.'

'Daar is het te laat voor, Sharon. Je praat nu met ons of ik regel een huiszoekingsbevel voor het escortbureau.' Ik kan helemaal geen huiszoekingsbevel voor een escortbureau regelen, maar dat weten prostituees en actrices niet. 'Als je meewerkt, kan ik in elk geval proberen zo min mogelijk ruchtbaarheid te geven aan je bijverdiensten. Het doet er niet toe hoe iemand bij jou is uitgekomen. Wat we moeten weten is hoe het komt dat je die ochtend bij de pier was. Wie had je ingehuurd?'

'Ik heb geen idee. Alles ging per e-mail. Die man schreef dat hij een geintje wilde uithalen met een collega. Ik heb geen vragen gesteld. Hij zei dat ik een mooie jurk moest aandoen. De mand stond daar op me te wachten. Ik moest een boek lezen. Als die collega langsrende, moest ik belangstellend, wat flirterig, naar hem kijken.' Ze liet zich op mijn bank zakken en haalde haar vingers door haar haar. 'Dat is echt alles wat ik weet.'

Einer stapte de keuken uit, maar ik wierp hem een vernietigende blik toe, waarna hij weer uit het zicht verdween. Ik wilde Sharon niet opnieuw bang maken. 'Je zei dat je door een man was ingehuurd. Wat weet je van hem?'

'Niets. Ik weet eigenlijk niet eens of het wel een man was. Alles ging via e-mail. Er lag contant geld voor me in de mand – voldoende voor een hele nacht – en die mand stond onder een bankje iets ten zuiden van de pier.' Ik wist al dat daar geen camera's waren en we hadden op de bewakingsbeelden niemand met een picknickmand zien lopen. 'Ik was niet blij met die regeling, maar ik bedacht dat ik bij aankomst gemakkelijk kon kijken of het geld er lag en zo niet dan zou ik weggaan. Ik kreeg tweeduizend dollar voor een uurtje werk.'

'En je dacht echt dat dit was om iemand een poets te bakken?'

'Weet je hoeveel geld rare mensen in deze stad hebben? Een vriendin van me kreeg tienduizend dollar als ze in haar ondergoed het appartement van een of andere gast schoonmaakte. Het is net monopoliegeld voor van die viezeriken.'

'En hoe zit het met de schietpartij?'

'Waarom denk je dat ik zo schrok toen je bij me op de stoep stond? Toen ik over de schietpartij hoorde, dacht ik meteen, tjonge, daar was ik een paar weken geleden. Snap je? Toen ik las dat de schutter een picknickmand bij zich had, heb ik degene gemaild die me had ingehuurd, met de vraag wat er in vredesnaam aan de hand was. Ik kreeg alleen een foutmelding dat het account was opgeheven. Verder weet ik niets. Ik ben doodsbang.'

'Wat was het e-mailadres van dat account?'

Ze zocht in haar zwarte lakleren handtas en haalde er een iPhone uit. Het e-mailadres dat ze voorlas, was hetzelfde e-mailadres dat Madeline gebruikt had om met Jack af te spreken bij de waterkant op de ochtend van de schietpartij.

17

De gang naar een strafproces verloopt traag, maar nooit gestaag. Aanvankelijk wordt die gekenmerkt door een jachtige gedrevenheid, gevolgd door een lange periode waarin alles bijna normaal is, zij het dat er een aanklacht is ingediend, en daarna de aanloop naar het proces.

Drie weken nadat we bevestiging hadden dat iemand Sharon Lawson had ingehuurd om zich voor te doen als Madeline, liep de hectische fase ten einde. De festiviteiten ter ere van 4 juli, de nationale feestdag, waren voorbij en we hadden dat weekend op kantoor doorgebracht in de hoop een theorie te kunnen bedenken waarmee we de openbaar aanklager konden overreden of konden ompraten of zo in verlegenheid konden brengen dat die de zaak tegen Jack zou seponeren, voordat we ons allemaal opmaakten voor wat een lang en langzaam gevecht zou worden.

De grootste van de twee vergaderzalen bij Ellison & Randall was geheel gewijd aan de verdediging van Jack. Op de tafel, de kast en de helft van de stoelen stonden dozen en lagen dossiers en documenten. Op twee verrijdbare whiteboards waren in verschillende kleuren kreten neergezet.

Ik kon mezelf niet eens horen doordat iedereen door elkaar praatte.

‘We moeten dit terugbrengen tot de kern. We hebben een helder verhaal nodig.’ Dat was Don. Bij Don ging het altijd om het verhaal.

'Echt, Olivia, ik heb deze zooi al vijftig keer doorgenomen en ik heb nog steeds geen idee wat we over het hoofd zien.' Einer, zittend op de vloer, omringd door documenten.

Jack – die op de speaker stond – zei: 'Ik vind het geen prettig idee de andere slachtoffers erbij te slepen.'

'Klote *Gothamist*.' Dat was Charlotte, die geobsedeerd was door wat er op internet over de zaak werd geschreven. 'Ze beschuldigen me ervan dat ik *The Room* misbruik om propaganda voor Jack te verspreiden. Maar als het waar is, is het geen propaganda.'

Einer gaf Charlotte een high five. 'Geef ze ervan langs, Martina Navrátilová.' Na een maand van vijandig geplaag was Charlotte gek genoeg doller op Einer dan ze ooit op mij was geweest.

'Rustig, zo kan ik niet nadenken.' Ik was vastbesloten iedereen het komende uur naar huis te sturen. Charlotte, die het niet gewend was dat haar de mond werd gesnoerd, wierp me een boze blik toe. Ik begon bij haar. 'Kun je een beetje rustig aan doen met wat je op *The Room* plaatst? Het laatste waar Jack op zit te wachten is een tegenbeweging op sociale media.'

Ze keek niet blij, maar protesteerde niet.

'Einer, er zit iets in die dozen wat de moeite waard is, dat weet ik zeker.' Ik had Scott Temple onder druk gezet om het bewijsmateriaal eerder aan ons over te dragen dan officieel zou moeten. Als reactie daarop had hij twee dagen geleden zeven grote dozen met documenten bij ons kantoor laten afleveren. We waren er algauw achter dat vier dozen dezelfde documenten bevatten die de politie bij Jack thuis in beslag had genomen, inclusief al het materiaal over de civiele zaak tegen Malcolm Neeley. In de overige drie dozen zat van alles wat je niet direct onder bewijs zou scharen. Naast de gebruikelijke getuigenverklaringen, de bevindingen van de patholoog en foto's van de plaats delict, had het OM honderden pagina's gestuurd met telefoongegevens, creditcard- en bankafschriften, en andere documenten die niets met de zaak van doen leken te hebben.

De kans bestond dat Temple dit gedaan had omdat ik zo had lopen zeuren dat ik het bewijsmateriaal snel wilde hebben. Mijn gevoel zei echter dat er een andere kant aan het verhaal zat.

Ik vermoedde dat er Brady-materiaal tussen zat – bewijs dat gunstig zou zijn voor onze zaak en dat hij verplicht aan ons moest overleggen – maar dat had hij begraven tussen allerlei andere papieren, zodat ik er echt naar moest zoeken. Ik zei tegen Einer dat hij door moest gaan.

'Olivia, ik heb echt alles bekeken. Ik kan niet iets tevoorschijn toveren wat er niet is.'

'Ja, dat kun je wel. Pak een stapel kaartjes en schrijf de naam van elk document op een afzonderlijk kaartje. Rangschik de kaartjes in verschillende patronen, eerst per documenttype, daarna naar de mensen op wie de documenten betrekking hebben, zoals Jack, Neeley, de andere slachtoffers. Bekijk alles in een nieuw licht. En dan nu wat het verhaal betreft, Jack en Don, jullie schijnen het niet eens te zijn over de inhoud van het bericht dat ik naar het OM moet sturen.'

'Ons verhaal is te ingewikkeld.' Don wees naar de vol gekladderde whiteboards. 'Hou het eenvoudig: leg een verband tussen de e-mailberichten van Sharon Lawson en Madeline om aan te tonen dat degene die Sharon had ingehuurd om op het gras te gaan zitten dezelfde persoon is die Jack die ochtend naar de waterkant liet komen om als zondebok te fungeren. Meer hoef je niet te doen. Het is intrigerend. Het suggereert dat er een andere kant aan de zaak zit en legt de bewijslast bij de Staat, die moet uitzoeken wie er achter dat e-mailadres zit. De rest – Max zou het gedaan kunnen hebben, of een andere mede-eiser, het kan te maken hebben met Malcolms hedgefonds, wellicht hadden de andere slachtoffers vijanden – is allemaal speculatief en veel te complex.'

Jacks stem kwam uit de speaker: 'Hallo? Horen jullie mij?' Hij klonk als een bedeesde schooljongen achter in de klas die moeite moest doen om boven het kabaal op de voorste rij uit te komen. 'Het zit me echt niet lekker dat er naar deze andere mensen wordt gewezen. Ze kunnen niet allemaal schuldig zijn. Sommige mede-eisers hebben me van het begin af aan volledig gesteund. En om nou de andere twee slachtoffers door het slijk te halen…'

'Er wordt niemand door het slijk gehaald,' zei ik.

'Ja, oké, maar als je gaat zeggen dat de een dakloos is en de ander voor drugsbezit is veroordeeld, dat vind ik… zeer ongepast.'

Ik moest denken aan al die keren dat Jack me de les had gelezen als ik ongeduldig was als we in een lange rij stonden, als de serveerster maar niet kwam of als het niet ging zoals ik wilde.

'Hou nou toch op,' beet ik hem toe. 'Je kunt het je nu niet veroorloven om de aardige vent te spelen. Dat valt toch niet te rijmen met dat ik er van jou alles aan moet doen om je uit de gevangenis te houden? Mensen die van moord verdacht worden hoeven niet beleefd te zijn.'

'Het gaat niet om beleefdheid, maar om fatsoen. Zullen we in elk geval besluiten de andere slachtoffers erbuiten te laten?'

'Jack…'

'Jezus, Olivia. Ben je vergeten dat mijn vrouw – de moeder van mijn dochter – ook een moordslachtoffer is?'

'Oké, time-out,' zei Don. 'Ik ben het ermee eens dat we geen rekening kunnen houden met de gevoelens van anderen, maar, Olivia, we moeten wel bedenken hoe dit op het OM, en uiteindelijk ook op de jury, zal overkomen. Als je met de vinger naar iedereen behalve Jack wijst, lijkt dat een wanhoopspoging. Je hebt tegen Charlotte gezegd dat we niet zitten te wachten op een tegenstroom in de sociale media, maar zo'n tegenstroom kan ook op gang komen als je de slachtoffers onderuithaalt. Dat bedoelde ik met een helder verhaal. Hou het bij Madeline of Helen of hoe ze ook heet.'

'Sharon Lawson,' zeiden Einer, Charlotte en ik in koor.

'Hou het daarbij,' zei Don. 'We hebben haar schriftelijke verklaring. Iemand heeft Sharon ingehuurd met als doel uit te kijken naar Jack op zijn gebruikelijke hardlooprondje. Hetzelfde e-mailadres als van degene die Jack heeft gemaild om op de ochtend van de schietpartij naar het voetbalveld te komen. Dat zal het OM moeten uitleggen anders kunnen ze niet winnen. Gerede twijfel zaaien, meer hoeven we niet te doen.'

Don had gelijk. De gemiste kans en de daaropvolgende e-mailcorrespondentie was al ingewikkeld genoeg. De rest was overbodige informatie.

Ik keek weer naar de rijen dozen in de vergaderzaal.

Daarin zat iets wat Scott Temple bewust achterhield. Ik moest erachter zien te komen wat dat was voordat ik hem over Sharon vertelde.

Tegen de tijd dat ik van kantoor wegging, was het over tienen. Ik wist dat ik naar huis moest, maar ik was gespannen en had behoefte aan een borrel. Ik hield een taxi aan en gaf de chauffeur automatisch het adres van Café Lissa.

Toen we twee straten verder waren zei ik: 'Zet me maar af op de hoek van Grand Street en Baxter Street.' De taxichauffeur slaakte een zucht, hoewel dit op de route lag.

'Waar moet ik stoppen?' vroeg hij toen we er bijna waren.

'Bij die bar met rode pilaren aan de rechterkant.'

Tenzij je een vrouw bent die weleens 's avonds laat in haar eentje een bar binnen is gelopen, heb je geen idee hoe dat voelt. Het zou heel normaal moeten zijn. Er zijn in deze stad zo veel alleenstaande volwassenen, drukbezette volwassenen, toeristen en zakenlieden die in hun eentje op zakenreis zijn. Niemand kookt. Mensen zijn vaker niet dan wel thuis. Mannen lopen in hun eentje een bar of restaurant binnen en niemand die dat raar vindt. Ik hou mezelf telkens voor dat voor mij hetzelfde geldt, maar ik weet dat het niet zo is, niet in de ogen van mensen die me zien rondkijken of er ergens een stoel vrij is. En waarschijnlijk ook niet in mijn optiek.

Vanavond kijk ik niet alleen rond of er ergens plek is. Ik was er zeker van geweest dat ik het gezicht dat ik zocht hier zou aantreffen. Ik weet niet waarom ik me teleurgesteld voelde toen die hoop vervloog. Het was een gok geweest, maar nu ik hier was, wilde ik iets drinken ook. Ik zag een lege kruk bij de bar. Daarvoor, op de toog, stond een halfvol glas wijn en over de rugleuning van de kruk hing een opgevouwen linnen servet, het teken dat degene die daar zat even was gaan roken. Tot de menselijke schoorsteen terugkwam, kon ik hier staan en ondertussen kon ik de aandacht van de barvrouw trekken.

Ik had een gin-tonic met schijfjes komkommer besteld en luisterde terwijl er met ijsklontjes werd geschud toen ik iemand naast me voelde.

‘Pik je nu ook al andermans plek in?’

Ik rook een vage sigarettengeur, draaide mijn hoofd en zag Scott Temple staan. Mijn gevoel klopte dus toch.

‘Ik trakteer mezelf op een drankje omdat ik het eind van de dag heb gehaald.’

‘En wil dat zeggen dat het een goede of een slechte dag was?’

Grappig hoe dat werkt. Of alles nu mee- of tegenzit, alcohol lijkt altijd een goed idee.

Hij trok de barkruk naar achteren en zei: ‘Ga zitten.’

Ik ging zitten en nam een flinke slok gin-tonic. 'Ik wist niet dat je rookte.'

'Ik rook ook niet, alleen af en toe bij een drankje. Oude gewoonte denk ik. Ik biets ze van de barvrouw. Waarom heb ik het idee dat het geen toeval is dat we elkaar hier tegenkomen? Jij en ik hebben hier al heel wat goede gesprekken gevoerd.'

'Soms is een sigaar gewoon een sigaar en soms hebben advocaten behoefte aan een glas gin vlak bij het gerechtsgebouw.'

'Je zit te vissen, of niet?'

'Jij doet alsof je over informatie beschikt waarvan je wilt dat ik die krijg.'

'Waarom ook niet? Vandaag sprak ik een van de medeeisers van je cliënt van die Penn Station-zaak. Hij heet Jon Weilly.'

Ik deed mijn best om niets te laten blijken. 'Denk je niet dat er ook juryleden zijn die in een vlaag van boosheid weleens iets gezegd hebben wat ze beter niet hadden kunnen zeggen?' vroeg ik. 'Je moet wel wanhopig zijn als dat het beste is wat je hebt. Ik hoopte eigenlijk dat je me zou vertellen waarom je zeven dozen met bewijsmateriaal naar me toe hebt gestuurd terwijl het nog maanden duurt voor het proces van start gaat.'

Zijn ogen stonden al glazig, maar hij nam nog een slok wijn. 'Heerlijk. Een advocaat van de verdediging die haar beklag doet dat ik te veel bewijsmateriaal heb gestuurd.'

'Ik ben geen beginneling, Scott. Als je me overspoelt met irrelevant bewijsmateriaal, weet ik dat je iets verbergt. Je mag dan officieel voldaan hebben aan de regels dat je bewijsmateriaal moet overleggen, maar er zit een grens aan wat een rechter van je accepteert.'

'Ik snap niet wat je wilt, Olivia. Ik heb in het begin al tegen je gezegd dat we een waterdichte zaak hebben, maar je gelooft me niet.'

‘Zit hét bewijs in die dozen? Want ik zie het niet.’

‘Je hebt om Brady-materiaal gevraagd, ontlastend bewijs, weet je nog?’

Ik had dus gelijk. Scott mocht dan niet al het bewijsmateriaal hebben overlegd, maar ergens in die papierberg in onze vergaderkamer zat iets waar Jack wat aan had. ‘Geef eens een hint. Een beetje hulp kan voor ons beiden gunstig uitpakken. Ik zal je niet verklikken bij de rechter en jij vertelt me wat er in die dozen verstopt zit.’

‘Ken je dat verhaal van die kikker en die schorpioen? De schorpioen bijt de kikker ook al weet hij dat ze als gevolg daarvan allebei zullen sterven. “Waarom doe je dat?” vraagt de kikker, waarop de schorpioen antwoordt: “Dat ligt in mijn aard.” Jij bent een advocaat van de tegenpartij. In mijn optiek maakt je dat tot een schorpioen.’

‘Nee, jij bent de schorpioen want je gaat ervan uit dat ik niet te vertrouwen ben. Je weet dat ik alleen voor cliënten insta als ik dat meen. En ik weet dat jij wilt dat veroordelingen op de juiste manier geschieden. Dat verstoppertje spelen mag dan normaal zijn bij het OM, het is niets voor jou. Daar ben je te goed voor.’

Hij pakte zijn portemonnee, legde een paar briefjes van twintig dollar op de toog en dronk zijn glas leeg.

‘Gaat er al een belletje rinkelen, Olivia?’ Hij gaf me een kneepje in mijn onderarm. ‘Ik spreek je nog.’

Een kwartier nadat Temple was weggegaan, vertrok ik ook. De drank had de scherpe randjes van mijn onrust weggenomen. Toen ik eenmaal op het trottoir liep, pakte ik mijn mobiele telefoon, zocht Einers nummer op en belde hem.

‘Hoi.’

‘Ben je nog bezig met dat bewijsmateriaal?’ vroeg ik.

‘Ik zal ja zeggen als je dat graag wilt horen, maar weet je wel hoe laat het is?’

Ik keek op mijn horloge. Het was vijf over twaalf.

‘Er zitten toch ook bellijsten tussen?’

‘Een hele lading. Bellijsten van de vaste lijnen in Neeleys huizen en zijn mobiele telefoon. En van Jacks mobiele telefoon uiteraard. Plus bellijsten van The Sentry Group. Ik heb het al eerder tegen je gezegd: ze hebben ons overspoeld met papieren.’

‘Wat ze ook verbergen, het moet te maken hebben met de telefoongegevens.’

‘Hoe weet je dat?’

‘Dat weet ik gewoon.’

Gaat er al een belletje rinkelen, Olivia?

Dat was mijn aanwijzing.

Ik schrok van het geluid van mijn mobiele telefoon op het nachtkastje de volgende ochtend.

Het was nog maar net ochtend. 10.45 uur. Het was Einer.

‘Hoi, ik loop net de deur uit.’

‘Ik weet niet hoe je aan die magische informatie rond middernacht kwam, maar je innerlijke ziener had gelijk. Al die dozen papier en het klopte precies. Het zat in de bellijsten. De inkomende telefoontjes bij The Sentry Group, om precies te zijn.’

‘Ga me alsjeblieft niet vertellen dat Jack hem heeft gebeld.’ Toen ik hoorde dat de politie een lijst had opgevraagd van de inkomende telefoontjes bij The Sentry Group, was ik ervan uitgegaan dat ze naar bewijs zochten dat Jack – want dat paste in hun theorie van het stalken – Malcolm Neeley had gebeld. Jack had me gerustgesteld dat daar geen bewijs van zou worden gevonden. En ik was ervan overtuigd dat datgene wat het OM in die dozen verstopt had ons zou helpen, niet zou schaden.

‘Gelukkig niet,’ zei Einer. ‘Niet te geloven dat ik het gemist heb, maar de bellijst is lang. Op de lijst van The Sentry Group staan alleen de telefoontjes naar de centrale lijn vermeld, dus ik heb vooral op de telefoontjes naar Neeleys huis en mobiele telefoons gelet. In de lijsten staat alleen het telefoonnummer van de beller, niet de naam of zo.'

'Ik snap het. Zeg het nou maar gewoon.'

'Ben je er klaar voor? In die zeer lange lijst van inkomende telefoontjes bij The Sentry Group in de week voorafgaand aan de schietpartij, staat drie keer hetzelfde nummer.' Hij raffelde tien cijfers af. 'Wil je raden? Je raadt het nooit!'

'Einer.'

'Het is Tracy Frankel. Dat nummer is van de mobiele telefoon die in de handtas van Tracy Frankel is gevonden nadat ze net als Malcolm Neeley bij het voetbalveld was doodgeschoten. Ze belde naar The Sentry Group. Daar sta je van te kijken, hè?'

18

Twee dagen later verscheen ik 's middags in de zittingszaal van rechter Amador die op dat tijdstip zaken op de rol plaatste.

'Goedemiddag, mevrouw Randall. Ik had uw naam niet op de lijst zien staan. Waaraan heb ik dit genoegen te danken?'

'Er zijn nieuwe ontwikkelingen in de zaak Harris, edelachtbare. U hebt zijn borgtochthoorzitting gedaan. Wat we hebben ontdekt ligt nogal gevoelig, vandaar dat ik informeel met u zou willen overleggen als u daar nu tijd voor hebt.'

Amador liet zijn griffier Scott Temple bellen om te zien of die beschikbaar was. Vijf minuten later liep Temple de zittingszaal binnen, schrijfblok in de hand. 'Zeer raadselachtig,' fluisterde hij toen hij naast me aan de binnenkant van het hek kwam staan.

'Voorspelbaar zijn is saai,' zei ik. Ik voelde me rot over wat ik hem zo zou aandoen, maar dat hoorde nu eenmaal bij mijn werk.

'Edelachtbare, ik ben hier om een dagvaarding te vragen voor de belgegevens van Tracy Frankel.'

De rechter vernauwde zijn ogen tot spleetjes. 'Wie is dat ook alweer?'

'Een van de andere slachtoffers, de jongste, de vrouw.'

'Ach, natuurlijk. Dat had ik moeten weten. Het spijt me. Waar gaat dit over?'

Temple wierp een bezorgde blik op me.

'We denken dat de belgegevens onder Brady-materiaal vallen en we twijfelen sterk aan de bereidheid van het OM om die informatie vrijwillig te onthullen. Helaas zijn we er, nadat we een week bezig zijn geweest met het doorspitten van dozen vol met niet-gelabelde en ongeordende documenten die door de Staat waren aangeleverd, eindelijk achter dat het OM doelbewust belangrijk en ontlastend bewijs daartussen had gestopt, bewijs dat ertoe had moeten leiden dat ze zelf de informatie hadden opgevraagd die wij nu willen opvragen.'

'Over wat voor bewijs hebben we het?'

Temple deed zijn mond open om iets te zeggen, maar ik was hem voor. 'Het OM heeft concreet bewijs verborgen dat een verband aantoont tussen twee van de slachtoffers. Er is namelijk hard bewijs dat Tracy Frankel in de week voor de moord drie keer naar het hedgefonds van Malcolm Neeley, The Sentry Group, heeft gebeld. Zoals ik bij de borgtochthoorzitting al zei, er zit een andere kant aan het verhaal van het OM. Hun zaak is volledig gebaseerd op de vermeende vijandigheid van mijn cliënt ten opzichte van een van de slachtoffers, te weten Malcolm Neeley. De andere twee slachtoffers zouden op de verkeerde tijd op de verkeerde plaats zijn geweest. Vandaar dat het OM geprobeerd heeft het verband tussen Tracy Frankel en Malcolm Neeley te verbloemen.'

'Hoe hebben ze dat dan precies gedaan?' vroeg de rechter.

Temple zag eindelijk kans zich in het gesprek te mengen. 'Edelachtbare, dit overleg is volstrekt overbodig. Mevrouw Randall had me gewoon kunnen bellen...'

'Gezien haar bewering ziet ze dat waarschijnlijk anders, vandaar mijn vraag.'

'Ze hebben zeven grote dozen met ongeordende documenten bij ons laten bezorgen,' zei ik. 'Daar zaten een paar pagina's bij met inkomende telefoontjes naar The Sentry Group. We hebben alle regels op alle pagina's van alle documenten meerdere keren moeten lezen voordat we eindelijk doorhadden dat een van de telefoonnummers op de lijst dat van de mobiele telefoon van Tracy Frankel was.'

Rechter Amador tikte met zijn bril op de rechterstoel terwijl hij nadacht. 'Meneer Temple, ik wil alleen ja of nee horen: wist u dit?'

'Voor zover wij weten is er geen direct contact tussen de slachtoffers geweest, dus…'

'Ja of nee: wist u dat er in de week voorafgaand aan de schietpartij drie keer met de telefoon van Tracy Frankel naar The Sentry Group was gebeld?'

'Ja, maar…'

'Zwijg. Ik heb dit eerder van het OM gezien, meneer Temple. U bedelft de tegenpartij onder een lading troep in de hoop dat die het kaf niet van het koren zal kunnen scheiden. De verdediging heeft tijdens de borgtochthoorzitting duidelijk aangegeven dat ook andere mensen een motief konden hebben om meneer Neeley of wellicht een van de andere slachtoffers te doden. Een verband tussen twee van de slachtoffers – twee mensen van wie we tot nu toe niet wisten dat die elkaar kenden – kan zeker relevant zijn voor de zaak. Moet ik dat nu echt aan u uitleggen?'

'Dat is niet nodig, edelachtbare.'

'Wat hebt u daarop te zeggen, meneer Temple? Hoe valt de manier waarop u deze informatie aan de tegenpartij hebt gegeven te rijmen met de ethische verplichtingen van een openbaar aanklager?'

'Edelachtbare, mag ik…'

'Natuurlijk mag u dat. Ik heb u zelf gevraagd om hierop te reageren. Ik zou graag willen weten hoe u dit kunt rechtvaardigen.'

'De verdediging doet het voorkomen alsof het om onweerlegbaar belastend materiaal gaat en ik al mijn kruit verschiet.'

'Ongelukkige formulering, meneer Temple.'

Scott haalde diep adem en begon opnieuw. 'Ik meen dat mevrouw Randall de woorden "belangrijk" en "ontlastend" gebruikte, maar met die omschrijvingen ben ik het niet eens. Dit was een lange lijst met inkomende telefoontjes, niet naar het doorkiesnummer van meneer Neeley, maar naar het algemene telefoonnummer van het bedrijf. Er werken daar ruim dertig mensen. Tracy Frankel kan net zo goed naar een van die anderen hebben gebeld.'

'Heeft mevrouw Frankel een rekening lopen bij The Sentry Group? Ik kreeg niet de indruk dat ze een grote speler in de financiële wereld is.'

'Nee, edelachtbare. Mevrouw Frankel is echter voor drugsbezit veroordeeld en er zijn aanwijzingen dat ze geldproblemen had. Het is geen geheim dat mensen die in de financiële sector werkzaam zijn soms te maken krijgen met drugs en mogelijk ook andere activiteiten, zoals prostitutie.'

'Dus u zegt dat dit slachtoffer drugs of seks aanbood aan iemand binnen The Sentry Group?'

'Nee, dat heb ik niet gezegd.'

'Precies, want dat weet u namelijk niet. Dat klopt toch?'

'Ja, dat klopt.'

'En dat is precies de reden dat u hoopte dat mevrouw Randall en meneer Ellison geen conclusies zouden trekken en u zouden dwingen iets te moeten doen met dit vervelende bewijs. Ik snap het, maar het bevalt me niet. En ik vermoed, meneer Temple, dat het niet zo gelopen zou zijn als u het in uw eentje voor het zeggen had gehad.'

'Zo ben ik er niet mee omgesprongen, meneer de rechter. Twee dagen geleden heb ik mevrouw Randall er in een privéonderhoud min of meer op gewezen dat ze naar de bellijsten moest kijken.'

'Daar hebt u haar min of meer op gewezen? Wat wil dat

zeggen? Die variant is tijdens mijn rechtenstudie niet aan bod gekomen.'

Temple draaide zich naar me toe in de hoop dat ik hem zou redden, maar ik keek een andere kant op. Hij zat klem, precies zoals ik had gedacht. Als hij als verweer zou aanvoeren dat hij me in een dronken bui in een bar een aanwijzing had gegeven, zou hij toegeven dat hij ons inderdaad in eerste instantie om de tuin had geleid.

'We hadden het ordenen van het bewijsmateriaal beter kunnen aanpakken,' zei hij uiteindelijk. 'Maar het mag ook wel gezegd worden dat we het bewijsmateriaal veel eerder hebben overlegd dan had gehoeven. De aanklacht is van nog geen maand geleden en er is nog geen datum voor het proces vastgesteld.'

'Meneer Temple, zeg maar tegen uw leidinggevenden dat ik niet onder de indruk ben. Goed, mevrouw Randall, waar vraagt u precies om?'

Ik was er klaar voor. 'Een dagvaarding voor de belgegevens van de mobiele telefoon van Tracy Frankel. We hopen op die manier getuigen te kunnen vinden die meer kunnen vertellen over het verband tussen mevrouw Frankel en meneer Neeley. Mogelijkerwijs is er een gemeenschappelijke vijand. Of er bestaat een verband tussen mevrouw Frankel en iemand anders bij The Sentry Group die een motief gehad kan hebben om meneer Neeley te schaden. Ik wil geen voorbarige conclusies trekken, maar er is één werknemer in het bijzonder voor wie dit financieel heel gunstig heeft uitgepakt en die meneer Neeley kennelijk ook heeft bedreigd.'

Rechter Amador gaf met een handgebaar te kennen dat ik niet op de zaken vooruit moest lopen. Ik vertelde hem niet dat mijn opmerkingen voor een heel ander publiek bestemd waren.

Temple keek me kwaad aan toen de rechter het dagvaardingsformulier ondertekende dat ik al bij me had gehad. Hij liep nog net niet weg voordat Amador was opgestaan van de rechterstoel. 'Het is precies zoals ik zei, Olivia. Het ligt in je aard. Verdomde schorpioen.'

Toen ik de zittingszaal uit liep, zag ik Jan Myers van *Eyewitness News* op een bankje vlak bij de deur zitten. Ze stopte net een kleine recorder in haar handtas.

Ze glimlachte naar me toen ik langsliep.

Jack begroette me niet eens toen hij de deur van zijn appartement opendeed.

'We hebben het hierover gehad, Olivia. Malcolm Neeley was een vreselijke man, maar ik wil niet dat de andere slachtoffers van de schietpartij verguisd worden.'

Jan Myers had snel gewerkt, had het schokkende nieuws al naar buiten gebracht dat een van de andere slachtoffers bij de waterkant in de dagen voorafgaand aan de schietpartij naar Neeleys hedgefonds had gebeld. Ze was een goede journalist. Ze zou er gauw genoeg achter zijn wat er in Neeleys testament stond en dat Max op Princeton University voor de tuchtraad had moeten verschijnen. Het was echt op het randje van het spreekverbod toen ik Jan vertelde dat het wellicht de moeite waard was om na de lunch naar de vierde verdieping van het gerechtsgebouw te komen. Ze stond nu bij me in het krijt.

Ik zette mijn aktetas neer en liep achter Jack aan naar de woonkamer. Ik legde uit dat we ons pas in Tracy waren gaan verdiepen nadat haar telefoonnummer in de bellijst van The Sentry Group bleek te staan.

'Jack, weet je nog dat je tegen me zei dat binnen binnen was en buiten buiten? Ik heb je toen beloofd dat ik er alles aan zou doen om je uit de gevangenis te houden. Zulk bewijsmateriaal mag ik niet negeren.' Ik voelde er niets voor om telkens als ik een aanwijzing wilde natrekken eerst met hem te moeten overleggen.

‘Die vrouw is dood, Olivia. Haar familie rouwt om haar. En nu verschijnen er op tv van die wijsneuzen die allerlei scenario’s schetsen waarin vooral gesuggereerd wordt dat het haar eigen schuld is.’ Jack ijsbeerde en zijn blik schoot door de kamer. Ik wilde dat de politie niet alleen zijn internetverbinding maar ook zijn kabelaansluiting had afgesloten.

‘Sinds je arrestatie zeg je steeds tegen me dat het allemaal heel bizar gelopen is. Deze telefoontjes bevestigen dat.’

Hij sloeg zijn handen voor zijn gezicht. ‘Ik snap niet dat je hier je brood mee verdient. Het lijkt wel of de waarheid er niet meer toe doet.’

‘Willen je binnen of buiten zijn? Want als je buiten wilt zijn, mag je me weleens bedanken omdat ik vandaag in het gerechtsgebouw iets voor je heb gedaan wat op het randje van het toelaatbare is.’

Ik zeg weleens voor de grap dat ik maar in vijf restaurants eet, maar in feite zijn het er maar twee, als ik Veselka niet meereken. Ik eet bij Café Lissa, want dat is mijn thuis, dat is zoiets als in de schoolkantine eten. En ik eet bij Maialino, omdat het eten daar voortreffelijk is, ik meestal een plek aan de bar kan krijgen en het maar twee straten bij mijn appartement vandaan is.

Bij Café Lissa was ik nooit alleen. Daar had ik gezelschap van Melissa en doorgaans ook van Don. Bij Maialino was ik alleen. En als ik alleen was, kon ik nadenken, bijvoorbeeld over hoe ik Scott Temple had behandeld en of me dat tot een ellendeling of tot een engel maakte.

Nadat ik een overduidelijke hint aan een vrouw in een wolk van parfum had gegeven dat ze haar handtas moest weghalen, was ik op een lege kruk tussen twee stellen in gaan zitten en had een droge martini besteld. De barman heette Travis en had me ooit eens verteld dat hij uit Kansas kwam. Hij was hier komen wonen omdat hij interesse in kunst heeft, vermoed ik. Zoals gewoonlijk kwam hij om de tien minuten een praatje met me maken, zodat ik niet alleen mijn iPhone als gezelschap had.

Toen ik de bucatini ophad en net een nieuw glas barolo bestelde, voelde ik een hand op mijn rug. Het was Ryan. Dat krijg je als je maar in twee restaurants eet: dan ben je gemakkelijker te vinden dan de gemiddelde persoon. Ryan kwam nooit bij Café Lissa. Als hij me onder de juiste omstandigheden wilde tegenkomen, ging hij hiernaartoe.

Ryan was zoals altijd mooi. Een ander woord was er eigenlijk niet voor. Toen de genen werden uitgedeeld, kreeg hij een ideale mix van slim, lief en listig, zonder dat overdreven gevlei. Hij kreeg iedereen mee naar huis, waarschijnlijk zelfs de getrouwde vrouwen naast me die het aan niets ontbrak. Als hij naar me keek, voelde ik me begeerd.

'Hoi.' Hij liet zijn hand op mijn rug liggen. 'Ik snap het. Ik mag je niet meer op willekeurige tijdstippen berichtjes sturen, maar behandel me alsjeblieft niet alsof ik er niet toe doe.'

Ik dronk mijn glas leeg. Zijn vrouw was zeker weer weg.

'Wil je dat ik ga?' vroeg hij. 'Ik dacht dat je misschien iets te vieren had. Ik zag het op het nieuws. Je hebt die openbaar aanklager door de mangel gehaald.'

Toen Travis mijn glas bijschonk, bestelde ik ook een glas voor Ryan. Ik wilde niet alleen zijn.

Twee dagen later waren Don, Einer en ik bij Café Lissa. We hadden dringend behoefte aan een andere omgeving en dus had Melissa ons haar grootste tafel achter in het restaurant ter beschikking gesteld voor een lange werklunch.

De ontdekking dat Tracy Frankel in de dagen voorafgaand aan de schietpartij naar The Sentry Group had gebeld, had ons fanatieker gemaakt. We waren er nu nog zekerder van dat de politie slechts een oppervlakkige indruk had van wat er werkelijk speelde. Als we nog meer bewijs in ons voordeel vonden, werd Jacks zaak misschien wel geseponeerd.

Einer nam een grote hap van zijn hamburger. 'Jullie zijn de deskundigen, maar dit is het punt waarop Viola Davis op tv dan zegt: "Ik heb een prostituee gevonden die was ingehuurd om mijn cliënt erin te luizen." Dan laat ze de microfoon zakken. Cliffhanger van dit seizoen.'

Don en ik hadden overwogen om met de informatie die we van Sharon Lawson hadden gekregen naar Scott Temple te stappen, maar we waren het erover eens dat we nog niet zover waren. Zonder extra bewijs zou Scott simpelweg aanvoeren dat Jack Sharon zelf had ingehuurd om zich voor te doen als Madeline, in de hoop dat als op bewakingsbeelden te zien was dat ze echt bestond, dit in zijn voordeel zou werken.

Nu we een verband tussen Tracy Frankel en The Sentry Group hadden gevonden, konden we er wellicht achter komen door wie Sharon was ingehuurd en waarom. Degene die Jack in de val had gelokt, moest zowel Tracy als Malcolm dood hebben gewild. Het derde slachtoffer was dan doodgeschoten omdat hij getuige was of om de moord toeval te laten lijken.

Don, die graag de docent uithing, nam er de tijd voor om het aan Einer uit te leggen. 'Het OM zal de zaak niet seponeren alleen maar omdat wij zeggen dat iemand Jack in de val heeft gelokt en dat terwijl er wel vijftien verschillende theorieën zijn over de reden daarvoor. De grote vraag is dus: hoe kunnen we deze telefoontjes gebruiken om de theorie dat er een buitenstaander bij betrokken is aannemelijker te maken? Einer, weet je zeker dat we geen andere telefoontjes in Tracy's bellijst over het hoofd hebben gezien die we aan Malcolm Neeley kunnen koppelen?'

Een paar uur nadat rechter Amador zijn handtekening

onder de dagvaarding had gezet, had AT&T ons een lijst gestuurd met de inkomende en uitgaande gesprekken van Tracy Frankels telefoon van de afgelopen drie maanden. De drie telefoontjes naar The Sentry Group in de week voor de schietpartij waren de enige telefoontjes naar Neeleys hedgefonds, maar Einer was druk bezig geweest om de namen te achterhalen van de andere mensen met wie Tracy had gebeld.

'Geen andere telefoontjes van of naar Neeleys mobiele telefoon of vaste lijn. Ze belde niet vaak en werd niet vaak gebeld. Weinig contacten.'

'Maar meer dan nul,' zei Don. 'Weten we wie die contacten zijn? Wellicht kan een van haar vriendinnen het verband uitleggen.'

Einer had de documenten op de lege stoel naast hem liggen. 'Ik weet van alle nummers wie erachter zit. Haar ouders. Haar oudere zus, Laura. Een zekere Double Simpson, geloof het of niet, zo heet hij echt. Een bron bij de politie heeft me verteld dat alles erop wijst dat Double een kleine drugsdealer is.'

Don boog zich naar voren. 'Wie weet had die drugsdealer ruzie met Tracy en is het erop uitgedraaid dat er ook twee omstanders zijn doodgeschoten?'

Einer schudde zijn hoofd. 'Hij zat die ochtend vast vanwege een overtreding in zijn proeftijd, hij had de gerechtskosten niet voldaan. Dat brengt ons bij de categorie Overig: een Chinees afhaalrestaurant twee straten bij haar appartement vandaan, een goedkope kapper weer een paar straten verder. En dan nog drie telefoontjes vlak achter elkaar, twee weken voor haar overlijden, naar een chique schoenenwinkel in Soho, Vala. Ik ben er geweest. Ze hebben daar lelijke schoenen, vooral veel roze gympen.'

'En?' vroeg ik.

'Niemand daar kent Tracy Frankel. Een van de verkoopsters herinnerde zich vaag dat er iemand meerdere keren hetzelfde foute nummer had gebeld, alsof die persoon te stom was om te beseffen dat die telkens hetzelfde nummer intoetste. Dat kan Tracy geweest zijn.'

Ik was onder de indruk dat Einer de tijd had genomen om naar de winkel te gaan. Hij was duidelijk vastbesloten niets meer te missen. 'Maar Tracy heeft daarna toch niet naar een nummer gebeld dat erop lijkt?' Dat was de gebruikelijke reactie als je een verkeerd nummer had ingetoetst.

'Nee.'

'Oké, dus we hebben nog steeds geen idee naar wie ze bij The Sentry Group belde.'

Melissa droogde haar handen af aan een witte keukendoek en plofte neer op de stoel naast me. 'Ik heb pauze.'

'Perfecte timing,' zei ik. Melissa speelde vaak de rol van jurylid. Ze mocht dan slechts een steekproef van een volledige jury zijn, barpersoneel heeft er talent voor om in te schatten hoe mensen denken. Melissa kon op elk willekeurig tijdstip vijftien fictieve juryleden raadplegen die ze allemaal in haar hoofd had zitten. 'Malcolm Neeley sprak niet meer af met de getrouwde vrouw met wie hij een verhouding had gehad. Wie weet was Tracy Frankel zijn nieuwe vriendin en was een jaloerse vriend van haar daarachter gekomen?'

'Neeley ruilt zijn dame uit hogere kringen in voor een drugsverslaafde van twintig?' zei Einer. 'Dat is nogal een overgang.'

'Of ze is niet zijn vriendin,' zei ik. 'Het gebeurt vaker dat een vrouw met drugsproblemen haar inkomen aanvult met prostitutie.'

Don schudde zijn hoofd. 'Dan zou ze vaker worden gebeld.'

Melissa stak haar hand op. 'En een grap uithalen om zeven uur 's ochtends? Alleen getrouwde mannen doen dat. Nee, dat wil er bij mij niet in.'

En zoals Scott Temple had gezegd, er werkten ruim dertig

mensen bij The Sentry Group. Tracy had net zo goed naar een van de anderen kunnen bellen. Toeval bestaat.

Maar er was één medewerker bij The Sentry Group die we al op de radar hadden. 'Het moet Max zijn. Hij vindt het duidelijk vervelend dat we nagaan of andere mensen een motief hadden om zijn vader te doden. Zijn ex-vriendin heeft ons verteld dat hij onder zijn vaders juk uit wilde. Hij profiteert het meest van zijn vaders overlijden. Hij erft alles, inclusief de macht over The Sentry Group. En je mag dan nog zo dronken zijn, je praat niet over je vader in zijn slaap vermoorden als er geen sprake is van een diepe onderliggende haat.'

Melissa ging er direct op in. 'Dus als Tracy naar Max belde...'

Ik haalde mijn schouders op. 'Hij houdt van zijn ex-vriendin, Amanda, maar kan geen relatie met haar hebben vanwege zijn vader. Een man van zijn leeftijd heeft nu eenmaal behoefte aan seks.'

'Dus Tracy was zijn vrijblijvende scharrel,' zei Don. 'Maar ze wil meer.'

'Zou kunnen,' zei ik, terwijl ik over die mogelijkheid nadacht. 'Tracy wordt te opdringerig. Belt drie keer in één week naar de bedrijfstelefoon. Verder is er geen telefonisch contact tussen hen, wat betekent dat ze geen stel zijn. Misschien heeft hij haar op een avond opgepikt in een bar. Of op straat. Het is nooit de bedoeling geweest dat het op een relatie zou uitdraaien. Ze haalt een visitekaartje uit zijn portemonnee en belt hem op zijn werk. Nu is ze een probleem geworden.'

'Twee vliegen in één klap,' zei Melissa. 'Als Max toch al van plan was zijn vader te doden...'

Ik glimlachte. Mijn eenkoppige jury was helemaal zelf tot die conclusie gekomen. Dat betekende dat het verhaal aannemelijk klonk. Ik had al eens eerder alternatieve verdachten aangedragen, maar deze persoon was daadwerkelijk schuldig. Twee zoons van Neeley, beide moordenaar.

19

Van de enige keer dat Tracy Frankel te maken had gekregen met het strafrechtsysteem wist ik dat ze op meerdere particuliere middelbare scholen had gezeten en daarna een dure particuliere verdedigingsadvocaat had weten te regelen toen ze op haar achttiende betrapt werd toen ze heroïne wilde kopen van een undercoveragent in Washington Square Park. Maar je hebt rijke en ríjke kinderen.

Het huis van de familie Frankel bleek een herenhuis van rode baksteen aan East 76th Street te zijn. Een huis met een oppervlakte van naar schatting vierhonderdzestig vierkante meter in de Upper East Side, inclusief lift en dienstvertrekken.

De vrouw die de deur opendeed droeg een katoenen jasschort, waaruit ik opmaakte dat ze niet een van Tracy's familieleden was. 'Hallo. Ik ben op zoek naar Margaret Frankel.' Die naam had Tracy bij haar arrestatie opgegeven als contactpersoon in geval van nood.

De vrouw deed zonder iets te zeggen de deur dicht en kort daarop werd haar plek ingenomen door een jongere vrouw. 'Tracy is er niet meer, dus u kunt dit adres schrappen.' De vrouw nam me van top tot teen op en besloot toen kennelijk dat ik niet paste in het plaatje van iemand die naar Tracy kwam vragen. 'Wacht even. Wie bent u?'

'Olivia Randall. Ik ben advocaat. Ik kom hier in verband met Tracy Frankel.' In gedachten ging ik vlug Einers lijst met namen van contactpersonen af. 'Bent u haar zus?'

Het was inderdaad Tracy's zus, Laura. Haar moeder, Joanne, was ook thuis. Haar vader, Eric, was op zijn werk en was commercieel vastgoedmanager.

Nadat ik verteld had wie ik was, zei Joanne dat ik wel lef had om naar hun huis te komen. Ik condoleerde hen, al wist ik hoe oppervlakkig dat klonk. Zoals ik dat al talloze malen eerder had gedaan, deed ik mijn best het zo te brengen dat we hetzelfde belang hadden. 'Ik weet dat het raar overkomt dat ik hier ben, maar er is bewijsmateriaal opgedoken waarvan ik denk dat het OM dat niet onder uw aandacht heeft gebracht. Tracy wordt afgeschilderd als een willekeurig slachtoffer tijdens een vuurgevecht, maar we hebben iets ontdekt.' Ik vertelde dat Tracy met haar mobiele telefoon naar The Sentry Group had gebeld. 'Uw dochter was geen… nevenschade. Ik wil de waarheid achterhalen waarom ze is vermoord.'

Die zin kwam zo uit een tv-film. Uit de vlugge reactie van Joanne maakte ik op dat het werkte.

'Toen ze me vertelden dat ze om zeven uur 's ochtends bij de waterkant was, snapte ik er niets van. Volgens mij is Tracy nooit meer vrijwillig op dat tijdstip wakker geworden sinds ze niet meer in de kerstman geloofde.'

'Kunt u een reden bedenken waarom ze naar The Sentry Group heeft gebeld?'

Joanne keek een andere kant op. 'Mijn dochter had gebreken. Ze had… problemen.'

Laura pakte haar moeders hand. 'Wat mijn moeder probeert te zeggen is dat mijn zus verslaafd was. Ze was een junkie. We weten niet waarom ze die ochtend bij de waterkant was, al vermoeden we dat het met haar verslaving te maken heeft.'

'Je hoeft niet zo hardvochtig te doen,' zei Joanne, en ze trok haar hand weg. 'Ja, Tee had problemen. Tracy wilde altijd dat we haar zo noemden. Ik heb nooit begrepen waarom, maar op haar elfde besloot ze dat Tracy meer een jongensnaam was. Ik zei nog tegen haar dat ze daarmee zou worden gepest, maar ze giechelde en zei dat ze het een leuke bijnaam vond. Ze vond het stoer klinken. Ik vond het maar niets. Een van mijn vele, vele fouten, vermoed ik. Maar goed, zoals ik al zei, Tee had problemen, maar ik heb altijd gedacht dat dat wel weer over zou gaan. Als ze eenmaal op de juiste school zat, zou alles goedkomen. Op één school ging het ook echt beter. Was dat op Girls Inc. of Halton? Ik weet het niet meer. Maar goed, daar had ze een docent die haar enthousiast wist te maken voor poëzie. Ze had het er zelfs over dat ze op schrijfcursus wilde. Maar toen werd duidelijk dat ze alleen maar verliefd was op de docent, een oudere man. Alles draaide bij haar om mannen. Ze was een lieve meid, maar ze was heel roekeloos.'

Ik ving Laura's blik. Tijd om terug te keren naar het onderwerp van dit gesprek. Ik begon over Tracy's telefoontjes naar The Sentry Group. 'Vergeef het me alstublieft als ik iets zeg wat u van streek maakt, maar dit lijkt te toevallig. We vrezen dat de politie misschien een belangrijke verklaring gemist heeft waarom uw dochter is doodgeschoten.'

Joanne schudde haar hoofd. 'Hebt u kinderen?'

'Nee,' antwoordde ik.

'Mijn man is net zo gek op Tee als ik, was, moet ik zeggen. Was nog gekker op haar dan ik. Maar als je kind verslaafd is, zijn er geen heldere, juiste antwoorden. Ik wilde haar alles geven, wilde ervoor zorgen dat ze zo gelukkig was dat ze niet naar drugs zou talen. Nadat Tracy was gearresteerd, wilde Eric haar echter streng aanpakken. We schakelden een advocaat in, zodat ze niet naar de gevangenis zou hoeven, maar daarmee hield het voor hem op. Hij verbrak het contact met haar. Ze ging in Brooklyn in een of ander aftands flatgebouw zonder lift wonen.'

'U hebt dus geen idee waarom uw dochter naar The Sentry Group gebeld kan hebben?'

‘Geen idee zou ik niet zeggen.’

‘U hebt een vermoeden,’ zei ik.

‘Als ik moet gokken… Ze was…’ Joanne pakte haar dochters hand weer. ‘Ze was verslaafd, zoals Laura al zei. Tee heeft in het verleden zelfs van ons gestolen. Toen we haar niet meer binnenlieten, heeft ze vermoedelijk andere manieren gezocht om aan geld te komen. Dat kan drugs met een mens doen.’

Ik kon me niet voorstellen hoe het moest zijn om als moeder te vermoeden dat je dochter tippelde om haar drugsverslaving te bekostigen. Ik probeerde het nog één keer. ‘U hebt haar nooit over Malcolm of Max Neeley horen praten of over iemand anders bij The Sentry Group?’

Joanne Frankel schudde haar hoofd. ‘Ik ben te slim om u te geloven als u mijn volgende vraag beantwoordt, maar wilt u nu echt beweren dat niet Jack Harris maar iemand anders mijn dochter heeft gedood? Ik mag hopen dat dit niet een of andere stunt is die u voor uw cliënt uithaalt. Want als dat zo is, laat ons er dan alstublieft buiten. Het is niet goed ons hieraan bloot te stellen als het niet waar is wat u zegt.’

‘Ik kan niet met honderd procent zekerheid zeggen dat mijn cliënt onschuldig is, maar ik weet dat de politie niet het hele verhaal heeft over waarom uw dochter is vermoord.’ Ik stond op van mijn stoel, boog me naar voren en legde mijn hand op haar pols. ‘Pas goed op uzelf, mevrouw Frankel.’

Ik liep over het trottoir en had mijn telefoon al gepakt om een Uber te bestellen, toen Tracy’s zus, Laura, naar buiten kwam.

‘Bedankt,’ zei ze.

‘Waarvoor?’

‘Dat u mijn moeder geen valse hoop hebt gegeven. Ik denk dat ze dolgraag een wonderbaarlijke verklaring voor Tracy’s dood wil, zodat Tracy geen stuk vuil is dat in een vuurgevecht is gesneuveld.’

'Voor mij is geen enkel mens een stuk vuil.'

'Die visie stelt u waarschijnlijk in staat om strafrechtadvocaat te zijn. Ik weet niet waarom mijn zus naar The Sentry Group heeft gebeld, maar ik weet wel meer dan mijn moeder. De laatste keer dat ik Tracy zag, heb ik haar voor de zoveelste keer de les gelezen dat ze moest afkicken. Colleges moest gaan volgen, een dagritme moest zien te krijgen, moest proberen haar leven weer op de rit te krijgen. Ze zei dat ik me geen zorgen hoefde te maken. Ze had een plan. Er was een man die voor haar zou gaan zorgen. Ik dacht toen dat ze zomaar wat zei, maar nu u die vragen stelt... Ze zei dat ze – ik citeer – "een man uit de financiële wereld aan de haak had geslagen". Ze had het erover dat ze naar Costa Rica zouden gaan en dat ze een mooi appartement in Soho zou krijgen.'

'Heeft ze iets over hem verteld? Dat hij bij een hedgefonds werkte bijvoorbeeld?'

Ze schudde haar hoofd.

Ik liet haar op mijn telefoon een foto van Max Neeley zien. 'Herkent u deze man? Komt hij u bekend voor?'

'Dat is toch de zoon? Die man die al die interviews geeft?'

Uiteraard herkende ze hem. 'Hebt u hem ooit samen met uw zus gezien?'

'Nee, maar we hebben al jaren geen contact meer. Het is alsof mijn zus haar hele leven bezig is geweest telkens een nieuw dieptepunt te bereiken.'

Ik rondde mijn verslag af over mijn bezoek aan het huis van de familie Frankel en mailde het naar Einer met het verzoek dit aan het dossier toe te voegen. Ik zat aan de ronde tafel in mijn kantoor, omringd door stapels documenten en talloze pagina's met handgeschreven notities.

Het was bijna een maand geleden dat Jack was gearresteerd. Doordat het OM al vlug die dozen met documenten had laten afleveren en doordat Charlotte meerdere detectives had betaald, beschikte ik over veel meer informatie dan ik gewoonlijk op dit punt zou hebben, maar ik had geen idee wat voor ander bewijsmateriaal het OM kon hebben.

Ik leunde achterover in mijn stoel en stelde me voor dat het proces vandaag zou zijn. Mijn deskundige inschatting? Het kon alle kanten op.

Zonder ooggetuigen was er alleen indirect bewijs tegen Jack. Ik had een strategie bedacht hoe ik al het bewijsmateriaal kon weerleggen, maar ik kon slechts stoten uitdelen, ik kon de tegenpartij niet knock-out slaan. Bij elke bewering van mij zou het OM een weerwoord hebben.

Zou het op gerede twijfel uitdraaien? Die kans was fifty-fifty.

Waarom was Scott Temple zo zelfverzekerd? Zag ik iets over het hoofd? Hield hij iets achter? Tracy Frankel was de joker. Waarom had ze in vredesnaam naar The Sentry Group gebeld?

Ik hield op met bladeren toen de telefoon op mijn bureau ging. Het was Einer vanaf de receptie. 'Max Neeley is hier. Moet ik de bewaking bellen?'

Ook al had ik tegen Einer gezegd dat het in orde was, toch besloot ik uit voorzorg om Max in de ontvangstruimte te woord te staan en niet mee te nemen naar mijn kantoor.

Zodra mijn hakken over de tegelvloer van de ontvangstruimte tikten, kwam hij op me af en priemde zijn vinger in mijn gezicht. 'Ik sleep je voor de rechter. Weet je hoeveel geld je me al hebt gekost?'

'Uw financiën zijn niet mijn eerste prioriteit, meneer Neeley. En als u niet kalmeert, is dit gesprek ten einde.'

Hij deed een stap naar achteren, maar hield zijn vuisten gebald. 'Denk je dat ik niet weet waar je mee bezig bent? Je hebt tegen die rechter gezegd dat Tracy Frankel naar iemand van The Sentry Group gebeld kan hebben die een financieel motief had om mijn vader te doden. De *Gothamist* kwam meteen aanzetten met anonieme bronnen die beweerden dat mijn vader me niet had willen helpen om een eigen hedgefonds op te richten. Had ik eindelijk die klootzak van een Frederick Gruber weer in het gareel, begint hij opnieuw over zijn geld terugtrekken. De telefoon staat roodgloeiend. De media probeert details over mijn vaders testament los te krijgen bij het hof voor erfrecht. En nu beginnen ze ook al vragen te stellen over dat gedoe van vroeger op de universiteit. Om nog maar te zwijgen van het feit dat je me ervan beschuldigt mijn eigen vader te hebben vermoord. Wat ben jij voor iemand?'

'Bent u klaar?'

'Nee, je moet hiermee ophouden.'

'Het enige wat ik moet doen, is mijn cliënt verdedigen. Waarom belde Tracy Frankel u?'

'De openbaar aanklager heeft tegen me gezegd dat Jack Harris de moordenaar is en dat het jouw taak is om feiten te verdraaien en verwarring te zaaien. Laat mij erbuiten, anders laat ik je voor smaad vervolgen, al kost het me mijn laatste cent. Denk je dat je zomaar de vuile was buiten kunt hangen? Hoe zou jij het vinden als ik verhalen over jou naar de media lek?'

'Nogmaals, meneer Neeley, bent u klaar?'

'Nee, ik ben nog lang niet klaar. Maar als dat zo is, ben jij de eerste die het hoort.'

Op weg naar buiten smeet hij de deur zo hard dicht dat ik dacht dat het glas zou breken.

'Gaat het?' vroeg Einer.

Ik zei tegen hem dat alles in orde was, ook al stond ik te trillen op mijn benen.

Ik was eindelijk gekalmeerd toen Einer weer op mijn kantoordeur klopte. 'Sorry dat ik je stoor, maar er was hier zojuist een deurwaarder. Dit moet je zien.'

> DE STAAT NEW YORK TEGEN JACKSON HARRIS, GEDAAGDE. MOTIE VAN DE STAAT OM HEROVERWEGING VAN BORGTOCHT.

Ik wist dat Scott Temple boos op me was omdat ik hem in het gerechtshof voor schut had gezet, maar dit had ik niet zien aankomen.

Ik had voor vandaag willen stoppen met werken, maar ik voelde me verplicht om naar Jack toe te gaan en hem zelf te vertellen over de borgtochtmotie. Nick, de portier, had me net toestemming gegeven om door te lopen toen ik in de hal van Jacks appartementencomplex een bekend gezicht mijn kant op zag komen. Het was Ross Connor, Owens voormalige partner bij de New Yorkse politie.

'De laatste keer dat ik je sprak, was je heel stellig toen je zei dat je niets meer met mijn cliënt te maken wilde hebben.'

Hij stak zijn handen op. 'Ik ben gewoon bij een oude vriend op bezoek geweest, Olivia.'

'Wat een onzin. Hij heeft huisarrest. Hij laat niemand binnen, tenzij de politie daar toestemming voor gegeven heeft. Vrienden niet toegestaan. Vraag maar aan Charlotte.'

'Verdomme, Charlotte, ja. Weet je nog die keer dat ik boven op haar probeerde te kruipen nadat we veel te veel shotjes ophadden? Ik dacht dat ze mijn ballen eraf zou knijpen, maar ze begon alleen maar te lachen. Over meedogenloos gesproken.'

Ik liet me niet afleiden. 'Gaat dit over de borgtochtmotie?'

De vraag leek hem in verwarring te brengen. 'Dat is voorbij. Hij is thuis, bonuspunten voor jou.'

‘Je bent hier in functie gekomen, Ross, anders was je nooit doorgelaten.’

‘Oké dan, je hebt me betrapt. Ik dacht dat ik misschien meer geluk met Jack zou hebben dan de onbekende die hem na zijn arrestatie heeft ondervraagd.’

‘Terwijl hij van moord wordt beschuldigd? Ik stap naar de rechter.’

‘Als je dat doet, zal ik zeggen dat ik de hele tijd aan hem moet denken sinds jij naar me toe bent gekomen. Dat we vroeger, toen zijn broer nog leefde, zo’n hechte band hadden. Dat ik het gevoel had dat ik het aan hem – of alleen aan Owen – verplicht was om bij Jack langs te gaan. Hoe zal het overkomen als jij me verklikt?’

‘Je bent echt ongelooflijk. Je hebt zojuist aan een advocaat van de verdediging bekend dat je bereid bent onder ede te liegen.’

‘Rustig maar. Ik heb een poging gewaagd, maar je mannetje heeft niets belastends gezegd. Geen man overboord.’

‘Hij heeft niets belastends gezegd omdat hij onschuldig is. Ben je door je werk zo gehersenspoeld dat je niet eens rekening houdt met de mogelijkheid dat de politie een fout heeft gemaakt?’

‘Blijf je tegen me schreeuwen of wil je weten waarom ik de moeite heb genomen hiernaartoe te komen?’

‘We hebben al vastgesteld dat je hiernaartoe bent gekomen om mijn cliënt te ondervragen. Wat betreft je redenen, je hebt al besloten of je die aan mij gaat vertellen of niet.’

Hij deed of hij even nadacht. Toen hij sprak, stak hij zijn handen in zijn zakken en keek naar de grond. ‘Nadat je bij mij op het bureau was geweest, bleef ik maar denken aan toen ik hem kwam vertellen van Molly. Aan die condooms die uit zijn tas vielen en hoe geschrokken hij leek.’

‘Ik meen me te herinneren dat je zei dat hij zich leek te generen. En nu is het opeens geschrokken?’

'Ik dacht telkens weer aan dat moment waarop Jack zijn zelfbeheersing verloor. Ik kon het maar niet uit mijn hoofd zetten en dus belde ik de patholoog. Op alle slachtoffers van Penn Station is autopsie verricht. Standaardprocedure bij doodslag. Molly bleek geen baarmoeder meer te hebben.'

'Misschien gebruikten ze om een andere reden condooms.'

'Mensen die getrouwd zijn gebruiken geen condooms. Punt. Zeker als ze geen kinderen meer kunnen krijgen.'

In algemene zin had hij natuurlijk gelijk. Om nog maar te zwijgen van het feit dat Jack die condooms in zijn tas had zitten. Als Jack Molly bedroog in de periode dat ze vermoord werd, wat had dat dan voor gevolgen voor de huidige zaak tegen hem? Geen. Zoiets zei ik ook min of meer tegen Ross.

'Daar gaat het niet om. Ik heb tijdens mijn werk zo vaak gezien dat mannen een minnares hebben. Ik dacht dat als ik hem vertelde wat ik wist, hij zijn masker wellicht zou laten zakken en me zou vertellen wat er werkelijk was voorgevallen tussen hem en Neeley. Ik heb het hem recht op de man af gevraagd: heb je het gedaan? Het leverde niets op, maar het was de moeite waard het te proberen.'

'Op grond van het Zesde Amendement heeft hij recht op juridische bijstand, dus dit had je niet mogen doen.' Terwijl ik dat zei, bedacht ik hoe vaak ik de afgelopen maand geprobeerd had om Jack aan het praten te krijgen. Over zijn opname in de inrichting. Over zijn gevoelens ten opzichte van Malcolm. Over ons. Jack had nadrukkelijk tegen me gezegd dat hij na mij alleen Molly had gehad. Waren er tijdens zijn huwelijk anderen geweest?

'Heus, Olivia. Je kent die man minder goed dan je denkt.' Hoofdschuddend liep hij weg.

Jack nam niet de moeite me te omhelzen of op andere wijze te begroeten toen hij de deur van zijn appartement opendeed. Hij liep al met zijn rug naar me toe door de hal. 'Ik wist niet dat je zou komen.'

Hij was duidelijk nog steeds ontstemd dat ik de informatie over Tracy's telefoontjes naar een verslaggever had gelekt maar, typisch Jack, hij liep te mokken in plaats van tegen me te zeggen dat hij boos was.

'We hebben elkaar al een paar dagen niet gesproken en ik wil graag bijblijven. Jij toch ook? Heb je nog iets te melden?'

'Haha, ik zie het al voor me, mijn volgende boek, *Dagboek van mijn huisarrest*. Uitermate boeiend.'

Ik zou dus naar het bezoekje van Ross Connor moeten vragen. Ik ging lekker op de bank zitten. 'Het is een beetje raar,' zei ik terloops, 'maar ik zou zweren dat ik Owens oude partner dit gebouw uit zag komen.'

'O ja, er is toch iets ongewoons gebeurd. Niet te geloven dat je hem herkende. Ross Connor, na al die jaren.'

'Ik ben goed in gezichten onthouden. Wat kwam hij doen?'

Jack haalde zijn schouders op. 'Kijken hoe het met me gaat. Hij had officieel toestemming gevraagd en gekregen. Aardig van hem, vind je niet?'

Al die keren dat ik tegen Jack had gelogen, was het nooit bij me opgekomen dat Jack wellicht een nog betere leugenaar was dan ik. Dit was meesterlijk.

'Ja, op zich wel, maar hij zit natuurlijk bij de politie. Heeft hij nog vragen over de zaak gesteld?'

'Nee, we hebben gewoon wat gebabbeld. Het gesprek verliep stroef, maar goed, het gaat om het gebaar, niet dan? Je zei dat je nieuws had?' Dat was een handige manier om over iets anders te beginnen. Het onderwerp Ross Connor was afgesloten.

Toen ik hem vertelde wat ik bij Tracy's moeder en zus te weten was gekomen, kostte het me moeite mijn hoofd erbij te houden. Als Jack Molly had bedrogen, veranderde dat dan iets aan zijn zaak? Wie weet loog hij alleen over de reden van Ross' bezoek om het lastige onderwerp van ontrouw uit het verleden te vermijden. Toch vroeg ik me opnieuw af of ik er te snel van uit was gegaan dat Jack onschuldig was.

Ik dwong mezelf om me te concentreren op wat nu belangrijk was: het verband tussen Tracy en The Sentry Group. 'Ik gok dat ze Max – of eventueel Malcolm – als mogelijke suikeroom zag. Als het om Malcolm ging, was ze misschien met hem bij de waterkant toen Max zijn vader doodde. Als het om Max ging, had hij haar wellicht daarnaartoe laten komen om in één keer van hen beiden af te zijn. Twee vliegen in één klap. Hoe dan ook, dit past in onze theorie dat Max Neeley erachter zit.

'Ik weet dat we suggereren dat Max het gedaan heeft, maar denk je dat echt?'

Ik dacht aan de minachting die me ten deel was gevallen toen Max bij ons op kantoor was. Op dat moment dacht ik dat ik naar het gezicht van een moordenaar keek. Maar wie weet was zijn boosheid een volkomen natuurlijke reactie op onze niet al te subtiele suggesties dat hij zijn vader had gedood. 'Het is aannemelijker dat hij het gedaan heeft dan jij, niet dan?'

Als Jack al iets van argwaan in mijn vraag bespeurde, liet hij daar niets van blijken. 'Jezus, wat een familie. Neeley heeft zijn gestoorde zoon geleerd hoe hij met wapens moest omgaan, alsof het gewoon maar een hobby was, net zoiets als golfen of duiken of munten verzamelen. Door zijn toedoen haatte de andere zoon hem zo erg dat die tot moord werd gedreven. Malcolm Neeley legde de schuld voor de dood van hun moeder bij zijn zoons. Zijn verhalen over hoe hij een ouder voor hen probeerde te zijn, lezen als een handleiding hoe je je kinderen de vernieling in helpt. Tikkende tijdbommen, allebei.' Hij schudde zijn hoofd. 'Was dat het?'

'Helaas niet.' Ik haalde een kopie van de motie van de Staat om de borgtocht te heroverwegen uit mijn aktetas en gaf het papier aan hem. De titel van de motie sprak voor zich.

Toen Jack opkeek, probeerde hij de papieren aan me terug te geven alsof ze daardoor weg zouden gaan. 'Maar ik heb helemaal niets verkeerd gedaan. Eerlijk waar niet. Ik blijf een meter bij de deur vandaan als ik die opendoe, zelfs voor jou, voor het geval er anders een alarm afgaat.'

'Er wordt ook niet beweerd dat je de voorwaarden van je vrijlating hebt geschonden. Ze vinden dat je sowieso niet in aanmerking voor vrijlating had mogen komen. In feite zegt de Staat dat het hof een fout heeft gemaakt door jou te laten gaan.' De hoorzitting was over drie dagen.

'Je klinkt heel rustig.'

'Scott Temple wil het gewoon nog eens proberen. Zonder nieuwe bewijzen zal de rechter de huidige situatie handhaven. Dus tenzij je iets weet wat ik niet weet...'

'Oké, dan zal het wel goedkomen.'

Ik nam afscheid alsof het een standaardbezoek was geweest en beloofde het hem te laten weten als er nieuwe ontwikkelingen waren. Ik zette mijn ene voet voor de andere, door zijn appartement, door de gang, in de lift. Zodra de liftdeuren dichtgingen, merkte ik dat ik beefde.

Golfen. Duiken. Munten verzamelen. Die 'verhalen' die Malcolm Neeley verteld had over hoe hij zijn kinderen opvoedde, kwamen zo uit Malcolms verklaring onder ede, en Jack had me gezworen dat hij die nooit had gelezen.

Die avond, in bed met Ryan, begon ik in te dommelen, maar toch bleef ik nadenken over Ross Connor en Jack. 'Ken jij getrouwde mannen die condooms gebruiken?'

'Bij hun vrouw?' Hij lachte.

'Ik meen het. En dit gaat niet over jou en Anne. Het is voor een van mijn zaken. Een getrouwde man had condooms in zijn boekentas. Wat zegt dat volgens jou?'

'Ik zou zeggen dat het gewoon een anticonceptiemiddel is. Niet iedere vrouw wil volgepompt worden met hormonen.

Maar in zijn boekentas? Je zou denken dat die na het kopen in het nachtkastje verdwijnen.'

'Bovendien was de baarmoeder van de echtgenote verwijderd.'

'Dan ging die vent vreemd.'

Ik wist als geen ander dat het hebben van een buitenechtelijke relatie je nog geen moordenaar maakte. Wel een leugenaar.

Jack had gelogen over zijn trouw aan Molly. Hij had gelogen over het bezoek van Ross Connor aan het appartement. En hij had gelogen over het lezen van Malcolms onder ede afgelegde verklaring, wat betekende dat hij lang voor de schietpartij al wist dat Malcolm elke woensdagochtend bij het voetbalveld te vinden was. Waar loog hij nog meer over?

Ryan kuste me op mijn schouder, stapte uit bed en begon zich aan te kleden.

'Weet je dat we elkaar volgende maand al twee jaar kennen?' vroeg ik. Ryan had me gebeld nadat hij te horen had gekregen dat hij geen partner zou worden. Preston & Cartwright geeft slecht nieuws altijd eind augustus.

'Ik ken je al veel langer. Ik was een van de vele vakantiekrachten die jaren geleden doodsbang voor je was.'

'Het was niet de bedoeling dat het twee jaar zou doorgaan.'

Hij stond bij mijn bed, zijn overhemd half dichtgeknoopt, stond daar mooi te zijn. 'Ik vind het prima zo. Ik dacht jij ook. Ik zou meer willen. Jij bent degene die...'

'Dat weet ik. Ik wil niet meer. Maar... dit wil ik ook niet. We moeten ermee ophouden.'

'Dat hebben we eerder geprobeerd, weet je nog? En toen heeft mijn vrouw je gevraagd om terug te komen.'

'Het is nooit de bedoeling geweest dat het twee jaar zou duren. Ze wist ook niet wat ze anders moest, Ryan. Je was verdrietig en beschadigd, ervan overtuigd dat je gefaald had op je werk en dus ook als kostwinner, en om een of andere reden voelde je je bij mij beter. Maar je bent niet meer beschadigd. Je moet naar huis.'

'Anne heeft er geen problemen mee.'

'Ik wel. Ik wil dit niet meer.'

'Dus? Is dit het einde?'

Het enige wat ik kon zeggen was: 'Ja.' Ik had niet gedacht dat het zo moeilijk zou zijn. Het was nooit mijn bedoeling geweest om van hem te houden.

Hij boog zich naar me toe en drukte een kus op mijn voorhoofd. 'Je bent een beter mens dan je zelf denkt, Olivia. Knoop dat goed in je oren.' Hij aaide een laatste keer over mijn haar en ging weg.

Nadat hij vertrokken was, blokkeerde ik zijn telefoonnummer en verwijderde het uit mijn contacten. Als ik ergens een punt achter zet, doe ik dat radicaal.

20

Ik zat weer aan de vergadertafel in mijn kantoor en dacht na over al het bewijsmateriaal dat ik gisteren had bekeken. Hoe kon alles er vandaag zo anders uitzien?

Gisteren dacht ik dat we een goede kans maakten om de schotresten op Jacks overhemd te verklaren. Ik had meerdere getuigen die konden bevestigen dat Jack in de maanden voorafgaand aan de schietpartij een paar keer op de schietbaan van de West Side Range was geweest. En ik zou een deskundige laten verklaren dat schotresten lang op stof kunnen blijven zitten. Maar nu zag ik in gedachten diezelfde getuigen in de getuigenbank zitten. Hoewel ze het niet zeker wisten, meenden ze zich te herinneren dat Jack altijd een T-shirt aanhad – alsof hij erbij probeerde te horen – en niet het betreffende ruitjesoverhemd. Daar kwam nog bij dat Jack geen schriftelijk bewijs had dat hij naar de schietbaan was gegaan voor onderzoek in plaats van om te oefenen om Malcolm Neeley dood te schieten.

Hetzelfde gold voor Madelines e-mails. Ik kon tegen de jury zeggen dat iemand anders had voorgesteld om bij het voetbalveld af te spreken, maar Scott Temple zou zich kunnen uitleven bij het kruisverhoor, want doordat de e-mails anoniem waren, kon ik niet bewijzen dat Jack ze niet zelf had gestuurd. Dat gold ook voor degene die Sharon Lawson had ingehuurd om zich als Madeline voor te doen bij de waterkant.

En dan was er nog Jon Weilly, de mede-eiser die Temple als getuige wilde oproepen. Het OM had zeer specifieke vragen gesteld, die ik niet had durven stellen, en daarmee was Weilly's geheugen opgefrist en wist hij weer dat hij Jack had horen zeggen dat Malcolm Neeley er nog wel achter zou komen hoe het voelde als een schietgrage gestoorde zijn leven verwoestte. Ik zou aanvoeren dat Jack die opmerking in een vlaag van woede had gemaakt. De openbaar aanklager zou het bewijs van intentie noemen.

Dat het moordwapen in dezelfde mand lag die Jack naar de waterkant had meegenomen, was dat onweerlegbaar belastend bewijsmateriaal of extra bewijs dat Jack in de val was gelokt?

Zoals dat voor elke zaak met indirect bewijs gold, waren er voor elk bewijsstuk minstens twee mogelijke verklaringen.

Dat de zaak er vandaag anders uitzag dan gisteren, kwam doordat ik Jack niet meer geloofde. En ik zag niet alleen het bewijsmateriaal in een ander licht. In mijn tien jaar als advocaat van de verdediging had ik nog nooit meegemaakt dat een misdrijf zo tot in de puntjes was voorbereid. Een prostituee inhuren om bij de pier te gaan zitten. Aan Charlotte vertellen dat hij een vrouw had gezien terwijl hij wist hoe dol ze was op oproepen voor een gemiste kans. Rekening houden met waar de bewakingscamera's hingen. E-mails naar zichzelf sturen en doen of die van Madeline afkomstig waren. Een locatie uit zijn veronderstelde lievelingsboek kiezen. En dat allemaal om een aannemelijke verklaring te hebben voor het geval iemand hem bij het voetbalveld zou zien waar Malcolm Neeley elke woensdag te vinden was. Iemand wordt niet van de ene op de andere dag zo sluw en manipulatief.

Hoe was het mogelijk dat ik dat deel van hem niet had herkend?

Toen zijn vader overleed, was Jack toen naar me toe gekomen omdat ik echt belangrijk voor hem was of omdat hij zijn vaders dood wilde benutten om een nauwere band met me te krijgen? Ik dacht aan alle keren dat hij geprobeerd had me ervan te overtuigen dat hij van me hield zoals ik was. Was dat echt of speelde hij 'de goedzak' om mij in zijn macht te krijgen? De afgelopen twintig jaar had ik me schuldig gevoeld over wat ik Jack had aangedaan, maar wie weet had ik diep vanbinnen geweten dat er iets goed mis was. Hij had me zo gemanipuleerd dat ik vijf jaar bij hem was gebleven.

Toen Buckley me belde dat ik naar het politiebureau moest gaan, had Jack me gesmeekt zijn zaak aan te nemen en niet door te schuiven aan een andere advocaat. *Je weet dat ik dit niet heb gedaan, maar een andere advocaat weet dat niet.* Hij had erop gerekend dat ik verblind zou zijn door schuldgevoelens.

Er werd op mijn kantoordeur geklopt en Einer stak zijn hoofd naar binnen. 'Sorry, ik weet dat je niet gestoord wilt worden, maar Charlotte is er. Ze weigert in de hal te wachten. Ik denk dat ze zich te ongemakkelijk voelt door onze seksuele energie. Ze stond erop hiernaartoe te komen.'

'Dat is goed.'

Toen Charlotte langs Einer glipte, zei hij: 'Ik zou je hoofd op hol kunnen brengen als je me daar de kans toe gaf.'

'Lieve jongen, ik zou je nek breken.'

Toen de deur eenmaal dicht was, installeerde ze zich in mijn bureaustoel.

'Charlotte, wat is er?'

'De openbaar aanklager staat op het punt Jacks vrijlating terug te draaien en je belt Jack al de hele dag niet terug. Heb je niet door hoe ernstig het is?'

'Ik heb het druk.'

'Dat zal wel. Nu snap ik waarom Jack zich afvraagt of hij niet beter een andere advocaat kan nemen voor dit borgtochtgedoe. Wat is er aan de hand, Olivia?'

Toen Jack net was gearresteerd, wilde hij alleen mij. Nu ik doorhad hoe het zat, wilde hij iemand anders. 'Misschien kan hij inderdaad beter een andere advocaat nemen. Dan krijgt hij waarschijnlijk uitstel en wint hij tijd.'

'Laat je hem echt vallen? Mag dat eigenlijk wel na alles wat ik je betaald heb?'

'Charlotte, gaat dit echt over jouw geld? Ben je vergeten hoe jullie me vanaf het begin onder druk hebben gezet om deze zaak aan te nemen? Omdat ik Jack kende, zou ik hem geloven en beter mijn best voor hem doen. Nou, ik geloof hem niet meer.'

'Wil je me alsjeblieft vertellen wat er aan de hand is? Jack zei dat hij het verpest had en tegen je had gelogen over dat er iemand naar het appartement was gekomen, maar je hebt hem zo ingeprent dat hij alleen met zijn advocaten mag praten dat hij volledig dichtklapte nadat hij dat had gezegd. Heeft iemand zijn vrijlating op borgtocht in gevaar gebracht door naar het appartement te komen? Daar kan Jack toch niets aan doen?'

'Herinner jij je Ross Connor nog? Die collega van Owen?'

'Die dronken handtastelijke Ierse jongen die bij de Bowery Bar zijn zatte tong in mijn keel probeerde te steken?'

'Ja, die. Toen ik hem ging vragen of hij bij de borgtochthoorzitting voor Jack wilde instaan, leidde dat tot een heel gesprek waaruit bleek dat Ross denkt dat Jack een geheime duistere kant heeft. Hij zei dat toen hij Jack ging vertellen dat Molly was omgekomen, Jack zijn boekentas liet vallen en dat daar toen condooms uit vielen. Ross is erachter gekomen dat Molly geen kinderen meer kon krijgen. Hij ging naar Jacks appartement in de hoop dat die zijn mond voorbij zou praten.'

'Omdat hij wellicht een buitenechtelijke relatie had? Ik hoor vaker dat mensen vreemdgaan. Dat maakt hen nog geen moordenaars.'

‘Het punt is dat Jack tegen me gelogen heeft en niet alleen over dat bezoek van Ross. Het is ernstig, Charlotte. Zeer ernstig.’

Ze stond op uit mijn bureaustoel en kwam naast me aan de vergadertafel zitten.

‘Ik heb in de loop der jaren minnaressen gehad en daar zaten geweldige vrouwen tussen, maar ik heb nooit zo veel van hen gehouden als van Jack. Of van Owen.’

‘Jullie waren als broer en zus.’

‘Het leek op een familieband, maar dan hechter. Jack is niet volmaakt. Niemand is zonder fouten. We weten beiden dat Owen niet volmaakt was.’

Ik keek haar aan en zag haar indringende blik. Ze wist het, en dat terwijl Melissa de enige was aan wie ik ooit het hele verhaal verteld had van wat er die nacht was gebeurd.

Dat Seiko-horloge dat Jack in ons bed vond? Als hij beter gekeken had, zou hij het herkend hebben. Dat horloge was van zijn broer, van Owen.

Owen was bij mij geweest. Slechts één keer en niet eens lang. We hadden altijd, zonder dat dit ooit werd uitgesproken, geweten dat Owen beter bij me paste dan Jack. Jack zei zelfs een keer dat zijn broer en ik dezelfde energie uitstraalden als we praatten of bewogen. Het kon zijn dat we elkaar een paar keer over tafel heen te lang hadden aangekeken, maar we hadden beiden nooit iets gezegd over een eventuele aantrekkingskracht.

Hij stond opeens onverwacht bij me op de stoep nadat hij in de rechtbank had moeten getuigen. Ik had net een afwijzingsbrief gekregen op mijn sollicitatie voor griffier bij de federale rechtbank. Het was een stevige baan, in bepaalde kringen zelfs min of meer een vereiste. Het zou ook een reden geweest zijn om de bruiloft nog een jaar uit te stellen. Ik liet me troosten door Owen en daarna maakte ik het hem heel lastig om op te houden. Het gebeurde gewoon, net zoals ik me dat bij Gregg had voorgehouden.

Zo kwam het dat Owen zo snel bij Jack kon zijn nadat Jack hem overstuur had opgebeld. Had hij het aan Jack opgebiecht? Of had hij alleen maar geknikt terwijl ze de hele avond doordronken?

Dat wist ik nog steeds niet. Het enige wat ik zeker wist was dat Owen, zes uur nadat hij ons appartement uit was gestormd terwijl hij zei dat hij niet kon geloven wat we hadden gedaan, bij een auto-ongeluk om het leven was gekomen. De maand daarop sliep ik op de bank omdat ik me er niet toe kon zetten weer in dat bed te gaan liggen.

‘Hoe wist je het?’

‘Owen kwam die avond naar mijn appartement nadat jullie... Hij was buiten zichzelf, volledig over zijn toeren. Ik was ontzettend kwaad, schreeuwde tegen hem dat hij zich had laten gebruiken, dat hij maar een van de velen op jouw lange lijst met veroveringen was. Jezus, Olivia, hoe haalde je het in je hoofd? Ik had altijd al een vermoeden dat je soms vreemdging, maar met zijn broer?’

‘Ik weet het.’ Het viel niet goed te praten.

‘En toen belde Jack naar Owens mobiele telefoon, omdat hij iemand nodig had om tegenaan te praten. Ik had Owen moeten tegenhouden. Hij had al drie borrels bij mij op, plus wat hij bij jou ophad en ik wist dat Jack ook zou willen drinken. Owen moet ladderzat geweest zijn tegen de tijd dat hij naar huis reed. De politie heeft dat op een of andere manier uit de verslagen weten te houden.’

‘Weet Jack het?’

Ze schudde haar hoofd. ‘Ik heb het hem in elk geval niet verteld en dat zal ik ook nooit doen.’

‘Dank je.’

‘Ik doe het niet voor jou, maar voor hem. Dat hoeft hij niet te weten van zijn enige broer. Weet je waarom ik er altijd op tegen geweest ben dat je met Jack was?’

‘Omdat jij en ik veel op elkaar lijken?’ Ik schonk haar een lachje en ze lachte terug.

‘Je hebt hem nooit echt begrepen. Je behandelde hem alsof hij een eendimensionaal personage was: de lieve, nette jongen die zielsveel van je hield. Maar Jacks karakter was altijd al ingewikkelder dan jij doorhad. Hij hield van zijn ouders, maar ze hebben hem slecht behandeld, dat doen ouders nu eenmaal. Zijn vader was altijd boos, was ontstemd dat hij zijn gezin niet meer te bieden had. En zijn moeder probeerde altijd de lieve vrede te bewaren. Van haar heeft Jack geleerd om zich passief te gedragen. Daarom hangt hij altijd de goedzak uit. Het is niet gezond. Iedereen moet de kans krijgen om soms slecht te zijn. Besef je dan niet dat hij zich tot jou aangetrokken voelde omdat hij van jou een beetje ondeugend mocht zijn? Die condooms die Ross Connor zag? Jack had buitenechtelijke relaties. Veel.’

‘Ik kan het me niet voorstellen.’

‘Hij hield van Molly, begrijp me niet verkeerd. Molly was voor Jack wat Jack voor jou was. Kun je me volgen?’

Helaas wel. Verstandelijk wist ik dat ik dol op Jack had moeten zijn. Dat ik van hem moest houden, met hem moest trouwen en samen oud met hem moest worden. Maar het voelde nooit goed samen. Een relatie met hem was te veel werk. Het was alsof ik me constant aardiger, beter en guller moest voordoen dan ik was. ‘Het klinkt vreselijk, maar onze relatie was heel…’

‘Saai? Dat heeft Jack eens tegen me gezegd.’ Charlotte begon met een pen te spelen die op de vergadertafel lag. ‘Uiteindelijk ging hij zijn heil elders zoeken. Niet dat die vrouwen echt belangrijk voor hem waren, maar ze vulden het gat in zijn leven met Molly en Buckley. Het is eigenlijk wel ironisch: jij vond Jack altijd te aardig voor je, maar hij heeft altijd al een randje gehad, een duistere kant die hij niet aan jou liet zien.’

'Hoe duister was die kant? Duister genoeg om drie mensen te vermoorden? Ik zal eerlijk tegen je zijn, Charlotte, ik denk namelijk dat dat zo is.'

'Dat is de reden dat ik hiernaartoe ben gekomen, Olivia. Om tegen je te zeggen dat ik werkelijk niet weet of Jack het gedaan heeft of niet. Toen Buckley Jacks laptop meenam uit het appartement dacht ik dat ze er onbewust misschien rekening mee hield dat haar vader het gedaan had.'

'Jij hebt aldoor tegen me gezegd dat het belachelijk is om zelfs maar te denken dat Jack iemand iets zou kunnen aandoen.'

'Dat heb ik gezegd omdat ik wilde dat je hem zou helpen. En ik loog waarschijnlijk ook tegen mezelf. Maar ik ben niet blind. Ik heb het bewijsmateriaal binnen zien druppelen. Ik ben hier omdat ik erover heb nagedacht. Jack zou tegen me kunnen zeggen dat hij deze vreselijke daad begaan heeft, en dan nog zou ik tot mijn laatste snik voor hem vechten. Ik praat het heus niet goed. Ik heb het over hem steunen. Ik hou nog steeds van hem en ik moet weten dat jij nog steeds voor hem vecht.'

Wat ze zei klonk iemand die geen strafrechtadvocaat is waarschijnlijk vreemd in de oren, maar ik wist precies wat ze bedoelde: de ouders, echtgenoten, echtgenotes, broers en zussen die beseften dat hun dierbaren schuldig waren, die hen door het proces heen sleepten, die hen opzochten in de gevangenis. Mensen houden niet op te bestaan als ze iets vreselijks hebben gedaan.

'Ik weet het niet, Charlotte. Het is vaker gebeurd dat cliënten tegen me logen, maar dit is Jack. Het voelt persoonlijk.'

'Dat is het ook. Je bent het hem verschuldigd, Olivia. Help hem waar je kunt.'

Ik werd wakker van mensen die tegen elkaar schreeuwden. Mijn linkeroor, dat op mijn kussen lag, deed behoorlijk pijn.

Ik stak mijn hand onder mijn wang. Ik was in slaap gevallen met mijn oordopjes in en de afleveringen van *Law & Order* gingen nog steeds achter elkaar door op mijn iPad.

Het was vier uur 's nachts. Op mijn nachtkastje stond een halflege fles wijn. Ik weerstond de verleiding nog een glas in te schenken.

Er was een reden dat ik die oordopjes had ingedaan. Zonder de afleiding van een tv-serie bleef ik de elkaar tegensprekende stemmen in mijn hoofd horen. Ross Connor die zei dat Jack een duistere kant had. Scott Temple die zei dat Jack me bespeelde. En Jack die me smeekte om er alles aan te doen hem uit de gevangenis te houden. Gevolgd door Charlotte die zei dat ik het hem verschuldigd was.

Ik haalde mijn oordopjes uit mijn oren, ging rechtop zitten en trok de la van mijn nachtkastje open. Helemaal achterin vond ik het zwartfluwelen doosje, bedekt met een laag stof. Ik had er in geen jaren in gekeken. Als eerste haalde ik het horloge eruit en ik legde het bij de wekker. De ketting zat in de knoop, maar het lukte me die te ontwarren en om te doen. Die ketting had ik van Jack gekregen voor mijn eenentwintigste verjaardag. Het was de eerste keer geweest dat ik een zwart doosje met een wit lint eromheen kreeg.

Nadat we uit elkaar waren gegaan, had ik zijn moeders ring via Charlotte teruggegeven, maar deze spullen had ik gehouden: het horloge, want hoe kon ik dat teruggeven, en de ketting, omdat ik die mooi vond. Bij de tweede poging klapte het zilveren slotje dicht. Het was na al die jaren nog altijd een vertrouwde handeling.

Ik ging op mijn rug liggen, sloot mijn ogen en liet mijn wijsvinger over de hanger met vervlochten ringen glijden. De afgelopen twintig jaar was mijn relatie met Jack gecomprimeerd tot één dag, nee, tot dat ene moment dat hij het appartement binnen was komen lopen en het bewijs zag dat hem uiteindelijk deed besluiten te vertrekken. Maar er waren ook al die andere momenten geweest dat hij was gebleven.

De laatste keer dat ik mijn moeder zag, was tijdens de kerstvakantie van mijn laatste jaar op de universiteit. Het was 3 januari. Ik herinner me die datum omdat mijn vader haar in de vroege uren van nieuwjaarsdag naar de spoedeisende hulp had gebracht omdat ze inwendige bloedingen had. De buurvrouw belde me op 2 januari omdat ze vond dat ik 'het moest weten'. Ze had gehoord dat de artsen op de spoedeisende hulp de politie hadden ingeschakeld en dat mijn vader in hechtenis was genomen.

Ik moest het volledige bestedingsbedrag van een creditcard gebruiken en moest ook nog een andere creditcard aanspreken voor een vliegticket de volgende ochtend, waar ik de volle mep voor moest betalen. Als het nodig was geweest, had ik ook het tienvoudige neergeteld. Jack stond erop met me mee te gaan. Ik vermoedde dat dit de enige keer in zijn vriendschap met Charlotte is geweest dat hij haar om geld heeft gevraagd.

Toen ik bij het ziekenhuis aankwam, lag mijn moeder in een tweepersoonskamer naar een spelshow op tv te kijken. Ze draaide haar gehavende gezicht van me weg zodra ze me zag. 'Ik dacht dat je met de feestdagen in New York zou blijven.'

'Marla belde.'

'Ik had het kunnen weten. Weet je vader dat je thuis bent?'

'We zijn rechtstreeks vanaf de luchthaven hiernaartoe gekomen.'

'Heeft hij je helemaal in Eugene opgehaald?'

'Nee, Jack is met me mee gekomen. We hebben een auto gehuurd. Hij zit in de wachtruimte.'

'Hou je hem nog steeds voor de gek?' Ze vertrok haar gezicht van de pijn toen ze gniffelde.

‘Marla vertelde dat papa gearresteerd is.’

‘Hij is sinds gisteravond weer vrij.’ Mijn vader was er altijd in geslaagd het bewijs van zijn gewelddadige uitvallen binnenshuis te houden. Naïef als ik was, dacht ik dat hij, nu hij gearresteerd was, wel langer dan een dag vast zou zitten.

‘De verpleegkundige vertelde me dat er een maatschappelijk werker bij je is geweest om je mogelijkheden te bespreken. Praatgroepen. Een parttime baan. Binnenkort ben ik ook in staat om te helpen. Je kunt dit.’

‘Hou nou eens op met altijd maar met een oordeel klaar te staan, Olivia. Ik weet niet waar dit vandaan komt.’

‘Mama, ik veroordeel je niet. Ik probeer je te helpen.’

‘Nee, je vertelt me weer hoe ik moet leven. Ik ken geen ander kind dat er zo van overtuigd is dat ze beter is dan haar familie.’

Het escaleerde vlug, zoals dat altijd ging bij mijn ouders. Binnen een paar minuten schreeuwde ze dat ik me met mijn eigen zaken moest bemoeien en dat ik terug moest gaan ‘naar die school van je’. Ze maakte zo veel herrie dat haar kamergenote op het belletje voor de verpleegkundige drukte. De verpleegkundige vroeg me om te vertrekken omdat ‘de patiënt rust nodig had’.

Toen Jack die nacht in zijn eentje wakker werd in het motel, vroeg hij aan de receptionist waar de dichtstbijzijnde kroeg was. Daar trof hij me aan terwijl ik drankspelletjes deed met twee mannen in spijkerbroek en werkschoenen. Ik was zo ver heen dat ik het glas al pakte voordat de munt was neergekomen.

Jack had wat bankbiljetten op de toog gegooid en had het lege glas omgekeerd. ‘Kom, we gaan.’

Mijn drinkmaatjes stonden op van hun kruk, waren het er duidelijk niet mee eens, maar iets in Jacks blik zorgde ervoor dat ze terugdeinsden. Hadden ze zijn duistere kant gezien?

In het motel hield Jack in de badkamer mijn haar naar

achteren tot ik nog wel braakte, maar er niets meer uitkwam. Hij waste mijn gezicht en hielp me in bed. Toen hij zijn armen om me heen sloeg, fluisterde hij: 'Ik vind het zo rot voor je, Olivia. Ik begrijp je nu. Ik ken je. En ik zal altijd van je blijven houden.'

De volgende ochtend vlogen we terug naar New York. Ik deed of ik me niets meer kon herinneren van wat er gebeurd was nadat ik de kroeg had verlaten en we spraken nooit meer over die reis. Vijf maanden later vroeg hij me ten huwelijk.

Het daaropvolgende uur lag ik te woelen. Toen het vijf uur was, deed ik de ketting af, sprong uit bed en trok een spijkerbroek aan.

Het was aardedonker op kantoor. Zodra ik binnen was, draaide ik de deur achter me op slot.

Ik deed de lampen aan en liep direct naar de vergaderzaal, waar een hele wand van gestapelde dozen stond, die dreigde om te vallen. Ik las de briefjes die ik op de smalle kant van elke doos had geplakt. Penn Station. Ik trok de doos onder een andere doos vandaan. Hierin zat alles wat Einer had weten te verzamelen over de schietpartij op Penn Station.

Ik had de inhoud een paar weken geleden vluchtig doorgenomen, waarna ik alles weer snel in de doos had teruggedaan omdat de inhoud zo schokkend was. De bewakingsbeelden van de volledige schietpartij waren nooit vrijgegeven, maar in de media waren wel losse beelden verschenen. Dertien lijken. Andere lichamen onder de bloedspetters. Sommige slachtoffers leefden nog, kropen rond en leken om hulp te smeken.

In deze dozen zat iets wat kon voorkomen dat Jack de rest van zijn leven in een cel zou zitten, zelfs als hij schuldig was.

Ik had Jacks medisch dossier nog niet gekregen, maar beweren dat hij ontoerekeningsvatbaar was, was niet aan de orde. In New York zouden we dan moeten aantonen dat Jack niet het verstandelijk vermogen bezat om de aard van zijn gedrag te beoordelen of te snappen waarom het verkeerd was wat hij deed. Het punt was dat Jack duidelijk veel moeite had gedaan om zijn daad te verhullen, wat bewees dat hij wist wat hij deed en dat hij wist dat dit fout was.

Maar als ik kon aantonen dat Jack onder 'grote mentale druk' had gestaan, zou hij voor doodslag in plaats van voor moord worden veroordeeld. Bovendien zou de jury afwegen hoe aannemelijk het was dat de gedaagde onder grote mentale druk had gestaan, waarbij gekeken werd naar 'hoe de gedaagde de omstandigheden had ervaren'. Vorig jaar was er bij een uitspraak rekening mee gehouden dat een vrouw onder grote mentale druk had gestaan toen ze zei dat ze haar kind had gedood om te voorkomen dat het door zijn vader zou worden mishandeld. Ook al kon ze niet bewijzen dat de vader het kind ooit pijn had gedaan, wat juridisch gezien telde was dat ze geloofde dat haar kind gemarteld zou worden en dat een pijnloze dood een beter alternatief was.

De feiten zoals Jack ze had ervaren: Jack geloofde dat Malcolm Neeley zijn zoon, Todd, had verwaarloosd en diens asociale neigingen had versterkt, waardoor de vader verantwoordelijk was voor de moorden die zijn zoon had gepleegd.

Ik zag het tafereel in de rechtszaal al voor me. Scott Temple zou beweren dat de foto's van Penn Station opruiend van aard waren, maar de jury zou ze moeten bekijken om de psychologische reactie van Jack te snappen toen de civiele zaak tegen Malcolm Neeley werd geseponeerd, waarmee zijn enige hoop op gerechtigheid vervloog.

Hij zou minimaal vijf jaar krijgen. De rechter zou waarschijnlijk een hogere straf opleggen omdat er meerdere slachtoffers waren gevallen, maar het was nog altijd beter dan levenslang voor moord.

Ik had slechtere mensen vertegenwoordigd die veel afgrijselijkere dingen hadden gedaan. Jack was wellicht schuldig, maar ik kon hem nog steeds helpen.

Ik legde de foto's weg en bladerde door de politieverslagen. Op de eerste vier pagina's stond alleen een lijst met slachtoffers: doden, gewonden, mannen, vrouwen, geboortedata, ras, laatst bekende adres, telefoonnummers. Waarschuwen in geval van nood.

Molly Buckley Harris. Blank/vrouw. Geboortedatum: 8-5-1973. Waarschuwen in geval van nood: Jackson Harris, 212-929-4145, West 13th Street 177.

Grappig is dat. Als je moe bent, kun je minder goed nadenken. Daar bestaat ongetwijfeld wetenschappelijk bewijs voor. Doordat je aandacht verslapt, probeert een ander deel van je hersenen – het basisbrein, het reptielenbrein, de kern of hoe je het ook noemt – dat te compenseren. Vijfentachtig procent hersendood, vijftien procent instinctieve reactie.

Als ik langer dan drie uur had geslapen, was het me waarschijnlijk ontgaan. Maar ik was hondsmoe en dus nam mijn reptielenbrein het over. Waar mijn ogen gewoonlijk overheen gevlogen zouden zijn, werd nu een magneet die mijn volle aandacht trok.

Het telefoonnummer dat bij Molly vermeld stond bij waarschuwen in geval van nood. Ik had dat telefoonnummer eerder gezien.

21

Drie uur later stond ik in een van mijn beste pakken – een grijsblauw Armani-pak – bij Jack voor de deur, in mijn ene hand een beker zwarte koffie voor mij, in de andere hand een beker koffie met melk en suiker voor hem.

'Wat een leuke verrassing.'

Ik had hem gisteren niet teruggebeld. 'Je loopt vandaag precies een maand rond met dat door de Staat geleverde enkelsieraad. Ik vond dat ik erbij moest zijn als de politie langskomt om je huis te inspecteren.' In theorie was het een maandelijks routinebezoek om de apparatuur te controleren en te kijken of er geen voor de hand liggende schendingen van de voorwaarden van zijn vrijlating waren, maar nu het OM Jacks vrijlating wilde terugdraaien, ging ik ervan uit dat ze op zoek zouden gaan naar problemen. 'Ik heb cafeïne meegebracht.'

Ik stak hem een beker toe, maar in elke hand had hij een stropdas die hij bij zijn oor hield. 'Wat vind jij? A of B?' De ene stropdas was blauw met witte en rode strepen, de andere stropdas was rood met blauwe en witte strepen.

'Het kan allebei, een standaardstropdas voor een hoogopgeleide blanke.'

'Ik snap het. Dan doe ik die rode.'

Toen hij de zijden stropdas om zijn boordje sloeg, liep ik vast door naar de woonkamer en ik zette zijn beker koffie op een bijzettafel. 'Is het je ooit opgevallen dat belangrijke beslissingen uiteindelijk helemaal niet belangrijk blijken te zijn? Rood of blauw? En dan raak je ergens aan gewend en denk je er nooit meer over na.'

'Ik weet honderd procent zeker dat ik nooit een voorkeur voor een van deze dassen heb gehad. Volgens mij heb ik ze tegelijk gekocht toen ze in de aanbieding waren.'

'Aha. Maar weet je, de politieagenten die straks hier komen, kunnen een heel andere indruk van je krijgen, afhankelijk van of je rood of blauw draagt. Blauw staat voor eerlijk, rood voor cynisch, of net andersom.'

'Meen je dat nou? Je denkt toch niet dat ik me door zo'n opmerking beter ga voelen?'

'Sorry, ik draaf een beetje door. De controle vandaag stelt weinig voor, maar voor de zekerheid zou ik toch die blauwe dragen. Dat komt rustiger over. Daar is onderzoek naar gedaan, door overbetaalde juryconsulenten. Mijn punt is dat we soms onbewust beslissingen nemen. Er zijn bijvoorbeeld talloze artikelen geschreven over waarom mensen hun vaste telefoon opzeggen. Dat is een enorme cultuurverschuiving. Politieke peilingen zitten er soms ver naast doordat sommige onderzoeksbureaus alleen naar vaste nummers bellen en zo alle jongere mensen met alleen een mobiele telefoon niet in de resultaten meenemen.'

'Dat is totaal iets anders dan de discussie over een rode of blauwe stropdas.'

'Dat weet ik, maar ik bedoel dat je soms toevallig een bepaalde beslissing neemt. Zo zei Einer een paar weken geleden dat ik een van de weinige veertigplussers was met alleen een mobiele telefoon. Dat besluit heb ik nooit bewust genomen. Vroeger woonde ik in een aftands appartement met een vaste telefoon, omdat je automatisch telefoon neemt als je in een appartement trekt. Toen ik eindelijk geld had en naar een beter appartement een paar straten verderop verhuisde, heb ik gewoon nooit een vaste telefoon genomen.

Iedereen die me wilde spreken belde me op mijn werk of op mijn mobiel. En zo komt het dat ik een van die mensen ben zonder vaste lijn.'

Jack trok de blauwe stropdas recht. Dubbele windsorknoop. Het stond hem goed. Jack was zo'n man die er op zijn vierenveertigste beter uitzag dan op zijn vierentwintigste.

'Jij hebt ook geen vaste lijn,' zei ik.

'Hm-hm.' Zijn stropdas zat recht. Hij stond nu in de spiegel boven de schouw zijn haar goed te doen.

'Maar je woont hier sinds... 2001 of zo?'

'Ja, we zijn hier komen wonen vlak nadat Buckley was geboren.'

'Dat snap ik dus niet. In 2001 had vrijwel niemand alleen een mobiele telefoon, maar jij hebt dus geen vaste lijn. Ik ben er nooit aan toegekomen om een vaste lijn aan te vragen, maar jij hebt op een bepaald moment de moeite genomen om de telefoonmaatschappij te bellen en je abonnement op te zeggen. Waarom? Vanwege de kosten? Om dertig dollar per maand te besparen?'

Hij was nu bezig een verdwaalde wenkbrauwhaar in het gelid te krijgen. 'We gebruikten de vaste lijn nooit, denk ik. Ik weet het echt niet meer.'

Hij zei het op net zo'n joviale toon als toen hij tegen me loog over de poging van Ross Connor om hem te ondervragen: o ja, er is toch iets ongewoons gebeurd. En toen ik gevraagd had naar de dreigende opmerking aan het adres van Neeley: heb ik dat gezegd?

'Nu ik doorheb wanneer je tegen me liegt, vraag ik me toch af hoe vaak ik de signalen heb gemist.'

Hij draaide zich bij de spiegel vandaan en keek me aan. 'Vraag het nou maar gewoon, Olivia.'

'Het is geen vraag, het is een feit. De bellijst van Tracy Frankels telefoon. Einer dacht dat ze drie keer achter elkaar een verkeerd nummer had ingetoetst en daardoor naar een schoenenwinkel in Soho had gebeld. Maar hij had het mis. Tracy probeerde jou te bellen.'

Hij stompte met de zijkant van zijn vuist tegen de rand van de schouw. Ik sprong op van de bank om te vertrekken. 'Echt iets voor jou om er eerst tien minuten omheen te draaien en me dan aan een test te onderwerpen waar ik onmogelijk voor kan slagen. Kun je niet als een normaal mens praten? Het is niet wat je denkt. Ik heb dit niet gedaan.'

Mijn benen trilden toen ik opstond van de bank. Zo had ik Jack nog nooit gezien. 'Ik zag je gezicht toen de hulpofficier van justitie Tracy's naam voorlas bij de aanklacht. Ik dacht dat je schrok omdat ze zo jong was, maar je herkende haar naam.'

Jack deed zijn mond open, maar er kwam niets uit.

'Je doet die inspectie maar mooi in je eentje,' zei ik, en ik gooide mijn beker in de prullenbak. 'Als de politie weg is, zou ik je aanraden de rest van je tijd te besteden aan het bedenken van een verklaring waarom Tracy naar jouw oude nummer zou bellen. Ik ben hierachter gekomen en het is vrij duidelijk dat Scott Temple dit ook weet. De borgtochthoorzitting is over twee dagen. Het kan zijn dat je terug moet naar de gevangenis.'

Toen ik de lift uit stapte, knoopte Nick, de portier, net zijn blauwe blazer dicht rond zijn forse bovenlichaam. 'Goedemorgen, mevrouw Randall. Gewoonlijk zie ik u hier als ik net naar huis ga.'

'Ik ben vandaag vroeg. Zeg, Nick, mag ik je wat vragen?' Ik zocht in mijn aktetas, vond een manillamap en haalde er een foto van twintig bij vijfentwintig centimeter uit. 'Heb je deze vrouw weleens gezien?' Het was een politiefoto van Tracy Frankel, genomen die ene keer dat ze voor drugsbezit was gearresteerd.

'Eh, zou kunnen. Ze komt me wel bekend voor.'

'Bedoel je dat je haar in de krant hebt zien staan?' vroeg ik. De media hadden zich in hun verslaggeving van de schietpartij zo op Jack en Malcolm Neeley gericht dat er amper foto's van Tracy Frankel en Clifton Hunter gepubliceerd waren. Die hadden slechts in een paar artikelen gestaan. 'Toen het over de schietpartij bij de waterkant ging?'

Nicks blik ging van links naar rechts om te kijken wie er in de hal waren en toen zei hij op gedempte toon: 'We hebben strikte instructies van het bestuur gekregen om niets te zeggen over... die toestand met meneer Harris. Dat moeten we aan justitie overlaten. Het is niet aan de buren om zich ermee te bemoeien.'

'Zeker. Dat klinkt verstandig.'

Ik liep al naar de draaideur toen Nick achter me zei: 'Weet je, nu ik erover nadenk en nu je het over meneer Harris hebt, weet ik weer waar ik haar heb gezien. Ze is een keer of twee hier voor hem geweest.'

Ik draaide me om, haalde de foto weer uit mijn aktetas en legde die voor Nick op de marmeren balie. 'Deze vrouw? Was die hier voor Jack Harris?'

'Ja, een tijdje geleden. Vóór die eh...'

'Toestand?'

'Ja, precies. Maar niet heel lang daarvoor, want ik herinner me dat ze weinig kleren aanhad, snap je? Dus het was warm buiten. Ik beschreef haar aan meneer Harris en die zei dat ik haar moest wegsturen als ze nog eens kwam. Ik dacht dat ze misschien een vriendin van Buckley was die een slechte invloed op haar had, maar het is niet aan mij om vragen te stellen. O, wacht, dat is waar ook, nu weet ik het weer. Nadat hij gezegd had dat ik haar moest wegsturen als ze nog eens kwam, heb ik haar nog een keer op straat met Buckley zien praten, maar daarna heb ik haar nooit meer gezien. Helpt dat met die eh, toestand van meneer Harris?' fluisterde hij.

Ik bedankte Nick uitvoerig voor zijn hulp, maar nee, dit deed Jacks zaak zeker geen goed.

Had Jack een affaire gehad met een van Buckleys vriendinnen? Nee, Tracy was vier jaar ouder dan Buckley, vanuit een tiener gezien een hele generatie. Ik kon niet bedenken wat het verband tussen hen was. Er moest een andere verklaring voor zijn.

Zodra ik het trottoir voor Jacks appartementencomplex op liep, belde ik Don. Hij nam direct op. 'Die voormalige cliënt die bij de City University of New York werkt en aan jou had verteld dat Tracy Frankel maar één vak volgde voordat ze helemaal met haar opleiding stopte. Zou je die willen bellen? En wil je dan aan hem vragen of hij Tracy's inschrijving op de universiteit voor ons opzoekt? Haar moeder zegt dat ze van de ene naar de andere school ging.'

'Wat zoek je?'

'Ik wil een lijst van alle scholen waar ze op heeft gezeten, inclusief datum van inschrijving en uitschrijving.'

'Je vraagt nogal wat.'

'En je mag hierover nog niets tegen Jack of Charlotte zeggen.'

'Oké. Mag ik vragen wat er aan de hand is?'

'Jack heeft al die tijd tegen ons gelogen.'

Tegen de tijd dat ik op kantoor kwam, had Don de gegevens waar ik om had gevraagd. 'Ik heb mijn contactpersoon bij de City University of New York te pakken gekregen. Hij noemde allerlei scholen op waar ik nog nooit van had gehoord, maar ik heb dan ook geen verstand van privéscholen voor rijke probleemkinderen.' Hij gaf me een vel papier. 'Wat is er in vredesnaam aan de hand?'

Op haar enige inschrijvingsformulier voor de universiteit stond dat Tracy op drie middelbare scholen had gezeten: French School, Girls Inc. of Halton en Stinson Academy.

'Het gaat om een link met Jack. Die zou er namelijk kunnen zijn.' Ik liet hem het politieverslag zien van de schietpartij bij Penn Station. Bij Molly stond dat in geval van nood Jackson Harris gewaarschuwd moest worden, plus zijn telefoonnummer. 'Weet je nog dat Einer zei dat Tracy drie keer naar een schoenenwinkel in Soho had gebeld? Dat zat me toen al dwars, want als ze een verkeerd nummer had ingetoetst, zou ze uiteindelijk wel naar een nummer gebeld hebben dat daar één cijfer van afweek. Maar dat deed ze niet. Ze probeerde Jack te bellen. Het telefoonnummer van de schoenenzaak is Jacks oude telefoonnummer, van de vaste lijn, van voor de schietpartij bij Penn Station.'

Don keek verward. 'Maar waarom zou Tracy Frankel hem bellen?'

'Ik vermoed dat ze geld wilde. Ze was verslaafd en haar ouders hadden haar laten vallen.'

'Wat zie ik over het hoofd?'

'Ik denk dat Tracy Jack chanteerde. Ik moet één telefoontje plegen om dat bevestigd te krijgen.'

Ik belde de laatste middelbare school waar Tracy op had gezeten.

De schooldirecteur van de Stinson Academy klonk helemaal niet als een schooldirecteur. Hij had niets hooghartigs over zich. Met een zwaar Bronx-accent bevestigde John DeLongi dat hij al elf jaar bij de Stinson Academy werkte en hij vertelde dat hij zichzelf meer als een hoofdcoach zag.

'Dat is mooi. Dan kunt u me waarschijnlijk wel helpen. Mijn naam is Olivia Randall en ik ben een van de advocaten van Jackson Harris.'

'Nee maar. Dat is volop in het nieuws geweest.'

'Ja, dat maakt ons werk altijd interessant. We zijn achtergrondinformatie aan het verzamelen voor het geval we iets over het karakter van meneer Harris willen zeggen. Eén aspect van het goede karakter van meneer Harris is uiteraard zijn vrijwilligerswerk waarbij hij kinderen laat kennismaken met literatuur en schrijven.'

'Ik ben geen advocaat, maar is dat echt iets waar de rechtbank rekening mee houdt bij een moordzaak?'

Ik stak mijn middelvinger op naar mijn telefoon. Schiet op! 'Tja, zoals ik al zei verzamelen we achtergrondinformatie. Mocht het zover komen, zou er dan iemand bij jullie op school bereid zijn in de rechtszaal te komen vertellen wat meneer Harris op de Stinson Academy heeft gedaan?'

'Ja hoor, geen punt. Hij is hier al, weet ik veel, twee of drie jaar niet meer geweest, maar hij trok altijd veel tijd voor ons uit. Onze leerlingen hebben behoefte aan andere manieren van onderwijs dan de traditionele lesmethoden. Door ze in contact te brengen met creatievelingen zien ze dat niet iedereen een geweldige baan met een hoog salaris heeft zoals hun ouders, en dat dat prima is.'

'Oké. Even voor alle duidelijkheid, heeft Jack Harris als vrijwilliger schrijfworkshops gegeven in het schooljaar 2011-2012?'

'O, dat is wel heel specifiek. Ik zal het even nazoeken op dit mooie apparaat hier. Ja, dat klopt, dat was de laatste keer dat hij is geweest.'

Ik wist nu zeker dat Jack Tracy Frankel kende. Ik hing op en ging in de stoel naast Don zitten.

'Ik snap er nog steeds niets van,' zei hij. 'Jack kende Tracy? Hoe past dat in zijn zaak?'

'Jack en Tracy waren niet de enigen die op die middelbare school rondliepen.' Ik pakte een kopie van de transcriptie van Malcolm Neeleys verklaring onder ede tijdens het civiele proces over de Penn Station-zaak van de tafel en bladerde naar pagina 42. 'Kijk, hier.'

Don volgde mijn vinger naar de betreffende zin. *Laten we het dan nu hebben over de overplaatsing van uw zoon van de Dutton School naar de Stinson Academy.*

Ik herinnerde me dat Amanda Turner op de marketingafdeling van een grote cosmeticafabrikant werkte. Ik besloot onaangekondigd bij haar op bezoek te gaan.

De bewaker bij de receptie pleegde vlug een telefoontje en een paar minuten later stapte Amanda – perfect gekapt en opgemaakt – uit de lift.

'Ik mag van Max niet meer met u praten,' zei ze.

'Toe nou,' zei ik. 'Ik kan u laten getuigen als het moet, en dat geldt ook voor Max. Tijdens ons onderzoek zijn we ergens op gestuit. Het is belangrijk. Wil Max dan niet de waarheid weten over de moord op zijn vader?'

Amanda slaakte een zucht. 'Weet u hoe het voor hem is om de broer te zijn van die gestoorde jonge schutter met die stomme klootzak van een vader? Dat Malcolm slecht was gaf Jack Harris nog niet het recht...'

'Toe nou, het gaat maar om één vraag over de broer van Max. Oké? U hebt me verteld dat Todd kort voor de schietpartij bij het treinstation liefdesverdriet had over een meisje. Zat dat meisje ook op de Stinson Academy?'

'Meent u dat nou? Gaat het daarover?'

'Het is belangrijk.'

Amanda zwaaide naar een knappe blondine die door de hal naar de lift toe liep, kwam dichter bij me staan en ging zachter praten. 'Ja, hij kende dat meisje van school. We hebben haar nooit ontmoet. Todd zei steeds dat ze heel mooi was, maar – en dat klinkt gemeen – geen enkele mooie meid zou Todd zien staan. Max en ik noemden haar zijn denkbeeldige vriendin.'

'Heeft Todd verteld hoe ze eruitzag?'

'Daar heeft hij wel iets over gezegd, maar dat namen we niet serieus. Hij zei dat ze donker haar en een bleke huid had en op een sprookjesfiguur leek. Ik meen dat ze een paar jaar ouder was dan hij.'

'Kunt u zich verder nog iets over haar herinneren?'

'Niet echt, maar hij noemde haar Tee. Dat is alles wat ik weet.'

Ik was teleurgesteld toen Buckley de deur van Jacks appartement opendeed.

'Is er iets mis?'

Voor een tiener was haar vermogen om andere mensen te doorzien bijna eng. 'Ik moet even iets met je vader bespreken. Sorry dat ik niet van tevoren heb gebeld.'

'Hij heeft me verteld dat het OM hem tot het proces weer in de cel wil zetten. Klopt dat?'

'Pure bluf,' zei ik. 'Het juridisch equivalent van intimiderende opmerkingen. Het OM probeert ons bang te maken, zodat we een schikking zullen accepteren.'

Ik loog dat het gedrukt stond, maar wist niet wat ik anders tegen haar moest zeggen. Ze liep met me mee naar de woonkamer. Jack kwam net uit zijn slaapkamer, zijn haar nog nat van het douchen.

'Iedereen komt maar onaangekondigd op bezoek als je met een enkelband om loopt.'

Ik ging me niet verontschuldigen. 'Kunnen we even praten?'

Hij schonk Buckley een blik die betekende dat ze ons alleen moest laten. Ze mocht niet binnen gehoorsafstand zijn, want zij had geen geheimhoudingsplicht.

Zodra we alleen waren zei ik slechts twee woorden: 'Tracy Frankel.'

'Ik weet niet waarom ze geprobeerd heeft om naar mijn oude telefoonnummer te bellen.'

Hij loog nog steeds.

'De hele tijd heb je geroepen dat het ongepast was om erop te wijzen dat ze drugsverslaafd was. Fundamenteel menselijk fatsoen. Je zwetst maar wat, Jack. Je wilde niet dat we ons in Tracy's achtergrond zouden verdiepen, omdat je bang was dat we dan weer bij jou terecht zouden komen. Ik heb de Stinson Academy gebeld. Je hebt daar workshops gegeven toen ze daar op school zat. Tracy's moeder heeft me verteld dat ze verliefd was op een poëziedocent. De condooms die Ross Connor zag. Alles valt nu op zijn plaats. Ze was een van je vriendinnen.'

Ik zag Jacks blik in de richting van Buckleys kamer glijden. Zelfs nu hem wellicht een levenslange gevangenisstraf te wachten stond, was hij bang dat zijn dochter erachter zou komen dat hij haar moeder had bedrogen.

'Ik heb het verpest, nou goed?' Hij ging op de bank zitten en drukte zijn vingertoppen in zijn knieën. 'Dat is een paar keer gebeurd en het was ontzettend stom.'

Eindelijk. 'Wat is er gebeurd, Jack? Werd Tracy te opdringerig nadat Molly was overleden? Belde ze je thuis op? Had ze het erover dat zij de volgende mevrouw Jackson Harris zou worden? En dus dumpte je haar, zei je je vaste lijn op en dacht je van haar af te zijn. We spoelen versneld door. Papa en mama betalen haar rekeningen niet meer. Je bent in het nieuws, een geliefde weduwnaar en een van de eisers in een miljardenproces tegen een hedgefondsmanager. Opeens ben je weer op haar radar.' Ik ijsbeerde en de woorden buitelden uit mijn mond. Ik zag elk deel van het verhaal voor me. 'Ze belt drie keer achter elkaar naar je oude nummer en duikt op bij je appartementencomplex. En als je haar niet geeft wat ze wil, zoekt ze een volgend doelwit. Ze belde niet naar The Sentry Group omdat ze Max wilde spreken, ze belde voor Malcolm. Ze was van plan hem alles te vertellen wat ze over je wist. En nu zijn Tracy en Malcolm beiden dood.'

'Denk je dat echt? Denk je dat ik zoiets zou kunnen doen?'

Ja, na al die weken en al dat bewijsmateriaal, was ik eindelijk tot die conclusie gekomen.

Jack zag het antwoord op zijn vraag in mijn ogen. 'Ik heb onze vaste lijn opgezegd omdat ze me na het overlijden van

Molly telkens belde. Ik kon niet eens naar haar kijken zonder misselijk te worden. En toen stond ze een paar maanden geleden opeens bij dit gebouw. Ze chanteerde me.'

'Ik heb een getuige gevonden die Tracy met Buckley heeft zien praten. Dreigde ze het ook aan je dochter te vertellen?'

Jack wierp weer een blik in de gang naar het achterste gedeelte van het appartement. 'Ze weet van niets. Tracy heeft haar de weg gevraagd of zo, en daarna heeft ze me verteld dat ze mijn dochter had gesproken. Ja, ze dreigde haar alles te vertellen.'

'Dit ging niet alleen om een verhouding met een zeventienjarige,' zei ik. 'Dit heeft met Penn Station te maken. Met de rechtszaak. Waarom zou Tracy zich anders tot Malcolm Neeley wenden?'

Toen ik doorkreeg dat Tracy geprobeerd had om Jack te bellen, was ik ervan uitgegaan dat het om een affaire ging, maar nadat ik hen beiden aan de Stinson Academy had weten te koppelen, zag ik de gemeenschappelijke link met Todd Neeley. Die had daar ook op school gezeten, was verliefd op een ouder meisje dat Tee heette en donker haar en een bleke huid had.

'Ze las in de krant over de rechtszaak. Ze zette me klem toen ik uit mijn appartementencomplex kwam en zei: "Ik vraag me af wat Neeley ervan zal vinden als hij erachter komt dat jij ook een rol in de schietpartij had." Tot op dat moment had ik geen verband gelegd.'

Verband. Er begon me iets te dagen, maar toch had ik het nog niet helemaal door. 'Todd was erachter gekomen van jou en Tracy.'

Jack knikte. 'Hij was bezeten van haar. Hij moet Tracy zo vaak gevolgd zijn dat hij haar in mijn auto heeft zien stappen.'

'En Penn Station?' vroeg ik.

'De getuigen verklaarden dat Molly met Todd had staan

praten voordat hij zijn pistool trok. Iedereen ging ervan uit dat ze iets had gezien, hem een beweging had zien maken of een glimp van het pistool had opgevangen, of misschien had hij tegen haar gezegd dat hij zou gaan schieten. Ze was de dappere leerkracht die op hem in had gepraat om het niet te doen.'

'Maar Tracy kwam met een ander verhaal toen ze van de zomer voor je neus stond,' zei ik.

'Aanvankelijk had ik geen idee waar ze het over had,' zei Jack. 'Maar toen zei ze dat ze Todd van school kende. Toen hij haar vroeg wie haar vriend dan was, heeft ze dat nog aan hem verteld ook. Zo was ze. Brutaal. Roekeloos. En slim genoeg om de waarheid te achterhalen. Dat had ik tegen je moeten zeggen, maar ik was bang dat niemand me zou geloven. Dat ik gevallen was voor een meisje dat zich aan mijn voeten had geworpen...'

'Kom op, Jack.'

'Dat heeft ze echt gedaan,' zei hij. 'Herhaaldelijk. Maar je hebt gelijk, ze was zeventien. Ik weet niet wat me bezielde. Ik was... niet gelukkig met Molly. Ik hield altijd mijn ogen open, op zoek naar een ander. Dat zou jij toch moeten snappen.'

Het was een stoot onder de gordel. 'Dat is niet hetzelfde. Ik was geen leerkracht die seks had met een tiener.'

'Nee, jij deed het met mijn broer.'

Ik voelde mezelf ineenkrimpen. Al die weken had hij gedaan alsof hij me vergeven had. Ik had mezelf ervan overtuigd dat hij niet wist dat het Owen was. 'Jack...'

'Ik was mee geweest om dat horloge uit te zoeken.' Hij klonk afstandelijk. 'Het moest mooi genoeg zijn om te dragen, maar ook goedkoop genoeg, zodat het niet erg zou zijn als het tijdens zijn werk wat beschadigde.'

Ik keek naar zijn ogen om een verklaring te vinden waarom hij hier nooit eerder iets over had gezegd, maar ik zag slechts een ijzige blik. Ik had geen idee naar wie ik keek.

'Blijf je me van liegen beschuldigen?' zei hij. 'De grootste leugen die ik verteld heb, is dat ik het jou niet kwalijk neem wat er is gebeurd. Natuurlijk neem ik je dat kwalijk. Ik belde hem zodat ik hem te grazen kon nemen, maar toen hij de bar binnen liep, besefte ik dat ik verder niemand meer had. Ik zou niet toestaan dat jij mijn enige overgebleven familielid van me zou afpakken. De hele nacht zwolg ik van verdriet om jou, maar ik heb nooit verteld wat ik wist. Daarom dronk hij zo veel, omdat jij hem ertoe gedwongen had.'

'Ik heb hem nergens toe gedwongen.' Ik riep mezelf een halt toe, want ik wist dat hij me weer manipuleerde. Hij had deze ontboezeming bewaard om die tegen me te gebruiken als het hem uitkwam. 'Je hebt geen idee hoezeer ik mezelf heb gestraft, maar waag het niet om het te vergelijken met wat jij hebt gedaan.'

'Het is precies hetzelfde, Olivia. Zie je dat niet? Jij hebt Owen niet achter het stuur gezet, maar dat hij daar zat kwam door de omstandigheden die jij had gecreëerd, die we alle drie hadden gecreëerd. Ik heb dit wellicht in gang gezet, maar ik heb niet de trekker overgehaald. Todd volgde Molly die ochtend vanaf ons appartement om tegen haar te zeggen dat ik een verhouding had met Tracy. Molly kennende geloofde ze hem niet. Ze dacht altijd het beste van me, ook als ik dat niet verdiende. Todd moet toen zijn overgestapt op een plan B en haalde die pistolen tevoorschijn. Dat is de reden dat er een gat viel nadat ze met elkaar gesproken hadden. Hij had haar de waarheid over haar man willen doen inzien. Molly stierf door mij, omdat ik haar bedrogen had met een verknipte tiener en zij dat weigerde te geloven.'

Ik zou niet toestaan dat hij mijn schuldgevoelens over de dood van Owen zou aanwenden om tegen me te blijven liegen. 'Je zou nooit hebben toegestaan dat Tracy deze informatie wereldkundig maakte.'

Hij keek meteen weer kwaad. 'Ik zou zeker niet hebben toegestaan dat ze me zou afpersen.' Zijn stem klonk nu krachtiger en hij had zijn vuisten onder zijn armen gestoken. Ik had Jack nog nooit zo agressief gezien. Dit was dezelfde man die eten dat hij niet besteld had toch opat omdat hij dat liever deed dan de ober op een fout wijzen. 'Ik was bang, maar ik heb haar duidelijk gemaakt dat ik liever te boek stond als een overspelige engerd dan dat ze de rest van ons leven macht over me kon uitoefenen. Ik neem aan dat ze om die reden naar The Sentry Group heeft gebeld, om Malcolm in ruil voor geld te vertellen wat ze wist. Toen de openbaar aanklager haar naam noemde bij het voorlezen van mijn aanklacht, dacht ik dat ik moest overgeven. Maar echt, Olivia, ik zweer het, ik heb geen idee wie hen heeft doodgeschoten.'

'Het komt je anders goed van pas dat ze dood zijn.'

'En daarom kon ik het niet aan je vertellen, snap je dat niet? Je zou me nooit geloofd hebben.'

Hij had gelijk. En ik geloofde hem nog steeds niet.

Ik hield net op de hoek van de straat een taxi aan toen ik iemand mijn naam hoorde roepen. Ik draaide me om en zag Buckley op me afkomen.

'Wacht, niet weggaan,' zei ze toen een taxi mijn kant op reed. Ik gebaarde naar de chauffeur dat het toch niet hoefde.

'Wat is er, Buckley?'

'Je moet mijn vader helpen. Dat heb je beloofd.'

Daar zat ik nu echt niet op te wachten. 'Je mag ons niet afluisteren. Gesprekken tussen een advocaat en een cliënt vallen onder geheimhoudingsplicht, maar het OM kan jou wél dwingen om te getuigen. Snap je dat?'

Ze kromp ineen toen ik steeds harder ging praten. Het was alsof ze nog nooit een standje had gekregen.

'Ik heb jullie niet afgeluisterd. Nadat je was vertrokken

wist ik gewoon dat er iets mis was. Papa was je bijna achter-nagerend. Ik moest hem eraan herinneren dat hij die enkel-band had.'

'Dat is mooi. Ga naar huis.'

'Gaat het lukken om hem uit de gevangenis te houden?'

Ze dacht toch niet echt dat ik een antwoord op die vraag had. Er verscheen een denkrimpel op haar voorhoofd en zo te zien kon ze elk moment gaan huilen. Dit ging niet alleen over haar gevoel dat er iets mis was. Ze moest iets gehoord hebben.

'Je hebt je vaders zaak gevolgd. Ik weet dat je foto's van Tracy Frankel hebt gezien.' Vlak voordat Jack op borgtocht werd vrijgelaten, had ze politiefoto's van Tracy op Charlottes iPad bekeken. 'Waarom heb je niets gezegd?'

Buckley mocht zichzelf dan slim vinden, ze was pas zestien en ik had in mijn jaren als advocaat heus wel iets geleerd. Ik liet de vraag tussen ons in hangen. Als ik het mis had, had ze hier niets zinnigs op te zeggen. Als mijn vermoedens klop-ten, zou ze uiteindelijk antwoorden.

'Ik... Ze kwam gewoon op me af toen ik op het trottoir liep. Ze vroeg of hier ergens wifi was.'

'Weet je zeker dat dat alles is wat ze heeft gezegd?'

'Ja, ze was een onbekende op straat.' Buckley keek naar het trottoir en tikte zenuwachtig met één voet. Ze mocht vorige maand dan gedacht hebben dat Tracy Frankel zomaar een vrouw was, nu wist ze wel beter. Ik vermoedde dat ze mijn hele gesprek met Jack had gehoord. 'Heb ik het verpest? Ik heb niet gezegd dat ik haar herkende, omdat ik dacht dat dit negatief voor mijn vader zou zijn. Ik was in de war.'

Wie weet had ze al die tijd ergens geweten dat haar vader schuldig was. Ik hoorde mijn telefoon in mijn handtas gaan. Ik stak mijn arm omhoog om een naderende taxi aan te houden voordat ze kon protesteren.

'Het is in orde, Buckley. Ga naar huis. Ik zie je bij de borg-tochthoorzitting. Alles is onder controle.'

Ik wachtte met instappen tot ze in de hal was. De chauffeur had de meter al aangezet. 'Gaan we nog ergens naartoe of niet?'

Als hij niet zo onbeschoft had gedaan, had ik het gezoem van mijn telefoon waarschijnlijk genegeerd. Nu keek ik nadrukkelijk op mijn telefoon voordat ik het portier dichtdeed. Het was een bericht van Einer: Jacks medisch dossier van psychiatrische inrichting Silver Oaks was eindelijk binnen. Hij zou het in mijn kantoor leggen.

Ik legde mijn aktetas op een van de bezoekersstoelen en liep direct door naar de kleine doos die bij de chaos op mijn vergadertafel was neergezet. Ik herkende Einers handschrift op het briefje dat erbovenop was geplakt: *Eindelijk! Misschien zit hier iets in wat bewijst dat Jack onder grote mentale druk stond.*

Grote mentale druk. Doodslag in plaats van moord. Einer had in de loop der jaren wat juridische kennis opgepikt.

Ik pakte de briefopener van mijn bureau en stak die door de tape heen die om de rand van de doos zat. Ik haalde er een zeven centimeter hoge stapel dossiers uit en legde ze voor me neer. Toen ik er vluchtig doorheen bladerde, zag ik verwijzingen naar al het verdriet dat Jack in een paar jaar tijd te verduren had gekregen. Het overlijden van zijn moeder toen hij nog maar een tiener was. Het overlijden van zijn vader enkele jaren later. Daarna Owen. Ik zag een paar keer mijn naam staan.

De aantekeningen waren grofweg in omgekeerde chronologische volgorde gerangschikt. Het zou een lange avond worden. Ik ging naar de allerlaatste pagina omdat ik bij het begin wilde beginnen.

De eerste aantekeningen over zijn opname waren van zes dagen na Owens auto-ongeluk. De woorden waren neergekrabbeld in een typisch doktershandschrift – mijn eigen artsen schrijven ook zo – volstrekt onleesbaar.

Toen ik besefte wat ik las, begon het dossier in mijn handen te trillen. Ik keek een andere kant op en dwong mezelf te controleren of ik het wel goed begrepen had. Ik moest... Ik wist me geen raad. Zat ik hier maar niet. Had Buckley me maar nooit gebeld. Was ik maar iemand anders.

Ik liep naar mijn bureau, opende mijn browser en typte in het zoekvenster 'arts Robin Scheppard'. Jacks psychiater werkte nog bij Silver Oaks. Volgens de website van de inrichting had dr. Scheppard op de militaire academie in West Point gezeten en op de Boston University School of Medicine, waarna ze haar opleiding bij het Walter Reed Army Medical Center had voltooid.

Ik pakte mijn telefoon en toetste het telefoonnummer in dat op de website vermeld stond. 'Zou ik dr. Robin Scheppard kunnen spreken?'

Anderhalf uur later verliet ik met een huurauto de I-95 bij Stamford, in Connecticut. Nadat ik langs de muur van rode baksteen was gereden waarop een bescheiden bord met 'Silver Oaks' hing, draaide ik het parkeerterrein van de inrichting op en parkeerde de auto.

Ik pakte de stapel dossiers van de passagiersstoel en knipte het lampje in de auto aan. Ik keek nog een keer naar Jacks opnameformulier, ook al wist ik dat de woorden tijdens de rit vanuit New York niet op magische wijze veranderd zouden zijn.

Verzoekt om opname, 'denkt erover' vriendin te vermoorden na dood in familie.

Jack had zich vrijwillig in de inrichting laten opnemen omdat hij overwoog me te vermoorden.

22

Dr. Robin Scheppard begroette met bij de receptie met een kille handdruk, zowel letterlijk als figuurlijk. 'Dank u wel dat u me na werktijd nog te woord wilt staan, dokter, en dat op zo'n korte termijn.'

Ze nam me mee naar een kantoor dat eerder deed denken aan een knusse studio dan aan een spreekkamer van een arts. 'Mevrouw Randall, ik heb het toestemmingsformulier bekeken dat Jack Harris heeft ondertekend. Daaruit blijkt dat ik toestemming heb om rechtstreeks met u te praten, maar dit is zeer ongebruikelijk.'

'Daar ben ik me van bewust, maar Jack zal terechtstaan voor moord en morgen is er een belangrijke hoorzitting. Ik heb zijn medisch dossier pas vandaag gekregen.'

'Betekent dit dat Jack zich ontoerekeningsvatbaar wil laten verklaren? Een verklaring van een arts die hem recentelijk behandeld heeft, lijkt me nuttiger. Ik heb hem... zeker al twintig jaar niet meer gesproken. Ik was nog maar net klaar met mijn opleiding.'

'Dus u herinnert zich hem nog?'

'Jazeker, maar ik kan u verzekeren dat mijn aantekeningen veel vollediger zijn dan wat ik zo nog uit mijn hoofd weet.'

'Ik wil weten wat uw reactie was toen u hoorde dat uw voormalige patiënt voor moord gearresteerd was. Dat staat niet in uw aantekeningen.'

'Nee, maar ik zie niet in waarom dat relevant is.'

'Omdat u hem gesproken hebt toen het niet goed met hem ging. U weet beter dan wie dan ook of de huidige beschuldigingen tegen hem het gevolg kunnen zijn van zijn ziekte. Ik vraag u niet om te getuigen, dokter. Ik vraag u zelfs niet naar uw professionele oordeel. Ik vraag dit aan u omdat u een kant van Jack hebt gezien die verder niemand heeft gezien. Hoe reageerde u toen u hoorde dat hij was gearresteerd?'

'Tja, als u het zo stelt: ik was ontzet. Toen Jack hier patiënt was, reageerde hij aanvankelijk niet op de behandeling en had hij een zware depressie. Zelfs toen hij weer praatte, was hij stoïcijns. Als er al zorgen waren over geweld, dan was dat eerder dat we bang waren dat hij zichzelf iets zou aandoen. Hij kwam op ons over als iemand die wellicht nooit in psychische problemen gekomen zou zijn als hij niet zo heftig op verdriet zou reageren.'

'Het overlijden van zijn broer.'

'Ja, dat. Maar verdriet kan zich opstapelen, zelfs over een periode van jaren, zeker bij een persoonlijkheid die als kwetsbaar omschreven kan worden. Het overlijden van zijn moeder toen hij een tiener was, gevolgd door het overlijden van zijn vader enkele jaren later. En toen zijn broer. En het verbreken van een relatie waar u, meen ik, van afweet.'

'Ja, ik ben die Olivia Randall. De vrouw die hij wilde vermoorden, heb ik uit uw aantekeningen begrepen.'

Ze keek even uitdrukkingsloos. 'Grappig, dat was ik helemaal vergeten.'

'Dat lijkt me vrij significant en niet bepaald grappig, maar goed, ik ben degene die hij wilde vermoorden.'

Ze schudde haar hoofd. 'Als ik zijn opmerking over u iets aandoen serieus had genomen, had ik actie moeten ondernemen om u te beschermen. Gezien het feit dat hij vrijwillig hiernaartoe kwam – omdat die gedachte door zijn hoofd was gegaan – meende ik dat een ander iets aandoen wel het laatste was wat hij zou doen.'

‘Daar staat tegenover dat u niet met zekerheid kunt zeggen dat Jack onschuldig is, of wel?’

‘Natuurlijk niet, dat weet u zelf ook. Wellicht hebt u hier iets aan: een paar maanden geleden werd ik gebeld door een verslaggeefster. Ze schreef over een moordzaak waarbij een ogenschijnlijk aardige, normale student een zeer uitgebreid plan had bedacht om uit lichte rancune een medestudent te vermoorden. Omdat ik bij talloze moordprocessen als getuige heb opgetreden, wilde ze van me weten hoe groot ik de kans achtte dat – ik citeer – “een normaal mens ertoe kan komen om met voorbedachten rade een koelbloedige moord te plegen.”’

‘En?’

‘Ik heb tijdens mijn werk heel wat uren met mensen gepraat die hebben toegegeven dat ze iemand hebben vermoord. Deze ogenschijnlijk normale mensen vertellen me dat het met iets kleins begint. Ze worden ontslagen of door hun man gedumpt, en dan ontstaat de wens dat degene die ze daarvoor verantwoordelijk houden iets naars overkomt. Het gaat hun er vooral om dat de rest van de wereld zal zien hoe die persoon in werkelijkheid is. En als karma of het lot daar dan niet voor zorgt, ontwikkelt die ogenschijnlijk normale persoon een andere gedachte: stel dat die persoon doodgaat. En dat ontwikkelt zich verder tot: zal ik die persoon vermoorden? Uiteindelijk mondt dat uit in gedachten als: hoe zal ik dat doen? En: zal ik ermee wegkomen?’

‘Dat valt voor mij niet onder normaal gedrag.’

‘Niet? Veel mensen zullen, als ze eerlijk zijn, toegeven dat ze daar weleens aan gedacht hebben. Het is allemaal hypothetisch, gewoon een fantasierijke, boosaardige dagdroom. Wat er psychologisch gezien gebeurt, is dat de ogenschijnlijk normale persoon gewend raakt aan het idee van moorden, qua gedrag is dat hetzelfde als een hond die eraan gewend raakt telkens de deurbel te horen. Het is niet meer schokkend. Het idee ontwikkelt zich. Voor de meeste mensen houdt het daar op. Het blijft een idee, meer niet. Andere mensen gaan ermee aan de slag. En als er dan iets gebeurt waardoor de emotionele reactie op het beoogde slachtoffer heviger wordt, neemt het geconditioneerde gedrag het over. Bam! De persoon doodt iemand. Dan lijkt het op voorbedachte rade, maar in feite gebeurt het in een opwelling.'

'En u wilt zeggen dat Jack zoals de meeste mensen is en dat het bij een hypothetisch geval blijft?'

'Dat lijkt me duidelijk. U leeft toch nog?'

Eenmaal op de I-95 luisterde ik naar het zoemen van de Toyota Corolla, de banden op het wegdek, mijn eigen ademhaling. Het was bijna zoiets als mediteren.

Ik speelde de les van de arts opnieuw af in mijn hoofd. *Voor de meeste mensen houdt het daar op.* Toen de gedachten over mij gingen, had Jack ze laten ophouden door zichzelf een jaar te laten opnemen. *Andere mensen gaan ermee aan de slag.* Tegen de tijd dat hij Malcolm Neeley ging haten, had Jack niet meer de luxe zich te kunnen laten opnemen. Hij moest voor zijn dochter zorgen. *Het idee ontwikkelt zich.*

Jack wist waar Malcolm Neeley op woensdagochtend te vinden was. Hij kon uitzoeken hoe het langs de Hudson zat met bewakingscamera's. Het kon zijn dat hij het artikel in dat tijdschrift had gelezen, waarin precies vermeld werd waar er camera's waren. Hij was een talentvol auteur, wist hoe hij een verhaal moest vertellen. Hij wist dat de werkelijkheid soms zo bizar was dat je het zelf niet zo kon bedenken. En hij wist dat het verhaal over een mysterieuze mooie vrouw te bizar was om verzonnen te lijken. Hoe had hij het ook alweer aan rechercheur Boyle beschreven? Surrealistisch, alsof hij de lezer een verhaal voorschotelde.

Ik zag het voor me. Hoe hij bij de schietbaan met een Glock leerde schieten. Hoe hij naar Jersey reed om daar op straat een pistool te kopen. Hoe hij een tijdelijke e-mailaccount opende om Sharon Lawson in te huren. Hoe hij haar schreef waar ze moest gaan zitten, precies op de plek waar een camera een glimp zou opvangen van een dame op het gras. Ik stelde me voor hoe hij het pistool uit de mand pakte en op Malcolm richtte.

Of had hij eerst Tracy doodgeschoten? De vrouw die op een jongere versie van mij leek.

Morgen zou Scott Temple proberen Jack achter de tralies te krijgen. Ik had gezien hoe Jack eraan toe was nadat hij een paar dagen gevangen had gezeten. En ik had gezien hoe graag Jack nu al wilde weten of hij veroordeeld zou worden. Ik wist hoe onzekerheid over de toekomst in combinatie met opsluiting voorafgaand aan het proces de standvastigheid van een gedaagde kon aantasten. Als Jack eenmaal in de gevangenis zat in afwachting van zijn proces, zou hij zo'n cliënt worden die een bekentenis aflegde om ervanaf te zijn.

Wat was ik hem nog verschuldigd?

Om 9.52 uur de volgende ochtend gingen de deuren van de lift van het gerechtsgebouw open. Vanuit de hal voor de zittingszaal van rechter Amador zag ik Charlotte, Jack en Buckley naast elkaar op een rij zitten. Het was inmiddels een vertrouwd beeld, dat me deed denken aan het schilderij *American Gothic* van Grant Wood, maar dan met drie personen: twee sombere, zorgelijke gezichten en Jacks gezicht in het midden als een niet te doorgronden hooivork.

Het kostte Jack moeite het oogcontact met mij niet te verbreken. 'Ik vroeg me af of je wel zou komen.'

'Ik ben je advocaat, Jack.'

Ik vocht aldoor voor mijn cliënten, ook als ik dacht dat ze schuldig waren. De waarheid weten viel niet in mijn takenpakket. Daar veranderde niets aan nu Jack Harris mijn cliënt was.

Toen ik de zittingszaal binnen liep, zat Scott Temple al bij zijn tafel. Hij wierp een zijdelingse blik op me toen ik naar de balie liep en ging verder met het doornemen van zijn aantekeningen.

'Kunnen we praten over waarom we hier zijn?' vroeg ik. Was Don er maar om die vraag te stellen. Hij had me echter een berichtje gestuurd dat het uitliep in de zittingszaal van rechter Gregory en dat hij wellicht te laat zou komen.

'De manier waarop je tegen me sprak voordat je me hiernaartoe liet komen omdat ik zou hebben nagelaten Brady-materiaal te overhandigen? De kikker en de schorpioen, Olivia. Geen onderlinge afspraken meer.'

Scott was altijd een van mijn beste inlichtingenbronnen bij het OM geweest. Ik mocht dan besloten hebben Jack te blijven vertegenwoordigen, ik betreurde het dat ik daarvoor een vriend had moeten opofferen.

'Hij heeft de voorwaarden van zijn vrijlating op geen enkele wijze geschonden, Scott. Ik snap werkelijk niet waarom we hier zijn.'

'Omdat jij over die onbekwame hulpofficier van justitie Amy Chandler heen bent gewalst tijdens de oorspronkelijke borgtochthoorzitting. De zaak tegen je cliënt is veel sterker dan jij denkt. Het wordt tijd dat dat in de openbaarheid komt.'

Ik draaide me om, keek naar de tribune en besefte dat de pers daar zat. Ik herkende Jan Myers en ook verslaggevers van kranten als *The New York Times*, de *New York Daily News* en de *New York Post*. Max Neeley was net binnen komen lopen, hand in hand met zijn ex-vriendin Amanda Turner. Ze keek me uitdrukkingsloos aan, wilde duidelijk niet dat ik zou laten blijken dat ik haar kende.

Ik hoorde voor in de zaal een deur opengaan en rechter Amador kwam in toga uit de raadkamer. De gerechtsdienaar vroeg ons te gaan staan.

‘Ik zie bekende gezichten,’ zei de rechter. ‘De Staat heeft een motie ingediend om de vrijlating op borgtocht in te trekken. Wat is de vermeende schending?’

Temple stond op van zijn stoel. ‘Als ik dat mag toelichten, edelachtbare. Dit is een motie om uw oorspronkelijke beslissing tot vrijlating op borgtocht te heroverwegen. Edelachtbare, u hebt toen geconcludeerd dat de heer Harris niet vluchtgevaarlijk was, wat voor een groot deel gebaseerd was op het feit dat we geen sterke zaak leken te hebben. Ik neem daar de volle verantwoordelijkheid voor, edelachtbare. Ik had persoonlijk aanwezig moeten zijn om bewijs te overleggen waar mijn collega niet van op de hoogte was.’

‘U moet me maar corrigeren als ik het mis heb, meneer Temple, maar meneer Harris zit hier toch? Als dat zo is, lijkt het huisarrest te werken. Wat is het probleem?’

‘Het probleem, edelachtbare, is dat, hoewel de Staat al voldaan heeft aan het verplicht overleggen van ontlastend bewijs, we uiteindelijk extra informatie zullen moeten onthullen waaruit duidelijk zal blijken dat we een zeer sterke zaak hebben. We denken dat meneer Harris, als dat eenmaal is gebeurd, gemotiveerd zal zijn om op de vlucht te slaan.’

‘Tja, en dat willen we niet. Wat moet ik dan weten dat ik niet bij de aanklacht te horen heb gekregen?’

Temple begon over de transcriptie van de onder ede afgelegde verklaring van Malcolm Neeley die in Jacks archief was gevonden, waarin hij vertelde dat hij op woensdagochtend altijd naar het voetbalveld ging. Ik onderbrak hem. ‘Dit is duidelijk een poging om het spreekverbod te omzeilen, edelachtbare. De zaal zit vol met verslaggevers. Ik heb geen idee welke bewijzen meneer Temple denkt te hebben, maar hij probeert die aan de jury door te spelen zonder mij de kans te geven die bewijzen te weerleggen.’

Alsof het een teken was, klonk er geschreeuw vanaf de tribune. Ik draaide me om en zag Max Neeley staan. Amanda pakte zijn hand en probeerde hem zover te krijgen dat hij weer ging zitten. 'Meneer de rechter, ik heb recht op een advocaat die zich hier namens mij in gaat mengen. De advocaat van Jack Harris heeft me tijdens dit proces doorlopend zwartgemaakt.'

'Oké, luister allemaal.' Rechter Amador sloeg met zijn hamer. 'Naar de raadkamer, alleen advocaten. De verslaggevers moeten de zaal verlaten. U ook, meneer Neeley. Er valt hier niets te zien.'

Amador deed de rits van zijn toga open en ging aan zijn bureau zitten. 'Oké, kinderen. Wat is er precies aan de hand? Heeft dit te maken met ons laatste overleg dat wonderlijk genoeg bij *Eyewitness News* werd besproken, hoewel de zittingszaal leeg was?'

Temple moest zich inhouden om niet zelfvoldaan te kijken. 'U bent een zeer slimme man, edelachtbare.'

'Laten we ter zake komen. Mevrouw Randall, ik denk dat u iets naar de pers hebt gelekt de laatste keer dat u hier was. Meneer Temple, ik vermoed dat u ook niet bepaald uw mond hebt gehouden tegenover Max Neeley, die een publiciteitsagent in de arm moet hebben genomen als je ziet hoeveel interviews hij geeft. Genoeg. Ik zal niet toestaan dat deze motie gebruikt wordt om mijn spreekverbod te omzeilen.'

Ik bedankte de rechter, maar die zei: 'Niet zo snel. Ik heb, gezien de ernst van de aanklacht, een groot risico genomen door uw cliënt vrij te laten. We weten allemaal dat Amy Chandler niet de slimste persoon is die er bij het OM rondloopt, dus als ze bij de eerste borgtochthoorzitting geen volledig beeld heeft geschetst, wil ik nu graag het hele verhaal horen.'

Ik had verwacht dat Temple met bewijzen zou komen dat Jack een affaire met Tracy Frankel had gehad. Waar hij mee kwam was vele malen erger.

Rechter Amador keek als een middelbare scholier die een les natuurkunde voor gevorderden probeerde te snappen terwijl Scott Temple hem bijpraatte. Het OM had bij de aanklacht al aangevoerd dat Jack een motief had om Neeley te doden, dat hij op de ochtend van de schietpartij bij de waterkant was en dat uit een test was gebleken dat hij schotresten op zijn kleding had, maar nu kwam Temple met de rest van het verhaal: de oproep om de vrouw op het gras te vinden, de Madeline-e-mails en de zwerver die de picknickmand had gevonden met daarin het moordwapen.

'Met het risico dat ik nu officieel voor gek word verklaard,' zei Amador, 'dat heb ik allemaal gevolgd, maar ik snap nog steeds niet wat uw punt is, meneer Temple.'

'Het punt is dat Jack Harris zeer duidelijk heeft aangegeven dat hij die ochtend uitsluitend naar het voetbalveld was gegaan omdat die Madeline hem gevraagd had daarnaartoe te komen. We wilden die Madeline dus vinden, omdat die het verhaal van meneer Harris zou kunnen bevestigen of ontkennen.'

Ik had willen wachten tot we meer over Madeline wisten en had het dan pas aan Scott willen doorgeven, maar het was duidelijk dat hij dit al die tijd al had geweten. Ik lette op mijn ademhaling terwijl Temple vertelde dat Madeline gemaild had via een account bij de anonieme webmaildienst Paperfree.

'Het Paperfree-adres werd niet alleen gebruikt om te reageren op de oproep voor de vrouw op het gras en om contact op te nemen met Jack Harris, maar ook om een prostituee in te huren die de rol van Madeline zou spelen.'

Amador zette zijn bril af. 'Ik kan het niet meer volgen.'

Ik kon Temple met geen mogelijkheid tegenhouden toen hij uitvoerig verslag deed van het e-mailverkeer tussen het anonieme Paperfree-account en een online-escortbureau. 'Hoewel de prostituee op de website van het escortbureau een andere naam gebruikte, hebben we weten te achterhalen dat het om een vrouw gaat die in werkelijkheid Sharon Lawson heet. Ze beroept zich op het Vijfde Amendement dat ze recht heeft op juridische bijstand, maar uit de e-mailberichten weten we dat degene die vanaf het Paperfree-account mailde precies had beschreven waar ze moest gaan zitten en dat ze champagne en een picknickmand bij zich moest hebben. Verder moest ze daar een boek lezen met als titel *Eight Days to Die*. Er werd een foto van Jack Harris naar haar toegestuurd en ze kreeg instructies om naar hem te lonken als hij langs haar kwam.'

Dit was het bewijs dat ik had willen gebruiken om Jack te redden. Nu kwam Temple daarmee aanzetten. Ik had Sharon zo onder druk gezet dat ze een attest had ondertekend, maar ze had me niet verteld dat het OM haar ook had benaderd.

'Wat was volgens de Staat het nut daarvan?' vroeg rechter Amador.

'Op die manier kon Jack Harris tegen zijn beste vriendin Charlotte Caperton zeggen dat hij deze vrouw graag nog eens zou zien. Vervolgens plaatste Charlotte een oproep op haar website om deze vrouw te vinden, waarop de fictieve Madeline reageerde, zodat Harris een verklaring had waarom hij de ochtend van de schietpartij bij de waterkant was. Voor het geval niemand hem zou geloven, had hij altijd nog de e-mails en er waren zelfs bewakingsbeelden waarop Lawson te zien was, die zijn verhaal zouden bevestigen.'

Temple overhandigde de rechter en mij wat pagina's die met een nietje aan elkaar zaten.

'Dit is een attest van Paperfree.com.' Ik wilde dat Einer hier was om het me uit te leggen, maar uit Scotts zelfverzekerde houding maakte ik op dat het er niet goed uitzag. 'Het bevat onder andere een lijst met IP-adressen van waaruit is ingelogd op de betreffende e-mailaccount. Het zijn vrijwel allemaal openbare wifi-netwerken, zoals Starbucks, de lobby in een hotel, New York University en een tentje waar ze yoghurtijs verkopen. Belangrijker nog, ze liggen allemaal op loopafstand van Harris' appartement.'

Terwijl ik rechter Amador zag knikken, besefte ik waarom Scott Temple zo zelfverzekerd was, terwijl ik had gedacht dat het bewijs dubbelzinnig was. Als openbaar aanklager kon hij informatie loskrijgen uit bronnen die nooit hun medewerking zouden verlenen aan een strafrechtadvocaat – bronnen zoals e-mailproviders. Het OM zou binnen een paar uur na Jacks arrestatie een huiszoekingsbevel hebben gekregen voor de e-mails van Jack en daarna die van Madeline.

Wekenlang waren we ervan overtuigd geweest dat iemand Jack erin had geluisd. Zou ik de waarheid eerder gereconstrueerd hebben als ik had geweten dat al Madelines e-mails vanuit de omgeving van Jacks appartement waren verstuurd? Toen ik Scott Temple aankeek, meende ik even iets van medeleven te bespeuren. Hij had geprobeerd me te waarschuwen. Scott had gelijk. Ik was de schorpioen.

'Dan gaan we nu naar de zevende alinea,' zei hij. 'Zien jullie dat IP-adres daar? Er is maar één keer vanaf dat adres ingelogd en dat duurde nog geen minuut. Het is de enige keer dat er op het Paperfree-account is ingelogd vanaf een niet-openbare internetverbinding. Dat IP-adres is het adres van het Verizon Fios-account van Jack Harris.'

Amador keek over zijn leesbril heen, eerst naar Temple en daarna naar mij. Hij hoefde niets te zeggen. Een paar getallen in een attest hadden de hele zaak zojuist veranderd.

'Edelachtbare, dat is veel technische informatie in één keer,' zei ik. 'Ik moet in de gelegenheid gesteld worden om met een deskundige te overleggen.'

'Leuk geprobeerd, mevrouw Randall, maar we weten allemaal waar we naar kijken.'

'Ik snap niet waarom het OM deze informatie niet eerder

beschikbaar heeft gesteld. Ik heb er bij meneer Temple herhaaldelijk op aangedrongen bewijsmateriaal te overleggen.'

Temple kwam direct met een verklaring: 'Aanvankelijk hebben we dat niet gedaan omdat we de identiteit van mevrouw Lawson nog moesten vaststellen. Het escortbureau werkte niet bepaald mee. We zijn nog steeds bezig met een immuniteitsdeal voor mevrouw Lawson zodat ze zal getuigen, maar in het licht van recente... ongebruikelijke omstandigheden met betrekking tot de pers hebben we besloten dat de detentiestatus van meneer Harris opnieuw moet worden beoordeeld.'

Amador speelde met de randen van een motie op zijn bureau. 'Ik neem aan dat de Staat zal aanvoeren dat dit hun zaak sterker maakt, waardoor de gedaagde eerder geneigd zal zijn te vluchten?'

'Ja, maar er is meer,' zei Temple. 'Op de dag van de schietpartij heeft de politie een desktopcomputer meegenomen uit het kantoor van Jack Harris. Forensisch onderzoek van die computer heeft uitgewezen dat die offline was ten tijde van die ene keer dat er vanuit zijn huis is ingelogd op het Paperfree-account. Ook is er geen bewijs dat de website van Paperfree ooit vanaf die computer is bezocht.'

'Ik raak de draad weer kwijt,' zei de rechter.

'Een IP-adres geldt voor een heel wifi-netwerk, niet slechts voor één computer,' legde Temple uit. 'Simpel gezegd, edelachtbare, er is vanaf een ander apparaat via het draadloze netwerk van meneer Harris ingelogd op het Paperfree-account. Meneer Harris heeft tijdens diverse schrijfworkshops verteld dat hij één computer uitsluitend gebruikt om te schrijven – zijn desktop, de computer die de politie in beslag heeft genomen – en dat hij een andere computer, zijn laptop, gebruikt om op internet te gaan. We hebben bij de huiszoeking echter geen laptop in zijn appartement aangetroffen. Sterker nog, we hebben die laptop nog steeds niet gevonden.'

Er lag een frons op het voorhoofd van rechter Amador toen hij zich naar me toe draaide. 'Ik denk dat we het erover eens zijn dat dit verhaal nogal afwijkt van wat ik bij de eerdere borgtochthoorzitting heb gehoord. Een sterkere zaak, plus aanwijzingen dat er bewijsmateriaal verstopt of vernietigd is.'

'Edelachtbare, ik hoor dit voor het eerst. Nogmaals, ik heb tijd nodig om hierop te reageren.'

'Dat is prima, mevrouw Randall, maar uw cliënt zal niet meer de luxe hebben om thuis zijn proces af te wachten terwijl u bezig bent met de voorbereidingen. Jullie moeten wellicht eens samen praten.'

Eventuele empathie die Temple in de raadkamer voor me had gevoeld, was verdwenen zodra we de gang op liepen. 'Ik heb je gewaarschuwd, Olivia. Harris is een psychopaat. Er is een reden dat hij jou als advocaat heeft ingehuurd. Je was er zo van overtuigd dat hij onschuldig was, je leek wel een beginneling.'

Ik zei dat hij zijn hand overspeelde en dat hij degene was die beter had moeten opletten. 'Iemand – waarschijnlijk Max Neeley – heeft zich bizar veel moeite getroost om mijn cliënt in de val te lokken. Het is toch geen verrassing dat er op dit e-mailaccount is ingelogd vanaf plekken vlak bij Jacks huis, dat er zelfs één keer is ingelogd vanaf Jacks thuisnetwerk?'

'Hoor je wat je zegt? Je beweert dat hij niet schuldig kan zijn omdat hij te schuldig overkomt. Kom op, Olivia, dat had ik niet van je verwacht.'

'En ik had niet van jou verwacht dat je telefoongegevens ergens in zeven dozen met documenten zou verstoppen, maar dat is wel gebeurd. Je hebt Brady-materiaal verborgen.'

'Weet je wat? Je hebt gelijk. Ik had tegen je moeten zeggen dat het telefoonnummer van Tracy Frankel op die lijsten voorkwam. Dat is gewoon stom toeval. Waarschijnlijk verkocht ze drugs aan een van Neeleys medewerkers. Dat heb ik niet tegen je gezegd en daar heb je me op gepakt. Ik heb je nu alles laten zien. We hebben keihard bewijs tegen Harris. Wist je dat hij in een psychiatrische inrichting heeft gezeten? Alleen iemand die compleet gestoord is, kan zo'n uitvoerig plan bedenken. Maar hij heeft één keer niet goed opgelet en dat was toen hij inlogde op zijn nepaccount.'

'Als hij zo goed oplet...'

'Ja, ja, ik weet het. Dan zou hij zo'n fout niet maken en dus is hij erin geluisd. Dat kun je vergeten. Ik heb deze theorie aan onze IT-expert voorgelegd en het zit zo. Als je Paperfree open laat staan in je browser wordt het programma automatisch om de paar minuten ververst. Harris denkt dat hij heel slim bezig is door naar Starbucks of naar de lobby van een hotel te gaan om zijn e-mail te lezen, maar hij vergeet de browser af te sluiten. Hij komt thuis. De laptop maakt automatisch verbinding met zijn thuisnetwerk. Het programma wordt ververst. Voilà, hij heeft het verknoeid. Als hij doorheeft dat de laptop het programma heeft ververst, raakt de laptop opeens zoek. Ik zal niet vragen of je dit wist. Ik neem aan dat hij de laptop al voor de schietpartij in de Hudson heeft gegooid.'

Ik zat klem. De waarheid over de laptop zou zowel voor Charlotte als voor Buckley een probleem zijn en Jack was er niet mee geholpen. Dat IP-adres ging niet weg.

'Ik moet met mijn cliënt praten.' Het was onvermijdelijk: Jack zou tot het proces in de gevangenis zitten en zou dan veroordeeld worden.

We vonden een vrije jurykamer aan het eind van de gang en sloten de deur. Don was aangekomen toen ik in de raadkamer was, dus hij wist net zo veel over de ontwikkelingen van vanochtend als Jack.

Jacks ogen schoten van de een naar de ander. 'Wat is er aan de hand? Jullie hebben daar lang gezeten.'

'En ik heb zojuist ook een een-op-eengesprek met de openbaar aanklager gehad. Het is niet goed, Jack. De rechter zal niet toestaan dat je thuis het proces afwacht.'

Hij kromp ineen. 'Zijn ze erachter gekomen van Tracy en mij?'

Ik schudde mijn hoofd. 'Daar was ik op voorbereid, hierop niet. Er is een attest van Paperfree.' Ik overhandigde hem de kopie die ik van Temple had gekregen. 'De wifi bij jou in de wijk, daar had ik nog wel een draai aan kunnen geven, maar je hebt vanaf je eigen IP-adres ingelogd op dat e-mailaccount. Slechts één keer, maar het is de nagel aan je doodskist, Jack.'

'Mijn IP-adres?'

'Ja, van je appartement. En je draadloos netwerk is met een wachtwoord beveiligd, dus we kunnen moeilijk aanvoeren dat dit ook deel uitmaakt van de samenzwering. Daar trapt de jury echt niet in.'

Op zijn gezicht kwam dezelfde ondoorgrondelijke uitdrukking te liggen als toen hij Buckley had aangekeken toen bij het voorlezen van de aanklacht de naam Tracy Frankel viel, en later nog een keer toen hij te horen kreeg dat er schotresten op zijn kleding waren aangetroffen. Ik had toen gedacht dat hij zich zorgen maakte om zijn dochter, of die de hoorzitting wel aankon.

Nu had ik door dat de gezichtsuitdrukking die ik gezien had paniek was. Hij had naar Buckley gekeken om te zien of ze Tracy's naam herkende. En hij was verbaasd over de schotresten omdat hij na de schietpartij waarschijnlijk zijn handen had gewassen, niet wetende dat er ook schotresten op zijn overhemd konden achterblijven.

Ditmaal was er geen uitweg. Hij was erbij.

'En nu?'

'Je wordt vandaag nog vastgezet.' Rechter Amador was nog

niet met zijn eindoordeel gekomen, maar ik wist zeker dat zijn besluit al vaststond. Ik had een plan, maar dat zou niets aan de feiten veranderen. 'We zullen ons terugtrekken als jouw advocaten. Op die manier krijg je meer tijd tot het proces. Ik kan zeggen dat er sprake is van een belangenconflict omdat we vroeger een relatie hebben gehad.'

'Maar het is geen belangenconflict,' zei Don. 'Je hebt het nog nagevraagd bij de orde van advocaten. Je hoeft je reputatie niet op te offeren, Olivia.'

'Jij bent degene die me geleerd heeft dat het altijd om de cliënt gaat. Met een andere advocaat krijgt Jack wellicht een betere schikking aangeboden.' Ik verwachtte niet dat Temple Jack doelbewust zou straffen vanwege beslissingen die ik had genomen, maar soms doen openbaar aanklagers dat onbewust.

'Hou op met praten alsof ik er niet bij ben!' Jack greep de rand van de tafel voor hem vast. 'Als ik met een andere advocaat helemaal overnieuw begin, krijgt het OM toch ook meer tijd, of niet soms? En als het OM meer tijd heeft, komen ze er misschien achter van Tracy.'

Hij had gelijk. Temple dacht nu nog dat Jack een weduwnaar was die geobsedeerd was door de man die hij verantwoordelijk hield voor de dood van zijn geliefde vrouw. Als hij alleen Malcolm Neeley had vermoord, zou Jack in de ogen van sommigen een held zijn. Maar als de politie erachter kwam dat hij een affaire met Tracy Frankel had gehad, kon hij dat eventuele medeleven wel vergeten. 'Dat is zeker een risico,' zei ik.

'En uiteindelijk word ik alsnog veroordeeld. Zo is het toch?'

Ik keek naar Don. We stonden er hetzelfde in. 'Ja. Je beste optie is dat we het op doodslag houden op basis van wat de wet grote mentale druk noemt. We zullen al het bewijsmateriaal van Penn Station opvoeren...'

Jack schudde zijn hoofd al. 'Nee, dat wil ik niet, want ik

weet hoe het zit. Als ik niets met Tracy had gehad, zou Todd Molly nooit gevolgd zijn naar het station. Als ik haar niet had bedrogen... Als ze Todd geloofd had toen die haar over mijn affaire vertelde... Al die mensen...' Zijn stem stierf weg.

'Het is onze enige kans, Jack.'

'Dan zijn mijn kansen verkeken. Ik wil mijn verklaring wijzigen. Ga dat maar tegen de openbaar aanklager zeggen.'

'Dat kan ik wel vragen, Jack, maar je loopt op de zaken vooruit.' Gisteren had ik hem nog willen opsluiten. Nu voelde het verrassend natuurlijk hem te willen helpen. 'Gaat dit alleen om je angst dat ze erachter zullen komen van Tracy? Volgens mij weet Buckley dat al.'

'Daar gaat het niet om, oké? Snap het dan! Ik heb het gedaan. Ik heb alles gedaan wat die openbaar aanklager zei. Waarom denk je dat ik erop bleef hameren dat je de vrouw op het gras zou vinden?' Alsof hij schrok van het volume van zijn eigen stem, hield Jack op met praten en ging in een van de stoelen rond de vergadertafel zitten. Toen hij weer sprak, deed hij dat beheerst: zelfverzekerd en onbewogen, als een arts die een diagnose meedeelt. 'Ik wist dat ze op de bewakingsbeelden zou staan. Dat wist ik, want ik had haar precies verteld waar ze moest gaan zitten. En ik vertelde aan Charlotte dat ik een vrouw had gezien die mijn hart weer had geopend. Ik wist gewoon dat ze via internet voor me op zoek zou gaan naar romantiek. En ik vertelde iedereen die het maar wilde horen dat *Eight Days to Die* mijn lievelingsboek was, omdat – je raadt het al – daar een scène in zit die zich bij dat voetbalveld afspeelt.'

Terwijl Jack de rest van zijn ingenieuze plan uit de doeken deed, had ik het gevoel dat ik in een luchtbel zat en hem door een filter hoorde. Zijn stem klonk helder, maar in mijn hoofd was de wereld stil en hoorde ik alleen mijn eigen hartslag.

Ik wist het eindelijk zeker: Jack was schuldig.

Toen we teruggingen naar de zittingszaal liet ik Jack in zijn eentje naar Charlotte en Buckley toe lopen. Ik vond dat ik er niet bij moest zijn als hij hun het nieuws vertelde.

Scott Temple zat aan zijn tafel. 'Ben je er klaar voor om officieel verder te gaan?' Hij dempte zijn stem. 'Het is goed dat hij eerst met zijn dochter praat. Het lijkt me vrij duidelijk wat de rechter gaat zeggen en dan zal de politie hem direct in hechtenis nemen. Laat het me weten als ze een paar minuten extra nodig hebben.'

'Je bent een goed man, Scott Temple, zelfs als je streng probeert te zijn.'

'Kom je daar nu pas achter?'

'Moet je horen, ik weet dat ik in deze zaak een paar verkeerde beslissingen heb genomen, maar we moeten praten...'

Ik hoorde een harde bons achter me, draaide me om en zag dat Buckley was gaan staan en zich langs Charlotte en haar vader naar het middenpad van de zittingszaal drong. Jack greep haar bij de pols, maar ze rukte zich los. Hij kreeg haar te pakken en trok haar dicht tegen zich aan. Haar armen hingen slap langs haar zij, maar ze leunde tegen hem aan. 'Nee, dat mag niet. Nee, nee.' Ze bleef maar nee zeggen en keek me toen recht aan. 'Je moest hem helpen. Wat heb je gedaan?'

Charlotte stond onbeholpen naast hen en sloeg toen ook haar armen om Buckley heen. Het meisje was nauwelijks meer te zien toen ze haar alle twee omhelsden.

Rechter Amador stapte uit de raadkamer. Toen hij het tafereel in ogenschouw nam, meende ik voor het eerst een rechter te zien die niet wist wat hij moest zeggen.

Hij gebaarde naar de griffier dat dit niet in de notulen moest worden opgenomen. 'Mag ik vragen wat we hier doen?'

Scott liet mij als eerste aan het woord en ik bleek ook de

laatste te zijn die iets mocht zeggen. 'We zijn klaar om uw uitspraak over de motie te horen, edelachtbare. En we zullen in discussie gaan om deze zaak zonder proces te schikken.'

Zoals verwacht gaf rechter Amador bevel Jack in hechtenis te nemen. Het duurde bijna veertig minuten voor de politie er was om hem weg te voeren, een vertraging die ik toeschreef aan inmenging van Scott Temple.

Twee weken later, ook al had ik tegen hem gezegd dat ik waarschijnlijk een betere schikking voor hem kon krijgen als we zouden wachten, legde Jack een bekentenis af.

DE STAAT NEW YORK TEGEN JACKSON HARRIS

Rechter: edelachtbare William Amador
Openbaar aanklager: Scott Temple
Advocaat van de gedaagde: Olivia Randall

De rechter: 'Ik heb begrepen dat we hier zijn in verband met het wijzigen van een verklaring.'

Mevrouw Randall: 'Dat klopt. De gedaagde zal een bekentenis afleggen inzake driemaal doodslag.'

Meneer Temple: 'Op één voorwaarde, edelachtbare. Gezien de eerdere stellige beweringen van gedaagde dat hij onschuldig was, heeft de Staat als deel van de onderhandelingen geëist dat meneer Harris een gedetailleerde, feitelijke basis voor deze tenlasteleggingen geeft om zo eventuele twijfels bij nabestaanden of het publiek over zijn schuld weg te nemen.'

De rechter: 'Is dit voor de gedaagde acceptabel, mevrouw Randall?'

Mevrouw Randall: 'Ja, edelachtbare.'

De rechter: 'Goed dan. Meneer Harris, kunt u vertellen welke door u verrichte handelingen hebben geleid tot de aanklachten tegen u?'

De gedaagde: 'Dank u, edelachtbare. Ongeveer drie jaar geleden is mijn vrouw, Molly, bij het bloedbad op Penn Station doodgeschoten door een jongen die Todd Neeley heet. Om redenen die elders uitvoerig worden beschreven, hield ik de vader van de schutter, Malcolm Neeley, verantwoordelijk voor de daden van zijn zoon. Toen een civiel proces tegen Malcolm Neeley werd geseponeerd, bedacht ik een plan om hem te doden. Op 17 juni heb ik tweemaal op meneer Neeley geschoten. Ik heb ook twee andere mensen doodgeschoten die in de buurt waren. Later hoorde ik dat dit Tracy Frankel en Clifton Hunter waren. Het klinkt onoprecht als ik zeg dat ik dat betreur, maar ik heb er wel degelijk spijt van. Ik kan amper bevatten wat ik heb gedaan, maar het is zo. Ik heb dit gedaan en ik wil zeggen dat me dat oprecht spijt, zeker voor de nabestaanden van mevrouw Frankel en meneer Hunter. Het was niet de bedoeling dat er andere slachtoffers zouden vallen.'

De rechter: 'Is dat voor de Staat voldoende, meneer Temple?'

Meneer Temple: 'Nee, edelachtbare. De gedaagde heeft zich grote moeite getroost om het te doen voorkomen alsof hij erin was geluisd. Hoewel de partijen een gezamenlijke aanbeveling voor de straf hebben ingediend, wil ik niet dat we in een situatie belanden waarin u feiten hoort die in het voordeel van de gedaagde kunnen werken – het tragische verlies van zijn vrouw en de spijtbetuigingen – zonder de rest te horen, inclusief de uitgebreide planning die aan deze moorden vooraf is gegaan.'

De rechter: 'Meneer Harris, kunt u wat meer vertellen over de voorbereidingen voor deze misdrijven?'

De gedaagde: 'Ik weet dat het gepland lijkt, maar het voelde als een fantasie. Het was alsof ik in mijn hoofd een plot bedacht. Uit de verklaring onder ede wist ik dat meneer Neeley elke woensdagochtend voordat hij naar zijn werk ging bij het voetbalveld te vinden was. Niet lang daarna las ik een recensie over *Eight Days to Die*, waarin een scène zit die zich bij dat voetbalveld afspeelt. En dus kocht ik het en vertelde aan iedereen dat het een geweldig boek was en dat ik zelfs plekken in New York bezocht die in het boek voorkomen. Als ik bij het voetbalveld de confrontatie met Neeley aan zou gaan, kon ik het boek als smoes gebruiken waarom ik hem daar tegenkwam. Maar dan had ik alleen dat verhaal, zonder bewijs. Een vriendin had me verteld dat er mensen waren die via datingsites een partner vonden en daarbij een valse identiteit gebruikten. Ik kwam op het idee om me voor te doen als slachtoffer van dergelijke oplichterij, waarbij mijn veronderstelde date tegen me gezegd zou hebben dat ik naar het voetbalveld moest komen. Ik creëerde een hele e-mailcorrespondentie tussen mij en deze niet-bestaande persoon. Ik huurde zelfs een vrouw in om zich voor te doen als mijn date voor het geval iemand eraan zou twijfelen of ze wel echt bestond. Is dat voldoende, edelachtbare? Het punt is dat ik schuldig ben en de volle verantwoordelijkheid voor mijn daden neem.'

De rechter: 'Dit lijkt me redelijk volledig. Meneer Temple?'

Meneer Temple: 'Akkoord.'

De rechter: 'De gewijzigde verklaring is geaccepteerd en ik heb begrepen dat we meteen overgaan tot vonnissen. Wil een van de partijen nog iets zeggen voordat ik met een besluit kom?'

Mevrouw Randall: 'We zouden graag zien dat u de gezamenlijke aanbeveling voor de straf overneemt, edelachtbare.'

De rechter: 'Prima. Meneer Harris, ik accepteer uw gewijzigde verklaring en u wordt bij dezen veroordeeld voor driemaal doodslag. De rechtbank van dit hof veroordeelt de gedaagde tot een gevangenisstraf van vijfentwintig jaar tot levenslang.'

23

Jacks voordeur werd opengehouden met een stapel boeken. Ik slaagde erin me een weg te banen tussen de troep door en vond Charlotte in de gang in het achterste gedeelte van het appartement, waar ze naar iemand in Buckleys slaapkamer riep: 'Sta niet zo te treuzelen met die onderbroeken. Denk maar niet dat ik je niet gezien heb.'

'Alle verhuizers zijn ex-criminelen,' mompelde ze.

Ik was er vrij zeker van dat dit niet waar was, maar Charlotte moest zich ergens over opwinden vandaag. Jack was twee weken geleden veroordeeld en ze was nu al zijn huis aan het leegruimen.

'Je laat er geen gras over groeien, hè?' Toen ik Charlotte tussen de openstaande dozen en de piepschuimballetjes zag staan, moest ik denken aan de dag dat ze naar ons appartement was gekomen om Jacks spullen op te halen.

'Als het aan mij lag, zou ik het appartement gewoon de komende vijfentwintig jaar aanhouden, maar Buckleys therapeut zegt dat dit het beste is. Zolang ze tussen dit appartement en mijn huis blijft pendelen, kan ze zichzelf wijsmaken dat het tijdelijk is. Dat lijkt me klinkklare onzin, maar voor deze ene keer doe ik wat me is opgedragen.' Charlottes voicemailbericht, waarin ze me vroeg om naar het appartement te komen, had geen duidelijkheid geboden waarom ze juist nu verhuisde. 'Ik vroeg me al af of je wel zou komen.'

Charlotte had in dat voicemailbericht ook gevraagd of ik de oude foto's van Jack en mij wilde hebben, de foto's die hij in zijn kast had bewaard. Het duurde uren voordat ik de knoop doorhakte en besloot dat ik ze wilde hebben. Ik had geen idee waarom, behalve dan dat ik het zo'n vreselijke gedachte vond dat ze in een vuilnisbak zouden belanden, tussen koffiedik en vettige bakken van afhaalmaaltijden, dat ik in mijn kantoor in tranen was uitgebarsten.

Ze liep naar de woonkamer en overhandigde me een envelop. Ik deed de envelop in mijn aktetas en haalde daar voor haar een veel grotere envelop uit. 'Ik kom eigenlijk vooral om dit af te geven.' Het waren de voogdijpapieren. Tot Buckley meerderjarig was, zou Charlotte haar wettelijke verzorger zijn, het juridische equivalent van een ouder.

Ze mompelde een bedankje en toen gaf ik haar nog iets: een zwartfluwelen doosje. Ze keek erin en deed het doosje weer dicht. Ze vroeg niet om uitleg. Zij hoorde Owens horloge te hebben, ik hield de ketting.

Ik wilde al weggaan, maar draaide me weer om. 'Jack vertelt jou alles. Dat heeft hij altijd al gedaan.'

'Ditmaal niet. Hij heeft het eerst aan jou opgebiecht en toen pas aan mij.'

'Maar je wist dat hij schuldig was. Toen je naar mijn kantoor kwam in verband met Ross Connor, deed je het voorkomen alsof je Jack hoe dan ook zou steunen. Je wist het al.'

'Ik kreeg argwaan toen je ontdekt had dat Tracy naar The Sentry Group had gebeld. Ik had haar naam nooit geweten, maar Jack had me verteld dat hij iets stoms had gedaan. Een scholiere met wie hij jaren eerder seks had gehad, stond opeens bij hem op de stoep en had geprobeerd hem te chanteren. En weet je nog dat ik zei dat Tracy een jongere versie van jou leek? Alle vrouwen voor wie Jack viel, leken op jou. Ik heb hem er zelfs naar gevraagd. Die leerling was inderdaad Tracy, maar hij hield vol dat hij onschuldig was. Sommige dingen zullen wel te erg zijn om te bekennen, zelfs aan je beste vriendin.'

Tot het OM ons met het IP-bewijs overviel, had Jack tegen mij hetzelfde gezegd. Hij had een affaire met Tracy gehad maar hield vol dat hij in de val was gelokt. Ik had een gedaagde nog nooit zo snel van standpunt zien veranderen.

Charlotte haalde boeken van de planken in het kantoor en deed ze in dozen. 'Ik ben hier helemaal niet geschikt voor. Ik kan gewoon niets weggooien. Stel dat hij die spullen later nog wil hebben. Maar er is geen later.' Ze talmde bij een van de boeken. 'Wat moeten we hier nu toch mee? Bewaren of in het openbaar verbranden?'

Ze stak het boek naar me op. Het was *Eight Days to Die*.

'Ik vertel het je niet graag, maar er is waarschijnlijk een markt voor op eBay. Dat noemen ze *murderabilia*. Je hebt van die zieke lui die aandenkens uit een strafproces verzamelen.'

'Dit kan ik echt niet bewaren,' zei ze. 'Wil je het alsjeblieft meenemen? Ik wil niet weten wat je ermee gaat doen. Geef het maar aan dat sneue hulpje van je, aan Einer, of zo.'

'Zal ik doen.' Ze gaf me het boek en toen, waarschijnlijk voor het eerst sinds we elkaar kenden, sloeg ze haar armen om me heen. Ze was goed in omhelzen.

'Je hebt je best gedaan,' zei ze. 'Meer kon je niet doen.'

Ik zei dat ze goed op zichzelf moest passen.

Melissa zwaaide naar me van achter de bar. Op een of andere manier slaagde ze erin het hele restaurant tegelijk in de gaten te houden.

Ze wilde al een martinishaker pakken, maar ik vroeg om een glas prosecco.

'Doe maar deftig,' zei ze, met nadruk op het laatste woord. 'Echt, Livvie, je ziet er goed uit.'

'Dank je.' Afgelopen week had ik eindelijk een paar nachten doorgeslapen en gisteren was ik zelfs voor het eerst in maanden naar de sportschool gegaan.

Ik was net begonnen aan mijn verhaal over het gesprek met Charlotte toen we achter in het restaurant een glas hoorden breken, gevolgd door luide stemmen. Melissa gooide haar handdoekje op de toog. 'Ik had die dronken sukkels er gewoon uit moeten zetten. Wacht even.'

Terwijl ze wegliep om de crisis te bezweren, stak ik mijn hand in mijn aktetas, pakte de foto's die Charlotte me had gegeven en bladerde erdoorheen. Toen ik ze in Jacks appartement vond, schenen al deze taferelen pas gisteren gebeurd te zijn. Nu leek zelfs dat moment een eeuwigheid geleden.

Toen ik de envelop weer in mijn aktetas deed, viel mijn oog op Jacks exemplaar van *Eight Days to Die*. Zoals bij dat kinderspel waarbij je een zogenaamd hete aardappel moet doorgeven, had ik het boek van Charlotte aangepakt en nu had ik geen idee hoe ik ervanaf moest komen.

Ik kon me niet herinneren wanneer ik voor het laatst een boek had gelezen. Ik las de achterkant. Een vrouw had het zo gepland dat ze over acht dagen dood zou gaan. Wat doet ze in de tijd die haar nog rest?

Ik bladerde naar het laatste hoofdstuk en mijn vermoedens werden bevestigd. Ja, haar geplande dood was een executie en alle scènes die daaraan voorafgingen, waren verzonnen herinneringen. Dat was de reden dat Melissa alleen met me naar de film wilde als ik beloofde dat ik mijn theorie over hoe de film zou aflopen voor me hield.

Ik nam nog een slokje prosecco en mijn blik gleed naar Melissa. Ze stond met haar handen in haar zij en ging tekeer tegen een hipster in een strakke spijkerbroek die een schuimsnor had. Het was duidelijk wie er ging winnen. De vraag was alleen hoe lang het zou duren voor ze het voor elkaar kreeg dat hij, zonder nog meer dingen te breken, wegging.

Ik sloeg het boek weer open, ditmaal bij het begin. Op de

titelpagina stond met de hand geschreven: *18 maart. Voor de beste vader die een meisje zich maar kan wensen. Gefeliciteerd, ouwe. Liefs, Buckley*

Toen ik het eerste korte hoofdstuk uit had, ging ik terug naar de inscriptie. Tijdens het gesprek met de rechter, voorafgaand aan zijn bekentenis, had Jack gezegd dat hij dit boek had gekocht nadat hij in een recensie had gelezen dat er een scène in zat die zich bij het voetbalveld afspeelde. Het was echter een verjaardagscadeau van zijn dochter geweest. Het was een onbeduidende tegenstrijdigheid, maar ik bleef naar de woorden kijken.

Buckley. Ze hoorde en zag alles wat er hun appartement gebeurde. De ruzies tussen haar ouders. Mijn gesprekken met Jack. Ze had tegen me gezegd dat Tracy Frankel haar had gevraagd of er daar ergens wifi was, maar stel dat Tracy Buckley alles had verteld. Ze was in het appartement toen de politie haar vader kwam halen, maar waar was ze op de ochtend van de schietpartij? In tegenstelling tot de lift die haar vader had gebruikt, hingen er in de goederenlift geen camera's. Ze had zo het gebouw in en uit kunnen glippen, terwijl haar vader dacht dat ze in haar kamer lag te slapen.

Ik haalde mijn laptop uit mijn aktetas en gebruikte mijn telefoon als hotspot om online te gaan. Ik ging naar de website van Paperfree en vond de link om een opgeheven account te reactiveren.

Voer het e-mailadres in.

mlh87@paperfree.com

Het Madeline-account, dat gebruikt was om te doen of Jack door een onbekende naar het voetbalveld was gelokt.

Voer het wachtwoord in.

Ik had Jacks wachtwoord zo vaak ingevoerd dat mijn vingers vrijwel automatisch over het toetsenbord bewogen. jack<3smollybuckley.

Maar dat wachtwoord moest ik niet hebben. Ik dacht aan

de uitleg die Jack me op het politiebureau had gegeven: 'Jack houdt van Molly en Buckley. Dat was een gemakkelijke manier voor ons allemaal om ons wachtwoord te onthouden toen we de accounts aanmaakten. Molly's wachtwoord was Molly houdt van Jack en Buckley. Enzovoort.'

Enzovoort. Jaren geleden hadden Jack en Molly natuurlijk ook het wachtwoord voor hun dochter ingesteld. En zoals de meeste mensen was ze dat wachtwoord wellicht overal voor gaan gebruiken, zelfs voor een account dat niet naar haar te herleiden mocht zijn.

In mijn hoofd sprak ik de woorden terwijl ik ze intypte: buckley<3sjackmolly. Enter.

Ik besefte dat ik mijn adem inhield toen het wieltje op mijn scherm ronddraaide. Ik slaakte een zucht van verlichting toen er een foutmelding verscheen.

> Uw e-mailadres en wachtwoord komen niet overeen met een account dat gereactiveerd kan worden. Probeer het opnieuw als u denkt dat u een fout hebt gemaakt. Zoals u weet, is het niet mogelijk om voor een opgeheven account het wachtwoord op te vragen.

Ik stond op het punt mijn computer af te sluiten toen ik besloot dat als ik dan toch paranoïde theorieën najoeg, ik net zo goed grondig te werk kon gaan.

Voer het wachtwoord in.

buckley<3smollyjack.

Weer een foutmelding. Ik deed nog een poging.

Voer het wachtwoord in.

buckley<3smamaenpapa

> Gefeliciteerd. Uw account is gereactiveerd. We hopen dat u nog lang tot volle tevredenheid gebruik zult maken van uw Paperfree-account.

24

ONGEVEER VIER JAAR LATER
10 AUGUSTUS 2019

Ik betrapte mezelf erop dat ik op mijn horloge keek, ook al was ik hier pas twintig minuten. 'Hier' was Green Haven, het centrum voor detentie en correctie. Hoewel de naam anders deed vermoeden, was deze gevangenis niet gericht op terugkeer in de maatschappij. Hier werden de zwaarste criminelen vastgehouden. Er had een elektrische stoel gestaan in de tijd dat in de staat New York nog de doodstraf werd uitgevoerd.

De eerste keer dat ik Jack in Green Haven bezocht, was ik ruim een uur gebleven. Officieel was ik nog altijd zijn advocaat, en dus gaven de bewakers me min of meer carte blanche.

De afgelopen twee jaar had Jack volgens het gevangenispersoneel alleen bezoek gekregen van Charlotte, Buckley en Jacks redacteur, die hem onder druk zette om zijn memoires te schrijven. Zolang hij in de gevangenis zat, zou hij echter nooit over zijn zaak schrijven, dat wist ik.

'Ik neem aan dat het antwoord nog hetzelfde is?' zei ik.

Het was vandaag precies vier jaar geleden dat hij schuld had bekend. Elk jaar op deze datum was ik naar Green Haven gereden om hem over te halen me toestemming te geven met het OM te gaan praten om zijn veroordeling nietig te verklaren. Omdat Jack echter niet vrijgelaten kon worden zonder de waarheid te onthullen over wie Malcolm Neeley, Tracy Frankel en Clifton Hunter had gedood, weigerde hij. Ik had verschillende malen met de orde van advocaten gebeld om te vragen of het ook zonder Jacks toestemming kon. De wet was duidelijk: ik moest zijn belangen dienen zoals hij die omschreef. Ik was talloze malen in de verleiding geweest om de beroepsethiek aan mijn laars te lappen, maar zonder Jacks medewerking zou het me niet lukken om mensen van de waarheid te overtuigen.

'Ik weet dat je dit niet wilt horen, Jack, maar het komt niet goed met haar.' Op het eerste gezicht ging het goed met Buckley. Ze had net haar tweede jaar op Brown University afgerond. 'Ze kan geen normaal leven leiden na wat er is gebeurd. Hier help je haar niet mee.'

'Voorlopig wel.'

Voorlopig. Verder was ik nooit gekomen.

Ik wilde net een bewaker wenken toen hij zei: 'Je ziet er goed uit, Olivia. Je lijkt gelukkig.'

'Ik ben eindelijk gelukkig.' Tenzij het hem vorig jaar was opgevallen dat ik een buikje had, wist hij niet eens dat ik een kind had. Ik vond het niet nodig hem over Grace te vertellen. Misschien projecteerde ik mijn gevoelens op hem, maar ik had het idee dat hij ook iets voor mij achterhield. 'Je kunt me alles vertellen. Dat weet je toch?'

Hij knikte.

'Wil je me dan in elk geval vertellen of ze weet dat jij het weet?'

Hij schudde glimlachend zijn hoofd. Ze had er in elk geval geen idee van dat ik het had uitgevogeld. In tegenstelling tot Jack moest ik het doen zonder de bescherming die een zwaarbewaakte gevangenis nu eenmaal bood.

'Het is natuurlijk niet hetzelfde, Jack, maar op een of andere rare manier heb ik het gevoel dat ik twintig jaar van mijn leven heb weggegooid. En nu ben ik vrij. En op een dag zul jij ook vrij zijn. Bel me zodra je er klaar voor bent.'

Ik gooide mijn aktetas op het autostoeltje van Grace. Het was een multifunctioneel voorwerp.

Toen ik eenmaal achter het stuur zat, controleerde ik mijn e-mail. Einer had de komende twee dagen weer vier sollicitatiegesprekken ingepland. De laatste tijd leek ik vaker werkgever dan advocaat. Don was vastbesloten het rustiger aan te gaan doen, al wist ik dat hij zich toch met elke zaak zou blijven bemoeien, maar hij stond erop dat ik een jongere advocaat in dienst zou nemen die na verloop van tijd volwaardig partner zou worden.

Einer begon binnenkort aan het derde jaar van zijn rechtenstudie en dus moesten we op korte termijn iemand – waarschijnlijk eerder drie personen – zien te vinden om Einer te vervangen als die was afgestudeerd.

Ik drukte op beantwoorden.

Einer, wil je alle sollicitatiegesprekken voor de functie van advocaat afzeggen? Op een bepaald moment zal ik ophouden met smeken, maar ik weiger iemand in dienst te nemen zolang jij niet hebt aangekondigd dat je ergens anders gaat werken. En waarom zou je? Ellison, Randall & Wagner klinkt toch goed?

Uiteindelijk zou hij doorhebben dat we hem die baan niet uit medelijden aanboden. Hij was er geknipt voor.

Ik was halverwege op de terugweg naar de stad toen mijn telefoon ging. Het was een bekend telefoonnummer. Ik hoorde de beller duidelijk over de speaker. 'Goed nieuws,' zei hij. 'Ik had het niet verwacht, maar Miller heeft zojuist schuld bekend. Ik zal Grace ophalen bij de opvang. En zal ik voor het avondeten varkenslapjes halen?'

'Heb ik de laatste tijd nog tegen je gezegd dat je een fantastische echtgenoot bent?'

De kleine Grace Randall Temple was zeven maanden en ging sinds kort een paar dagen per week naar een kinderdagverblijf. Ik had die moeders die moeilijk deden over de verzorging van hun kind uit handen geven nooit begrepen, maar nu was ik er zelf een. Ik had het geluk dat mijn man het ook belangrijk vond om een schema op te stellen dat voor ons alle drie werkte.

'Gaat het?' vroeg hij.

Mijn man, die nog bij het OM werkte, wist van mijn jaarlijkse bezoekjes aan Jack, maar wist niet wat de werkelijke reden daarvoor was. Het was, bij mijn weten, het enige geheim tussen ons.

'Ja hoor, Scott. Dank je.' Zoals gewoonlijk zeiden we dat we van elkaar hielden en daarna hing ik op.

Binnenkort zou ik het hem vertellen. Ik wist het niet zeker, maar tot ik het tegendeel te horen kreeg, geloofde ik dat het nooit Buckleys bedoeling was geweest dat haar vader veroordeeld zou worden. Ik had haar gezicht gezien toen ik haar vertelde over de uitslag van het schotrestenonderzoek. Ze was volledig overstuur, maar niet om de reden die ik toen dacht. Op een bepaald moment na de schietpartij en voordat de politie bij het appartement aankwam, moet Buckley haar vader hebben omhelsd. Zo kwam het dat zijn handen schoon waren maar dat er wel schotresten op zijn overhemd zaten. Dat was haar eerste fout.

Ondanks die schotresten had ik wellicht vrijspraak voor hem kunnen krijgen. Buckleys grootste blunder was dat het IP-adres van hun appartement voorkwam op de lijst met inlogpogingen voor Madelines e-mailaccount. Niet Jacks laptop was daarvoor gebruikt, maar die van Buckley.

Jack had geweten dat Buckley de dader was zodra hij bij het voorlezen van de aanklacht hoorde dat Tracy Frankel een van de slachtoffers was. Daarom had hij zich omgedraaid en haar aangekeken.

Tracy was langs geweest bij het appartement, had geprobeerd geld van Jack te krijgen. Maar toen maakte Jacks minderjarige minnares de fatale vergissing om tegen Buckley te zeggen dat ze anders naar Malcolm Neeley zou stappen.

Jack had er luchtig over gedaan, zo was hij. Hij had tegen zijn dochter gezegd dat het meisje problemen had, dat ze in de war was. Hij zou het regelen. Maar Buckley was anders dan haar vader. Jack was iemand die beschermd moest worden, zelfs als dat betekende dat zijn zestienjarige dochter dat moest doen. En die was bereid de zaak voor eens en voor altijd af te handelen.

Ze moesten beiden dood. Door Malcolm Neeley en Tracy Frankel te doden, kon het gezin Harris de mythe in stand houden. Die arme Clifton Hunter had de pech toevallig ook daar te zijn.

Als strafrechtadvocaat raak je eraan gewend om te proberen te bevatten waarom mensen afgrijselijke dingen doen. Ik probeerde Buckley nog steeds te begrijpen. Ze was nog jong toen haar moeder, doordat Buckley op een dag uit bed weigerde te komen, een latere trein nam. En uitgerekend die dag opende een jongen die Todd Neeley heette, 's ochtends het vuur op Penn Station. Ze zag hoe haar vader geobsedeerd raakte door Malcolm Neeley, omdat het gemakkelijker was de vader van de schutter dan zijn eigen dochter de schuld te geven. En toen besefte Buckley op een dag dat als er iemand iets te verwijten viel, afgezien van haar of een geestelijk gestoorde jongen, het Jack was.

Ze had Jack erbuiten kunnen laten. Ze wist waar Neeley op woensdagochtend te vinden was. Het was kinderspel geweest om Tracy daarnaartoe te lokken: een kort telefoongesprek waarin ze haar vroeg om het chantagegeld te komen ophalen. Maar Buckley was ook boos dat de ontrouw van haar vader hen in deze positie had gebracht. Wie weet had ze de vrouw op het gras ingehuurd om Jack op de proef te stellen, om te kijken of haar vader opnieuw zou vallen voor een mooie vrouw met lang donker haar.

Ze wilde dat hij voldoende verbanden zou leggen om te beseffen dat dit zijn eigen schuld was. Ze had er waarschijnlijk op gerekend dat de politie haar vader stevig aan de tand zou voelen, en dat ze mij had gebeld, maakte zeer zeker deel uit van het plan. Jack dwingen de hulp te accepteren van de vrouw van wie hij altijd meer had gehouden dan van haar moeder, was een aardig aspect van de bedoelde straf. Ik vermoed dat ze echter nooit verwacht had dat hij gearresteerd, laat staan veroordeeld zou worden. Ze dacht dat ik hem zou redden. Ze smeekte me hem te redden.

Vier jaar later zat Jack echter nog steeds in de gevangenis en hij wist precies waarom. Ik dacht niet regelmatig meer aan Jack, maar één keer per jaar stond hij in mijn agenda. Elk jaar zou ik gaan kijken hoe het met hem ging.

NOOT VAN DE AUTEUR

De ex speelt zich af in het echte New York, al heb ik wel minieme wijzigingen aangebracht. Het voetbalveld is een grotere, fictieve versie van de sportvelden ten zuiden van pier 40, en in werkelijkheid zijn de studentenhuizen van Columbia University niet van die typische studentenhuizen als waar Olivia en Melissa in woonden. Hoewel alle juridische aspecten in Jacks zaak kloppen, zijn sommige dingen niet gebruikelijk bij een strafproces. Café Lissa is verzonnen, maar o, wat zou ik graag willen dat het echt bestond.

DANKWOORD

Schrijven is een eenzame bezigheid, maar de voltooiing van *De ex* was een gezamenlijke inspanning. Mijn redactrice, Jennifer Barth, is een slimme, loyale perfectionist met een nauwlettend oog en scherp instinct. Ze dwingt me een betere auteur te worden. Mijn agent, Philip Spitzer, blijft mijn grootste voorvechter. Inspecteur Lucas Miller, Nic Wolff en Roy Simon van de New Yorkse politie zijn zo grootmoedig geweest mij uit hun indrukwekkende kennis te laten putten.

Ik ben ontzettend dankbaar voor de hulp die ik bij Spitzer Agency krijg van Lukas Ortiz en Jennifer Woodason; bij HarperCollins van Amy Baker, Erica Barmash, Jonathan Burnham, Heather Drucker, Michael Morrison, Katie O'Callaghan, Kathy Schneider, Leah Wasielewski, Erin Wicks en Lydia Weaver; bij Faber & Faber van Angus Cargill en Sophie Portas; en van Jody Hotchkiss.

Ik wil vooral mijn lezers bedanken. Een verhaal wordt pas echt verteld als een boek gelezen wordt. Je verbeelding maakt het proces af, dus bedankt dat jullie het verhaal met me delen. Sommigen van jullie zijn zelfs nog verder gegaan door vrienden over de boeken te vertellen, door bij boekevenementen op vrijwillige basis foto's te maken en mensen rond te leiden, en door zich als informeel publiciteitsagent, adviseur, levenscoach en hondentrainer op te werpen op sociale media als Facebook, Twitter en Instagram. Ik voel me vereerd en ben blij met alle steun.

Tot slot weet ik niet hoe ik (redelijk) gezond zou kunnen blijven zonder de liefde, de steun en het geduld van mijn familie en vrienden. En, Sean, gefeliciteerd met je tienjarig huwelijk.

Lees ook de geniale thriller *De echtgenote*

Blijf je trouw aan je man als hij je meesleurt in zijn val?

Wanneer Jason, een bekende en briljante professor, door een jonge studente wordt beschuldigd van seksueel wangedrag, wordt zijn echtgenote Angela gedwongen om een tweede blik te werpen op zowel de man met wie ze trouwde als de vrouwen die ze weigert te geloven. En dan brengt een andere vrouw, Kerry Lynch, een nog verontrustender aantijging naar voren en begint Angela's perfecte leven uiteen te vallen. Jason houdt vol dat hij onschuldig is en Angela gelooft hem. Nog wel. Want als Kerry plots verdwijnt, begint haar twijfel het te winnen van haar loyaliteit als echtgenote.

***De echtgenote*, overal verkrijgbaar!**